Umwelthinweis:
Dieses Buch wurde auf chlor- und säurefreiem Papier gedruckt.

P. C. Cast

Die Zeitengängerin

Roman

Aus dem Amerikanischen von
Michaela Grünberg

mtb

MIRA® TASCHENBUCH
Band 65107
1. Auflage: März 2015

MIRA® TASCHENBÜCHER
erscheinen in der Harlequin Enterprises GmbH,
Valentinskamp 24, 20354 Hamburg
Geschäftsführer: Thomas Beckmann

Titel der nordamerikanischen Originalausgabe:
Time Raiders: The Avenger

Erschienen bei: Silhouette Books, Toronto

Published by arrangement with
Harlequin Enterprises II B.V./S.àr.l

Konzeption/Reihengestaltung: fredebold&partner GmbH, Köln
Umschlaggestaltung: pecher und soiron, Köln
Redaktion: Daniela Peter
Titelabbildung: Thinkstock/Getty Images, München
Autorenfoto: © Harlequin Enterprises S.A., Schweiz
Satz: GGP Media GmbH, Pößneck
Druck und Bindearbeiten: CPI books GmbH, Leck – Germany
Printed in Germany
Dieses Buch wurde auf FSC®-zertifiziertem Papier gedruckt.
ISBN 978-3-95649-107-8

www.mira-taschenbuch.de

Liebste(r) Leser(in),

hier bietet sich eine opulente Welt voller Abenteuer, der perfekte Spielplatz für mich und eine wunderbare Gelegenheit, mein altes Air-Force-Ich aus der Versenkung zu holen und es ordentlich in der Sandkiste austoben zu lassen.

Die Epoche, die ich für die Schauplätze ausgewählt habe, liegt mir ganz besonders am Herzen. Boudica und ihre fesselnde Geschichte haben mich schon seit Jahren fasziniert. Selbst als Nebendarstellerin ist sie eine starke Persönlichkeit, und ich hoffe, meine Interpretation ihres Wesens wird der historischen Realität gerecht.

Und um ganz ehrlich zu sein, muss ich zu guter Letzt sagen: Nach den vielen Jugendbüchern, die in letzter Zeit aus meiner Feder geflossen sind, war es eine willkommene Abwechslung, eine heiße Romanze vor einem mystischen Hintergrund zu schreiben, in der es so richtig schön knistert.

Ich hoffe, mit Alex ins alte Britannien zu reisen wird für Sie ein spannendes Lesevergnügen. Viel Spaß dabei und die allerherzlichsten Grüße!

P. C. Cast

Dieses Buch ist all unseren Soldatinnen gewidmet, speziell denjenigen, die in der U.S. Air Force dienen. Ich schicke euch ein Lächeln und ein schelmisch-unanständiges Grinsen.

Viel Vergnügen!

1. KAPITEL

Die tote Frau seufzte. Ihre Stimme war von einer unbestimmten Sehnsucht erfüllt und klang mehr als nur ein wenig sentimental. *Es ist wunderschön hier, nicht wahr? Dieses offene, weite Land hat so etwas Friedliches.*

„Du bist tot, Andred. Ist es für dich nicht überall friedlich?“, erwiderte Alex und sah die halb durchscheinende Gestalt, die neben ihr an einen niedrigen Holzzaun lehnte, mit einer erhobenen Augenbraue an.

N*imm doch nicht alles so wörtlich. Ich bin mir sicher, du weißt sehr gut: Nur weil jemand tot ist, bedeutet das nicht automatisch, dass er seinen Frieden gefunden hat.* Der Geist machte eine Pause und warf Alex einen wissenden Seitenblick zu. *Deine Furcht davor, diesen Ort zu verlassen, ist irrational, das ist dir doch bewusst.*

Alex runzelte die Stirn. Als sie im Alter von sechs Jahren angefangen hatte, Geister zu sehen, waren ihr nur zwei Dinge seltsamer vorgekommen als dieser Umstand an sich: die unglaubliche Neugier der Toten, mit der sie ihre Nasen in alles steckten, was sie nichts anging, und ihre unglaubliche Großzügigkeit, wenn es darum ging, gute Ratschläge zu verteilen. Als hätte das Sterben bei vielen Menschen nicht nur den Tod, sondern auch die Verwandlung in tratschsüchtige Talkshow-Gastgeber zur Folge.

„Hör zu, ich fürchte mich nicht davor, von hier wegzugehen. Ich will es bloß nicht. Du hast selbst gesagt, wie friedlich es ist, und du hast recht. Ich liebe Oklahoma und die Prärie, und außerdem habe ich einen sehr guten Job hier, also warum sollte ich irgendwo anders hinwollen?“

Es ist ein großer Unterschied, ob jemand an einem Ort leben möchte, weil er ihm gefällt, oder man nur dort bleibt, weil der Rest der Welt da draußen einem Angst macht.

„Bist du eigentlich taub? Ich dachte, ich hätte gerade gesagt, dass es nichts mit Angst zu tun. Bin ich etwa nicht in Flagstaff gewesen, und zwar für ganze drei Tage?“

Ja, und du hast jede Sekunde dieses kleinen Ausflugs gehasst.

„Quatsch. Ich habe mich gefreut, Tessa wiederzusehen." *Und jetzt mache ich mir erst recht höllische Sorgen um sie.* Alex schloss für einen Moment die Augen und sah wieder den dichten Rauch vor sich. Sie konnte förmlich den beißenden Gestank riechen, als Computer und Monitore in der enormen Hitze des Feuers einfach geschmolzen und nichts als verkohlte Klumpen aus Metall und Plastik übrig geblieben waren. Professor Carswell hatte ihr versichert, dass Tessa bestimmt nichts geschehen sei, aber angesichts des schrecklichen Unfalls, den Alex schließlich selbst miterlebt hatte, fiel es ihr schwer, sich vorzustellen, wie ihre Freundin das Inferno überlebt haben sollte. Aber nichts von alldem hat diesen neugierigen Geist zu interessieren, es ist allein meine Sache.

Seit deiner Rückkehr bist du kein einziges Mal in die Stadt gefahren. Stattdessen drückst du Sam deine Einkaufsliste in die Hand, nur damit du um Himmels willen keinen Schritt über die Grenze zur Zivilisation machen musst. Alexandra, wenn jemand so weit geht, sich von einem Ranchangestellten Tampons besorgen zu lassen, dann ist er auf dem besten Weg, zum Einsiedler zu werden.

„Aha, und was ist mit dir? Wieso geisterst du immer noch hier in der Gegend rum? Ausgerechnet du fühlst dich berufen, mir zu erzählen, ich würde mich hier verkriechen. Da nennt ja wohl ein Esel den anderen Langohr." Alex musterte demonstrativ die altertümliche Kleidung von Andred, der kaum mehr als eine bunte Leinentunika und ein Paar Ledersandalen trug. „Was ist das eigentlich für ein Name? Andred? Wann genau bist du noch mal gestorben?"

Der Name Andred ist sehr alt, woran sich unschwer erkennen lässt, dass ich bereits seit geraumer Zeit hier bin.

„Wer hätte das gedacht. Irgendwas sagt mir, dass du bereits seit geraumer Zeit weitergezogen sein solltest."

Der Geist der jungen Frau zuckte mit den Schultern. *Oh, das werde ich. Wenn mir der Sinn danach steht. Ich hab's nicht eilig.*

„Siehst du, da sind wir schon zwei", sagte Alex schnippisch.

Andred wandte ihr das Gesicht zu. Ihr Blick war traurig. *Bis auf einen kleinen Unterschied, Alex. Ich gehöre nicht mehr zu den Lebenden, wie du sehr wohl weißt. Die Welt dort draußen hat mir nichts zu bieten. Du dagegen bist lebendig, für dich sind die Dinge um dich herum real, doch du weigerst dich zu leben, und deshalb versteckst du dich in der Weite der Prärie, wo du allein sein kannst.*

Alex bekam ein beklommenes Gefühl in der Magengegend. „Du weißt nicht, wie das ist. Ihr Geister, ihr erdrückt mich. In Flagstaff wimmelte es nur so von euch ... Hunderte, an jeder Ecke. Ich konnte nicht schlafen, nicht denken. Hier ist es nicht so schlimm."

Andred schüttelte den Kopf. *Es hat nichts damit zu tun, wo du bist, Alex. Das Problem liegt bei dir.*

„So ein Schwachsinn!"

Ja? Du warst früher anders, oder? Hast am Leben teilgenommen, bist unter Leute gegangen, Geister hin oder her. Was ist passiert?

„Ich nehme immer noch am Leben teil. Ich lebe und arbeite jetzt eben in der wunderschönen Hochgrasprärie von Oklahoma. Ich habe meinen Abschluss in Botanik, leite Wanderungen mit Touristen und bringe ihnen die Natur näher. Da bin ich ja wohl unter Leuten. Lebendigen Leuten. Und mein Bedarf an Gesprächen mit Toten ist für heute gedeckt, vielen Dank."

Alex stieg über den Zaun und stapfte ohne eine weiteres Wort auf das Gebäude zu, in dem sich die Privaträume der Parkangestellten befanden, ging geradewegs in das kleine Zimmer, das sie ihr Zuhause nannte, und musste sich sehr beherrschen, um nicht die Tür hinter sich zuzuknallen.

„Geister! Diese verdammten Besserwisser. Aufdringliches Pack", brummelte sie, während sie den schicken Weinkühlschrank ansteuerte, in dem stets mehrere Flaschen ihrer Lieblingssorten lagerten. Sie überlegte einen Moment, entschied sich dann für den Rotwein, den sie zurzeit besonders gern mochte,

Kerkertropfen, und ignorierte bewusst die Ironie des Namens. „Ich lebe!“, sagte sie, vielleicht eine Spur zu nachdrücklich, entkorkte die Flasche und schnupperte genüsslich daran. „Ich habe nur beschlossen, mich an einem Ort aufzuhalten, wo ich nicht langsam, aber sicher von gewissen ‚Personen‘ in den Wahnsinn getrieben werde.“ Während sie den Wein atmen ließ, zog sie Jeans und Sweatshirt aus und schlüpfte stattdessen in ihre bequeme gestreifte Seidenpyjamahose und das passende Oberteil. Dabei sah sie sich selbst flüchtig im Spiegel, der an der Außenseite ihrer Kleiderschranktür angebracht war, und hielt inne, um ihre widerspenstigen Haare glatt zu streichen. Manchmal konnte man glauben, ihre Stimmung würde sich direkt auf ihre Haarwurzeln übertragen, was dann dazu führte, dass die dicke rotblonde Pracht sich aufplusterte und wie eine Löwenmähne aussah.

„Du solltest dieses Gestrüpp wirklich mal schneiden“, ermahnte Alex ihr Spiegelbild, doch es war nur so dahingesagt. Irgendwann in ferner Zukunft wäre eine ordentliche Frisur vielleicht einen Versuch wert, um etwas jünger zu erscheinen oder so, aber nicht mit knapp fünfunddreißig. Ach was, wahrscheinlich würde sie ihre Haare noch mit hundert wachsen lassen! Die alte verrückte Schachtel mit den langen Zotteln, die ihr bis zum Hintern reichen. Das wäre doch lustig. Zumindest hätten die Geister dann ein vergleichsweise harmloses Thema, über das sie sich die Mäuler zerreißen konnten. „Schenk dir einfach ein schönes Glas Wein ein und halte dich von Scheren und anderen scharfen Gegenständen fern“, sagte sie zu sich selbst.

Alex hatte sich gerade gemütlich ins Bett gekuschelt – mit dem Weinglas in der Hand und einem dicken Exemplar von Diana Gabaldons *Feuer und Stein* auf dem Schoß, das sie zum dritten Mal in zehn Jahren las –, da klingelte ihr Handy. Verärgert über die Störung schaute sie auf das Display, überzeugt, es könnte nur ihre Mutter sein, die ihren monatlichen Höflichkeitsanruf hinter sich bringen wollte, den Alex jetzt unhöflicherweise nicht entgegennehmen würde. Doch sobald sie die

Nummer des Anrufers sah, setzte sie sich hastig auf und nahm das Gespräch an.

„Tessa, bist du's? Geht's dir gut?"

„Ja, Alex. Wie schön, deine Stimme zu hören! Ich habe dir so viel zu erzählen, du wirst nicht glauben, was alles passiert ist. Mann, das nenne ich einen abgefahrenen Trip."

„Geht's dir gut?", wiederholte Alex ungeduldig. „Kurz nachdem du weg warst, ist dieses Feuer ausgebrochen und …"

„Hey, nicht über eine ungesicherte Leitung", erinnerte Tessa sie schnell. „Aber mach dir keine Sorgen, ich bin okay." Alex glaubte für einen Moment, im Hintergrund eine tiefe männliche Stimme zu hören, gefolgt von Tessas Kichern. „Na ja, eigentlich sogar mehr als nur okay." Dann wurde sie wieder ernst. „Oh, du solltest wissen, dass wir nicht …"

„Tessa, wir müssen reden." Jetzt war es an Alex, ihre Freundin zu unterbrechen. „Du hast mir einen Riesenschrecken eingejagt. Ich dachte, du bist mausetot. Und der idiotische Professor hätte sich lieber die Zunge abgebissen, als mir irgendwas zu erzählen, ganz zu schweigen von General ‚Stock im Arsch'. Gott, bin ich froh, mich nicht mehr mit dieser Militärmentalität rumschlagen zu müssen", stieß sie hervor. „Scheinheiligkeit hoch zehn. Wie auch immer, wann können wir uns treffen? Ich will Details hören."

„Es wird uns eine Freude sein, Sie über sämtliche Einzelheiten in Kenntnis zu setzen, Sergeant. Morgen geht ein direkter Flug von Tulsa nach Phoenix. Ich schicke gern einen Wagen zum Flughafen, der Sie dort abholt."

Für einen Augenblick herrschte völlige Stille in der Leitung, während Alex innerlich bis zehn zählte und versuchte, sich davon abzuhalten, einen Wutausbruch zu bekommen.

„Ähm, das wollte ich dir vorhin sagen, als du mir ins Wort gefallen bist, Alex. Wir haben eine Konferenzschaltung mit General Ashton", entschuldigte sich Tessa.

„Reizend", gab Alex trocken zurück. „Guten Abend, General."

„Sergeant Patton“, erwiderte der General die Begrüßung.

„Nein. Sie wissen sehr genau, dass ich schon seit beinahe fünf Jahren kein Sergeant mehr bin. Und ich habe auch nicht vor, jemals wieder diesen Rang zu bekleiden. Also nennen Sie mich einfach Alex.“

„Wie Sie wünschen, Alex. Falls es Ihnen morgen nicht passt, Ihr Flugticket ist unbegrenzt gültig. Es wurde am Flughafen Tulsa International für Sie hinterlegt, und Sie können es jederzeit abholen.“

„Es passt mir weder morgen noch übermorgen oder sonst irgendwann. Ich habe keinerlei Interesse daran, Ihrem …“ Alex zögerte. Fast hätte sie das „Projekt Anasazi“ als einen Haufen besessener Fachidioten und Computerchaoten bezeichnet. Doch Tessa hörte mit, und die war trotz dieser hinterhältigen Nummer mit der Konferenzschaltung ihre Freundin – obwohl sie eindeutig eine von diesem Projekt besessene Frau mit übersinnlichen Fähigkeiten war. Alex holte tief Luft und beendete den Satz mit: „… Team beizutreten.“

„Wir brauchen dich aber.“ Dieses Mal war es Tessa, die gegen eine Wand redete. „Es ist wichtig.“

„Genau wie der Grund, aus dem ich nichts damit zu tun haben will. Besser gesagt: die zahlreichen Gründe, und du kennst sie alle, Tessa. Hör mal, ich bin wirklich froh über deinen Anruf und dass du gesund und munter bist. Aber ich bin nicht die Richtige für den Job. Ich habe dieses Leben vor langer Zeit hinter mir gelassen und gehe nicht wieder zurück. Wenn du Lust hast, mich hier zu besuchen, bist du jederzeit herzlich willkommen, Tessa.“ Sie betonte den Namen ihrer Freundin, um unmissverständlich klarzustellen, an wen sich die Einladung richtete. „Aber Flagstaff ist keine Option mehr für mich, genauso wenig wie die Army. Mach's gut.“ Alex legte auf und warf das Handy ans Fußende des Bettes.

2. *KAPITEL*

Der Anruf hatte Alex so in Rage gebracht, dass sie sich nicht einmal auf *Feuer und Stein* konzentrieren konnte, und diese Tatsache machte sie sogar noch wütender. Kurz, ihre Stimmung war im Keller. Verfluchter Mist! Sie hatte sich doch nun wirklich klar ausgedrückt, nachdem Tessa in der Vergangenheit verschwunden und im nächsten Moment das verdammte Labor in Rauch aufgegangen war, oder etwa nicht? Nein, zur Hölle, sie verspürte nicht das geringste Bedürfnis, sich freiwillig für eine Zeitreisemission zu melden – selbst wenn das der einzige Weg war, eine Invasion feindlicher Außerirdischer oder was auch immer zu verhindern.

Denn in ihrem Leben gehörten Dinge, die der Großteil anderer Menschen als ziemlich außerirdisch empfinden würde, zum ganz normalen Alltag. Also, wo lag bitte das Problem, wenn sich zur Abwechslung mal der Rest der Welt mit total ausgeflippter Scheiße auseinandersetzen müsste? Alex' Gedanken schweiften ab, zurück in ihre Kindheit, als sie sechs war und der Junge von nebenan, Brian Campos, eines Tages vermisst wurde. Die Polizei hatte die gesamte Straße abgeklappert und alle Nachbarn befragt. Als sie bei ihrem Haus ankamen, hatte Alex den beiden Männern im Brustton der Überzeugung eröffnet, sie wüsste, wo der Junge sei, und dann einen von ihnen an die Hand genommen und ihn zum Entsetzen ihrer Eltern schnurstracks an die Stelle geführt, wo Brians Leiche lag. Die Leute waren völlig hysterisch geworden, und es hatte nicht lange gedauert, bis man sie schief ansah und über sie tuschelte. Wie sollte ein sechsjähriges Kind sich darüber im Klaren sein, dass es nicht besonders klug war, aus seiner Fähigkeit, Geister zu sehen, kein großes Geheimnis zu machen? Jetzt, mit über dreißig, hatte Alex in dieser Hinsicht viel dazugelernt.

Die Typen vom „Projekt Anasazi", auch bekannt als *Time Raiders*, waren ganz scharf auf sie und ihr Talent. Zuerst hatte Alex gedacht, Tessas Hartnäckigkeit, mit der sie versucht hatte, ihr einen Besuch in Flagstaff schmackhaft zu machen, kam einfach daher, dass sie sich in ihrem neuen Zuhause einsam fühlte und eine Freundin brauchte, die sie verstand. Immerhin war Tessa ebenfalls mit einer ausgeprägten übersinnlichen Begabung gesegnet und konnte genauso wenig offen mit jedem x-beliebigen Menschen darüber reden. Doch wie sich herausstellte, hatte Tessa ihre Freundin zwar tatsächlich vermisst, hauptsächlich allerdings steckten die Leiter des Projekts hinter der ganzen Sache. Sie wollten Alex unbedingt an Bord holen – um sie auf eine Zeitreisemission zu schicken.

Sie hatte abgelehnt, und zwar schon bevor sie Zeugin von Tessas beinahe tödlichem Zeitsprung und des Feuers geworden war und die hochschlagenden Flammen im Labor ihr ein klares „Lass die Finger davon"-Gefühl vermittelt hatten. Der offizielle Grund für ihre Entscheidung – dass sie schlicht absolut kein Interesse daran hatte, in irgendeiner Form je wieder für die Army zu arbeiten – entsprach durchaus der Wahrheit. Ebenso wie der zweite, nämlich ihr Job als leitende Botanikerin, Touristenführerin und Dozentin in ihrem geliebten Nationalpark in Oklahoma.

Der eigentliche Grund, warum sie auf gar keinen Fall am „Projekt Anasazi" mitwirken konnte, lag allerdings in ihrem Widerwillen, die Prärie zu verlassen. Alles in ihr sträubte sich dagegen. Es war der einzige Ort, an dem sie zumindest annähernd so etwas wie Ruhe fand. Wo sie nicht rund um die Uhr von Geistern belästigt wurde, die anderswo ständig an ihr klebten wie die Schmeißfliegen.

Leider stimmte es nicht, dass Geister an einem bestimmten Platz verweilten, weil sie jemanden suchten, der ihnen half, noch irgendetwas zu erledigen oder ins Lot zu bringen, und verschwanden, sobald das geschehen war. Na ja, bei einigen vielleicht. Aber die meisten hingen aus demselben Grund in einer Gegend herum wie jeder andere auch, lebendig oder tot. Nämlich weil sie es wollten. Manchmal langweilten sie sich. Manchmal waren sie gut gelaunt und lustig. Manchmal traurig. Und manchmal hatte Alex nicht die leiseste Ahnung, was zum Teufel mit ihnen los war, bis auf die Tatsache, dass es sich bei ihnen ausnahmslos um extrem neugierige und redselige Individuen handelte. Die eben einfach existierten – ohne einen tieferen, geheimnisvollen Sinn dahinter. Früher, als sie jünger gewesen war, ging es noch einigermaßen. Und die Air Force hatte Alex für eine Weile sogar geholfen, besser mit ihrer Andersartigkeit zurechtzukommen. Dort gehörte sie wenigstens dazu und wurde von ihrer Umgebung akzeptiert. Nun ja, bis ihr spezielles Talent, immer genau zu „wissen", wann welche Informationen an wen übermittelt werden sollten, dazu führte, dass auch ihre Kollegen des Kommunikationshauptquartiers der Outfutt Air-Force-Basis in Nebraska langsam anfingen, sie mehr und mehr aus der Herde auszuschließen. Ihre Fähigkeit, die sie dem Geschwätz der Geister verdankte, dem sie zu diesem Zeitpunkt bereits unzählige Stunden ihres Lebens hatte lauschen müssen, machte schließlich Chief Master Sergeant John Domonick auf sie aufmerksam.

Eins führte zum anderen, und letztlich waren sie beide zusammen im Bett gelandet, mit dem Ergebnis, dass er wenig später ihr Geheimnis kannte. Oh, und außerdem war sie auch noch in einer Spezialeinheit gelandet, genannt DA oder „Datenflussanalysen", was im Grunde nur eine militärisch klingende Bezeichnung für Alex' neue Aufgabe war – Geistergetratsche zusammentragen, alles eventuell Nützliche herausfiltern und an John weitergeben, der es dann seinerseits dem Colonel berichtete, dem er unterstand.

Während dieser Zeit hatte Alex schon in den ersten Monaten damit begonnen, an jeder Botanikvorlesung der örtlichen Universität teilzunehmen, die sie irgendwie in ihren Terminkalender quetschen konnte. Und als schließlich ihre nächste Dienstverlängerung anstand, war Alex, anstatt sich für weitere vier Jahre zu verpflichten, aus der Army ausgetreten, hatte John Domonick und der Air Force Auf Wiedersehen gesagt und Hallo zu ihrem Abschluss in Botanik – und einem Praxisjahr in Oklahomas herrlichem und größtenteils unberührtem Nationalpark, wo die Geister sie aus irgendeinem Grund weitestgehend in Ruhe ließen. Also hatte sie beschlossen, zu bleiben. Bis ans Ende ihrer Tage, wenn es denn so sein sollte.

Jedenfalls würde sie unter keinen Umständen zurück zum Militär gehen, auch nicht für alles Geld der Welt.

Noch immer stinksauer wegen des Telefonanrufs, trank Alex den Rest Wein in ihrem Glas aus und bemerkte erst, als sie aufstand, um sich das Gesicht zu waschen – aber stattdessen direkt ins Bett torkelte –, dass besagtes Glas das letzte gewesen war und die Weinflasche sich auf mysteriöse Weise geleert hatte.

So viel war klar: Alex konnte sich auf einen gehörigen Kater gefasst machen. Na prima. Dabei musste sie am nächsten Morgen mit einer Gruppe Großstädter, die ihren Urlaub als Ranchaushilfen verbrachten, bei Sonnenaufgang zu einer Vogelbeobachtungstour am Buffalo Ridge aufbrechen, gut drei Meilen entfernt.

„Tja, schöne Scheiße", grummelte sie und zog sich die Decke über den Kopf. „Muss ich wohl morgen viel Wasser trinken, damit ich nicht unterwegs aus den Latschen kippe ..."

Die Umgebung in Alex' Traum war atemberaubend schön. Eine üppige Landschaft, so grün, dass es einen beinahe blendete. Sie hatte keine Ahnung gehabt, wie viele Variationen dieser Farbe es gab. Und erst die Bäume! Mächtig und unglaublich hoch, als reichten sie bis in den Himmel hinauf. Natürlich hatte Alex' Unterbewusstsein diese Wälder erschaffen, aber das hier überstieg fast ihre eigene Vorstellungskraft. Es war, als hätte sie ihre eigene Version eines Herr-der-Ringe-Sets kreiert und sich selbst nach Rivendell in Mittelerde versetzt. Sie konnte Kastanien und Eichen ausmachen und sogar etwas, das einer ihrer Professoren volkstümlich „Hexenbuche" nennen würde. Sie alle waren kräftig gewachsen und machten einen starken, gesunden Eindruck – als käme hier kein Bauunternehmer der Welt jemals auf die Idee, sie zu fällen, um Platz für einen neuen Highway zu schaffen oder, schlimmer noch, eine dieser typischen Doppelverdiener-Vorstadt-Siedlungen, in denen die einheitlichen Häuser einander glichen wie ein Ei dem anderen.

Ja, sie hatte sich tatsächlich ihr persönliches Rivendell zusammengeträumt. Alles, was jetzt noch fehlte, war Aragorn, und die Sache wäre geritzt. Während sie also auf sein Erscheinen wartete, streifte sie weiter gemächlich durch den Wald und bewunderte seine Vielfalt.

Es musste früh am Morgen sein, kurz nach Sonnenaufgang. Das weiche, junge Tageslicht streichelte die satten Grüntöne und verlieh allem einen Hauch von Magie. Alex folgte einem schmalen, verschlungenen Pfad. Dessen Ränder wurden zu beiden Seiten von einem dicken großflächigen Moosteppich bedeckt, der so weich und einladend aussah, dass Alex unwillkürlich begann, sich auszumalen, wie sie ihrer unpünktlichen Traumversion von Aragorn einen kleinen unauffälligen Schubs gab, sodass sie beide das Gleichgewicht verloren und sich im nächsten Augenblick wild im Moos herumwälzten. Na ja, sie könnte sich durchaus dazu hinreißen lassen – wenn er denn endlich auftauchte.

Plötzlich glaubte sie, eine fremde Stimme gehört zu haben. Es war nur ein leises, weit entferntes Geräusch gewesen, das irgendwo aus der Richtung gekommen zu sein schien, in die Alex ging. Sie blieb stehen und lauschte angestrengt, und, tatsächlich, da war es wieder. Dieses Mal eindeutig als menschliche Stimme zu erkennen. Tief. Männlich.

Alex' Herz hüpfte förmlich in freudiger Erwartung, und sie lief wieder los, in die Richtung, aus der die Stimme gekommen war. In der realen Welt mochte sie vielleicht in ein paar Stunden mit fiesen Kopfschmerzen aufwachen, aber hier, in ihrer wunderbaren Traumwelt, würde sie für einen unverschämt gut aussehenden Aragorn die Arwen spielen. Und in dieser Welt bliebe es garantiert nicht bei heimlichen, zarten Küssen zwischen ihnen.

„Komm zurück …"

Mehr als diese beiden Worte konnte Alex nicht verstehen, dazu war sie noch zu weit entfernt.

„Zurückkommen?", wiederholte sie mehr an sich gerichtet als an den verführerischen, leider unsichtbaren Aragorn. „Ich weiß ja nicht mal, wo du bist." Sie folgte weiter den Rufen des Fremden.

„Komm zurück zu mir ..."

Wieder zog die geheimnisvolle Stimme sie ein Stück näher.

„Ich bin nie weggegangen!", rief sie, frustriert über ihr ratloses Traum-Ich. Und ihre Frustration wurde sogar noch größer, als plötzlich aus den Tiefen des Waldes Nebel aufstieg, sich langsam über den moosbedeckten Boden ausbreitete und schließlich wie substanzlose Finger den Pfad zu ihren Füßen entlangkroch.

Eigentlich mochte Alex Nebel. Er hatte etwas Romantisches und zugleich Mystisches an sich, das ihr gefiel. Außerdem war es ja nicht so, dass sie sich vor dem sprichwörtlichen schwarzen Mann fürchtete, der womöglich in den Schwaden auf sie lauerte. Dazu waren Geistererscheinungen ihr viel zu vertraut.

Dieser Nebel jedoch erschien ihr irgendwie eigenartig, unheimlich. Er bewegte sich so seltsam, wand sich mit seinen weißgrauen Tentakeln, die ihre Haut betasteten, um ihren Körper. Es fühlte sich beinahe an, als wären die Dunstschleier flüssig, als hätten sie eine Gestalt.

„Komm zurück zu mir! Ich brauche dich!"

Es klang, als würde der Mann, der da sprach, direkt vor ihr stehen, doch inzwischen war der Nebel so dicht geworden, dass man kaum die Hand vor Augen sehen konnte.

„Wo bist du?", rief sie.

„Ich warte auf dich! Komm zurück zu mir ..."

„Wohin zurück? Wo bist d..." Alex stolperte, taumelte zur Seite und fiel mit dem Gesicht voran auf den moosbedeckten Waldboden.

„Was zum Geier ...!" Keuchend versuchte Alex, sich aufzusetzen, doch sie hatte sich völlig in ihren Laken verheddert. Für einen Moment war sie noch immer in ihrem Traum verhaftet und ruderte wild mit den Armen, weil sie dachte, es sei das Moos, das sie umschlingen und festhalten würde. Und wo war er überhaupt? Ihr Aragorn mit der außergewöhnlich markanten Stimme, der wieder und wieder nach ihr rief?

Plötzlich durchzuckte ein kurzer stechender Schmerz ihre Schläfe, und sie bemerkte, wie trocken ihr Mund war. Der Kopfschmerz in Verbindung mit dem ekelhaften Geschmack auf der Zunge war ein sicheres Zeichen dafür, dass sie unter einem grauenhaften Kater litt.

Sie befand sich nicht in einem wunderschönen dunstigen Traumwald. Stattdessen lag sie in ihrem Zimmer im Bett und hatte es irgendwie geschafft, sich selbst mit der Decke zu fesseln. Sie befreite die Arme und dann den Rest ihres Körpers, rieb sich die Augen und schaute auf die verschwommene Anzeige des Digitalweckers. Er zeigte 05:10 Uhr an, exakt fünf Minuten vor der eingestellten Weckzeit. Alex seufzte und erhob sich. Dabei entwich ihr ein Stöhnen, das klang, als wäre sie fünfundachtzig und nicht erst knapp fünfunddreißig. Schwerfällig schlurfte sie ins Badezimmer und ging in Gedanken ihre To-do-Liste durch. Sie würde duschen. Ein großes Glas Wasser trinken. Ein Aspirin nehmen. Frühstücken – nur ein leichtes Frühstück, das ihr später nicht wie ein Stein im Magen läge. Das Stadtvolk nach Buffalo Ridge führen. Sich nichts von ihrem lausigen Befinden anmerken lassen. Und diesen komischen Traum vergessen.

Später an diesem Tag sollte Alex versuchen, sich selbst davon zu überzeugen, dass sechs erreichte von sieben gesetzten Zielen gar kein so schlechter Schnitt war.

3. KAPITEL

Alex wusste, sie sollte dankbar dafür sein, dass es nicht August mit stickigen fünfunddreißig Grad im Schatten war und somit perfektes Wetter für blutdurstige Schwärme Tausender Moskitos. Okay, dachte sie, als sie sich mit dem Rücken an den bequemen Erdhügel lehnte, der praktischerweise an ihrem Rastplatz aus dem Boden ragte, dieser Ausflug heute ist zum Glück einer der gemütlichen, bei denen man sich nicht kaputtmachen muss. Sie und ihre Wandergruppe hatten im Haupthaus gefrühstückt und waren danach in aller Ruhe nach Buffalo Ridge aufgebrochen. Alex hätte die Strecke in weniger als einer Stunde geschafft, aber die Städter hatten es nicht eilig, unterhielten sich unterwegs und trödelten fröhlich vor sich hin. Also passte Alex ihr Tempo dem der Gruppe an und schaltete ebenfalls einen Gang herunter, was sie nicht wirklich ärgerte, denn sie kämpfte noch immer mit den Folgen ihrer Weinorgie vom Vorabend und war hundemüde. Nach einem zweistündigen gemächlichen Spaziergang hatten sie schließlich ihr Ziel erreicht, und ihre Schützlinge packten ihre mitgebrachten Pinsel, Wasserfarben und anderen Malutensilien aus. Wenn es ihr recht sei, hatten sie vorgeschlagen, würden sie gern hierbleiben und den Rest des Vormittags damit verbringen, die wundervolle Landschaft auf ihren Leinwänden zu verewigen, anstatt bis zum ursprünglich vorgesehenen Platz weiterzuwandern.

„Null Problemo", hatte Alex ihnen versichert.

Da sie für diese Leute verantwortlich war – die auf keinen Fall allein zurück zur Parkverwaltung finden würden, schon gar nicht, nachdem sie gut ein halbes Dutzend Flaschen Sekt aus ihrem Proviant vernichtet hatten –, entschied Alex, sollten sie ruhig malen, solange sie wollten. Das verschaffte ihr selbst eine willkommene Gelegenheit, es sich gemütlich zu machen und ein kleines bisschen zu dösen.

Der Traum begann exakt wie der vorherige. Alex stand mitten in einem dichten, urwüchsigen Wald, umgeben von Abstufungen aller erdenklichen Grüntöne, die sie normalerweise sofort in ihren Bann gezogen hätten – wäre ihr nicht vom ersten Moment an irgendetwas an der Szenerie merkwürdig vorgekommen. Dieses Mal war sie nicht als Gast hier, der entspannt die Gegend erkundete. Sie fühlte eine innere Anspannung und war auf alles vorbereitet, mit dem ihr offenbar ziemlich gestresster Geist sie im nächsten Augenblick konfrontieren könnte.

Sie ging denselben Pfad entlang wie zuvor, schenkte der Natur um sich herum jedoch kaum Beachtung. Stattdessen konzentrierte sie sich auf die Tatsache, dass sie keinen einzigen Vogel hörte.

Okay, eine geringfügige Abweichung von der Normalität, die den meisten Menschen vermutlich nicht einmal aufgefallen wäre, insbesondere träumenden Menschen. Alex aber verbrachte sehr viel Zeit im Freien, unter anderem auf langen Wanderungen, und war daran gewöhnt, dabei stets von Vogelgezwitscher begleitet zu werden. In ihrer Traumwelt hingegen fehlte es. Genau genommen gab es gar keine Geräusche, sie hörte nicht einmal den Wind in den Kronen der uralten Bäume rascheln, die über ihrem Kopf ein verwachsenes Dach aus Ästen und Blättern formten.

„Der gleiche Ort, nur als hätte jemand den Ton abgestellt", bemerkte Alex erstaunt. „Na ja, wenigstens brummt mir hier nicht der Schädel, als würde von innen einer mit dem Hammer dagegenschlagen." Sie hatte gerade versucht, sich einzureden, der seltsame Ausgang ihres vorherigen Traumes wäre wohl das Ergebnis vorübergehenden alkoholbedingten Irrsinns gewesen, als der nicht vorhandene Wind eine bekannte Stimme zu ihr herübertrug.

„Komm zurück zu mir …"

Hätte Alex sich einen Plan zurechtgelegt, was sie bei ihrem nächsten Besuch in dieser Traumwelt tun würde, wäre sie wohl logisch an die Sache herangegangen. Sie hätte den Mann aufgefordert, sich gefälligst zu zeigen, und ihn, wenn er es nicht täte, einfach ignoriert und weitergeträumt, in der Hoffnung, ihr Unterbewusstsein arrangierte doch noch das erhoffte Rendezvous mit Aragorn.

Aber ihr Traum hielt sich nicht an die Regeln der Logik. Die Stimme dieses Unbekannten ließ Alex auf einer emotionalen Ebene reagieren, ob sie wollte oder nicht.

„Ich bin hier! Ich bin zurückgekommen! Wo bist du?“

„Komm zu mir … Ich brauche dich!“

„Das ist einfach lächerlich!“ Trotzdem begann sie, schneller zu laufen. Seine Stimme kam von irgendwo am Ende des Pfades. Dieses Mal würde sie nicht eher aufwachen, bevor sie wusste, was zur Hölle hier vor sich ging.

Der Nebel fing an, sich über den sandigen Boden des schmalen Weges auszubreiten.

„Verdammt, nein! Das hatten wir schon, aber ich spiele da nicht mit, kapiert? Hallo? Wo steckst du? Hallo!“ Inzwischen lief Alex nicht mehr nur, sie rannte, ließ ihren Blick suchend umherschweifen und kniff die Augen zusammen, um in den dunstigen Schleiern etwas zu erkennen.

Sie wurde von ihnen eingehüllt, doch dies war nicht der romantische, zarte Nebel, der sich an kühlen Herbsttagen frühmorgens in der Prärie bildete und sanft über die Landschaft strich. Dieser Nebel bewegte sich, als hätte er ein Bewusstsein, griff nach ihr, berührte sie mit eisigen Fingern, die durch ihre Kleidung drangen und ihre Wirbelsäule hinunterwanderten, ihren Körper und ihre Seele umschlossen, bis sie keuchend stehen blieb.

„Wo bist du, und was passiert hier mit mir?“, flüsterte sie, nach Luft ringend. Es fiel ihr schwer, die Fassung zu bewahren, obwohl sie sonst nichts so leicht erschrecken konnte.

„Ich brauche deine Hilfe. Du musst den Mut haben, zu mir zurückzukommen.“

„Gut, sag mir, wer du bist und wo du bist, und ich tue es!“, rief Alex, langsam wirklich frustriert von diesem verrückten Katz-und-Maus-Spiel.

Die Nebelwand vor ihr lichtete sich für einen kurzen Moment, und etwas begann, sich zwischen den Schwaden zu materialisieren. Es war ein Zeichen, das wie ein geschwungenes S aussah, beide Enden schneckenförmig nach innen gedreht. Es leuchtete in einem tiefen Saphirblau, und Alex wusste, hinter diesem Symbol verbargen sich die Antworten, nach denen sie suchte – das S hatte irgendwie mit ihm zu tun.

Automatisch griff sie danach und wollte das schimmernde Gebilde berühren. Ob es vielleicht Teil eines Geistes sein könnte? Bisher war noch nie einer in ihre Träume vorgedrungen, aber nach beinahe drei Jahrzehnten, die sie es jetzt schon mit ihnen zu tun hatte, würde sie selbst das nicht mehr wirklich überraschen.

Plötzlich schnellte etwas aus dem Nebel hervor und packte Alex' Hand. Sie schrie erschrocken: „Heilige Scheiße", und versuchte, sich aus dem Griff dessen zu befreien, was auch immer sie da festhielt, doch es war zu stark.

„Bitte, weise mich nicht ab. Du musst zu mir zurückkehren."

Und dann wurde Alex' Hand sanft nach oben gezogen, und sie hätte schwören können, für einen Sekundenbruchteil zu spüren, wie Lippen – warme, sinnliche Lippen – ihre Haut streiften. Die Berührung beruhigte Alex auf seltsame Weise, sie fühlte sich sicher, und ihre Zweifel und die Verwirrung fielen einfach von ihr ab. Sie war genau dort, wo sie sein sollte. Alles würde gut. Das hier war kein Geist – die konnten Lebende nicht anfassen. Nein, sie hatte einen Mann vor sich – einen sexy Traummann, das Produkt ihrer Fantasie, der perfekte Partner für einen prickelnden Flirt. Und mehr. Sein fester Griff drückte Verlangen nach ihr aus.

Alex lächelte.

Natürlich wollte er sie. Natürlich rief er nach ihr. Sie hatte ihn schließlich geschaffen. Alles, was sie jetzt tun müsste, war, sich zu entspannen und die Dinge auf sich zukommen zu lassen. Zweifellos würde der Nebel jeden Augenblick verschwinden und den Blick auf ihren Auserwählten freigeben – wahrscheinlich zur Titelmelodie der unübertroffenen alten Lerner-und Loewe-Fassung von „Camelot". Ohh! Vielleicht war er es, den sie sich da kreiert hatte – König Arthur! Jepp. Eindeutig König Arthur. Diese Traumwelt war die originalgetreue Nachbildung eines romantischen Plätzchens irgendwo im alten England. Kein Wunder, dass er die ganze Zeit im Verborgenen geblieben war, während sie erwartete, Aragorn zu begegnen – ihr Fehler. Sie erlebte eine historisch angehauchte Liebesgeschichte, keine schmalzige Fantasy-Romanze.

„Nun gut", säuselte sie verführerisch und drückte die Hand, die noch immer ihre hielt. „Ich bin bereit. Hier bin ich, zurückgekehrt zu dir." Ein erwartungsvolles Lächeln auf den Lippen, wappnete sie sich für das, was als Nächstes geschehen würde, überzeugt davon, sie habe sich im Traum so etwas wie ihre persönliche Version eines gordischen Knotens ausgedacht und alle Ungereimtheiten lösten sich bestimmt gleich in Wohlgefallen auf.

„So leicht wird es dir nicht gemacht werden, Tochter der Menschen!"

Die unbekannte Stimme traf Alex wie ein Keulenschlag. Wer immer ihre Hand gehalten hatte, ließ sie abrupt los, und sie geriet durch das gewaltige Beben der donnernden Stimme aus dem Gleichgewicht. Sie stolperte rückwärts. Doch hinter ihr war nichts. Nur schwarze Leere. Verzweifelt ruderte sie mit den Armen, aber es gab nichts, woran sie sich hätte klammern können. Und dann fiel sie … und fiel … und fiel …

„Hallo, Ms Patton? Sie sind jetzt wach, es ist alles in Ordnung."

Alex schreckte hoch und wich reflexartig vor dem alten Mann zurück, der eine seiner großen, derben Hände auf ihre Schulter gelegt hatte und sie nun ebenso reflexartig wegzog.

„Tut mir leid, ich wollte Sie nicht erschrecken. Sie haben bloß ziemlich komische Geräusche gemacht, und da dachte ich, das muss ja ein Albtraum erster Güte sein, da wecke ich Sie lieber auf."

Alex blinzelte und sah zu dem Mann hinauf – lichtes graues Haar, silberne buschige Augenbrauen, eine Menge drahtiger Nasenhaare –, und ihr überlasteter Verstand war wieder halbwegs in der Realität angekommen.

„Oh, Mr Thomson, Sie sind es."

„Haben Sie schlecht geträumt, Liebes?" Mrs Thompson, eine füllige ältere Frau, die dem Klischee der typischen Großmutter in jeder Hinsicht gerecht wurde, schaute Alex über die Schulter ihres Mannes hinweg mitfühlend an.

„Ich … ich glaube, ja. Ich weiß gar nicht mehr genau, worum es in dem Traum ging." Sie stand auf und klopfte nicht vorhandenen Staub und Grashalme von ihrer Cargohose. „Nicht zu fassen, dass ich einfach eingeschlafen bin", murmelte sie und versuchte, sich nicht anmerken zu lassen, wie verwirrt und desorientiert sie noch immer war – ganz besonders, als ihr bewusst wurde, dass sie inzwischen die ungeteilte Aufmerksamkeit der gesamten Wandergruppe genoss.

„Schätzchen, Sie sind praktisch ins Koma gefallen, und das beinahe zwei Stunden lang", polterte Mr Meyers, ein ehemaliger Schlachter aus Tulsa, in seiner liebenswürdig direkten Art.

„Ach Frank, lass das arme Ding doch in Ruhe. Mir ist schon vorhin, als wir unterwegs waren, aufgefallen, wie furchtbar übermüdet sie aussah." Mrs Meyers, die gleich zu Anfang darauf beharrt hatte, Alex solle sie Trixi nennen, klopfte ihr beruhigend auf die Schulter. „Keine Sorge, ist ja nichts passiert. Wir brauchen alle unseren Schönheitsschlaf."

„Ähm, also gut dann, sind alle so weit fertig, dass wir uns auf den Rückweg machen können?", fragte Alex in die Runde, obwohl sie insgeheim am liebsten im Erdboden versunken wäre.

„Aber klar! Und ich wette, jetzt legen Sie einen etwas flotteren Schritt vor als auf dem Hinweg, wo Sie Ihr kleines Mittagsschläfchen gehalten haben, was?" Mr Meyers lachte und schlug ihr kumpelhaft auf den Rücken.

Glücklicherweise blieb keiner der Touristen über Nacht, also war Alex' Arbeit für diesen Tag getan, nachdem sie die Gruppe wieder heil und vollständig im zum Park gehörigen Souvenirladen abgeliefert hatte. Nach Teil zwei ihres seltsamen Fortsetzungstraumes noch immer ziemlich neben der Spur, beschloss sie, sich einer ihrer Lieblingsbeschäftigungen hinzugeben – alte BBC-Filmklassiker-Specials auf ihrem Breitbild-iMac anzuschauen. Dazu eine ordentliche Portion frisch gemachtes Popcorn mit extra viel Butter und ein großes Glas Eistee – Wein stand nicht zur Debatte. Sie stellte alles auf den Tisch, öffnete den „Netflix"-Umschlag und wollte gerade die erste Disc von „The House of Eliott" ins DVD-Laufwerk einlegen, als ein Piepsen ertönte, das sie darüber informierte, wenn ein neue E-Mail in ihr Postfach flatterte. Ohne großartig darüber nachzudenken, klickte Alex das blinkende Symbol auf dem Bildschirm an und sah, wer ihr da freundlicherweise geschrieben hatte: ACarswell@flagstaff.net.

„Oh, bitte, das soll wohl ein Witz sein", grummelte sie, öffnete die Mail jedoch trotzdem, wenn auch widerwillig.

Sie bestand aus nur einer Zeile: *Wenn Sie mehr darüber erfahren möchten, wir erwarten Sie in Flagstaff.* Unterzeichnet mit A. C.

Alex ließ den Blick erneut zur Adressleiste hochwandern und sah, dass es einen Anhang gab. Beinahe hätte sie auch den geöffnet, doch sie zögerte. Was könnte Carswell ihr schon Außergewöhnliches schicken, um sie zu ködern? Letztlich aber siegte ihre Neugier. Das Zeichen, das plötzlich auf dem Bildschirm erschien, ließ Alex unwillkürlich die Luft anhalten.

Es war das saphirblaue Symbol aus ihrem Traum.

4. KAPITEL

Es dauerte eine halbe Ewigkeit, ihr Adressbuch nach der verdammten Nummer des Hauptquartiers vom „Projekt Anasazi“ zu durchwühlen, die Tessa ihr Monate zuvor gegeben hatte. Dies war Tessas erster Versuch gewesen, sie zu überreden, den *Time Raiders* beizutreten. Alex war nicht im Geringsten überrascht, dass sie Carswell schon nach dem zweiten Klingeln persönlich am Telefon hatte.

„Woher haben Sie dieses Symbol?“, platzte Alex heraus, ohne sich unnötig mit Begrüßungsfloskeln aufzuhalten.

„Alex, wie schön, dass Sie anrufen“, sagte Carswell gelassen.

„Woher haben Sie es?“, wiederholte Alex starrsinnig.

„Wie ich Ihnen bereits in meiner E-Mail mitgeteilt habe, werden Sie sich nach Flagstaff bemühen müssen, wenn Sie an weiteren Informationen interessiert sind.“

„Das ist Erpressung!“

„Nennen Sie es, wie Sie möchten, aber das ist der Deal. Entweder … oder.“

Alex atmete tief durch und sprach erst wieder, als sie sich sicher sein konnte, nicht ausfallend zu werden. Dann antwortete sie – in kurzen, klaren Sätzen: „Ich weiß nicht, warum Sie das tun. Ich werde bei dem Projekt nicht mitwirken. Meine Entscheidung steht fest, ob ich nun hier bin oder dort.“

„Ich tue es, weil wir Sie brauchen. Die Welt braucht Sie, Alex.“

„Die Welt? Schwachsinn! Ich kann nicht die ganze Welt retten. Suchen Sie sich jemand anderen für den Job. Jemanden, der mehr wie Tessa ist.“

„Für diesen speziellen Auftrag brauchen wir Sie.“ Als von Alex’ Seite keine Reaktion kam, sprach Professor Carswell in sanftem Tonfall weiter. „Dieses Symbol hat eine besondere Bedeutung für Sie und Ihr Leben, so viel kann ich Ihnen verraten.“

„Woher wollen Sie das wissen?“

Am Klang der Stimme ihrer Gesprächspartnerin konnte Alex hören, dass Professor Carswell lächelte. „Sie sind auf diesem Planeten nicht die Einzige mit besonderen Fähigkeiten."

Alex stieß einen frustrierten Laut aus.

„Kommen Sie nach Flagstaff. Es wird Ihr Leben verändern, glauben Sie mir", beharrte die Professorin.

„Und wenn ich gar keine Veränderung will?"

„Nicht?"

Es folgte ein langer Moment der Stille, und dann hörte Alex sich selbst auf einmal fragen: „Liegt das Ticket noch am Flughafen? Tulsa International?"

„Was ist Isatis-Tinktur?", erkundigte sich Alex. Sie saß Professor Carswell in deren Büro gegenüber und bewunderte eine erstklassige Zeichnung des S-Symbols, die Carswell eingescannt und ihr per E-Mail geschickt hatte. Das Original allerdings war auf die Umrisse eines menschlichen Gesichts gemalt worden. Ein offenbar männliches Gesicht, der Form nach zu urteilen, doch es gab keine Details wie Augenbrauen oder Ähnliches, es diente nur als Rahmen für das geschwungene Symbol, das von der Stirn über die Wangenknochen bis hinunter zum Hals und an den Rand des Oberkörpers reichte.

Nie zuvor hatte Alex etwas so Exotisches, Schönes oder Reizvolles gesehen. Diesen Gedanken behielt sie aber lieber für sich.

„Isatis-Tinktur ist der Farbstoff, den die alten Kelten benutzten, um ihre Körper mit solchen Tätowierungen zu versehen."

„Dieses Zeichen ist also eine antike Tätowierung?" Alex starrte weiterhin fasziniert das Bild an, als würde sie versuchen, das Gesicht des Mannes hinter dem Symbol zu erkennen.

„Na ja, unter den Experten herrscht Uneinigkeit darüber, ob diese Muster wirklich eintätowiert oder nur auf den Körper gemalt wurden. Eine ziemlich sinnlose und langweilige Debatte, wenn Sie mich fragen. Sicher ist aber, dass dieses spezielle Symbol, die Doppelspirale, einst von einem keltischen Druiden und Krieger getragen wurde, der im Jahr sechzig vor Christus in Britannien lebte."

„Ich verstehe nicht ganz", warf Alex ein. „Woher wissen Sie das alles, und was hat das Ganze mit mir zu tun?"

„Was es mit Ihnen zu tun hat?", mischte sich General Ashton ein, die in diesem Moment durch die Tür zu Carswells Büro gekommen war.

„Sagen Sie es mir. Ich dachte, deshalb bin ich den ganzen Weg hergekommen."

„Warum haben Sie gerade bei diesem Wurm am Haken angebissen und sind in den Flieger gestiegen? Trotz Ihrer Abneigung gegen das Projekt?"

„Alex, ich weiß, dass das Symbol eine Bedeutung für Sie hat", erklärte Professor Carswell besänftigend.

Alex ignorierte den General und wandte sich Carswell zu. „Ich habe es in meinen Träumen gesehen. Ich glaube, der Mann, zu dem es gehört, versucht, mit mir Kontakt aufzunehmen."

„Bittet er Sie darum, zu ihm zu kommen?" Professor Carswell beugte sich vor, so weit, bis sie fast buchstäblich vom Stuhl fiel, und erwartete gespannt Alex' Antwort.

„Ja", bestätigte sie zögerlich.

Carswell nickte langsam. „Dann sind Sie es, die auf diese Mission gehen muss. Alex, ich habe das nächste Medaillon lokalisiert. Es befindet sich im alten Britannien, sechzig vor Christus, und es existiert eine Verbindung zur keltischen Kriegerkönigin Boudica. Ansonsten kann ich mit Sicherheit nur noch sagen, dass der Ort, an dem es versteckt ist, vom Tod beherrscht wird. Es ist fast, als hätten die Toten mit der Zeit einen Trampelpfad geschaffen, der direkt dorthin führt. Sie wissen, wo dieses Stück des Puzzles verborgen liegt. Ich nicht."

„Sie sehen also, Alex, wir brauchen jemanden, der mit den Verstorbenen sprechen kann", beendete der General Carswells Erklärungsversuch.

„Oh, nein!" Alex schüttelte energisch den Kopf. „Hören Sie, ich bin noch nicht mal einen Tag in Flagstaff und schon völlig gestresst. In der Prärie ist es anders, aber hier schwirren überall Geister rum, egal, wo ich hinsehe.“ Es verschaffte ihr ein – zugegeben – gemeines Gefühl der Genugtuung, als sie die Reaktion von Carswell und General Ashton beobachtete, die sich beide nervös im Raum umblickten. „Keine Sorge, Sie können sie sowieso nicht sehen. Aber das macht nichts, die Geister scheinen dieses Gebäude zu meiden, es ist nicht ein einziger hier. Egal, Zeit, dass wir mal Klartext reden. Tessa hat Ihnen von meiner ‚Fähigkeit‘ erzählt, und ich kann verstehen, warum sie dachte, das Richtige zu tun. Tessa ist ein Teamplayer mit Leib und Seele. Ich aber nicht. Ich bin raus aus der Air Force. Das Ganze …“ Sie gestikulierte hilflos mit den Armen. „… dieses ganze Zeugs ist einfach zu viel für mich. Klar hat mich interessiert, wer der Mann ist, von dem ich geträumt hatte, aber jetzt sagen Sie mir, er lebte vor einer Trillion Jahren irgendwo in Britannien, also wo soll es da bitte eine Verbindung zu mir und meinem Leben heute geben? Ich will einfach bloß wieder zurück – zu meinem ruhigen Job. In eine Welt, wo ich frei atmen kann und mich das ständige Gebrabbel der Toten nicht um den Verstand bringt, okay? Und außerdem, falls es Ihnen noch nicht aufgefallen ist, ich funktioniere nicht mehr nach dem Militärprinzip ‚Halt die Klappe und mach, was man dir sagt!‘. Es tut mir leid, dass ich Ihre Zeit verschwendet habe. Und meine.“ Alex schickte sich an, aufzustehen.

„Setzen Sie sich, Sergeant.“ General Ashton hob nicht einmal die Stimme, doch ihr autoritärer Tonfall ließ Alex zurück auf den Stuhl sinken, bevor ihr überhaupt bewusst wurde, dass sie gehorcht hatte.

„Sie sind eine Frau, die kein Blatt vor den Mund nimmt. Also gut, dann reden wir mal Klartext. Hier geht es nicht um irgendeinen Traummann. Oder um Sie und Ihr Bedürfnis nach Abgeschiedenheit. Es geht darum, die zwölf Medaillons zu finden und sie wieder zusammenzuführen, um eine fremde feindliche Rasse aufzuhalten, die seit Tausenden von Jahren Frauen versklavt. Wir stehen als Einzige zwischen denen und unserer völligen Vernichtung. Diese Kreaturen werden zur Erhaltung ihrer Vormachtstellung im Universum alles tun, und wenn sie jeden weiblichen Menschen von diesem Planeten fegen müssen. Das Leben der Töchter unserer Töchter steht auf dem Spiel, geht das in Ihren Kopf rein? Also stecken Sie sich Ihren Egoismus sonst wohin und hören Sie auf zu jammern. Sie können so viel Ruhe haben, wie Sie wollen, wenn Sie tot sind."

Alex begegnete dem scharfen Blick des Generals. Ashton war ganz offensichtlich mehr als angepisst, aber das machte Alex nichts aus. Früher hatte sie sogar Spaß daran gehabt, Vorgesetzten den Tag zu vermiesen, was während ihrer aktiven Dienstzeit häufig geschah. Doch dies hier war anders. Sie respektierte Ashton dafür, dass diese ihr endlich einen kräftigen Tritt in den Hintern gegeben und aufgehört hatte, um den heißen Brei herumzureden. „Diese fremden Wesen, würden die wirklich so weit gehen, wie Sie sagen?"

„Worauf Sie Gift nehmen können."

„Ich bin keine Superheldin, General. Ich bin nur eine Frau, die mit Toten sprechen kann. Und wenn zu viele von denen gleichzeitig auf mich einreden, macht mich das so fertig, dass ich kaum noch geradeaus denken kann."

„Wie viel Denkarbeit, glauben Sie, ist denn dabei nötig, ein paar Geister aus dem Altertum zu bitten, Sie zu etwas wie dem hier zu führen?" Ashton zog ein Bild hervor, auf dem die Oberseite eines bronzenen Medaillons zu sehen war. Es hatte eine längliche Form und ungefähr die Größe von zwei nebeneinandergelegten Vierteldollarstücken. Auf der Oberfläche konnte man ein interessantes Muster erkennen, das beim Original wahrscheinlich funkelte. Es erinnerte Alex vage an Sternenkonstellationen.

Sie zuckte mit den Schultern. „Kommt darauf an, wie lange ich ohne Schlaf auskommen muss."

„Alex", mischte Professor Carswell sich eilig ein, „können Sie sich erklären, warum die Prärie so eine beruhigende Wirkung auf Sie hat?"

„Nein, abgesehen davon, dass die Toten mich dort sehr viel seltener belästigen als anderswo. Es ist, als wären sie irgendwie erdverbundener oder so was. Ich habe den Grund dafür nie hinterfragt. Ich war einfach nur froh, als Tessa und ich damals zusammen quer durchs Land gereist sind und auf dem Weg einen Zwischenstopp in der Hochgrasprärie eingelegt haben. Denn plötzlich war da diese Ruhe, die ich vorher gar nicht kannte."

Carswell nickte. „Erdverbunden ... das ist ein passender Ausdruck. Wussten Sie, dass die alten Kelten auch eine starke Verbindung zur Erde hatten? Ich kann es nicht hundertprozentig versprechen, aber ich bin mir doch sehr sicher, dass Sie in dieser antiken Welt weitaus weniger Probleme mit den Geistern hätten als in unserer heutigen modernen und rastlosen Zeit."

„Aber ob das nun stimmt oder nicht, wir brauchen Sie für diese Mission", beharrte General Ashton.

Alex sah sie an. „Ich will mit Tessa sprechen."

Ashton warf Carswell einen Blick zu, die sich daraufhin räusperte und meinte: „Alex, Tessa befindet sich zurzeit nicht auf der Erde."

„Wie bitte?"

Carswell nickte bestätigend. „Sie haben richtig gehört. Ihre Freundin war nur kurz hier, um Sie anzurufen. Und für eine Vorsorgeuntersuchung. Sie ist schwanger."

„Schwanger?"

General Ashtons Lächeln verriet eine Spur Schadenfreude. „Tessa wollte es Ihnen eigentlich selbst erzählen, aber Sie haben ja einfach aufgelegt."

Missbilligend runzelte Carswell die Stirn. „Sie hätte ihr wohl kaum am Telefon erzählt, dass sie das Kind eines Außerirdischen erwartet, das später in der Heimatwelt seines Vaters zu einem Sternennavigator ausgebildet werden soll."

„Sie ist schwanger von einem ... Außerirdischen?" Alex fühlte, wie ihr ein kleines bisschen schwummerig wurde.

„Er ist zur Hälfte ein Mensch“, berichtigte Carswell.

„Also war ihre Mission ein voller Erfolg“, murmelte Alex mehr zu sich selbst.

„In vielerlei Hinsicht“, stimmte der General zu.

Alex schaute ihr in die Augen. „Ich bin aber nicht wie Tessa. Sie ist von Natur aus eine der Guten, die immer genau weiß, was das Richtige ist, und es dann auch tut, egal um welchen Preis. Ich hatte mit sechs schon genug davon, das Richtige zu tun, als meine Eltern nach meiner ‚guten Tat‘ anfingen, mich anders zu behandeln. Als hätten sie Angst vor mir, nur weil ich diesem Cop gezeigt habe, wo die Leiche des vermissten Nachbarsjungen lag. Seitdem bleibe ich lieber an der Seitenlinie und verhalte mich unauffällig, wenn's geht.“

Der General lächelte wieder, dieses Mal jedoch aufrichtig, und Alex dachte bei sich, dass ihr vorher noch nie aufgefallen war, was für eine schöne Frau Ashton eigentlich war. „Und Sie haben nicht langsam die Nase voll davon, sich auf der Ersatzbank den Arsch wund zu sitzen? Wie wäre es, stattdessen mal wieder mitzumischen?“

„Ich glaube, Sie wechseln da den falschen Spieler ein, Coach“, gab Alex zurück.

„Das glaube ich nicht“, widersprach Carswell. „Zwischen Ihnen und dem Druiden mit dem Spiralensymbol gibt es eine Verbindung.“

„Verbindung? Was meinen Sie damit?“

Statt zu antworten, neigte die Professorin den Kopf zur Seite, als lausche sie einem Flüstern im Wind. „Sie waren noch nie verliebt.“

Es war keine Frage, aber Alex fühlte sich trotzdem genötigt, etwas darauf zu erwidern. „Nein, nicht wirklich.“

„Es hat niemals richtig gepasst zwischen Ihnen und einem Mann, nicht wahr?“

„Sagen wir, es ist ein bisschen schwierig, eine normale Beziehung zu führen, sobald ein Kerl mitkriegt, dass seine Freundin mit toten Leuten redet. Leider ist es nicht wie im Fernsehen.

Echte Männer fahren auf so was nicht besonders ab, ich weiß auch nicht, wieso", sagte Alex zynisch.

„Mit dem Kelten wird es anders sein. Er ist mit Ihrer Seele verwoben."

„Und was bitte schön soll das wieder heißen?", fragte Alex und verdrehte die Augen.

„Nehmen Sie den Auftrag an, reisen Sie zurück ins alte Britannien und finden es heraus", schlug General Ashton vor.

„Ach, verdammter Mist. Sieht aus, als hätte ich keine Wahl, was?" Alex stöhnte resigniert.

Die Professorin und Ashton wechselten ein kurzes, siegreiches Lächeln.

5. KAPITEL

Und Sie sind wirklich sicher, dass dieses Kaninchen sich an den Plan hält und das tut, was es soll?" Skeptisch linste Alex in die Transportbox, in der ein sehr gewöhnlich aussehendes weißes Kaninchen saß.

„Hundertprozentig sicher. Wickeln Sie es einfach aus dem Umhang aus, den Sie tragen werden, sagen Ihren auswendig gelernten Spruch auf und setzen es vor sich auf den Boden." Professor Carswell lächelte Alex aufmunternd an. „Aber denken Sie daran, Sie sind Priesterin einer mächtigen Göttin und darüber hinaus auch noch eine ‚Ahnen-Mittlerin', wie die Kelten jemanden mit Ihrer Gabe nannten. Also müssen Sie die magischen Zeilen entsprechend erhaben vortragen."

„Erhaben?" Alex runzelte die Stirn. „Sie meinen das tatsächlich ernst, oder?"

„Absolut. Es ist wichtig, dass Sie Ihre Rolle überzeugend spielen."

„Na schön, ich werde mein Bestes tun. Hoffen wir, das Kaninchen auch."

„Darum kümmere ich mich schon. Ich sorge dafür, dass Sie bei Ihrer Ankunft in südöstlicher Richtung stehen. Sobald Sie das Kaninchen freilassen, wird es einen Satz nach vorn machen und geradeaus rennen, direkt auf Londinium zu."

„Und das soll Boudica dazu veranlassen, London anzugreifen?", fragte Alex zweifelnd.

„Die geschichtlichen Fakten gelten als gesichert. Boudica war eine treue Anhängerin der Göttin Andraste, und diese wiederum betrachtete Kaninchen als heilige Tiere, ganz besonders die reinen weißen Tiere. Bevor sie die endgültige Entscheidung traf, Londinium zu stürmen …" Carswell machte eine Pause, um sicherzugehen, dass Alex die korrekte Bezeichnung der antiken Stadt verinnerlicht hatte. „… ließ sie ein Kaninchen frei und sagte, sie würde ihre Armee gegen das Ziel anführen, das die Göttin ihr vorgibt. Sie verkörpern eine Priesterin Andrastes, und dieser Moment ist perfekt für Ihr plötzliches Erscheinen im Lager der Kriegerkönigin."

„Vorausgesetzt, die Leute dort kaufen mir die Nummer ab. Was, wenn sie ausflippen und mich zur Sicherheit erst niedermetzeln und dann fragen, wer ich bin?"

„Ihr fester Glaube an ihre Göttin und die tief verwurzelte Überzeugung der damaligen Menschen, dass Magie existiert, ist unser Garant für das Gelingen des Plans. Was für uns Wissenschaft ist, wurde zur damaligen Zeit als Zauberei angesehen. Ganz selbstverständlich. Ein weiterer Vorteil ist, dass Sie Ihre spezielle Fähigkeit nicht geheim halten müssen, so wie hier. Im Gegenteil, man wird Sie dafür umso mehr verehren."

„Wollen wir's hoffen." Alex betete inständig, dass Carswell mit ihrer Einschätzung der antiken Geister recht behielt und die sich wirklich so benahmen wie die in der Hochgrasprärie. Erdverbunden und unaufdringlich. Selbst durch die Mauern des gegen spirituelle Phänomene abgeschirmten Labors, das sie seit Tagen nicht verlassen hatte, konnte Alex die Anwesenheit der Toten in den umliegenden Straßen der Stadt spüren, und mehr brauchte es nicht, um ihr ernsthafte Schlafprobleme zu bescheren.

„Setzen Sie Ihre berüchtigte Aufsässigkeit ein, mit der Sie General Ashton in den vergangenen Tagen gepiesackt haben, und niemand wird auch nur den Hauch eines Zweifels daran hegen, dass Sie die Priesterin einer Kriegsgöttin sind", schlug Carswell augenzwinkernd vor.

„Ashton findet mich launisch und anstrengend."

„Dafür sollen Kriegsgöttinnen bekannt gewesen sein", stellte Professor Carswell fest, was Alex trotz der angespannten Situation zum Lachen brachte. „Hören Sie einfach auf Ihre innere Stimme. Das Wissen, das ich während des Vorgangs in Ihr Gehirn transferiere, wird Ihnen so ähnlich vorkommen wie ein sehr starkes Bauchgefühl. Manchmal könnten sehr viele verschiedene Informationen auf einmal in Ihrem Unterbewusstsein auftauchen, also nutzen Sie Ihre Intuition und handeln danach."

Nicht ganz zufällig verspürte Alex' nervöser Magen just in diesem Moment das Bedürfnis, sich seiner letzten Mahlzeit zu entledigen. So viel zum Bauchgefühl.

„Und es gibt bestimmt keine Probleme mit der Verständigung?"

„Nein. Der in Ihr Sprachzentrum implantierte Chip funktioniert wie ein unsichtbarer Universalübersetzer in beide Richtungen. Er passt alles Gesagte so an, dass Sie die anderen Menschen verstehen und diese Sie. Und nicht vergessen, Sie sind nicht mehr Alex Patton. Sie sind Blonwen, Priesterin von Andraste, und konnten nur knapp dem Blutbad unter den Druiden und Priestern auf der Insel Mona entkommen, das der römische Heerführer Gaius Suetonius Paulinus dort anrichten ließ."

„Von dem Sie vermuten, dass er in Wirklichkeit ein Centaurianer ist."

Carswell nickte. „Bei seiner Laufbahn, in der vor allem beispiellose Gewalt und Grausamkeit herausstechen, wäre es durchaus denkbar. Außerdem: Wenn wir wissen, wo sich das nächste Medaillon befindet, wissen es die Centaurianer auch, und es ist sehr wahrscheinlich, dass einer von ihnen ebenfalls danach sucht, um uns zuvorzukommen."

Professor Carswell reichte ihr ein goldbeschlagenes breites Armband mit einem geschliffenen Bergkristall in der Mitte, das Alex über ihr rechtes Handgelenk streifte. „Meine Puff-weg-bin-ich-Geheimwaffe. Wie beruhigend", sagte sie.

„Passen Sie gut darauf auf", sagte Professorin Carswell, während sie ihren Platz hinter einem Computermonitor dicht neben dem Glaskasten einnahm, der in der Mitte des Labors stand. „Dieser Notsignalsender ist die einzige Möglichkeit für uns, Sie da rauszuholen, wenn Sie in echten Schwierigkeiten stecken."

Echte Schwierigkeiten? dachte Alex und fröstelte. *Meint sie die im Gegensatz zu den unechten, die mich erwarten, sobald ich plötzlich aus dem Nichts auftauche und in der Vergangenheit einschlage wie ein Komet?*

„Sie wissen, dass wir in der Lage sind, historische Ereignisse zu korrigieren, die Sie versehentlich verändern, aber Sie müssen den NSS aktivieren, bevor Sie tödlich verletzt werden. Sie sind nicht Teil der damaligen Geschichte, also wäre Ihr Tod etwas, das nie stattgefunden hat und das wir deshalb nicht rückgängig machen könnten", erinnerte General Ashton sie.

„Ich weiß, schon klar", murmelte Alex grimmig.

„Bereit, Blonwen?", fragte Carswell.

„Und wie."

„Schön. Also dann, hier ist Klopfer." Professor Carswell holte das Kaninchen aus der Transportbox und übergab es Alex.

„Klopfer?"

Carswell lächelte. „Mein Favorit war Bambi, aber ich wurde überstimmt." Zu aufgeregt, um das Lächeln zu erwidern, konzentrierte Alex sich stattdessen darauf, das Tier nicht zu fest an die Brust zu drücken.

Als man ihr das kronenförmige Gebilde auf den Kopf setzte, mit dessen Hilfe sie in die Vergangenheit geschickt werden konnte, indem es irgendetwas mit den Sinuswellen ihres Gehirns anstellte, flüsterte Carswell ihr ins Ohr: „Der Druide wird Ihnen zur Seite stehen. Das weiß ich. Lassen Sie sich von Ihren Gefühlen leiten, die bringen Sie zu ihm."

Ihr Mund war auf einmal staubtrocken, sodass Alex kein Wort herausbrachte, also nickte sie schlicht.

Viel zu schnell saß Professor Carswell gemütlich auf dem Plüschsessel, der direkt vor der Glaskabine stand, die Alex gedanklich in „gläserner Sarg" umbenannt hatte. Sie stieg hinein, das Kaninchen auf dem Arm, und versuchte, nicht zu hyperventilieren. Nervös ließ sie den Blick zu Carswell wandern, die vollkommen entspannt zu sein schien. Das hätte Alex beruhigen sollen, doch sie spürte trotzdem, wie die Härchen auf ihren Unterarmen kribbelten und sich aufstellten. Doch kaum hatte sie schützend die Arme um Klopfer gelegt, als sie auch schon ein heftiger Schmerz durchzuckte. Höllenqualen, die ihren Körper in Wellen durchfuhren. Die Luft um sie herum begann zu schwirren, als stünde sie inmitten eines Wirbelwindes. Nicht dagegen wehren, erinnerte sie sich selbst, es ist wie eine stürmische See, lass dich einfach darin treiben. Leichter gesagt als getan, wenn man noch nie bei Sturm auf offenem Meer gewesen war. Sie lenkte ihre Aufmerksamkeit auf Carswell – genauer gesagt auf die Tatsache, wie ruhig und besonnen sie wirkte. Dann lief alles nach Plan, nicht wahr? Carswell wusste schließlich, was sie tat. Es würde schon schiefgehen.

Eine Wolke aus Licht hüllte Alex ein. Automatisch kniff sie die Augen zu, um nicht in das grelle Weiß zu sehen, und schirmte Klopfers Kopf mit einer Hand dagegen ab. Dann fühlte sie sich auf einmal schwerelos, was bedeutete, ihre Moleküle wurden vorübergehend in Milliarden einzelner Atome zerlegt. Lieber nicht darüber nachdenken, sagte sie sich, als das Gefühl der Schwerelosigkeit zunahm und sie glaubte, nach oben zur Zimmerdecke zu schweben und in sie hineingezogen zu werden. Darauf folgte eine erdrückende, scheinbar endlose Schwärze, und Klopfers panisches Quieken hallte zusammen mit ihrem eigenen Angstschrei in ihren Ohren wider.

Die Benommenheit war schlimmer als erwartet, also versuchte Alex erst gar nicht, aufzustehen, sondern blieb auf den Knien sitzen, nach vorne übergebeugt, zitternd und nach Luft schnappend. Genau wie Carswell gesagt hatte, fand sie sich in einen Umhang gehüllt wieder, obwohl sie sich ebenso wenig erklären konnte, wie man Sinuswellen derart verdrehen oder modifizieren konnte, dass daraus Kleidung wurde, wie das ganze Zeitreise-Konzept an sich. Abgesehen von sich selbst spürte sie noch jemanden zittern – das Kaninchen in ihren Armen. Wenigstens hieß das, dass es am Leben war.

Das dumpfe Brummen in Alex' Kopf ließ die fremden Stimmen nur langsam zu ihr durchdringen.

„Was ist das?“

„Ein Irrwisch!“

„Aye, eine Erscheinung.“

„Und wenn es ein Geist ist?“

„Schützt Boudica! Haltet die Erscheinung von ihr fern!“

Dann erschallte eine weibliche Stimme, lauter als die anderen, gebieterisch und vor Selbstsicherheit strotzend. „Erhebe dich und nenne deinen Namen, seiest du Schatten oder Fleisch.“

Alex holte tief Luft und betete im Stillen zu allen Göttern, die in dieser Zeit existiert haben mochten, ihr die Kraft zu geben, aufrecht stehen zu können und zusammenhängende Sätze zu bilden. Mitsamt dem in ihrem Umhang verborgenen Kaninchen rappelte sie sich langsam hoch, hielt dabei kurz inne und wartete ab, bis eine erneute Schwindelattacke vorüberging. Sie öffnete erst die Augen, als sie sicher war, dass ihre Beine nicht einfach wegknicken würden.

Das Erste, was sie sah, war eine hochgewachsene Frau, umgeben von einer unsichtbaren Aura der Macht. Boudica – es musste die Kriegerkönigin sein – stand kaum fünf Meter entfernt vor ihr. Sie hatte unglaublich dickes rotes Haar, das ihr über die Schultern fiel. Ihre Kleider bestanden aus gegerbtem Leder, reich verziert mit bunten, geflochtenen Bändern, in kunstvoller Handarbeit zu filigranen Formen und Ornamenten verknüpft. Das weiche Leder schmiegte sich eng an ihren athletischen Körper, ließ jedoch einen Großteil ihrer Oberschenkel unbedeckt. Ihre kniehohen Lederstiefel waren mit Fuchsfell ausstaffiert, ebenso wie der weite Umhang. An Handgelenken und Bizeps trug sie juwelenbesetzte Ketten und um den Hals einen massiven goldenen Ring mit offenen Enden, in denen jeweils Steine eingelassen waren, die wie Juwelen aussahen. Der Begriff Torque, ein antikes Symbol edler Abstammung und Macht, schoss Alex durch den Kopf.

Ja, dies musste Boudica sein. Alex hob das Kinn und sah der Frau, die sie mit stechendem Blick musterte, fest in die grünen Augen.

„Königin Boudica, ich bin Blonwen, Priesterin der Göttin Andraste. Sie sandte mich hierher, bewahrte mich vor dem sicheren Tod, der so viele beim Massaker von Mona ereilte, damit ich Euch ein Zeichen ihrer Gunst überbringen möge." Alex war gezwungen, eine Pause zu machen, als unter den Umstehenden lautes, aufgeregtes Geschrei ausbrach.

Boudica hob eine Hand, und ihre Gefolgsleute verstummten.

„Dies ist in der Tat ein Zeichen von Andraste, denn gerade habe ich die Göttin um ihren Beistand für die bevorstehende Schlacht gebeten."

„Ich weiß, und ich habe Anweisungen, die Euch zum Sieg führen werden", nahm Alex schnell den Faden auf und begann die Ansprache, die sie auswendig gelernt hatte. „Andraste wünscht, dass Ihr dem Pfad folgt, den sie Euch weist. Sie schickt eines ihrer heiligen Geschöpfe, ihn Euch zu zeigen!" Mit einer theatralischen Bewegung, die Professor Carswell sehr stolz auf ihre Schauspielschülerin gemacht hätte, schlug Alex ihren Umhang zurück und präsentierte Klopfer. Ein Raunen ging durch die Menge. Sie setzte das weiße Kaninchen vor sich auf den Boden und hoffte, niemand würde bemerken, dass sie den Atem anhielt. Doch wie üblich war auf Carswell Verlass, und es geschah genau das, was die Professorin vorhergesagt hatte. Das Kaninchen machte einen Satz vorwärts und rannte direkt auf Boudica zu. Die Königin blieb reglos stehen, doch ihre Augen weiteten sich beim Anblick des Tieres, das wie ein Pfeil auf sie zugeschossen kam. Dann, im letzten Moment, schlug es einen Haken nach rechts, wobei es so dicht an Boudica vorbeiflitzte, dass es die Falten ihres Umhangs berührte, bevor es in den Wald hinter ihnen flüchtete. Die Abenddämmerung hatte bereits eingesetzt, und nach wenigen Sekunden war nicht einmal mehr der winzigste weiße Fleck zwischen den Bäumen zu sehen.

Während dieses Schauspiels hatte niemand einen Laut von sich gegeben, bis Boudicas Gesichtsausdruck sich veränderte und sie die Lippen zu einem harten, entschlossenen Lächeln verzog. „Andrastes Botschafter zieht gen Londinium, und wir werden es ihm gleichtun!" Sie reckte die Faust in den Himmel, und ihre Gefolgsleute jubelten voll erwartungsfroher Begeisterung.

Alex dagegen war sich ziemlich sicher, dass sie jeden Augenblick kreidebleich werden und in Ohnmacht fallen würde.

„Setz dich, Priesterin! Es scheint, du kannst dich kaum auf den Beinen halten." Mit wenigen Schritten war Boudica bei Alex und fasste sie mit einer ihrer starken Hände unter dem Ellbogen. „Aedan! Warum stehst du da und glotzt wie ein Ölgötze? Hilf mir mit Andrastes Dienerin!"

Ein Schrank von einem Mann, der wahrscheinlich nicht einmal „Buh" zu machen brauchte, um jedes Baby im Umkreis mehrerer Meilen zum Heulen zu bringen, eilte zu Alex und seiner Königin. In seiner Hast riss er Alex förmlich von den Füßen und trug sie zu einer Art Stuhl, der neben einem stilvoll verschnörkelten Möbelstück stand, bei dem es sich offenbar um einen Thron handelte.

„Bringt der Priesterin Speisen und Met!", schnauzte Boudica, und andere Männer setzten sich so schlagartig in Bewegung, dass sie beinahe zusammenstießen.

Wenig später reichte jemand Alex einen schweren bronzenen Kelch. Sie nippte zuerst nur an dem ihr unbekannten Getränk, doch dann, fasziniert von seinem herbsüßen Geschmack, nahm sie immer größere Schlucke. Im Nu war der Kelch leer und wurde ebenso schnell wieder nachgefüllt, während eine andere Person eine große Bronzeplatte mit gebratenem Fleisch und Brotstücken vor Alex' Nase stellte und sie sich ohne Umschweife oder jegliche Tischmanieren darüber hermachte, als hätte sie seit Tagen nichts mehr gegessen. Obwohl sie gerade wie durch Geisterhand vor diesen Leuten Gestalt angenommen hatte, ein heiliges Kaninchen das Ziel ihres nächsten Angriffs hatte bestimmen lassen und jetzt auf einem Platz direkt neben dem Thron saß, den Boudica sicherlich nicht jedem anbot, ging das Getuschel um sie herum weiter. Wer sie denn sei, woher sie komme und warum. Und Alex beobachtete ihrerseits dieses für sie fremdartige Volk, während sie aß.

Professor Carswell hatte ihr erzählt, dass die Kelten sehr groß für die damalige Zeit gewesen waren, doch die nüchternen Fakten der Geschichtsbücher wurden diesen Menschen nicht einmal annähernd gerecht. Ihrer rohen, ursprünglichen Schönheit. Sie waren groß, ja, aber ihre robusten Körper bewegten sich dennoch mit einer katzengleichen Geschmeidigkeit. Die Frauen strahlten Stärke und Unerschrockenheit aus. Ihre dicken, zu Zöpfen geflochtenen Haare schimmerten in den verschiedensten Farben, vom hellsten Aschblond bis hin zu Boudicas leuchtendem Feuerrot. Die Männer waren bedrohliche, muskelbepackte Riesen mit scharfen, wachen Augen, denen nichts entging. Alle, ob Mann oder Frau, trugen auffällig bunte Kleidung – Tuniken, Hosen und Umhänge. Viele Stücke waren in gleicher Art verziert wie Boudicas Ledersachen, nur nicht ganz so aufwendig.

Als Alex in der Menge einen Mann ausmachte, dessen Gesicht mit einem saphirblauen Symbol versehen war, glaubte sie im ersten Moment, dass er es sei, und ihr Herz schlug höher. Doch dann erkannte sie, dass es sich nicht um das S-Symbol, sondern die Umrisse eines Drachen handelte. Auch wenn scheinbar nur ihre Fantasie mit ihr durchgegangen war und von dem Druiden aus ihren Träumen jede Spur fehlte, hatte der Irrtum ihr den Appetit verdorben, und sie stellte die Bronzeplatte beiseite.

„Geht es dir besser?", fragte Boudica, wobei sie sich vorbeugte, damit sie unter vier Augen sprechen konnten. Denn die Leute um sie herum wirkten zwar beschäftigt, aber hin und wieder warf einer von ihnen einen verstohlenen Blick in Richtung der beiden Frauen.

„Ja, danke", sagte Alex leise.

Boudica betrachtete die Essensreste, die Alex übrig gelassen hatte. „Ich sehe, du bist kein Geist", stellte sie fest. „Wir wissen, sie können uns in menschlicher Form erscheinen, aber Nahrung aus dieser Welt aufzunehmen ist ihnen nicht möglich."

„Nein, ich bin kein Geist", versicherte Alex.

„Und doch bist du ein Zauberwesen und musst hoch in Andrastes Gunst stehen. Dich am heutigen Abend auf solch magische Weise in meinem Lager erscheinen zu lassen war eine immens bedeutsame Geste von ihr. Das erste Blut, welches mein Schwert aus der Leber meines ersten erschlagenen Feindes im bevorstehenden Kampf trinkt, soll Andraste zur Ehre gereichen."

Unsicher, was sie darauf erwidern sollte, nickte Alex stumm und hoffte, dass ihre Miene die Zufriedenheit über Boudicas grausamen Schwur ausdrückte, die wohl von ihr erwartet wurde.

„Wir hörten, der römische Heerführer Suetonius habe den Tod all jener verfügt, die auf dem Eiland von Mona weilten."

Erneut bemühte Alex sich, den vermutlich erwünschten Gesichtsausdruck aufzusetzen, als sie antwortete: „Es ist wahr. Suetonius führte den Angriff an. Ich hatte Glück, dank Andrastes Gnade gerettet zu werden."

Schweigend beobachtete Boudica sie mehrere Sekunden lang. War sie argwöhnisch geworden? Schließlich erklärte sie: „Ich wusste, unsere Göttin würde dieses ehrlose Massaker nicht ungestraft lassen. Dass sie dich in Sicherheit brachte und in meine Obhut gab, zeigt mir, dass ich stets auf dem rechten Weg geblieben bin und nach ihrem Willen gehandelt habe."

Während sie sprach, ließ die Königin den Blick an Alex vorbei zu einem Platz nahe der Feuerstelle wandern, wo zwei junge Mädchen auf dicken Felldecken saßen. Beide waren sehr hübsch, und Alex fiel auf, dass die Haarfarbe der Jüngeren exakt der von Boudica glich. Das Kind mochte vielleicht elf oder zwölf Jahre alt sein. Es starrte abwesend in die flackernden Flammen und hatte offenbar noch keinen Bissen des Abendmahls vor sich angerührt. Die Ältere drehte langsam den Kopf, als könne sie spüren, wie Boudica sie anschaute. Alex erschrak, als sie die dunklen Ringe unter den Augen des Mädchens und den leidgeprüften Ausdruck darin sah.

Dann verstand sie. Die zwei mussten Boudicas Töchter sein. Sie erinnerte sich daran, was Carswell ihr zur Familiengeschichte der Königin erzählt hatte. Wie ihr Mann starb und mit seinem Tod der goldene Halsreif des Stammesführers an seine

Frau übergeben wurde und wie sie von da an die Bürde der Herrschaft über ihr Volk allein tragen musste. Die Königin der Iceni hatte eine friedliche Koexistenz mit den Römern fortgeführt, ganz wie es der Vertrag vorsah, den ihr Mann zu Lebzeiten mit ihnen ausgehandelt hatte. Doch eines Tages und ohne jede Vorwarnung griff Catus Decius, der römische Steuereintreiber, sie an – ließ sie vor den Augen ihrer Leute halb totschlagen und ihre Töchter öffentlich vergewaltigen. Voller Zorn erklärte Boudica daraufhin den römischen Unterdrückern den Krieg, und die Kelten folgten ihrer Königin in die Schlacht.

Allein bei der Schilderung solcher Gräueltaten hatte sich Alex schon der Magen umgedreht, aber den davon betroffenen Menschen zu begegnen, das Leid in ihren Augen tatsächlich zu sehen, das war etwas ganz anderes, als sich eine nur zu Informationszwecken dienende Nacherzählung der Ereignisse in einem modernen Laboratorium anzuhören. Diese Mädchen waren noch so jung! Und allem Anschein nach schwer traumatisiert.

Traurig lächelnd betrachtete die Königin ihre Töchter. „Göttin Andraste steht auf meiner Seite und wird uns helfen, diese elenden Hunde von unserem geheiligten Land zu jagen."

Alex kannte das vorherbestimmte Schicksal dieser mutigen Frau. Sie würde über die Römer triumphieren, doch ihr Sieg wäre nur von kurzer Dauer. Am Ende sollte sie gemeinsam mit ihren Kriegern im Kampf fallen, und ihrer Niederlage würden lange Jahre der Unterjochung des keltischen Volkes durch das übermächtige Römische Reich folgen. Dennoch, Boudicas Leidenschaft, mit der sie ihr Ziel verfolgte, beeindruckte Alex. In diesem Moment fühlte sie sich ihr tief verbunden und wünschte, die entscheidende Schlacht könnte anders ausgehen.

Boudicas grüne Augen funkelten im Schein des Lagerfeuers, und ihr Haar schien zu glühen, als bestünde es selbst aus lodernden Flammen. Wie eine stolze, unbeugsame Göttin sah sie aus, der nichts und niemand auf dieser Welt etwas anhaben konnte.

Einer ihrer Männer wandte sich an sie, und Boudica wechselte ein paar Worte mit ihm. Und in diesen wenigen Sekunden bemerkte Alex, dass der Schein des Feuers nicht nur Boudicas rotes Haar erleuchtete. Der goldene Halsreif blitzte auf, und Alex' Augen weiteten sich vor Erstaunen, als ihr klar wurde, was sie da gerade entdeckt hatte.

Dort, in dem offenen Ring aus ineinandergedrehten Goldsträngen, der eng an Boudicas heller Haut lag, waren keine Juwelen eingearbeitet, wie Alex zuerst angenommen hatte. In dem linken Ende steckte etwas anderes: das Oberteil genau des Medaillons, dessentwegen Alex in Wirklichkeit hier war.

6. KAPITEL

Alex starrte noch immer wie gebannt auf Boudicas Halsreif, als diese sich ihr wieder zuwandte. Wortlos sah die Königin sie für einen langen Moment an, dann hob sie die Hand, um das Schmuckstück zu berühren.

„Manchmal glaube ich, die Wärme meines Mannes darin spüren zu können", sagte sie melancholisch. „Ich fasse es an und erinnere mich, wie sehr er diesem Torque glich – Schönheit und Stärke in Harmonie vereint."

„Was ist das für ein Goldstück darin?", platzte Alex heraus und hätte sich, kaum dass die Worte ihren Mund verlassen hatten, am liebsten für ihre respektlose Direktheit geohrfeigt. Womöglich empfand die Königin eine solche Frage als anmaßend – oder schlimmer noch, irritierend, weil Alex alias Blonwen die Antwort eigentlich kennen müsste.

Doch zum Glück schien sich Boudica nicht daran zu stören. Sie ließ die Finger zärtlich über das Medaillon und die eingravierte Zeichnung gleiten. „Es ist ein uraltes Abbild des Sternenhimmels. In meiner Familie wurde es als bedeutsamer Talisman über viele Generationen von Mutter zu Tochter weitergegeben, bis schließlich ich es bekam. Ich heiratete Prasutagus und ließ beide Teile in seinen Halsreif einfassen. Es war mein Hochzeitsgeschenk für ihn." Boudica blickte ins Feuer, während sie weiterhin geistesabwesend das Schmuckstück streichelte.

Erst jetzt wurde Alex die Tragweite des eben Gehörten bewusst. Zwei Teile. Aber im Torque steckte nur eines. Ihr wurde übel. Wo war das andere?

„Das zweite fehlt", dachte sie laut.

„Aye, man hat es gestohlen. Doch ich werde es mir wiederbeschaffen, und wenn ich es diesem Monstrum vom Körper schneiden muss."

„Ein Monstrum?" Alex war verwirrt. Gab es in dieser Welt tatsächlich irgendwelche Ungetüme?

„Ganz recht. Eines in Menschengestalt. Ein römischer Steuereintreiber."

Die funkelnden grünen Augen der Königin schienen Alex förmlich zu durchbohren. „Du weißt, was er mir und meinen Töchtern angetan hat."

Alex nickte betroffen und antwortete leise: „Ja."

„Die Bestie, die dafür verantwortlich ist, trägt den Namen Catus Decius. Als seine Soldaten auf mich einschlugen, löste sich das Medaillon aus der Fassung und fiel auf den Boden. Catus nahm es an sich und sagte, er würde es als Anzahlung für das behalten, was die Königin der Iceni dem Römischen Reich schuldig sei. Ebenso wie die Reinheit meiner Töchter." Boudicas Lippen verzogen sich zu einem grimmigen Lächeln. „Ich finde ihn und hole mir mein Medaillon zurück. Und das, was Rom mir schuldet, nachdem es stillschweigend die Schändung meiner Töchter gebilligt hat." Boudica fasste Alex an der Schulter und drückte sie verschwörerisch. „Und nun, mit einer auf so magische Weise zu mir geführten Priesterin der großen Andraste an meiner Seite, wird die Rache mein sein und die Römer für ihre Untaten an mir und meinem Volk bitter bezahlen. Du bleibst bei mir, nicht wahr? Du musst mit uns nach Londinium ziehen."

„Das werde ich tun. Ich bin hier, um Euch zu helfen", versprach Alex. „Um nichts in der Welt möchte ich den Augenblick verpassen, in dem Euer Medaillon wieder vollständig ist." Im Prinzip stimmte das. Nur, was sollte sie dann tun? Es machte einen gewaltigen Unterschied, ob man Informationen über irgendeine Figur der frühen Geschichte erhielt oder dieser Person wahrhaftig begegnete. Lebendig, atmend und fühlend. Noch wenige Stunden zuvor war diese Mission etwas gewesen, das man Alex aufgezwungen hatte und wofür sie sich – abgesehen von dem geheimnisvollen Mann aus ihren Träumen – nicht sonderlich begeistern konnte. Doch der Keltenkönigin so nah zu sein und nicht von ihrem Charisma eingenommen zu werden war unmöglich, besonders wenn man um das tragische Ende wusste, das sie erwartete.

„Ah, es ist gut, das zu hören.“ Boudica beugte sich etwas näher zu Alex und senkte die Stimme. „Willkommen, Blonwen. Die Göttin muss gewusst haben, dass ich mich, obwohl ich von meinen treuen Kriegern umgeben bin, seit Prasutagus' Tod allein fühlte. Es wird mir Kraft geben, eine Vertraute in dir zu haben.“

Alex fehlten vor Rührung die Worte. Hier und jetzt war Boudica keine archaische Kriegerkönigin, lange tot und vergessen, deren Name kaum noch jemand kannte, vielleicht von einer Handvoll Leser verstaubter Geschichtsbücher abgesehen. Sie war eine für das Wohl ihres ganzes Volkes verantwortliche Frau, zu diesem Zeitpunkt jünger als Alex, und sie brauchte dringend eine Freundin. Während Alex darüber nachdachte, welche weise und passende Antwort eine echte Priesterin ihrer Königin wohl geben würde, erregte ein fast unmerkliches Schwirren hinter Boudica ihre Aufmerksamkeit. Plötzlich tauchte die Gestalt eines Mannes auf, keinen halben Meter entfernt. Er trug eine schwere, reich verzierte Tunika und hatte hellblondes Haar. Ein Kerl wie ein Baum, mit stahlharten Muskeln und einem so durchdringenden und Angst einflößenden Blick, dass Alex automatisch zurückwich, als er sie anherrschte: *Du musst Boudica helfen! Es ist wichtig!*

„Blonwen? Etwas beunruhigt dich. Was ist es? Ein schlechtes Omen?“, fragte die Königin besorgt und blickte sich nach dem um, was Alex so erschreckt haben mochte.

Die keltischen Krieger, die gerade genug Abstand zu ihnen hielten, damit ihre Königin und der Neuankömmling sich in Ruhe unterhalten konnten, schienen durch Boudicas Worte sofort in Alarmbereitschaft versetzt zu werden und ließen sie wachsam die Umgebung beobachten.

Natürlich wusste Alex, dass es sich bei dem hünenhaften Blonden um einen Geist handelte, auch ohne dass Boudica keinerlei Reaktion auf sein Erscheinen zeigte. Sein typisch halb durchsichtiger Körper hatte es ihr sofort verraten. Okay, ermahnte sie sich streng, du bist eine Priesterin, Blonwen. Es ist völlig normal für dich, mit Toten zu reden. Sie räusperte sich. „Nein, kein schlechtes Omen. Es ist nur ein Geist, der mir mitteilte, ich solle Euch helfen. Und das habe ich vor, also ist sein Erscheinen ein gutes Omen."

Im Lager war aus allen Richtungen Geflüster zu hören, und jedermanns Augen richteten sich auf Alex.

Ich weiß, du verbirgst deine wahre Natur und bist auch nicht gekommen, um der Königin beizustehen. Aber sie braucht deine Hilfe, erklärte der Geist nachdrücklich. Obwohl er zu Alex sprach, ruhte sein Blick die ganze Zeit über auf Boudica.

Sie wirkte nicht nervös oder furchtsam wie die meisten Menschen aus der Gegenwart, wenn sie mitbekamen, dass Alex die Seelen Verstorbener sehen konnte. Nein, die Kriegerkönigin war die Ruhe selbst – bis auf ihre unverhohlene Neugier. „Hat er noch etwas gesagt?"

Berichte ihr, dass der Junge, der ihr einst unter dem blühenden Weißdorn am Vorabend des Beltanefestes ihren ersten Kuss gab, ihr wünscht, sie möge stark bleiben.

Alex wiederholte die Worte des Mannes. Boudicas Augen weiteten sich. Um sie herum wurde das Flüstern lauter, und Alex glaubte zu hören, wie eine weibliche Stimme so etwas wie „Seelenruferin" verlauten ließ.

„Wo ist er?", wollte Boudica wissen.

„Dort, direkt neben Euch."

Beobachtet von ihren versammelten Kriegern, Frauen und Kindern, drehte Boudica langsam den Kopf und sagte leise: „Verzeih mir meine Unfähigkeit, sie zu beschützen."

Alex ließ den Blick zu den beiden Mädchen wandern, die noch immer still und teilnahmslos am Lagerfeuer saßen.

Dich trifft keine Schuld, stellte der Geist klar. *Und ich weiß, du wirst sie rächen.*

„Er macht Euch keinen Vorwurf", erklärte Alex Boudica, wobei sie absichtlich den Teil mit der Rache wegließ. Sie brachte es nicht übers Herz, der Königin falsche Hoffnung zu machen, denn schließlich wusste sie, dass es nie dazu kommen würde.

Du musst ihr dabei helfen, die Wunden meiner Töchter zu heilen, Seelenruferin, forderte der Geist, als hätte er ihre Gedanken gelesen. *Lebe wohl.* Bevor er verschwand, streckte er eine Hand aus und berührte sanft die Wange seiner Frau.

„Er ist jetzt fort", ließ Alex Boudica wissen, die ihre eigene Hand auf die Stelle presste, die ihr verstorbener Mann eben noch gestreichelt hatte.

„So, du bist also Priesterin der Göttin Andraste und zugleich eine Seelenruferin", sagte der große Mann, den Boudica mit Aedan angesprochen hatte.

„Ja, das stimmt."

„Mein Vater starb im letzten Winter. Der Tod kam schnell und unerwartet, ich konnte ..." Dem stämmigen Kelten versagte die Stimme, und er schaute betreten auf seine großen Finger, mit denen er den Griff des Kurzschwertes umklammert hielt, das in einer ledernen, um seine Taille gebundenen Scheide steckte. „Mir blieb keine Zeit, mich von ihm zu verabschieden. Wenn ... wenn du ihn herbeirufen würdest und ich ein letztes Mal mit ihm sprechen könnte, stünde ich tief in deiner Schuld."

Alex unterdrückte ein Seufzen. „Das ist leider nicht möglich", erwiderte sie bedauernd.

Aedans Augen verdunkelten sich. „Du schlägst mir meine Bitte ab?"

„Du verstehst nicht. Ich habe keinen Einfluss auf die Geister, sie erscheinen nicht, wann ich es will. Sie kommen von sich aus zu mir, wann sie es wollen."

Der Krieger runzelte die Stirn. „Welche Art Seelenruferin bist du dann?"

Alex wusste nicht, was sie ihm sagen sollte außer der Wahrheit. „Eine sehr erschöpfte."

„Genug, Aedan! Sind wir bereits so verdorben von den Römern, dass wir die Regeln der Gastfreundschaft nicht mehr befolgen?"

„Nein, meine Königin", entschuldigte er sich und beugte beschämt den Kopf. Es klang aufrichtig, doch Alex bemerkte sehr wohl, wie er ihr einen frostigen Seitenblick zuwarf.

„Andrastes Wege sind oft unergründlich, ihr Pfad steinig und lang. Sie hat ihre Priesterin gesandt, um unsere Schritte auf diesem Pfad zu lenken. Und nicht, damit sie Kunststückchen vorführt wie ein gezähmter Hund." Während sie ihr Volk zur Ordnung rief, sah sie verschiedenen Leuten fest in die Augen, dann wandte sie sich an ihre Töchter, und ihr eben noch harter Gesichtsausdruck wurde sanft. „Mirain, Una, geleitet Blonwen zu unserem Zelt. Sie ist ermattet, so wie ihr beide es eurem Aussehen nach auch seid."

Gehorsam standen die Mädchen auf und kamen zu ihr.

„Ruhe wohl. Der morgige Marsch ist lang und wird uns ausreichend Gelegenheit geben, unsere Unterhaltung fortzuführen", sagte Boudica zu Alex.

Alex erhob sich und machte dann eine leichte Verbeugung vor der Königin. Sie war sich nicht sicher, ob diese Geste den Gebräuchen entsprach, hoffte aber, sie sähe zumindest einigermaßen anmutig dabei aus, wie es sich für eine Priesterin gehörte. Boudica gab ihren Töchtern einen Gutenachtkuss, verlangte anschließend nach mehr Met und starrte gedankenverloren ins Feuer. Alex folgte den Mädchen in die Dunkelheit, die zu ihrer Erleichterung dank der vielen kleinen, über das gesamte Lager verstreuten Feuerstellen gar nicht so tiefschwarz und unheimlich war, wie es von Weitem schien.

Die Zelte bestanden hauptsächlich aus Tierfellen und an Wagen gespannten Planen, die mit Stangen oder hölzernen Pflöcken in der Erde befestigt waren. Das Lager erstreckte sich über ein riesiges Areal und pulsierte vor Leben und Geschäftigkeit. Die Luft war erfüllt vom hellen Lachen der Frauen, tiefen männlichen Stimmen und dem herben Geruch auf offenem Feuer gerösteten Fleisches. Alles in allem ein weder schauderhaftes noch verrohtes Szenario, wie Alex es erwartet hatte. Diese Menschen waren keine verwahrlosten Barbaren, sondern sahen im Gegenteil durchweg gesund und sauber aus. Es gab keinen Überfluss und achtlos weggeworfene Dinge wie in der modernen Wohlstandsgesellschaft, die Alex kannte, doch jedermann schien wohlgenährt zu sein, und auch die Pferde und andere Tiere, auf die sie im Vorbeigehen einen Blick erhaschte, standen gut im Futter und machten einen munteren, zufriedenen Eindruck.

Sie schaute sich noch immer fasziniert um, als sie plötzlich bemerkte, dass die beiden Mädchen vor einem großen Zelt haltgemacht hatten. Im Gegensatz zu den anderen war es nicht an einen Wagen gebaut, sondern freistehend, mit dicken Stützpfeilern in der Mitte und an fünf Seiten. Eine alte Frau schürte die Feuerstelle davor, die weit genug vom offenen Eingang des Zeltes lag, um das Innere zu erhellen, aber nicht so nah, dass zu viel Rauch hineingelangen konnte.

Das jüngere der beiden Kinder forderte Alex mit einer einladenden Handbewegung auf, einzutreten, was sie dankbar tat. Noch nie in ihrem ganzen Leben war sie so müde gewesen, sie hätte im Stehen einschlafen können. *Das werde ich denen in Flagstaff mal sagen, wenn ich zurück bin – vom Zeitreisen wird man zum Zombie. Die nächste Freiwillige sollte wissen, was ihr blüht. Aber wer weiß, vielleicht liegt's auch bloß an mir. Ja, wahrscheinlich liegt's an mir …*

„Priesterin, hörst du mir zu?"

Alex blinzelte verwirrt und zwang sich, die Aufmerksamkeit auf das ältere Mädchen zu richten. „Es tut mir leid, ich bin wirklich sehr erschöpft. Was hast du gesagt?"

„Hier ist deine Schlafstätte. Wenn du irgendetwas brauchst, sag es Rosin, die draußen auf das Feuer aufpasst. Sie wird dir behilflich sein."

„Danke, ich brauche nichts. Nur, könnt ihr mir vielleicht sagen, wer von euch Mirain und welche Una ist?"

„Ich bin Mirain", sagte die Ältere. „Meine Schwester heißt Una."

„Mirain und Una. Es ist schön, euch kennenzulernen. Vielen Dank, dass ihr mich hergeführt habt … und für eure Freundlichkeit."

„Unsere Mutter legt Wert darauf, die alten Traditionen zu bewahren“, war alles, was Mirain dazu zu sagen hatte. Una antwortete überhaupt nicht.

Nach ein paar Sekunden peinlichen Schweigens ging Alex zu dem ihr zugewiesenen Nachtlager, einer mit dicken Fellen ausgelegten Pritsche, und legte ihren Mantel ab. Darunter kam zu Alex’ Überraschung eine wunderhübsch verzierte Tunika zum Vorschein. Wow! Nicht zu fassen, was Carswell alles aus fremden Hirnströmen kreieren konnte. Alex rollte sich auf der Pritsche zusammen und benutzte ihren Mantel als Decke. Kurz bevor sie die Augen schloss, rief sie den beiden Mädchen, die sich in einer anderen Ecke des Zeltes wie zwei Hundebabys aneinandergekuschelt hatten, zu: „Schlaft gut, Kinder.“

Zuerst sah es so aus, als würde keine Reaktion kommen, doch dann sagte Mirain höflich: „Auch dir eine gute Nacht, Priesterin.“

„Ich glaube nicht, dass du von Andraste geschickt wurdest.“ Die leise Stimme gehörte Una und klang mehr als nur ein bisschen skeptisch.

Alex ließ sich nichts anmerken, obwohl die Vermutung des Mädchens sie völlig unerwartet getroffen hatte. Betont ruhig fragte sie: „Nein? Und warum nicht?“

„Weil ich nicht an ihre Existenz glaube.“

„Pst, Una“, zischte ihre große Schwester. „Mutter wäre sehr enttäuscht von dir, wenn sie dich so reden hören würde. Schlaf jetzt. Du weißt doch noch, was wir immer gesagt haben: Morgen sieht die Welt schon wieder besser aus.“

„Ich weiß vieles noch.“ Obwohl Una flüsterte, verstand Alex jedes Wort, und es tat ihr in der Seele weh. Gern hätte sie irgendetwas Konstruktives oder wenigstens Tröstliches gesagt, wie es eine Priesterin sicher gekonnt hätte. Aber sie war keine Priesterin, und ihr Wissen darüber, was einem Teenager helfen würde, solch ein schreckliches Erlebnis zu verarbeiten, hielt sich sehr in Grenzen. Sie wollte auch nichts falsch machen. Himmel, war ihre eigene Kindheit, in der sie selbst mit ernsten Problemen zu kämpfen hatte und sich damit alleingelassen fühlte, denn wirklich schon so lange her? Frustriert, weil diese Situation sie überforderte, gab Alex schließlich der bleiernen Müdigkeit nach und fiel in einen tiefen Schlaf. In dieser Nacht hatte sie nicht einen einzigen Traum.

7. KAPITEL

Alex fand es selbst lächerlich, aber der erste Gedanke, der ihr beim Aufwachen kam, war: Er hat mich nicht in meinen Träumen besucht. Und der zweite: Wo, zur Hölle, bin ich hier? Erst dann begann auch der Rest ihres Bewusstseins sich zu regen und die Erinnerung bruchstückhaft zurückzukehren. Britannien. Sechzig nach Christus. Boudicas Lager.

„Auf, auf, du Siebenschläfer. Was trödelst du hier herum, die Königin verlangt nach dir!"

Alex rieb sich die Augen und sah in das runzlige Gesicht eines sehr alten, aber keineswegs klapprigen Weibes. „Rosin?", fragte sie, noch immer leicht benommen.

„Aye, so nennt man mich. Boudica will dich sehen. Hier, nimm das und spute dich!" Die Alte drückte ihr zwei Scheiben Brot mit einem dicken, fetttriefenden Stück gebratenem Speck dazwischen in die Hand und in die andere einen Bronzebecher mit Met.

„Äh, danke", sagte Alex brav, legte das Brot auf den Becher und stellte beides neben sich auf den Boden, bevor sie von der Pritsche krabbelte, ihre Kleider glatt strich und dann dasselbe mit ihren widerspenstigen Haaren versuchte. Anschließend schnappte sie sich den Becher und die antike Version eines Sandwiches und hastete zum Zelteingang.

Im Lager ging es zu wie in einem Bienenstock. Überall herrschte geschäftiges Treiben, doch es war nicht der Trubel, der Alex' Aufmerksamkeit auf sich zog. Es war die Luft. Alex atmete tief ein, und es fühlte sich an, als würde die Kraft des neuen Tages in ihre Lungen strömen. Um sie herum war alles üppig und grün und lebendig. Nirgendwo gab es Smog, gefährlich hohe Ozonwerte oder Plastikabfälle. Diese Welt schien so rein und unberührt, wie Alex es bisher noch nicht kennengelernt hatte.

„Was für ein wundervoller Geruch", sagte sie euphorisch.

Rosin kommentierte ihren Gefühlsausbruch mit einem schiefen Blick, der deutlich ihre Gedanken widerspiegelte, nämlich dass die neue Priesterin offenbar etwas wirr im Kopf sei. „Aye, das kommt vom Wald."

„Ja, und es ist fantastisch." Alex biss herzhaft in ihr Brot und verdrehte genüsslich die Augen. „Echtes Fett, echtes frisches Fleisch! Ich könnte den Koch küssen!", juchzte sie.

„Ein einfaches Danke tut es auch." Mit erhobenen Augenbrauen sah Rosin sie an. „Folg dem Pfad in diese Richtung. Er führt dich in die Mitte des Lagers und zu Königin Boudica."

„Danke schön!", rief Alex lächelnd über die Schulter und lief los. So gut wie an diesem Tag hatte sie sich seit Langem nicht mehr gefühlt. Sie war kaum fünfzig Meter weit gekommen, als zu ihrer Rechten plötzlich die Luft flirrte und ein alter Mann Gestalt annahm. Ein Geist. Schon wieder. Doch sein unnachgiebiger Gesichtsausdruck machte es Alex unmöglich, ihn zu ignorieren. „Was ist?", fragte sie genervt.

Wir sind sehr glücklich, dass du hier bist und der Königin beistehst.

Alex blickte sich verstohlen um, aber es war sonst niemand in der Nähe. „Gut. Freut mich. Aber wenn ich eurer Königin helfen soll, dann müsst ihr mich in Ruhe lassen, damit ich meinen Job machen kann." Der Geist runzelte die Stirn, und Alex fügte schnell hinzu: „Du weißt schon, meine Arbeit. Als Priesterin."

Wir wissen mehr, als du glaubst. Der Geist sah sie herausfordernd an, dann verschwand er so schnell, wie er gekommen war.

Ganz toll, genau das hat mir noch gefehlt, dachte sie missmutig. Allwissende und kryptische Geister. Sie ging weiter, und obwohl sie am Wegesrand immer wieder die durchscheinenden Körper Verstorbener stehen sah, machten diese keinerlei Anstalten, sich ihr zu nähern. Es schien, als wären sie einfach nur stille Beobachter, und damit konnte Alex durchaus leben. Unbehelligt setzte sie ihren Weg fort, aß im Gehen den Rest ihres Frühstücks und beobachtete das bunte Treiben im Lager.

Die Kelten waren eindeutig dabei, die Zelte abzubrechen, doch das hier entsprach ganz und gar nicht dem, was sich Alex unter einem Militärcamp vorstellte. Es wimmelte von Frauen und Kindern aller Altersgruppen. Carswell hatte ihr erklärt, dass bei den alten Kelten die Familienbande an erster Stelle standen und sie, sogar wenn sie in den Krieg zogen, stets von der gesamten Verwandtschaft begleitet wurden. Ehemänner, Frauen, Söhne und Töchter. Doch diese Tradition aus nächster Nähe zu erleben war eine wirklich interessante Erfahrung. Nein, nicht interessant. Herzergreifend. Alle arbeiteten Hand in Hand, lachend und fröhlich. Ein ungewohnter Anblick für jemanden wie Alex, Kind des modernen einundzwanzigsten Jahrhunderts. Sie war in einem typischen Obere-Mittelschicht-Zuhause groß geworden, beide Eltern berufstätig, um ihrem einzigen Kind all das bieten zu können, was die Gesellschaft gemeinhin als wichtig erachtete. Den Besuch einer guten Schule, einen Kleiderschrank voller schöner Klamotten, ein nettes Haus im Vorort. Trotzdem fehlte etwas. Alex hatte ihr Zuhause nie mit Wärme und Geborgenheit verbunden oder eben dem Gefühl der Sicherheit im Schoß der Familie. Der keltische Gemeinschaftssinn war Alex ebenso fremd wie ihre antike Welt. Fremd und liebenswert.

Sie können nur überleben, wenn sie einander helfen.

Sosehr Alex daran gewöhnt war, dass aus heiterem Himmel irgendwelche Geister vor ihr standen, schreckte sie doch zusammen, als auf einmal eine durchsichtige Frau direkt neben ihr Gestalt annahm. Mit erhobenen Brauen sah sie die Frau an und murmelte hinter vorgehaltener Hand: „Vielen Dank, aber ich komme schon allein zurecht.“ Sie ging an mehreren Leuten vorbei, die damit beschäftigt waren, Pferde und Wagen zu beladen und zu Alex' Überraschung in ihrer Arbeit innehielten, um sie mit einer freundlichen Verbeugung zu grüßen. „Guten Tag, Priesterin!“, riefen sie. Alex lächelte, winkte ihnen zu und hoffte insgeheim, dieser Geist, der sie gerade verfolgte, würde endlich verschwinden.

Er tat es nicht.

„Ich will ja nicht unhöflich sein“, flüsterte Alex, „aber ich wüsste es wirklich zu schätzen, wenn du und deinesgleichen mir für eine Weile mal nicht auf den Pelz rücken würdet.“

Meine Anwesenheit hat nichts mit dir zu tun, Kind. Ich komme, weil er mich brauchen wird.

„Er?" Alex hatte nicht den blassesten Schimmer, wovon dieser Geist da redete.

Ja, er. Du wirst sehen.

Alex seufzte und ging schweigend neben der toten Frau her, die natürlich problemlos mit ihr Schritt hielt. Zwischendurch riskierte sie einige unauffällige Blicke auf ihre für alle anderen unsichtbare Begleiterin. Ihrem Aussehen nach gehörte sie eindeutig zur älteren Generation. Sie hatte ein offenes, rundliches Gesicht mit großen braunen Augen und kräftigen hohen Wangenknochen, und als sie die rechte Hand hob, um ihr langes silbergraues Haar zurückzustreichen, fiel Alex die Tätowierung in ihrer Handfläche auf. Eine kreisrunde Spirale. Irgendetwas daran weckte ihr Interesse, doch dann war der Impuls auch schon wieder weg. Die Kleidung der Frau war, wie es hier üblich zu sein schien, bemerkenswert detailliert gestaltet. Aus blauem Stoff mit eingestickten Rosenblüten. Fast hätte Alex sich hinreißen lassen zu fragen, was es mit den Rosen auf sich hatte, ob sie eine besondere Bedeutung hätten, besann sich dann aber eines Besseren.

Bloß kein Gespräch anfangen. Sonst klebt sie bis in alle Ewigkeit an dir.

Also behielt Alex ihre Fragen lieber für sich und ging zielstrebig auf die Lagermitte zu, die Geisterfrau mit dem mütterlichen Touch demonstrativ ignorierend.

„Blonwen! Da bist du ja!", tönte Boudicas Stimme über den allgemeinen Lärm hinweg. Alex drehte sich um, und die Königin winkte ihr auffordernd zu. Sie saß an einer Feuerstelle, die der vom Vorabend glich. War Boudica überhaupt schlafen gegangen? Alex konnte sich nicht erinnern, dass in der Nacht irgendjemand zu ihr und den Mädchen ins Zelt gekommen wäre.

„Guten Morgen, meine Königin", wünschte Alex mit einer perfekten Verbeugung. Sie fing bereits an, Boudica wirklich ins Herz zu schließen, und es war leicht, sich von der Aufbruchstimmung im Lager mitreißen zu lassen.

„Ich habe dich schon erwartet", sagte Boudica gut gelaunt. „Komm näher, hier ist jemand, den du sicher gern begrüßen möchtest." Ihr warmes Lächeln zeigte, wie sehr sie sich für Alex freute.

Die allerdings überkam ein ziemlich mulmiges Gefühl. Jemand, den sie gern begrüßen würde? Wer sollte das sein? Sie kannte doch überhaupt niemanden in dieser Welt.

„Sieh nur, wen es in unser Lager verschlagen hat! Ein anderer Überlebender des Massakers von Mona. Unsere Göttin ist wahrlich gnädig. Sie hat ihn hierhergeleitet, und nun befinden sich eine Priesterin und ein Druide in unserer Mitte. Caradoc, mein Freund, dies ist Blonwen, die Priesterin, von der ich dir erzählt habe. Sie ist es, die am vorigen Abend wie von Zauberhand erschien und das weiße Kaninchen mitbrachte, das uns den Weg zeigte, den wir einschlagen sollen. Du sagtest, ihr Name sei dir nicht bekannt, doch jetzt, wo du sie siehst, wirst du sie bestimmt wiedererkennen."

Ein hochgewachsener Mann trat aus der Gruppe Krieger hervor, die hinter Boudica versammelt waren, und Alex wurde eiskalt vor Schreck. Das war er! Die linke Seite seines Gesichts zierte das Symbol aus ihren Träumen – die blaue Doppelspirale. Und aus der Nähe, ohne störenden Nebel und dergleichen, konnte Alex erkennen, dass es sich bis über seinen Nacken und die breite Schulter erstreckte, wo es unter seiner Tunika verschwand. Sie schaute von dem markanten Muster hoch und in ungewöhnlich helle bernsteinfarbene Augen. Für einen Moment huschte ein bestürzter Ausdruck über seine Züge, doch dann fing er sich wieder, und die abschätzige Kälte, mit der er Alex taxierte, ließ ihr das Blut in den Adern gefrieren.

Bevor er spricht, komme ihm zuvor. Sag ihm, du hast eine Nachricht von mir für ihn. Beschreibe meine Kleidung und das Zeichen, das ich in der Handfläche trage, riet die tote Frau, die bis jetzt schweigend hinter ihr gestanden hatte. *Nun mach schon!* drängte sie, als Alex sie nur hilflos anstarrte. *Tu, was ich sage, ehe er dich bloßstellt!*

„Ich habe eine Botschaft von einer Frau für dich", wandte sich Alex hastig an den Mann, den Boudica Caradoc genannt hatte. „Sie trägt eine blaue Tunika mit Rosen darauf, und in ihrer Handfläche ist ein Zeichen, eine kreisrunde Spirale."

Sein eisiger Blick wich einem überraschten Ausdruck, und er fragte: „Wie lautet die Botschaft?"

Alex unterdrückte jede nach außen sichtbare Reaktion, doch der Klang seiner Stimme ging ihr durch und durch. Er war es tatsächlich! Derjenige, der in ihren Träumen immer wieder und wieder nach ihr gerufen und sie bekniet hatte, zu ihm zurückzukehren.

Sag meinem starken, tapferen Sohn genau diese Worte: Seine Mutter möchte ihn einmal mehr darum bitten, er möge nicht übereilt handeln, sondern zuvor die Folgen bedenken. Oder er wird einmal mehr nackt und ohne Schuhe enden und den ganzen Heimweg im Morast unter einem Dornenstrauch nach dem anderen auf dem Bauch hindurchkriechend zurücklegen müssen.

Fragend sah Alex die Frau an. Das sollte sie diesem stolzen Krieger an den Kopf werfen?

Los, sag es ihm!

Der harsche Tonfall des Geistes tat seine Wirkung, und Alex drehte sich wieder zu Caradoc. Direkt neben ihm stand Boudica, die das ganze Schauspiel gespannt verfolgte.

„Nun ..." Alex sprach bewusst langsam, um sicherzugehen, dass sie auch exakt die richtigen Worte wiederholte und sich nicht in ihrer Aufregung verhaspelte. „Deine Mutter lässt dir einmal mehr Folgendes ausrichten: Du mögest nicht übereilt handeln, sondern zuvor die Folgen bedenken. Oder du wirst einmal mehr nackt und ohne Schuhe enden und den ganzen Heimweg im Morast unter einem Dornenstrauch nach dem anderen auf dem Bauch hindurchkriechend zurücklegen müssen."

Boudica warf den Kopf in den Nacken und lachte schallend. „Die Geschichte hatte ich ja schon fast vergessen. Wie alt warst du damals gleich, Caradoc? Elf oder zwölf Jahre?"

Er runzelte die Stirn. „Ich war zwölf." Alex beobachtete, wie seine Kiefermuskeln sich anspannten. Anstatt mit ihr zu reden, sagte er zu Boudica: „Du hast nicht erwähnt, dass sie eine Seelenruferin ist."

Mit vor Vergnügen funkelnden Augen hob sie die Brauen. „Warum sollte ich? Allein ihr Name hätte deiner Erinnerung auf die Sprünge helfen müssen. Hat die Kopfverletzung dein Gedächtnis getrübt, mein armer Caradoc?"

Alex hatte die Begegnung mit dem Mann, den sie aus ihren Träumen kannte, so durcheinandergebracht, dass sie erst jetzt, da Boudica darauf zu sprechen kam, seine Wunden bemerkte. An seinem Haaransatz war eine Prellung zu sehen, und um den rechten Arm trug er ein Tuch aus Leinen als Verband.

„Mein Gedächtnis hat keinen Schaden genommen. Der Name Blonwen ist mir unbekannt, ich habe nie von ihr gehört."

Alex bereitete sich darauf vor, jeden Augenblick als Hochstaplerin enttarnt zu werden, und empfand eine unerwartet heftige Enttäuschung bei dem Gedanken, den NSS aktivieren und in ihre eigene Zeit zurückspringen zu müssen. Und diese Enttäuschung hatte nicht nur mit dem Scheitern ihrer Mission zu tun, wie ihr bewusst wurde, während sie darauf wartete, dass Caradoc sie auffliegen ließ. Sie war nicht bereit, ihr altes Leben wieder aufzunehmen, als sei nichts geschehen, irgendetwas in ihr sträubte sich dagegen.

„Meine Königin, ich wusste nicht, wie sie heißt", fuhr Caradoc fort, wobei er Alex fest in die Augen sah. „Ich kenne nur eine Seelenruferin."

Was war denn jetzt los? Er nahm sie in Schutz? Alex atmete auf.

„Ach, Seelenruferin, Priesterin, Blonwen, das ist doch ganz gleich. Die Hauptsache ist, ihr seid von Mona entkommen und wohlauf." Die Königin schenkte ihrem Mitstreiter und Alex ein herzliches Lächeln, dann aber verfinsterte sich ihre Miene, und sie fragte nüchtern: „Sagt mir, Caradoc und Blonwen, ist das Eiland wirklich vollkommen zerstört worden?"

Caradoc sah Alex für einen langen Moment nachdenklich an, dann erklärte er: „Die Höflichkeit verlangt es, dass ich der Seelenruferin den Vortritt lasse. Möge sie unserer Königin berichten."

Du darfst nicht lügen, warnte Caradocs Mutter sie schnell. *Unwahrheiten tragen dunkle Kräfte in sich.*

Ein Schauer lief Alex über den Rücken. Der Geist hatte recht, das spürte sie. Worte und Flüche, Betrug und Wahrheit hatten in dieser Welt eine andere Macht als in der abgeklärten Gesellschaft, aus der sie stammte.

„Ich kann nicht …" Sie hielt inne und überlegte, wie sie sich aus dieser prekären Lage herauswinden konnte. „Es tut mir leid, Königin Boudica, aber ich muss Euch bitten, mich nicht dazu zu zwingen, über diese Tragödie zu sprechen."

Boudicas grüne Augen spiegelten tiefes Mitgefühl wider. „Aye, ich verstehe, wie schwer es fallen muss, solch ein Unglück mit jemandem zu teilen, der nicht selbst dort war und es mit dir erlebt hat. Vielleicht möchtest du zu einem späteren Zeitpunkt davon erzählen, wenn die Erinnerung nicht mehr so frisch ist. Ich respektiere deine Trauer." Sie ließ den Blick von Alex zu Caradoc wandern. „Ihr beide werdet das Bedürfnis haben, euch auszutauschen. Darum, Blonwen, erlaube ich dir, mit Caradoc zu reiten, wenn wir nach Londinium ziehen. Bevor wir aufbrechen, möchte ich dich aber bitten, Andraste Opfergaben darzubringen. Dort, unter dem Rowan." Boudica nickte mit dem Kopf in Richtung eines knorrigen Baumes, der abseits von den anderen stand. Er sah unglaublich alt aus. Seine Borke war zerfurcht, und viele Äste waren gebrochen, doch aus allen noch intakten Teilen sprossen zarte grüne Blätter und weiße Blüten, was ihm die Würde einer alternden Dame verlieh, die von der unsichtbaren Aura magischer Grazie umgeben wurde.

Alex war so beschäftigt damit, sich den Baum als ehrwürdige Diva vorzustellen und sich selbst über ihre „blühende" Fantasie zu wundern, dass es eine Sekunde dauerte, bis sie begriff, was Boudica da gerade von ihr verlangt hatte.

Sie sollte irgendein Anbetungsritual vollführen, hier, vor jedermanns Augen.

„Blonwen, ist dir nicht wohl?“, fragte die Königin.

Alex konnte spüren, wie alle sie anstarrten. Sie schluckte hart und straffte die Schultern. Für diese Leute war sie Andrastes Priesterin, und so musste sie sich auch benehmen! Es führte kein Weg daran vorbei: Wenn man sie bat, die Göttin anzurufen, hatte sie das zu tun. Schließlich gehörte Hokuspokus ganz klar zu den Hauptaufgaben einer Priesterin, oder? Schön und gut, aber den Trick mit dem Kaninchen hatte sie schon gebracht, was also tun?

„Nein, nein, es geht mir gut“, versuchte sie, Zeit zu schinden. „Ich habe nur keine Opfergaben zur Hand.“ Opfergaben ... verdammt, was verstand man bei den Kelten genau darunter? Doch hoffentlich nichts Lebendiges.

„Oh, natürlich. Bringt Honig und Wein!“, befahl Boudica.

Drei endlos lange Minuten später, in denen Alex' Herz immer wilder schlug, bis sie dachte, es würde ihr gleich aus der Brust springen, tauchte eine Frau mit zwei Bronzebechern auf und überreichte sie mit einem scheuen Lächeln Andrastes – angeblicher – Priesterin.

„Wir werden dir folgen und dem Ritual beiwohnen“, verkündete Boudica und bedeutete Alex, sich zu dem alten Baum zu begeben.

Wie betäubt, ging Alex darauf zu.

Unter all den erwartungsvollen Blicken, die auf sie gerichtet wurden, war sie sich sicher, den von Caradoc herauszuspüren, der sich in ihren Hinterkopf bohrte. Er rechnete damit, dass sie es vermasselte. Garantiert.

Und das würde sie. Woher sollte sie denn bitte wissen, wie so ein Ritual korrekt abzulaufen hatte? Das konnte nur schiefgehen. Sich in aller Öffentlichkeit zu blamieren wäre zwar nicht besonders angenehm, aber darum ging es gar nicht. Wenn sie jetzt versagte, wäre es das mit ihrer Tarnung.

Während sie fieberhaft nach einem Ausweg suchte und überlegte, ob sie als Schauspielerin gut genug sei, um glaubhaft ganz plötzlich in Ohnmacht zu fallen, drang eine Stimme durch das Chaos ihrer panischen Gedanken.

Du kannst es. Beruhige deinen Geist und folge deinem Herzen. Caradocs Mutter lehnte bequem am Stamm des Rowan-Baumes und lächelte Alex aufmunternd zu. *Beruhige deinen Geist,* wiederholte sie. *Hab Vertrauen, Kind.*

In Ermangelung anderer Optionen blieb Alex nichts anderes übrig, als den Rat der Frau zu befolgen. Nach wenigen Schritten hatte sie den Baum erreicht, blieb stehen und stellte die zwei Gefäße vor sich auf den Boden. Dann schloss sie die Augen, atmete tief und langsam ein und ließ die Luft ebenso langsam wieder entweichen, während sie sich darauf konzentrierte, das Gebrabbel ihrer Gedanken verstummen zu lassen.

Erst als sie fühlte, wie das Hämmern in ihrer Brust nachließ, öffnete sie die Augen wieder. Rowan, flüsterte sie zu sich selbst. *Heiliger Baum.* Er symbolisiert Schutz vor dem Bösen. Um den Göttern eine Opfergabe zu bringen, goss man Honig und Wein, manchmal auch Milch in die Erde eines geheiligten Ortes. Wie Carswell gesagt hatte, schossen all diese Informationen auf einmal durch Alex' Kopf. Und dieses Wissen ließ sie den Baum mit ganz anderen Augen sehen. Er hatte dicke, knorrige Äste, die nach oben hin zu einer prächtigen Krone aus jungen frischen Blättern verwachsen waren. Das Licht der Morgensonne fiel auf die strahlend weißen Blüten, und für den Bruchteil einer Sekunde hätte Alex schwören können, dass sie glitzerten wie Tausende kleiner Diamanten.

Einem Impuls folgend streckte sie die Hand aus und berührte den Stamm. Sie keuchte überrascht, als etwas zwischen ihr und dem Baum überzuspringen schien. Es war, als ob sie ihn atmen fühlen konnte, und nicht nur ihn, alles um sie herum. Blumen, Sträucher, sogar das Gras zu ihren Füßen. Und in diesem Moment wusste sie ohne jeden Zweifel, hier, in dieser Zeit, an diesem Platz, gab es eine Kraft, die sich jedem rationalen Erklärungsversuch entzog. Sie existierte einfach – und Alex war es bestimmt, ein Teil davon zu sein.

Zum ersten Mal in ihrem Leben hatte sie das Gefühl, genau dort zu sein, wo sie hingehörte. Zu Hause.

Von einer tiefen Freude erfüllt, die ihr bisher fremd gewesen war, nahm sie die beiden Becher und goss, während sie langsam den Baum umrundete, Honig und Wein auf seine Wurzeln.

Die Worte kamen wie von selbst, und ohne darüber nachzudenken, begann Alex, sie zu laut zu sprechen: „Wir erheben uns heute dank der Stärke unserer Göttin Andraste und der Erde – Licht der Sonne, Schimmern des Mondes, Hitze von Feuer, Urgewalt der Blitze und des Donners, Tiefe des Meeres, Härte von Stein. Ich, Priesterin der großen Andraste, erbitte ihr Wohlwollen und ihren Schutz für Boudica und ihr Volk. Das ehrenhafte Ziel, das sie in diese Schlacht ziehen lässt, soll hell und klar erstrahlen, so wie die Blüten des geheiligten Baumes, dass jedermann erkennen möge, sie und ihre Männer kämpfen für Gerechtigkeit." Damit schüttelte Alex die letzten Tropfen der Opfergaben aus den Bechern. Dann verneigte sie sich vor dem Rowan, seufzte erleichtert und drehte sich zu Boudica und ihren Leuten um.

Das Lächeln der Königin drückte höchste Zufriedenheit und Optimismus aus. „Wir reiten gegen Londinium, Andrastes Segen wird mit uns sein!", rief sie, und die Umstehenden stimmten mit ein und jubelten ihrer Königin zu.

Alex schaute aus dem Augenwinkel zu Caradoc und war nicht allzu erstaunt darüber, dass er sie offen anstarrte. Womit sie nicht gerechnet hatte, war das subtile Kopfnicken, mit dem er ihr seine Anerkennung zeigte.

8. KAPITEL

Alex war wirklich froh, dass sie dank ihres Jobs in ihrer eigenen Welt schon über Erfahrung im Umgang mit Pferden verfügte und die wichtigsten Grundregeln beherrschte. In der Hochgrasprärie gab es viele abgelegene Winkel, die man nur auf dem Rücken eines Pferdes erreichen konnte, weil meilenweit keine befestigte Straße in Sicht war. Und wenn sie die Wahl hatte, zog Alex diese ruhige Form der Fortbewegung immer dem Jeep vor. Das Brummen des Motors übertönte die Geräusche der Natur, und bei jedem Schlagloch fast mit dem Kopf ans Autodach zu knallen war auch nicht gerade ein Vergnügen. Natürlich, ein paar Stunden pro Woche zu reiten war nicht dasselbe wie ein ganzer Tagesritt mit Boudicas Heer durch urwüchsiges und schwieriges Gelände. Aber trotzdem, das Einzige, worum sie sich im Moment keine Sorgen zu machen brauchte, war die Frage, wie man ein Pferd dazu bewegte, in die Richtung zu laufen, in die man wollte.

Alles andere, um das sie sich Sorgen machen musste, ritt neben ihr. Nein, er klebte förmlich an ihr, als hätte jemand sie beide mit Handschellen aneinandergefesselt. Caradoc. Unter normalen Umständen hätte sie es vielleicht sogar ganz nett gefunden, wenn ein attraktiver Mann derart hartnäckig ihre Nähe suchte. Doch sich als Priesterin getarnt wie eine Undercoveragentin in Boudicas Armee einzuschleichen, ständig die Angst im Nacken, entdeckt zu werden, konnte man wohl kaum als normal bezeichnen.

Caradoc machte sie nervös. Sehr nervös.

Wären sie nicht praktisch allein und völlig ungestört gewesen, hätte sie ja noch damit umgehen können. Aber offensichtlich lautete Boudicas Anordnung, dass alle anderen Abstand zu halten hatten, um dem Druiden und der Priesterin Zeit zu geben, sich in Ruhe zu unterhalten und gegenseitig Beistand in ihrer Trauer zu leisten. Zeit, dachte Alex sarkastisch. *Vielen Dank, sie wird auf jeden Fall reichen, um ein monströses Magengeschwür zu entwickeln.* Die ersten Anzeichen machten sich bereits bemerkbar. Wann hatte Alex das letzte Mal Sodbrennen gehabt?

„Du stammst nicht von Mona." Als klar war, dass niemand sie belauschen oder anderweitig stören würde, begann Caradoc eine Unterhaltung.

„Nein, tue ich nicht", gab Alex zu. Sie hatte beschlossen, es sei das Beste, sofern irgend möglich bei der Wahrheit zu bleiben. Und das lag nicht allein an der Warnung von Caradocs Mutter vor der negativen Energie, die Lügen freisetzten. Sie folgte auch Carswells Rat, auf ihr Bauchgefühl zu hören, und ihr Bauch brauchte dringend eine Verschnaufpause.

Argwöhnisch sah Caradoc sie an. „Du leugnest es nicht einmal?"

„Das wäre sinnlos, nicht wahr?"

Er musterte sie schweigend.

„Na ja, ich meine, wie lange hast du auf Mona gelebt, also vor dem Angriff der Römer?"

„Mehr als die Hälfte meiner fünfundzwanzig Jahre."

Seine Antwort verschlug Alex für einen Moment die Sprache. Diese Insel war sein Zuhause gewesen, und dann hatte irgendein machtgieriger römischer Feldherr alles dem Erdboden gleichgemacht. Das war einfach schrecklich. *Und er ist erst fünfundzwanzig? Zehn Jahre jünger als ich.*

„Was hätte es für einen Sinn, zu behaupten, ich käme von dort, wenn wir beide wissen, dass du mich noch nie zuvor gesehen hast?"

„Aber das habe ich", berichtigte Caradoc.

„Was? Wie ..."

Statt ihren verwirrten Blick zu erwidern, schaute der Kelte stur geradeaus. „In meinen Träumen. Seit vielen Nächten sehe ich dein Gesicht vor mir und höre dich zu mir sprechen."

Alex war so perplex, dass sie drauflosplapperte, ohne vorher zu überlegen. „Du bist mir auch in meinen Träumen begegnet, aber ich konnte dein Gesicht nicht erkennen, nur das Symbol, das du trägst. Und du hast nach mir gerufen." Sie machte eine

Pause, in der Hoffnung, er würde sie endlich mal ansehen, sodass der Ausdruck in seinen Augen ihr verriet, was in ihm vorging. Doch diesen Gefallen tat er ihr nicht. „Aber ich bin dir ganz deutlich erschienen, so wie jetzt?", hakte sie nach.

Caradoc nickte. „Deine Kleidung war anders. Eigentümlich."

Langsam ließ Alex den Blick an seiner Leinentunika und zu der derben Lederhose hinabwandern. Beides war mit einem Ornament bemalt, das seiner Tätowierung glich. Wäre er so in ihren Träumen aufgetaucht, hätte sie vermutlich dasselbe über seine Garderobe gedacht wie er über ihre. Selbstverständlich musste ihre – für sie vollkommen normale – Alltagskleidung, die meistens aus Jeans und T-Shirt bestand, auf einen Menschen wie ihn mehr als befremdlich wirken.

„Du sagtest, ich hätte zu dir gesprochen. Was habe ich gesagt?", wechselte sie das Thema. Die Sache mit dem unterschiedlichen Modegeschmack in dieser und ihrer Welt sollte sie wahrscheinlich lieber nicht vertiefen. Der Druide gab ihr keine Antwort. Nach einer halben Ewigkeit kam Alex zu dem Schluss, es würde nichts mehr kommen, und wollte gerade irgendeine belanglose Bemerkung übers Wetter machen, als er unvermittelt sagte: „Du versprachst, mich zu finden. Ich sollte auf dich warten." Er drehte sich im Sattel zu ihr, um Alex in die Augen sehen zu können. „Woher stammst du wirklich, Seelenruferin?", verlangte er zu erfahren. „Und was willst du von mir?"

Da ihr nicht sofort eine plausible Erklärung einfiel, die keine Lüge gewesen wäre, versuchte Alex, sich mehr Zeit zu verschaffen, indem sie sagte: „Ich wünschte, du würdest mich nicht mit Seelenruferin ansprechen. Ich habe einen Namen."

„Wie du möchtest, Blonwen. Woher stammst du?", bohrte er nach.

„Es tut mir leid, aber ich kann es dir nicht sagen."

„Und kannst du mir dann erklären, warum ich der Königin nicht erzählen sollte, dass eine Betrügerin in unserer Mitte weilt und sie zum Narren hält?"

„Ich bin nicht hier, um Boudica zu schaden. Ich respektiere sie und ihre Sache."

„Das ist gut, aber es beantwortet nicht meine Frage."

Die Luft hinter ihm flimmerte, und der Geist seiner Mutter nahm Gestalt an. Sie saß hinter ihm auf dem Rücken des Pferdes, genauer gesagt: dem Rand des Sattels, und bedeutete Alex mit einer Handbewegung, sich nicht stören zu lassen.

Alex seufzte. *Nein, wieso auch, ich bin ja daran gewöhnt, dass mitten im Gespräch neugierige Zuhörer aus dem Nichts auftauchen.* „Der Grund für meine Anwesenheit geht weit über Boudicas Krieg gegen die Römer hinaus, so ehrenhaft er sein mag. Die Aufgabe, die ich hier zu erfüllen habe, ist von großer Bedeutung für die gesamte Welt. Und bevor du fragst, nein, ich kann dir keine Einzelheiten nennen." Die würdest du mir sowieso nicht glauben, dachte sie. „Aber ich versichere dir, ich hege nur gute Absichten, was Boudica betrifft, und werde mein Möglichstes tun, ihr zu helfen, wo ich kann."

„Und doch belügst du sie."

„Weil ich muss. Glaubst du wirklich, ich tue das gern? Ich bin ehrlich in allen Dingen, in denen ich es sein darf. Mehr kann ich dir nicht anbieten."

„Ich weiß, es ist wahr, dass du tatsächlich mit den Toten sprechen kannst. Deine Beschreibung der Kleidung meiner Mutter … sie wurde darin begraben, und das hättest du unmöglich wissen können, hättest du sie nicht wirklich gesehen. Aber dennoch bist du keine echte Seelenruferin. Aedan sagte, er bat dich, den Geist seines Vaters zu rufen, aber du habest ihn abgewiesen."

Das war doch wohl … Okay, jetzt platzte Alex endgültig der Kragen. „Ich habe ihn nicht abgewiesen, sondern ihm erklärt, dass ich seinen Vater nicht nach Belieben zu mir holen kann. Weder ihn noch andere Geister!"

„Alle Seelenrufer können das."

„Schön, dieses Exemplar nicht! Stell dir vor, sie kommen von allein zu mir, und ich habe nicht den geringsten Einfluss darauf, wann und wo sie das tun."

„Womöglich weil deine Kraft ihre Wurzeln in den dunklen Mächten hat? Liegt es daran?“

„Keine Ahnung, wovon du da redest, aber es ist mir auch egal. Ich kann die Geister nicht rufen, weil ich schlicht und ergreifend nicht weiß, wie ich das anstellen sollte, verstanden? Mir ist noch nie der Gedanke gekommen, es zu versuchen. Und weißt du, wieso? Dich als Druide schockiert das jetzt bestimmt, aber nicht jeder ist versessen darauf, mit Geistern den neuesten Tratsch auszutauschen“, zischte Alex, unfähig, ihren bitteren Sarkasmus wenigstens etwas zu entschärfen, obwohl sie den schiefen Blick und das Stirnrunzeln von Caradocs Mutter sehr wohl bemerkte. „Sie haben die schlechte Angewohnheit, zu reden und zu reden, bis einem die Ohren abfallen.“ Sie warf Caradocs für ihn unsichtbaren Passagier einen kurzen Seitenblick zu. „Und sie müssen immer alles wissen, diese neugierigen Kletten.“

Solche Verallgemeinerungen sind recht taktlos, meinte Caradocs Mutter leicht gekränkt.

„Taktlos oder nicht, es ist wahr“, sagte Alex zu beiden, Mutter und Sohn.

Zur Abwechslung verriet Caradocs Gesichtsausdruck, was ihm durch den Kopf ging. „Du hattest keinerlei Anleitung in der Kunst des Seelenrufens?“, fragte er fassungslos.

„Nein.“

„Dann kannst du niemals eine Priesterin Andrastes sein. Und solch eine Täuschung ist ein schweres Vergehen.“

Alex äußerte sich nicht dazu. Was hätte sie auch sagen sollen? Nein, sie war kein Mitglied des Kreises der Priesterinnen um Andraste, aber für einen kurzen Augenblick, als sie das Ritual ausgeführt und die Göttin um ihren Segen gebeten hatte, da hatte Alex eine tiefe Verbundenheit zu diesem Land, dieser Zeit und seinen Menschen empfunden, vielleicht sogar zu ihren Göttern. Caradocs harte Worte aber erinnerten sie schmerzlich daran, dass sie nicht hierhergehörte. Sie war nur auf der Durchreise. Um eine Mission zu erfüllen: das Medaillon finden, es an sich nehmen und sich damit so schnell wie möglich aus dem

Staub machen. Nicht geplant war, hier heimisch zu werden und Freundschaft mit den Kelten zu schließen.

Sag meinem Sohn bitte, dass es ihm nicht zusteht zu beurteilen, ob jemand würdig ist, der großen Göttin zu dienen oder nicht.

Resigniert schüttelte Alex den Kopf. Was änderte die Meinung seiner Mutter an den Tatsachen? Caradoc hatte schließlich recht. Sie war eine Betrügerin.

Bitte, Kind, drängte der Geist sanft. *Es ist die Pflicht einer jeden Mutter, ihren Sohn zurechtzuweisen, wenn er über...* Sie hielt inne und suchte nach einer mütterlich weichgespülten Version von …

„Überheblich?", schlug Alex vor.

Ich wollte sagen: … übermäßig misstrauisch geworden ist.

„Überheblich?", wiederholte Caradoc verwirrt.

„Deine Mutter hat versucht, eine passende Beschreibung für die Art Mann zu finden, zu dem du ihrer Ansicht nach geworden bist. Ich wollte ihr nur dabei helfen."

„Meine Mutter ist erneut hier bei uns?"

„Ja. Sie sitzt direkt hinter dir."

Er fuhr herum und stieß dabei seinen Ellbogen durch den substanzlosen Oberarm des Geistes, woraufhin sein Pferd scheute und sich erschrocken aufbäumte.

Caradocs Mutter legte ihm eine Hand auf die Schulter. *Nichts passiert, es ist alles in Ordnung, mein Selkie.*

„Sie sagt, es ist alles in Ordnung."

Er beruhigte sein Pferd, dann wandte er sich wieder Alex zu. „Was hat sie außerdem noch gesagt? Vorher?"

Seine Mutter hob auffordernd die Augenbrauen. Alex tat dasselbe, ließ ihr aber ihren Willen und übermittelte brav die Rüge an ihren Sohn. „Sie möchte dich daran erinnern, dass du nicht zu entscheiden hast, wer würdig ist, Andraste zu dienen, und wer nicht."

Skeptisch kniff er die Augen zusammen.

„Das hat sie gesagt?"

Alex zuckte mit den Schultern. „Ich wollte es dir nicht erzählen, aber sie bestand darauf. Sie findet, es ist ihre Aufgabe als Mutter, ihrem Kind den Kopf zu waschen, wenn es über die Stränge schlägt."

Caradocs unerwartet herzliches Lachen schien ihn selbst mindestens genauso sehr zu überraschen wie Alex. Sein Gesichtsausdruck wurde weicher, was ihm eine Wärme verlieh, die Alex' Herz höherschlagen und ihre Wangen prickeln ließ. Hoffentlich wurde sie nicht rot, ihr Bedarf an Peinlichkeiten war fürs Erste gedeckt.

Er lächelte noch immer, als er sie ansah. „Sie hat mir gefehlt. Kannst du ihr das sagen?"

„Das muss ich gar nicht", erklärte Alex. „Sie ist noch hier und kann dich hören." Sie schaute an ihm vorbei und fügte leise hinzu: „Ihre Hand liegt auf deiner Schulter, fühlst du es?"

Ganz langsam führte Caradoc die Hand an seine Schulter, und für einen kurzen Moment schien es, als könne er die Berührung seiner Mutter spüren.

Ich liebe dich, mein goldener Selkie, sagte sie. Und in ihrer Stimme schwangen gleichsam Zärtlichkeit und eine Spur Trauer mit, was Alex ans Herz ging. Dann fing ihre durchscheinende Gestalt an, sich aufzulösen, und verschwand schließlich komplett.

Alex fiel es schwer, zu sprechen, weil sie einen dicken Kloß im Hals hatte. Sie räusperte sich und flüsterte: „Sie ist fort. Aber bevor sie ging, sagte sie noch, wie sehr sie dich liebt."

Caradoc ließ die Hand zurück auf den Knauf seines Sattels sinken und nickte stumm.

Danach ritten sie lange schweigend nebeneinander her. Caradoc war offensichtlich in seine Gedanken versunken, was Alex Gelegenheit gab, ihn eingehender zu betrachten, ohne dass er es merkte. Sie hatte nicht die leiseste Idee, was es mit diesem Selkie auf sich haben könnte, aber warum seine Mutter ihn als golden bezeichnete, war unschwer zu erraten. Sein langes, im Nacken mit einem Lederband zusammengehaltenes Haar hatte genau diese Farbe – goldblond. Und seine gebräunte Haut, die sich über starke Muskeln spannte, schimmerte im Sonnenlicht. Sogar seine Augen waren bernsteinfarben, mit goldenen Sprenkeln. Wie die meisten Kelten war er groß – Alex schätzte ihn auf mindestens einen Meter fünfundachtzig. Sein Gesicht hatte markante Züge, und je länger sie ihn ansah, desto deutlicher formte sich der verrückte Gedanke, dass er sie an Marlon Brando erinnerte. Den jungen Brando in der Blüte seines Lebens, als er diese unwiderstehliche sexy Ausstrahlung hatte, bei der jede Frau dahinschmolz.

Und dann traf Alex fast der Schlag. Caradoc hatte aufgehört, still vor sich hin zu brüten, und sah ihr dabei zu, wie sie ihn verträumt anschmachtete.

„Es scheint, ich sollte dich um Verzeihung bitten", sagte er.

Alex blinzelte verdutzt. „Du mich? Wofür denn?"

„Weil ich deine Verbindung zu Andraste infrage gestellt habe."

„Ach das. Weißt du … du …", stammelte sie, bemüht, einen Weg zu finden, ehrlich zu bleiben, ohne ihre Mission zu gefährden.

„Nein, sag nichts. Es war falsch von mir, deine Ergebenheit anzuzweifeln. Du magst nicht alles sein, was du vorgibst, doch eines weiß ich: Andraste kennt dein Herz gut genug, um dich als ihre Priesterin zu akzeptieren."

„Woher weißt du das?"

Er lächelte schwermütig. „Meine Mutter war in den letzten zehn Jahren ihres Lebens Hohepriesterin der großen Göttin. Sie hätte mich nicht gescholten, wenn meine Einschätzung richtig gewesen wäre, was dich anbelangt. Also muss ich mich bei dir entschuldigen. Ich habe vorschnell geurteilt."

„Entschuldigung angenommen", entgegnete Alex knapp. Sie musste diese neuen Informationen erst einmal verarbeiten. Hohepriesterin. Das erklärte einiges.

Caradoc nickte und fuhr fort: „Sie folgte den Weisungen der Göttin und tat oft Dinge, die ich mir nicht erklären konnte und so manches Mal sogar als wirr empfand. Sie sagte dann immer, Männern ist es nun einmal nicht gegeben, die Wege der Göttin zu begreifen. Offenbar bist du ein weiteres Beispiel dafür, wie recht sie damit hat."

Alex wusste nicht, was sie sagen sollte. Viel mehr als Caradocs Entschuldigung beschäftigte sie die Frage, warum seine Mutter sie scheinbar als ihresgleichen anerkannte, obwohl sie doch genau wusste, dass Alex es nicht war. Sie erinnerte sich an das Gefühl, das sie empfunden hatte, als sie den alten Baum berührte: die Verbundenheit mit ihrer Umgebung, das Wissen, ein Teil der allgegenwärtigen Kraft des Lebens zu sein.

Plötzlich kam ihr ein Gedanke, faszinierend und Ehrfurcht einflößend zugleich. Konnte es möglich sein, dass es diese Göttin, die über alles wachte, tatsächlich gab? Und hatte sie Alex vielleicht wirklich auserwählt, ihr zu dienen?

9. KAPITEL

Im Laufe des Tages nahmen die Spannungen zwischen Alex und Caradoc immer weiter ab, was zum Teil daran lag, dass, sosehr sich der Treck auch um Abstand bemühte, hin und wieder doch ein kleines Grüppchen zu ihnen aufschloss und man ein paar Worte wechselte. Außerdem hatte Caradoc es zu Alex' Erleichterung aufgegeben, sie mit Fragen zu bombardieren, die sie nicht beantworten konnte. Später, am Nachmittag, wies Boudica ihr Heer an, den Pfad zu verlassen, dem sie bis dahin gefolgt waren, und stattdessen einen Weg quer durch den Wald einzuschlagen. Wie alle war auch Alex vollauf damit beschäftigt, gleichzeitig ihr Pferd zu lenken und sich unter herabhängenden Ästen wegzuducken. Während dieses Kampfes gegen heimtückisches Blattwerk blieb Caradoc wenig Zeit, mit ihr zu reden, abgesehen von dem ein oder anderen gut gemeinten „Pass auf, der Ast", das er ihr zurief.

Als es endlich Abend wurde und die Königin befahl, das Lager für die Nacht aufzuschlagen, war jegliches Gefühl aus Alex' Hinterteil gewichen, und sie hatte wenig Hoffnung, dass die Taubheit bis zum nächsten Morgen wieder verschwunden sein würde. Nachdem sie es irgendwie geschafft hatte, halb kletternd, halb rutschend von ihrem Pferd abzusteigen, kostete es sie all ihre Willensstärke, nicht einfach zu dem umgestürzten Baum fünf Meter weiter zu wanken und sich wie ein nasser Sack darauffallen zu lassen. Die Kelten dagegen schwangen sich elegant aus ihren Sätteln oder hüpften von den Wagen, als wäre nichts gewesen. Manche marschierten forschen Schrittes an ihr vorbei, um den anderen beim Zeltaufbau zu helfen. Niemand machte einen erschöpften Eindruck. Da konnte Alex unmöglich das Handtuch werfen und als Einzige erst einmal eine Pause einlegen. Das würde viel zu viel Aufmerksamkeit erregen und wahrscheinlich irgendeine wohlmeinende Seele dazu nötigen, sich um die arme Priesterin zu kümmern. Und jemanden zur Last fallen, das wollte Alex auf keinen Fall. Also raffte sie sich auf und schickte sich an, ihren Beitrag zu leisten. Die Leute arbeiteten konzentriert und scheinbar unermüdlich, errichteten das Lager und trafen Vorbereitungen für das Abendessen, aber sie waren ungewöhnlich still. Alex gesellte sich zu Mirain und Una, um ihnen beim Einrichten von Boudicas Zelt zur Hand zu gehen. Dabei konnte sie wenigstens nicht viel falsch machen, denn mit Camping kannte sie sich aus. Schließlich hatte sie oft die Nacht allein draußen in der Hochgrasprärie verbracht.

Während sie mit den Mädchen Seite an Seite arbeitete, erkundigte Alex sich bei Mirain: „Warum sind alle so ruhig? Gestern schien mir die Laune ausgelassen und fröhlich zu sein. Ist etwas passiert?“

„Wir sind Londinium jetzt sehr nah, deshalb dämpft jeder die Stimme, und es werden nur wenige Feuer entzündet. Die Römer sollen nichts von der drohenden Gefahr bemerken und ihre letzte Nacht in Frieden verbringen, bevor sie sterben müssen.“

Bei dem Gedanken an die bevorstehende Schlacht, die vielen Toten und Verletzten lief Alex ein kalter Schauer über den Rücken.

„Du hast heute geleuchtet.“

Überrascht sah Alex Una an und erwiderte das Lächeln des Mädchens, obwohl sie nicht wusste, was das Kind meinte. Aber sie wollte die Kleine nicht vor den Kopf stoßen. Boudicas Töchter waren den ganzen Tag immer dicht bei ihrer Mutter geblieben, aber Una hatte kaum mit ihr oder ihrer großen Schwester gesprochen. Überhaupt redete sie nicht viel, und wenn sie doch einmal etwas sagte, tat sie es so leise, dass man Schwierigkeiten hatte, sie zu verstehen, zumal ihr Gesicht meistens völlig ausdruckslos blieb. Verglichen damit strahlte sie jetzt förmlich.

„Ich habe geleuchtet?“, fragte Alex, noch immer freundlich lächelnd.

„Ja, als du heute Morgen das Ritual vollzogen hast. Du hast den Rowan berührt, und dann fing dein Körper an zu leuchten.“

In Alex’ Ohren klang Unas Beobachtung so unglaublich, dass sie angestrengt überlegte, was sie dazu auch nur annähernd Passendes sagen könnte. Doch Mirain kam ihr zuvor. „Du hast mir gar nichts davon erzählt", warf sie ihrer Schwester vor.

Una zuckte mit den Schultern. „Weshalb hätte ich es dir sagen sollen? Du warst doch selbst dabei."

„Ja, das stimmt. Aber ich habe kein Leuchten gesehen. Das war wohl nur für deine Augen bestimmt."

Unas Augen, die denen ihrer Mutter so ähnlich waren, wurden groß. Dann schüttelte sie heftig den Kopf, verschränkte die Arme vor der Brust – mehr als Selbstschutz denn aus Verärgerung – und stapfte zum Zeltausgang. Mirain seufzte leise und griff nach einem weiteren Fell vom Stapel, um es auf einer der Pritschen auszubreiten.

„Ich fürchte, ich verstehe nicht ganz", sagte Alex und schaute stirnrunzelnd zu der Öffnung zwischen den Planen, durch die Una verschwunden war. Sollte sie ihr nachgehen? Oder besser nicht?

„Sie hat dich leuchten gesehen, als die Göttin dich berührte", erklärte Mirain, als wäre damit alles gesagt.

Nun war es an Alex, zu seufzen. „Das weiß ich. Aber warum ist sie plötzlich weggelaufen?"

„Meine Schwester will nicht mehr an die Göttin glauben. Was heute geschehen ist, bedeutet aber, dass sie existiert und über uns und unser Lager wacht."

„Was ist daran so schlimm für Una?"

Mirain hörte mit dem auf, was sie gerade tat, und drehte sich zu Alex um. „Wenn es Andraste tatsächlich gibt, hat sie zugelassen, dass die Römer unsere Mutter geschlagen und uns geschändet haben. Es ist leichter für sie, wenn sie sich vorstellen kann, es gäbe keine Götter. Dann braucht sie nicht darüber nachzudenken, wie Andraste tatenlos bei den Gräueltaten der Römer zusehen konnte."

Alex verspürte einen Stich im Herzen. „Was euch angetan wurde, tut mir schrecklich leid." Sie wünschte, ihr wäre etwas Tröstlicheres eingefallen, aber Worte halfen vermutlich ohnehin nicht viel.

Mirain nickte knapp und wandte sich wieder dem Herrichten der Schlafstätten zu.

„Und du, Mirain? Glaubst du noch immer an Götter?"

Das junge Mädchen warf Alex einen kurzen Blick über die Schulter zu. „Ich glaube an die Macht der Rache, die unsere Mutter an den Römern üben wird."

Das gemeinsame Abendessen am Lagerfeuer wurde zügig eingenommen, aber das hieß nicht, dass kein Alkohol floss. Eine Mahlzeit ohne Honigwein kam für die Kelten offensichtlich nicht infrage, schon gar nicht am Vorabend einer Schlacht. Alex aß still ihren Eintopf und beobachtete das Treiben im Lager. Die Anspannung, die in der Luft lag, war geradezu körperlich spürbar. Boudicas Leute bereiteten sich innerlich auf den Kampf vor, schweigend, jeder für sich allein.

Ihre Königin überschaute von ihrem Platz aus das gesamte Geschehen. Als es dunkel wurde, wanderte sie von Zelt zu Zelt, sprach leise zu den Frauen und Männern und streichelte ihren Kindern sanft über die Köpfe. Sie beruhigte jeden Einzelnen mit ihrer Zuversicht, und Alex war beeindruckt, wie die Besonnenheit der Königin auf ihr Volk überging. Die allgemeine Nervosität wich Gelassenheit, und die Ruhe vor dem Sturm verlor ihren Schrecken.

Nachdem Boudica ihre Runde beendet hatte, kehrte sie zur Feuerstelle zurück und nahm dankbar einen Kelch Met entgegen. Sie trank in langsamen, großen Schlucken und war für eine Weile mit ihren eigenen Gedanken beschäftigt. Irgendwann rief sie Caradoc und Alex zu sich.

„Ich möchte euch um eine Gefälligkeit bitten", sagte sie.

„Aber natürlich, meine Königin." Caradoc sah zu Alex, die zustimmend nickte. Wie könnte man einer Königin etwas abschlagen, wenn sie darum bat?

„Es ist mein Wunsch, dass ihr beide morgen dem Kampf fernbleibt. Passt auf meine Töchter auf und beschützt sie. Wollte ihr das für mich tun?"

„Mit meinem Leben", schwor Caradoc.

„Ich ebenso", sagte Alex. Sie wünschte nur, sie hätte bei ihrer Ankunft statt eines weißen Kaninchens eine M16 in ihrem Umhang versteckt gehabt.

Boudica lächelte. „Ich danke euch, meine Freunde. Mein Herz wird leicht sein, wenn ich weiß, dass sie in eurer Obhut sind und ihr auf sie achtgebt." Sie ließ die Finger über ihr Schlüsselbein und hinauf zu ihrem Halsreif gleiten und berührte das leere Ende, in dem der zweite Teil des Medaillons hätte stecken sollen. „Morgen wird Catus mir zurückgeben, was mein ist, und dieses Erbstück meines Mannes wird wieder vollständig sein."

An der Art, wie die Kriegerkönigin über den Halsreif strich, konnte Alex erkennen, dass hinter Boudicas Vorhaben viel mehr steckte, als sich ein fehlendes Kleinod zurückzuholen, das man ihr gestohlen hatte. Es ging darum, die Ganzheit ihrer zerrissenen Seele wiederherzustellen, und die einzige Möglichkeit, das zumindest symbolisch zu tun, war, ihrem Peiniger das Medaillon zu entreißen. Boudica konnte weder ihren Töchtern ihre Unschuld zurückgeben noch die schrecklichen Erinnerungen aus ihrem Gedächtnis fortwischen. Sie vermochte nur, dieses eine Teil des überall verstreuten Puzzles ihrer aller Leben wieder zusammenzusetzen, um nach vorn blicken und die Vergangenheit hinter sich lassen zu können.

Plötzlich entstand Unruhe in der Gruppe der Krieger, die Boudica stets folgten, wohin sie auch ging. Sie ließen eine Lücke in ihrem Kreis, durch die ein junger Kelte auf die Königin zustolperte und nach Luft ringend vor ihr auf die Knie fiel.

„Was hast du zu berichten, Heddwyn?", fragte sie.

„Sie haben nur die neunte Legion zu ihrem Schutz bei sich!", keuchte er, völlig außer Atem. „Suetonius ist nicht mit dem Rest seiner Legionen von Mona zurückgekehrt. Er hält es nicht für notwendig, sich zu beeilen, obwohl er von Euren Plänen hörte, die Römer anzugreifen. Die Bewohner Londiniums glauben, sie hätten nichts vor einer Armee zu befürchten, die von einer Frau angeführt wird."

Boudica lächelte grimmig. „Dann werden sie am eigenen Leib erfahren, was für ein Fehler es war, die Iceni zu unterschätzen."

Heddwyn verbeugte sich. „Ja, meine Königin, das werden sie!"

Langsam erhob Boudica sich. „Nun ruht euch aus und schöpft Kraft. Wir greifen im Morgengrauen von Osten her an, mit der aufgehenden Sonne im Rücken. Die Römer sollen lernen, was es bedeutet, einer Iceni ein Leid zuzufügen und ihre erbarmungslose Göttin zu erzürnen!"

Krieger, Männer und Frauen gleichermaßen umringten ihre Königin, schworen ihr die Treue bis zum letzten Atemzug und holten sich ihren Zuspruch für das kommende Gefecht. Währenddessen stahl Alex sich leise davon und schlich in die Nacht hinaus. Sie hatte ein ungutes Gefühl, wie eine böse Vorahnung. In den Geschichtsbüchern hieß es, Boudica sei in der Schlacht von Londinium siegreich gewesen, also war es nicht ihr möglicher Tod, der Alex Sorge bereitete. Boudica würde gewinnen. Vielleicht gelang es ihr sogar tatsächlich, Catus ausfindig zu machen und ihm das zweite Stück ihres Medaillons abzuknöpfen.

Aber was dann? Sollte Alex der Königin etwa ihren Halsreif entreißen, den NSS aktivieren und sich in die Zukunft verabschieden? Allein die Vorstellung machte sie krank.

Sie kam bei Boudicas Zelt vorbei, brachte es aber nicht fertig, hineinzugehen. Wahrscheinlich waren die Mädchen dort drinnen, und sie mochte ihnen im Moment nicht begegnen. Mirains selbstbeherrschte, aber dennoch sichtbare Verzweiflung und Unas Wut und Verletzung wären gerade jetzt einfach zu viel für sie. Mit dem, was sie tun musste, würde sie den beiden noch mehr Schmerz zufügen, als sie ohnehin schon erlitten hatten. Der Halsreif war das Symbol der Herrschaft ihrer Mutter – und alles, was ihnen von ihrem Vater geblieben war. Und Alex, die sie für eine Priesterin hielten, war drauf und dran, ihnen diesen letzten Strohhalm zu nehmen, indem sie den Torque stahl und damit auf Nimmerwiedersehen verschwand.

Aber wenn sie es nicht täte, könnte das für die Welt, wie sie sie kannte, die völlige Vernichtung bedeuten.

Seufzend ging sie zu einem Felsbrocken am Ufer eines kleinen, plätschernden Flusses in der Nähe des Zeltes hinüber. Er lag zwischen den dicken Wurzeln einer großen alten Eiche und gab eine perfekte Sitzbank ab, sofern man ignorierte, wie hart und rau die Oberfläche war. Alex ließ sich darauf nieder und zuckte zusammen, als ihr geschundenes Sitzfleisch mit dem kalten Stein in Berührung kam. Leider hatte die Taubheit schneller nachgelassen als erwartet, denn jetzt wäre sie Alex recht gelegen gekommen. Minutenlang versuchte sie, eine bequeme Position zu finden, dann gab sie es auf und blickte zum Himmel über dem schlafenden Wald hinauf. Es war beinahe Vollmond, und silbernes Licht fiel auf das fließende Wasser und ließ es glitzern wie flüssige Juwelen. Die warme Frühlingsluft duftete nach feuchtem Moos. Völlig erledigt zog Alex sich die Schuhe aus, raffte ihre Tunika etwas hoch und tauchte befreit aufstöhnend die Füße in das kühle, klare Wasser. Das fühlte sich wundervoll an. Sie wackelte mit den Zehen und fing an zu überlegen, ob sie einfach die Tunika komplett ablegen und ein schnelles Bad nehmen könnte, ohne dass sie jemand dabei sah, als plötzlich die Geister auftauchten.

Sie kamen aus dem Wald auf der anderen Seite des Flusses. Alex erkannte den alten Mann, der frühmorgens mit ihr gesprochen hatte, sowie einige andere, die stumm am Wegesrand geblieben waren.

Es gibt Dinge, die wir mit dir besprechen möchten, Seelenruferin, sagte der Alte.

Ja, wir haben Fragen, rief eine Frau, die viel zu jung und gesund aussah, um tot zu sein. Aber Alex wusste, dass Geister jede Gestalt annehmen konnten, die sie irgendwann zu ihren Lebzeiten einmal gehabt hatten. Es war nicht so, als wären sie in dem Zustand zum Zeitpunkt ihres Todes gefangen, und kaum ein Geist entschied sich, sie durch eine Schusswunde im Kopf oder verstümmelte Körperteile zu erschrecken. Eine Tatsache, für die Alex schon immer dankbar gewesen war, seit sie ihre erste Begegnung mit einem Verstorbenen gehabt hatte.

Wir haben dir auch Dinge mitzuteilen, ließ sie ein anderer Mann wissen. Er trug eine Tunika aus einem so grellrot gefärbten Stoff, dass sie trotz ihrer Halbtransparenz zwischen den Kleidern seiner Gefährten hervorstach.

Alex drückte ihre Wange gegen den Stamm des Baumes, schloss die Augen und seufzte müde. Sie hatte geahnt, dass die ungewöhnliche Zurückhaltung der Geister nicht lange anhalten würde. Das wäre ja auch zu schön gewesen, um wahr zu sein. Warum konnten sie sie nicht einfach in Ruhe lassen? Sie war fix und fertig. Die Aufgabe, die sie zu erfüllen hatte, brach ihr das Herz. Sich obendrein auch noch mit dem zu befassen, was auch immer diese Geister von ihr wollten, überforderte sie, war das denn so schwer zu verstehen?

„Geht doch bitte alle weg und lasst mich in Frieden", murmelte sie mehr zu sich selbst als zu ihnen.

Plötzlich knisterte der Baum, und so etwas wie eine Energiewelle durchfuhr Alex. Sie riss die Augen auf, gerade rechtzeitig, um ungläubig zu beobachten, wie weiß schimmernde Nebelschwaden aus dem Baum aufstiegen und in den Wald hinausschwebten. Als sie die Geister erreichten, umschlangen sie ihre durchscheinenden Körper und trugen sie mit sich fort.

„Heiliges Kanonenrohr!", entfuhr es Alex, „wie habe ich das denn jetzt gemacht?"

„Indem du dir die Kraft der Eiche geliehen hast." Caradoc trat aus den Schatten und kam auf Alex zu. „Was ist das für ein Ort, von dem du kommst, wo man Priesterinnen nichts über die heilige Macht des Waldes beibringt?"

10. KAPITEL

Spionierst du mir nach?", stellte Alex die Gegenfrage und vermied es so, Caradoc antworten zu müssen.

„Das würde ich gern von dir wissen."

„Von mir?"

„Ja. Bist du ein römischer Spion?"

„Das kann nicht dein Ernst sein! Ich bin genauso wenig ein römischer Spion wie du. Wie kommst du auf so eine absurde Idee?"

„Es wäre naheliegend. Wir befinden uns im Krieg."

„Schon, aber die Römer sehen es nicht so. Die halten euch für einen Haufen von ihrer verrückten Königin aufgewiegelter Barbaren. Die Römer betrachten Boudicas Armee nicht als ernst zu nehmende Gefahr. Für sie ist eure Kriegserklärung nur eine kleine Unannehmlichkeit. Das hat Heddwyn durch seine Spionage doch herausgefunden, oder etwa nicht?" Alex wusste, all das entsprach auch tatsächlich der Wahrheit, so viel hatte sie von ihren Geschichtsstunden im Labor behalten. Einer der Hauptgründe, weshalb Boudicas Feldzug erfolgreich war, lag darin, dass Rom sie lange Zeit unterschätzt und als Frau gar nicht für voll genommen hatte.

„Es stimmt, was du sagst. Zumindest die Dinge, über die du sprichst. Aber woher du kommst, willst du mir noch immer nicht verraten."

„Gut, hör zu. Wie wäre es, wenn du und ich eine Vereinbarung treffen? Ich verspreche, dich nicht anzulügen – niemals. Aber du musst akzeptieren, dass ich dann einiges für mich behalten muss, worüber ich dir einfach nicht die Wahrheit sagen kann", schlug Alex vor.

Während er sie mit seinen ungewöhnlich hellen Bernsteinaugen fixierte, dachte Caradoc über Alex' Vorschlag nach. Letztlich nickte er. „Einverstanden. Es wird keine Lügen zwischen uns geben, weder von mir noch von dir."

„Abgemacht." Automatisch streckte Alex die Hand aus, damit Caradoc sie schütteln konnte. Er zögerte, ehe er sie ergriff, und als er es tat, war die Geste kein kurzes Händeschütteln zwischen zwei Geschäftspartnern, wie Alex es erwartet hätte. Stattdessen umschlossen seine Finger ihren Unterarm, sodass ihre Handgelenke aneinandergepresst wurden. Puls an Puls, Herzschlag an Herzschlag, Haut an Haut. Die Sitte, in der man nach seinem Verständnis geschlossene Verträge besiegelte.

Seine Berührung löste eine beunruhigende Reaktion in ihr aus. Doch es war kein blitzschlagartiges Aufflackern heißen Verlangens wie in einem schlechten Liebesroman. Caradocs Haut auf ihrer fühlte sich einfach gut an – warm, sicher, echt. Und irgendwie richtig, kein bisschen fremd oder merkwürdig. Er war ein weiterer Teil dieser Welt, dieser Zeit, der ihr vertraut schien, auch wenn sie es sich nicht erklären konnte.

„Ich fände es schön, wenn wir Freunde sein könnten“, hörte sie sich selbst sagen.

„Geheimnisse sind nicht das beste Fundament für eine Freundschaft“, erwiderte er, aber sein Tonfall war dabei nicht harsch, vielmehr unsicher, und er ließ auch ihren Arm nicht los.

„Die Wahrheit ist es aber, und ich habe dir versprochen, immer ehrlich zu dir zu sein.“

„Wenn du kannst“, fügte er hinzu.

„Wenn ich kann“, bekräftigte Alex.

Langsam, beinahe widerwillig löste er seinen Griff und gab ihren Arm frei. „Also, kannst du mir sagen, ob meine Vermutung stimmt, dass dir niemand beigebracht hat, die Kraft des Waldes zu nutzen?“

Alex lächelte. „Da fällt mir eine ehrliche Antwort nicht schwer. Ja, du hast voll ins Schwarze getroffen. Ich weiß nicht mal, was du damit überhaupt meinst, die Kraft des Waldes nutzen, geschweige denn, wie man das macht.“

Caradoc neigte den Kopf zur Seite und erwiderte ihr Lächeln. „Du hast eine merkwürdige Art zu sprechen.“

Alex kam sich vor wie das weiße Kaninchen, das sie aus ihrem Umhang hervorgezaubert hatte. Eine Kuriosität, die neugierig bestaunt wurde. Dabei hatte Carswell ihr versichert, der Chip in ihrem Sprachzentrum würde alles übersetzen, was sie hörte, und auch, was sie sagte. Ersteres funktionierte offenbar einwandfrei, denn sie war überzeugt, die Kelten redeten in Wirklichkeit mit unterschiedlichen Akzenten, der eine mehr, der andere weniger stark. Aber davon merkte sie nicht das Geringste. Darum war sie davon ausgegangen, dass es umgekehrt ebenso wäre, und immer mehr in ihr normales Vokabular zurückgefallen, ohne sich darüber Gedanken zu machen.

Caradoc lachte freundlich. „Nun schau nicht so entsetzt. Ich wollte dich nicht kränken. Es ist mir nur aufgefallen. Und nein, ich habe es nicht gesagt, um dir eine Erklärung abzunötigen.“

Er machte ein unschuldiges Gesicht, aber seine Augen verrieten ihn. Natürlich hatte er gehofft, ihr würde irgendeine Information herausrutschen, mit der er etwas anfangen könnte.

„Ich werde versuchen, mein merkwürdiges Verhalten auf ein Minimum zu beschränken“, sagte sie.

Abwehrend hob Caradoc die Hand. „Nein, bitte tu das nicht. Ich finde dich interessant.“

Alex hätte gern gewusst, was er darunter verstand. Interessant wie ein spannendes Buch oder eher wie ein skurriles Kunstwerk, von dem man keine Ahnung hatte, was es darstellen sollte? Sie entschied sich jedoch, nicht weiter darauf einzugehen. „Und? Kannst du mir sagen, was es mit dieser Kraft des Waldes auf sich hat, oder ist das eine streng geheime Sache, die du nicht jedem auf die Nase binden darfst?“, nahm sie den Gesprächsfaden wieder auf.

Augenblicklich wurde Caradoc wieder ernst. „Es ist etwas, worüber man keine Scherze macht, Blonwen. Als Priesterin der Göttin müsstest du wenigstens so viel wissen.“

„Tue ich aber nicht“, sagte sie aufrichtig. „Es war nicht meine Absicht, dich zu beleidigen. Oder den Wald.“ Unbehaglich blickte sie sich um, bevor sie weitersprach. „Ich möchte alles über diese Dinge lernen. Das heißt, wenn du bereit bist, dein Wissen mit mir zu teilen.“

Er fuhr sich mit der Hand durch das dicke Haar, und Alex bemerkte, dass das Lederband, mit dem es den ganzen Tag über zusammengehalten worden war, sich gelöst hatte und die langen Strähnen ihm locker über die Schultern fielen. Sie hatte noch nie etwas mit einem langhaarigen Mann gehabt und war überrascht, wie aufregend sie die Vorstellung fand. Sie wollte es anfassen, die Finger hineinkrallen, ihn zu sich heranziehen und …

„Blonwen?"

„Ähm, ich, ich …", stotterte sie. Was, zur Hölle, machte sie denn da? Jetzt war nicht der richtige Zeitpunkt, um erotischen Tagträumen nachzuhängen. „Ich war mit den Gedanken woanders", entschuldigte sie sich schnell. „Was sagtest du?"

Er sah sie mit einem Blick an, der allzu wissend war. Hatte ihr Gesichtsausdruck womöglich für sich gesprochen und Caradoc erahnen lassen, dass sie in ihrer Fantasie gerade kurz davor gestanden hatte, ihn zu küssen? Falls ja, behielt er es für sich, denn er sagte nur: „Als Druide bin ich mit den Wesen des Waldes und deren magische Kräfte selbstverständlich vertraut und habe mein Wissen oft an junge Druiden weitergegeben …" An dieser Stelle verstummte er und blickte niedergeschlagen hinaus in die Dunkelheit.

Alex wusste, woran er in diesem Moment dachte – dass seine Schützlinge, die er unterrichtet und mit denen er gelebt hatte, vermutlich alle tot waren, einem sinnlosen Gemetzel zum Opfer gefallen. Langsam streckte sie die Hand aus und legte sie ihm auf den Arm. „Es tut mir so leid, was geschehen ist. Das muss schlimm für dich sein. Du hast dein Zuhause verloren, deine Freunde …"

„Sie haben sich für mich geopfert." Caradocs Stimme klang gepresst, sein Blick war starr.

„Wer?", fragte Alex sanft nach, als offensichtlich war, dass er von allein nicht weitererzählen würde.

„Meine Freunde. Alle. Es war ein Überraschungsangriff, niemand hatte damit gerechnet. Die Alten schliefen bereits. Einige der jüngeren Priesterinnen und Druiden waren dabei, ein

Fruchtbarkeitsritual abzuhalten …" Seine Lippen zuckten bei der Erinnerung, doch sein Blick blieb leer. „Ich fühlte mich ruhelos und konnte nicht einschlafen. Mein Instinkt warnte mich, aber ich nahm es nicht ernst, sondern tat mein Missbehagen einfach als kleine Unpässlichkeit ab. Ich ging zur Höhle der Quellen und nahm ein Bad, um meinen Geist zu beruhigen." Er schüttelte den Kopf und lachte bitter. „Dort fanden mich meine Brüder. Ich hatte den Überfall und die Schreie meiner Brüder und Schwestern nicht einmal gehört. Nur ihnen verdanke ich es, noch am Leben zu sein. Sie bildeten eine Schutzmauer und hielten die Römer lange genug auf, damit ich entkommen und es bis zu Boudica schaffen konnte."

„Um sie zu warnen. Jemand musste das doch tun", versuchte Alex zu trösten.

Abrupt wandte Caradoc ihr das Gesicht zu. „Du weißt wirklich nicht, wer ich bin und warum die anderen ihr Leben gaben, um zu verhindern, dass ich in römische Gefangenschaft gerate?"

„Nein", erwiderte Alex schlicht. „Ich weiß nur, dass du derjenige bist, der in meinen Träumen nach mir gerufen hat. Mehr nicht."

Der Zorn, der eben noch in seinen Augen aufgeblitzt war, verrauchte, und Caradoc seufzte. „Heute Morgen, als wir uns das erste Mal begegnet sind, hat Boudica mich dir gegenüber nur ihren guten Freund genannt. Aber sie und ich sind mehr als das, in unseren Adern fließt dasselbe Blut. Ich bin der Sohn von ihrer Mutters Schwester. Sollte Boudica eines Tages fallen, werde ich ihren Platz einnehmen und König der Iceni sein."

Alex schaute ihn mit großen Augen an. „Ich hatte ja keine Ahnung."

„Was habe ich in deinen Träumen genau gerufen, und wo war das?", wechselte Caradoc unvermutet das Thema.

„In einem Wald, diesem hier sehr ähnlich. Ich sollte zu dir zurückkommen, du bräuchtest mich und würdest auf mich warten." Ihr wurde bewusst, dass sie noch immer seinen Arm berührte, und sie zog unsicher die Hand weg, doch Caradoc hielt sie am Handgelenk fest.

„Das war alles?", fragte er.

„Wörtlich hast du so etwas gesagt wie ‚Du musst den Mut haben, zu mir zurückzukehren', glaube ich." Sie schaute nach unten, wie seine Hand ihren Arm umschloss, und plötzlich fiel ihr der Rest des Traumes wieder ein. „Ich konnte dich nicht sehen. Aber du hast nach mir gegriffen."

Erstaunt runzelte er die Stirn. „Ich habe nach dir gegriffen?"

Sie nickte und fühlte eine seltsame Enge in der Brust. „Ja, so wie jetzt."

Caradoc lockerte seinen Griff, und während er Alex in die Augen sah, begann er, mit dem Daumen kleine Kreise auf ihre Haut zu malen, dicht über der Handschlagader, in der ihr Blut pulsierte.

„Und was ist sonst noch geschehen?"

„Nichts weiter." Ihre erstickte Stimme war kaum mehr als ein Flüstern. Er war ihr so nah, dass sie die Wärme seines Körpers spüren konnte. „Nebel kam auf, und du warst verschwunden."

„In meinem Traum habe ich dich nicht berührt. Obwohl etwas mich zu dir hinzog und ich mir sicher war, du solltest an meiner Seite sein", raunte er. „Und dann, als ich dich heute sah, glaubte ich, wieder zu träumen." Sein Gesichtsausdruck veränderte sich und wurde traurig. „Ich wünschte, es wäre alles nur ein Traum gewesen und das Unglück hätte niemals stattgefunden."

Alex strich ihm vorsichtig eine Haarsträhne aus der Stirn und berührte dabei seine Wunde, die bereits zu heilen begann. Sie war mehrere Tage alt. „Wie lange bist du unterwegs gewesen, bevor du Boudicas Lager erreicht hast?"

„Drei Tage. Am ersten war der Schwindel zu stark, und ich konnte nicht laufen."

„Tut es noch weh?"

Er presste die Lippen aufeinander. „Nein. Mein Schädel ist hart."

Mit seinem schwachen Lächeln und der verblassenden Kopfverletzung sah er so jung aus, dass Alex ihm spontan die Hand auf die Wange legte. „Und ich bin sehr froh darüber", sagte sie leise.

Caradoc schwieg, aber er beugte sich vor, ganz langsam, als wolle er ihr reichlich Zeit geben, einen Schritt rückwärts zu machen und ihm auszuweichen. Er ließ seine Hand nach oben gleiten, an ihrem Arm entlang, über die Schulter, bis seine Finger schließlich ihren Nacken erreichten. Sacht zog er Alex' Kopf zu sich heran, und dann berührten seine Lippen ihre.

Der Kuss begann als eine vorsichtige Frage, zart und nicht fordernd. Alex konnte selbst nicht fassen, wie heftig ihr Körper reagierte. Sie öffnete sich ihm, lehnte sich automatisch nach vorn, schlang ihm die Arme um die Schultern und schmiegte sich an ihn. Er schmeckte nach dem süßlich-herben Honigwein, der zu jeder Gelegenheit getrunken wurde, und die Weichheit seiner Lippen bildete einen verführerischen Kontrast zu der Härte seines restlichen Körpers. Er stöhnte leise auf, als sie sich ihm noch mehr entgegendrängte, ließ eine Hand nach unten wandern und umschloss ihre Pobacke, sodass er ihren Unterleib in dieser Position festhalten konnte, dicht an seinen gepresst, während aus dem fragenden Kuss ein atemloses, stürmisches Verlangen nach mehr wurde.

Alex verlor sich in seinem wunderbaren Geschmack und dem Gefühl seiner Nähe. Es war so lange her, seit sie das letzte Mal die Hitze und Erregung eines Mannes gespürt hatte. Und dieser Mann war nicht irgendjemand, sondern etwas ganz Besonderes. Kein langweiliger Schlipsträger, der mit seiner Aktentasche von einem Termin zum nächsten hetzte. Oder ein Möchtegern-Cowboy, der seit Monaten nicht mehr auf einem Pferd gesessen hatte, aber dafür einen riesigen Geländewagen fuhr, mit dem er eine Rinderherde höchstens panisch auseinandertreiben könnte, anstatt sie zusammenzuhalten. Nein, Caradoc war ein echter Krieger, ein Mann, der es verstand, seinen Körper als Waffe einzusetzen. Darüber hinaus ein Druide, was ihn, wie Alex vermutete, dazu befähigte, auch seinen Geist zur Verteidigung zu gebrauchen, indem er geheimnisvolle Mächte heraufbeschwor, die zu kontrollieren besondere Fähigkeiten erforderten. Er war faszinierend und reizvoll und mehr als nur ein bisschen gefährlich. Und er akzeptierte, was sie in ihrer Welt zu einem anormalen Freak machte. Für ihn war sie eine Seelenruferin und erfüllte als solche eine ehrenvolle Aufgabe in der Gesellschaft.

Alex wollte ihn – mit einer so elementaren, ungezügelten Leidenschaft, wie sie sie zuvor noch nicht erlebt hatte.

Ihre Zunge umspielte seine, forderte sie zu einem erotischen Tanz. Alex fühlte seine pulsierende Härte und hob die Hüften an, um sie zwischen ihren Schenkeln zu spüren. Seine Finger gruben sich tiefer in ihr Hinterteil. Ihr Körper stand in Flammen, Wellen hemmungsloser Lust durchströmten sie, und alles, woran sie denken konnte, war, dass sie diesen Mann in sich spürten wollte – tief und hart.

Plötzlich knackte hinter Caradoc ein Ast, ein Geräusch, so scharf und unerwartet, dass Alex im ersten Moment glaubte, es wäre ein Schuss gewesen. Der Druide reagierte blitzschnell, wirbelte herum, stellte sich schützend vor sie und nahm eine drohende Kampfposition ein. Keine drei Meter von ihnen entfernt spazierte ein Reh unbeirrt an einigen niedrigen Büschen vorbei. Es schien darauf konzentriert, trockenen Hufes auf die andere Seite des Flusses zu gelangen, und bemerkte die beiden Menschen überhaupt nicht, bis es praktisch direkt vor ihnen stand. Für eine Sekunde erstarrte es vor Schreck, machte dann einen Satz über das Wasser und flüchtete in die Dunkelheit des Waldes.

Alex wäre fast das Herz stehen geblieben. Sie ließ den Kopf gegen Caradocs Rücken sinken und lachte erleichtert, wenn auch völlig außer Atem. „Sag jetzt nicht, dass das arme Tier bestimmt mehr Angst vor uns hatte als wir vor ihm, denn was mich angeht, ist das absolut unmöglich."

Er drehte sich zu ihr um und schlang locker die Arme um ihre Schultern. „Wenn ich nichts sage, würdest du dann so tun, als hättest du nicht mitbekommen, wie mich dieses kleine Reh beinahe zu Tode erschreckt hat?"

Sie grinste und legte ihm eine Hand auf die Brust. „Aber nur fast, dein Herz schlägt noch."

„Ja", murmelte er. „Das ist leicht festzustellen." Alex sah zu ihm hoch, erwartungsvoll dem nächsten Kuss entgegenfiebernd, doch zu ihrer Verwirrung beugte er sich nicht vor, um dort weiterzumachen, wo sie gerade aufgehört hatten. Sie zögerte, unsicher und irgendwie auch peinlich berührt. Stimmte etwas nicht?

„Blonwen, versprich mir, dass du wirklich nichts Böses gegen Boudica im Schilde führst und nicht hier mit mir zusammen bist, um an die Königin heranzukommen und ihr etwas anzutun, sobald sie dir blind vertraut."

Abrupt trat Alex einen Schritt zurück, als hätte er ihr ins Gesicht geschlagen. Hatte er denn bei dem Kuss gar nichts empfunden? Während sie lichterloh brannte, war er da innerlich kalt geblieben und hatte sachlich abgewogen, ob sie vielleicht doch eine Spionin sein könnte, auch wenn sie es abstritt?

Ihre Stimme zitterte, als sie ihm antwortete, doch sie hielt tapfer seinem Blick stand. „Ich habe dir zu diesem Thema bereits die Wahrheit gesagt. Wenn du mir nicht glaubst – wenn du mir nicht trauen kannst oder willst –, dann gibt es nichts mehr zwischen uns zu sagen. Gute Nacht, Caradoc."

Mit dem quälenden Gefühl, sich noch nie so lächerlich gemacht zu haben, ging Alex erhobenen Hauptes zu Boudicas Zelt, ohne sich noch einmal umzusehen.

11. KAPITEL

Dank der Strapazen des anstrengenden Tagesrittes schlief Alex schneller ein, als sie es je für möglich gehalten hätte. Dieses Mal träumte sie wieder.

Sie befand sich in einer Höhle, atmete tief ein und erkannte den leicht metallischen Geruch einer mineralischen Quelle.

Für eine Sekunde war sie verwirrt und wunderte sich, wohin ihr schlafendes Unterbewusstsein sie da geführt hatte. Doch dann verstand sie, und mit der Erkenntnis kam ein Anflug von Verärgerung. Dies hier war die Höhle, in der Caradoc sich während des Angriffes der Römer aufgehalten hatte. Irgendwie musste er sie hergelockt haben – vielleicht mithilfe seiner Druidenmagie. Alex straffte die Schultern und blickte sich suchend nach einem Ausgang um, wobei sie sich innerlich immer wieder befahl: *Wach auf! Wach auf! Wach auf!*

Sie nahm gleich den ersten Tunnel, den sie entdeckte, und hoffte, dass er aus dem kleinen, mit Kerzen erleuchteten Raum herausführte. Alex folgte dem verschlungenen Gang, musste jedoch bald feststellen, dass man auf diesem Weg nur immer weiter in das Gewölbesystem hineingelangte anstatt nach oben zur Öffnung. Sie blieb stehen, wollte gerade umkehren und ihren eigenen Schritten zurückfolgen, als sie ein leises Schluchzen hörte. Irgendwo vor ihr, tiefer in den Höhlen, schien jemand bitterlich zu weinen.

Dreh dich um, sieh zu, dass du hier wegkommst! Wach auf! Ihre innere Stimme überschlug sich fast, doch ihre Beine trugen Alex einfach vorwärts. Langsam, aber beständig ging sie in die Richtung, aus der das Schluchzen kam, bis sie eine Kreuzung erreichte, von der ein zweiter Tunnel nach rechts abzweigte. Die warmen, aromatischen Duftschwaden, die ihr entgegenwehten, ließen sie vermuten, dass sich in der nächsten Kammer die Hauptquelle verbarg. Und auch die weinende Person.

Leise schritt Alex durch den steinernen Bogen, blieb in dem Schatten an der Seite und warf einen vorsichtigen Blick in den dahinter befindlichen großen Raum. Dem aufsteigenden Dunst nach zu urteilen, der sich an den kühlen Wänden niederschlug und Kondenstropfen bildete, musste das Wasser in dem natürlichen Felsbecken sehr warm sein. Die Geräusche kamen vom hinteren Rand, und Alex spähte durch den Nebel, bis sie eine Gestalt ausmachen konnte.

Caradoc saß auf einer Steinbank, die Ellbogen auf die Knie gestützt und die Hände vors Gesicht geschlagen. Er weinte.

Er hat mich nicht zu sich geholt, realisierte Alex, er würde nicht wollen, dass ich ihn so sehe. Leise trat sie den Rückzug an, doch Caradoc hob den Kopf, sah zu ihr hinüber und direkt in ihre Augen.

„Es zieht mich immer wieder an diesen Ort." Sein Gesicht war fahl vor Kummer, und sein Blick spiegelte die schrecklichen Erinnerungen wider, die ihn quälten.

„Ich bin dir nicht absichtlich gefolgt, ich wollte nicht …"

„Das weiß ich. Was in unseren Träumen geschieht, entzieht sich unserer Kontrolle. Ich habe dich auch nicht absichtlich zu mir gerufen, wir können es beide nicht beeinflussen."

„Aber jetzt sind wir hier", stellte Alex fest. „Jedenfalls soweit man das sagen kann."

„Ja, das sind wir." Caradoc wischte sich mit dem Handrücken die Tränen fort und lehnte den Rücken gegen die feuchte Felswand hinter ihm. Er sah so jung, traurig und verletzt aus, dass es Alex ganz schwer ums Herz wurde. Als er zu sprechen begann, klang seine Stimme rau, überanstrengt vom vielen Weinen. „Ob dies nun real ist, Trug oder Traum, spielt keine Rolle. Es gibt etwas, das ich dir sagen muss. Vor dem Überfall war ich mir meiner selbst vollkommen sicher, ich kannte meinen Platz in der Welt und sah einen Sinn in meinem Tun. Doch jetzt ist alles aus dem Gleichgewicht geraten, und ich fühle nur noch Reue und Wut. Und heute hat mich dieses Chaos in meinem Inneren dazu gebracht, dich schlecht zu behandeln. Ich hätte das nicht tun dürfen."

Sein Eingeständnis überraschte Alex, aber sie zuckte nur gleichmütig mit den Schultern. „Ich bin kein Kind mehr. Wenn ich unbedingt den großen bösen Wolf streicheln will, weiß ich, dass ich ein Risiko eingehe und er mich beißen könnte."

Erstaunt hob Caradoc die Augenbrauen. „Mich hat noch niemals jemand mit einem Wolf verglichen."

„Ach nein? Also ist es nicht deine Angewohnheit, eine Frau zuerst zu verführen und dann zu beleidigen?"

Er wich ihrem Blick aus. „Nein, ist es nicht." Unangenehme Stille folgte auf seine Worte, und je länger sie andauerte, desto ernsthafter dachte Alex darüber nach, einen steilen Abhang zu suchen und sich hinunterzustürzen. Der Schock würde sie bestimmt schlagartig aufwecken und aus dieser peinlichen Lage befreien. Letztlich aber sah Caradoc sie wieder an und sagte: „Ich möchte dich erneut um Verzeihung bitten, und dieses Mal muss meine Mutter mir nicht klarmachen, wie ungebührlich ich mich dir gegenüber verhalten habe. Du hattest mir bereits versprochen, ehrlich zu sein, und mir dein Wort gegeben, Boudica nichts Böses zu wollen. Ich hätte es dabei belassen sollen. Es tut mir leid."

Mit ihrer eher unerfreulichen Vergangenheit, was Beziehungen zu Männern betraf, war Alex auf eine solch geballte Ladung ehrlicher Gefühle nicht vorbereitet. Sie hatte alle möglichen Typen kennengelernt: Charmeure, Angeber, Schlitzohren, durchschnittliche Normalos. Aber noch nie einen Mann, der ihr mal eben so mir nichts, dir nichts sein Seelenleben offenbarte.

„Was soll dieses ganze Hin und Her?", platzte sie heraus. „Erst tust du, als wäre ich dein Feind. Dann kommst du zu mir. Als Nächstes stößt du mich vor den Kopf. Und jetzt entschuldigst du dich dafür. Würdest du mir bitte mal sagen, welcher Caradoc der echte ist! Welchem kann ich glauben?"

Traurig schüttelte er den Kopf. „All das ist echt, all das ist Teil von mir. Ich bin nicht mehr der, der ich früher einmal war. Mein Heim ist zerstört, wir befinden uns im Krieg, nichts ist wie vorher. Und es ist mir noch nicht gelungen, mein Gleichgewicht wiederzufinden." Caradoc machte eine Pause und fuhr sich mit der Hand durch die Haare. „Heute, mit dir in meinen Armen, war das erste Mal seit Langem, dass ich etwas anderes spürte als Zorn und Verzweiflung. Und ich habe es verdorben."

Gerührt sah Alex ihm in die bernsteinfarbenen Augen. Es gab nur eines, das sie ihm sagen wollte, und dies hier war doch ohnehin nur ein Traum, nicht wahr? Sie konnte also alles sagen oder tun – es machte keinen Unterschied, richtig?

„Du hast es nicht verdorben", flüsterte sie.

„Nicht?" Hoffnung erhellte seinen gramgetrübten Blick.

„Nein."

„Nein! Nicht wieder umdrehen, Priesterin! Unsere Mutter braucht dich, du musst die Krieger segnen, bevor sie in die Schlacht ziehen. Wach auf!"

Erschrocken riss Alex die Augen auf und schaute in das Gesicht von Mirain, die sie besorgt ansah.

„Wo bin ich? Wa…" Dann fiel es ihr wieder ein. Sie hatte nur geträumt. Und jetzt hatte die Wirklichkeit sie zurück. Schnell setzte sie sich auf und versuchte, mit den Fingern ihr widerspenstiges Haar zu bändigen.

„Endlich! Ich habe wirklich alles versucht, dich zu wecken, aber du hast nicht reagiert. Ich bekam schon Angst, du wärst vielleicht krank oder dein Geist wurde von Andraste in eine andere Welt gesandt", erklärte Mirain aufgeregt.

„Es geht mir gut. Ich … Es ist nur ein Traum gewesen, weiter nichts."

„Eine Vision?", mischte Una, die hinter ihrer Schwester stand, sich ein.

Alex gab sich einen Ruck, ignorierte ihre schmerzenden Knochen und lächelte das Mädchen an. „Ich bin mir nicht sicher."

Una schien enttäuscht zu sein. „Ich dachte, Priesterinnen können Träume und Visionen unterscheiden."

„Priesterinnen sind auch nur Menschen. Wir wissen nicht alles, wir tun einfach unser Bestes, die richtigen Entscheidungen zu treffen, so wie jeder andere auch." Alex hielt inne und dachte über Caradoc und ihren Traum nach. Dann fügte sie ihrer Antwort das hinzu, was sie ehrlich empfand. „Weißt du, womöglich war es ein visionärer Traum, und vielleicht enthielt er auch eine wichtige Botschaft. Aber nur für mich. Es ist etwas Privates, verstehst du?“

„Du hörst dich an wie unsere Mutter“, grummelte Una.

„Danke, ich nehme das als Kompliment“, erwiderte Alex, stand auf und bemühte sich erneut, ihre wilde Haarpracht einigermaßen in den Griff zu bekommen.

„Nein, lass es so“, meinte Mirain und griff nach ihrer Hand. „Du siehst sehr mystisch aus … und ein wenig wunderlich mit diesen wild abstehenden Locken. Das Kriegerheer wird dich als Andrastes furiose Priesterin, die es voller Inbrunst und mit einer machtvollen Segnung in den Kampf schickte, in Erinnerung behalten.“

Alex lächelte schief, dann beugte sie sich vornüber und schüttelte kräftig den Kopf, damit ihre „wilden Locken“ richtig zur Geltung kamen. Als sie sich wieder aufrichtete, wurde sie mit einem hochzufriedenen Nicken von Mirain belohnt.

„Alles klar, gehen wir.“

Nachdem sie das Zelt verlassen hatten, hörte sie Una flüstern: „Das war genau wie immer bei Priesterinnen und allem, was mit der Göttin zu tun hat – nichts als Blendwerk und Mummenschanz.“

Alex hätte gern widersprochen und dem Mädchen erklärt, dass das ganze Drumherum durchaus seinen Sinn hatte und die Leute in die richtige Stimmung versetzen sollte, sodass eine Segnung ihre volle Kraft entfalten konnte. Es war keine gemeine Täuschung, um sie zum Narren zu halten, auch wenn es sicherlich den Anschein machte.

Doch Mirain zog sie eilig vorwärts, und Alex wurde bewusst, dass sie dieses verletzte Kind nicht für das zurechtweisen durfte, was es glaubte oder eben auch nicht. Blonwen gehörte zwar zu dem Kult um Andraste, der im Leben dieser Menschen eine wichtige Funktion erfüllte, aber sie – Alex – hatte damit nichts zu tun. Was sie tat, war wirklich Betrug, da gab es nichts schönzureden.

Mirain steuerte zwei Pferde an, die bereits gesattelt auf sie warteten. Alex bestieg das eine, und die beiden Schwestern nahmen gemeinsam das andere. Im nebligen Schummerlicht der Morgendämmerung musste Alex sich anstrengen, bei ihrem Tempo mitzuhalten und immer dicht hinter ihnen zu bleiben. Wenn sie zurückfiel, würde sie sich wahrscheinlich hoffnungslos in den dichten, stillen Wäldern verirren.

Schließlich erreichten sie den Waldrand und durchbrachen leise die Reihen der wartenden Armee. Ganz vorn an der Spitze, auf einer kleinen Anhöhe, erwartete Boudica sie bereits. Die Königin stand in einem Streitwagen, vor den zwei weiße Pferde gespannt waren. Sie trug einen aus Gold geschmiedeten polierten Brustpanzer. Er glänzte so sehr, dass sie selbst in dieser dunstig grauen Welt, in der die Sonne noch nicht aufgegangen war, erstrahlte.

Alex sah Caradoc im inneren Kreis der Krieger um Boudica. Die Königin sprach zu ihr, und ihre Stimme klang gepresst. „Segne unsere Armee, Priesterin der großen Andraste. Und dann will ich sie in den Sieg führen."

Alex blieb gar keine Zeit, in Panik zu geraten. Oder sich einen Plan zurechtzulegen. Auf Boudicas Befehl hin ließ sie ihr Pferd eine Drehung machen, sodass sie sich dem riesigen Heer der Kelten zuwandte. Der Anblick dieser zum Kampf gerüsteten Iceni war überwältigend. Diejenigen, die nicht wie Caradoc tätowiert waren, hatten verschiedene Symbole auf ihre Gesichter und Körper gemalt. Das leuchtende Blau bildete einen starken Kontrast zu ihrer hellen Haut. Männer und Frauen, Seite an Seite. Viele der Krieger hatten ihre Brust entblößt, sodass sie nur durch das aufgemalte Zeichen bedeckt wurde. Ihre langen Haare waren offen und mit Federn und Stoffbändern geschmückt, vereinzelt sogar mit kleinen Glöckchen und Schellen. Die Frontlinien vibrierten förmlich vor Entschlossenheit und Kraft, und der Wind schien leise Geräusche alter Magie zu ihnen herüberzutragen. Sie waren Furcht einflößend, imposant und absolut atemberaubend. In diesem Augenblick wünschte Alex sich nichts sehnlicher, als Teil dieses Heeres zu sein. Sie atmete tief ein. Mit einer Stimme, gestärkt durch die von den Kelten ausgehende Energie, sprach Alexandra Patton, eine Frau aus dem einundzwanzigsten Jahrhundert, die völlig fehl am Platze war in einer Zeit, in die sie nicht gehörte, magische Worte, welche ihr wie von allein zuflogen.

„Am heutigen Tag bei Londinium, in dieser schicksalhaften Stunde,
Höret all ihr tapferen Krieger der Göttin Kunde:
Die Sonne in ihrem hellen Schein,
Der Rowanblüten reines Sein,
Feuer mit seiner Kraft der Glut,
Wind wühlt auf das Meer zur Flut.
Felsen, hart und wandelbar,
Erde tief und immerdar –
All dies rufe ich,
Andraste, höre mich,
Und schütze dieses Heer,
Jene, die Dunkelheit bringen,
Wollen sie bezwingen.
Beenden den blutigen Strom,
Der kommt mit der Gier von Rom!“

Das ohrenbetäubende Grollen aus Tausenden Kriegerkehlen ließ die feinen Härchen in Alex’ Nacken zu Berge stehen.

Boudica setzte ihren Streitwagen in Bewegung, und Alex wich zur Seite, um die Königin vorbeizulassen. Mirain und Una waren zu ihrer Mutter gekommen und standen neben ihr, eine zu ihrer Rechten, die andere zu ihrer Linken. Alex dachte, sie sähe wie ein Racheengel aus, umgeben von ihren geliebten Töchtern, denen sie je eine Hand auf die Schulter legte und sich dann an ihre Gefolgsleute wandte.

„Wir greifen diesen Ort nicht an, weil es uns nach Reichtum dürstet, nach Land oder anderem, das nicht unser ist. Wir ziehen gegen diese Stadt und ihre Bewohner, weil sie uns so schreckliches Unrecht getan haben, dass die Göttin selbst sich erhob und mit einem lauten Schrei Vergeltung forderte!"

„Vergeltung!", wiederholte die versammelte Armee wie aus einem Mund.

Boudica winkte Caradoc und Alex zu sich heran, und beide reagierten prompt.

„Erfüllt euer Versprechen. Sorgt für die Sicherheit meiner Kinder", sagte sie.

Caradoc hob die Mädchen aus dem Wagen und rief Alex zu, sie solle ihm folgen, während er auf die Pferde zurannte, mit denen sie gekommen waren. Er schleuderte die beiden förmlich auf eines der Tiere, bestieg sein eigenes und gab dem der Schwestern dann einen Klaps auf die Flanke, sodass es lospreschte, fort von dem freien Feld und in den Schutz des Waldes. Als Alex ihnen hinterherritt, drehte sie sich noch einmal zu Boudica um, die ihren Wagen gewendet hatte und jetzt in Richtung Londinium starrte.

„Vergeltung!", schrie die Königin der Iceni erneut, und das Gebrüll, mit dem ihr Heer dieses Mal einstimmte, war so laut und grauenerregend schrill, dass Alex das Blut in den Adern gefror.

Dann ließ Boudica ihre Peitsche knallen, und die Pferde vor dem Streitwagen galoppierten los. Und so raste sie auf die verhassten Feinde zu, dicht gefolgt von ihrer nach Rache, Blut und Buße schreienden Armee.

Innerhalb von Minuten hatten sie Londinium erreicht und fielen in die Stadt ein wie ein Schwarm Heuschrecken.

12. KAPITEL

Die Schlacht zog sich nicht einmal bis zum Mittag hin, obwohl Alex die wenigen Stunden wie eine Ewigkeit vorkamen. Sie hatte damit gerechnet, dass die Warterei schrecklich sein würde. Womit sie nicht gerechnet hatte, war, darum gebeten zu werden, sich um die Verwundeten zu kümmern. Die Kelten hielten sie nicht etwa für eine Art Heilerin – nein, sie sollte weder jemanden verbinden noch die gebrochenen Knochen derer richten, die im Kampf verletzt worden waren. Stattdessen erwartete man von ihr – oder besser: von Blonwen, Priesterin von Andraste –, den Trost der Göttin an diejenigen weiterzugeben, die Schmerzen litten oder – schlimmer noch – im Sterben lagen.

Als ihr mitgeteilt wurde, welche Aufgabe sie zu übernehmen hatte, war ihre erste Reaktion, den Überbringer der Hiobsbotschaft, in diesem Fall Caradoc, ungläubig anzustarren. Zum Glück war er es, den man nach ihr schickte und der ihr Unwohlsein sehr wohl bemerkte. Beruhigend legte er ihr eine Hand auf die Schulter und sagte, sie und Boudicas Töchter würden im Lazarettzelt gebraucht, welches sich von Minute zu Minute mit immer mehr Opfern füllte, die ihrer Hilfe bedurften. Dann eilte er davon, ohne sich umzudrehen, in dem Glauben, dass die drei ihm folgten. Er sah nicht, wie Alex ihm mit offenem Mund nachschaute und regungslos verharrte, wo sie war.

Leider schenkten die Mädchen ihr mehr Aufmerksamkeit als der abgehetzte Druide, dem momentan andere Dinge durch den Kopf gingen, die er zu erledigen hatte.

„Warum ist dein Gesicht so weiß?", wollte Una wissen.

„Ich … äh … Ist es das?", stammelte Alex.

„Eigentlich bist du eher grün. Der Anblick von Blut behagt dir anscheinend nicht", sagte die Kleine mit einer vorpubertären Entschiedenheit, die Alex beinahe zum Lächeln gebracht hätte.

„Lasst uns endlich gehen. Dort können wir wenigstens einen Beitrag leisten, und das ist immer noch besser, als hier nutzlos herumzusitzen, obwohl wir da draußen sein sollten." Mirain deutete mit dem Finger in Richtung Londinium, wo die Schlacht tobte.

Alex überraschte der Kampfgeist der älteren Schwester nicht. Sie hatte den ganzen Morgen beobachten können, wie Mirains Frustration stetig wuchs. Es war ihr anzusehen, dass sie bei ihrer Mutter sein und die Römer für das strafen wollte, was sie ihnen angetan hatten. Alex konnte es ihr nicht verdenken.

„Blonwen? Kommst du jetzt, oder willst du wirklich hierbleiben?" Una stand am Zeltausgang und hielt einen Zipfel der Plane hoch, Mirain ungeduldig hinter ihr wartend.

„Ich komme", sagte Alex und lief zu ihnen. Dann machten sich die drei auf den Weg und folgten dem sich schnell entfernenden Druiden, der zum Rand des Lagers hastete.

„Soso, Blut verursacht dir also Übelkeit?", fragte Mirain und warf Alex einen Blick zu, der deutlich ausdrückte, wie wenig Verständnis sie für solche Zimperlichkeit aufbringen konnte.

„Nicht direkt", verneinte Alex. „Zumindest ist das bis jetzt nie passiert, aber ich bin es nicht gewohnt, so viele Schwerverletzte zu sehen", gestand sie ehrlich.

„Ja, es ist besser, selbst zu kämpfen", stellte Mirain trocken fest. „Mutter hätte mich mitnehmen sollen. Schließlich bin ich kein kleines Kind mehr!"

„Sie wollte nicht, dass dir etwas zustößt", versuchte Alex sie zu beschwichtigen.

Das Mädchen stieß einen verärgerten Laut aus. „Es können weitaus schlimmere Dinge geschehen, als in der Schlacht verwundet zu werden."

Wieder einmal war Alex sprachlos. Wer hätte gedacht, dass Carswell ihr vor dem Zeitsprung neben den Geschichtsstunden auch ein paar Lektionen in Psychologie hätte mitgeben sollen?

„Blonwen, du wirst hier gebraucht!", rief Caradoc gereizt.

Alex schien keine Wahl zu haben. Daher rannte sie zu dem Zelt unter einer großen Eiche, vor dem der Druide stand. Es war nur wenige Meter von dem Platz entfernt errichtet worden, an dem sie in der Morgendämmerung die Armee gesegnet hatte. Caradoc ging hinein, und als sie dazukam, beugte er sich über eine Gestalt auf einer Trage am Boden zu seinen Füßen. Alex stellte sich innerlich darauf ein, was sie gleich sehen würde. Einen furchtbar zugerichteten Krieger. Sie konnte damit umgehen – sie musste es einfach! Ein paarmal atmete sie tief durch und trat dann neben Caradoc, bereit, ihrem ersten Opfer des sagenumwobenen Gefechts um Londinium ins Gesicht zu blicken.

Es war eine junge Frau.

Sie lag in einer Lache ihres eigenen Blutes, übersät mit Schmutz und anderen Partikeln, von denen Alex gar nicht genau wissen wollte, worum es sich handelte. Die untere Hälfte ihres Körpers war komplett zerquetscht – die Beine kaum noch als solche erkennbar. An praktisch jeder Stelle sickerte Blut heraus, und Alex wusste sofort, nicht einmal in einem perfekt ausgestatteten Krankenhaus des einundzwanzigsten Jahrhunderts hätte man das Leben dieser Frau retten können. Hier bestand keine Hoffnung.

Caradoc richtete sich auf, wandte sich an Alex und flüsterte leise: „Bleib bei ihr. Das Ende ist nah." Er drückte Alex' Schulter, und dann war er auch schon weg.

Wie ferngesteuert nahm Alex seinen Platz ein, blieb aber nicht wie er stehen, sondern kniete sich neben der Trage hin.

„Priesterin, du bist gekommen."

Die Stimme der Frau klang erstaunlich klar und kindlich. Ihre Augen waren ungetrübt und wach, und abgesehen von dem Fehlen jeglicher Farbe in ihrem Gesicht und ihrer schnellen Atmung wirkte sie fast normal.

Alex nahm ihre Hand. „Wie heißt du?"

„Geneth", sagte sie. „Hast du meinen Geliebten gesehen? Ist Bran hier irgendwo? Er wird böse mit mir sein, wenn er erfährt, wie unvorsichtig ich war. Ich habe den Wagen nicht einmal gesehen. Die Pferde stürzten – er fiel um –, ich war …" Sie machte eine Pause, schnappte nach Luft, sah sich nervös um. „Bitte, sag ihm, ich konnte nichts dafür!"

„Geneth, schscht, Bran wird dir nicht böse sein. Es war ein Unfall. Er versteht das." Beruhigend drückte Alex ihr die Hand und strich ihr die verklebten blonden Haare aus der schweißnassen Stirn.

„Wirst du ihn für mich finden und mit ihm reden?"

„Ja. Sei unbesorgt, ich kümmere mich um alles", versprach Alex.

„Gut … gut …" Geneths Atem kam jetzt in kurzen Stößen. „Mir ist so kalt …", wisperte sie. Ihre Lider flatterten, dann fielen ihr die Augen zu. Plötzlich stieß sie einen heftigen Atemzug aus und sah Alex erneut an. „Ich habe Angst, Priesterin!"

„Das brauchst du nicht", gab Alex energisch zurück. „Es gibt nichts, wovor du dich fürchten müsstest."

Geneths Blick hielt ihren fest. „Ich sterbe", sagte sie schlicht.

Alex fühlte sich, als hätte ihr jemand in die Magengrube geschlagen, und einen Moment lang glaubte sie, sich übergeben zu müssen, doch sie ignorierte ihren eigenen Schmerz und sah der verängstigten jungen Frau ruhig in die Augen. Sag die Wahrheit. Sie trägt Macht in sich. Die Gedanken strömten durch Alex' Geist, und sie war überrascht, welchen Frieden sie mit sich brachten.

„Ja, du stirbst", bestätigte sie sanft.

Geneth nickte beherrscht. „Kannst du die Göttin wissen lassen, dass ich komme? Sie bitten, nach mir Ausschau zu halten?"

„Natürlich, das werde ich." Instinktiv auf ihr Gefühl hörend tätschelte Alex weiterhin Geneths Hand, hielt ihre freie jedoch über den Kopf der Frau, eine schützende Geste, die der Sterbenden Sicherheit geben sollte. Dies hier war nicht die Zeit für Förmlichkeiten oder Phrasendrescherei. Es war eine Zeit, in der nichts mehr als die reine Wahrheit gebraucht wurde, universelle Wahrheit, die jedes Lebewesen tief in seinem Herzen trug. „Andraste, deine Tochter Geneth bittet mich, dir zu sagen, sie wird bald bei dir sein. Sei gütig und halte Ausschau nach ihr, um sie in deine Arme zu schließen. Sie wird bei dir Frieden finden, dein geliebtes Kind, das zu seiner Mutter zurückkehrt."

Alex fügte ein stilles „Amen" hinzu, auch wenn es kein Gebet im eigentlichen Sinn war, und schaute dann zu der tödlich verwundeten Frau hinunter. Auf ihren Lippen lag der Anflug eines Lächelns, ihre offenen Augen starrten zu einem Punkt über Alex' Schulter. Geneth war tot.

Und dann, während Alex noch mit der Trauer und dem Grauen kämpfte, die der tragische Tod eines so jungen Menschen in ihr geweckt hatte, begann der leblose Körper zu schimmern, und im nächsten Augenblick verließ Geneths Seele ihre irdische Hülle. Sie verharrte kurz, schaute auf sich selbst hinunter, anschließend zu Alex. Der Geist lächelte und flüsterte ihr zu: *Ich danke dir,* bevor sie sich umdrehte und verschwand.

„Priesterin! Wir brauchen hier deine Hilfe!"

Wie betäubt, blickte Alex von der Leiche hoch und sah, wie jemand, den sie nicht kannte, sie hektisch zu einer anderen Trage winkte. Darauf lag etwas, das an ein Stück rohes Fleisch erinnerte, aus dem ein Kopf herausragte.

Nein! Ich kann das nicht! Ich bin nicht die, für die mich alle halten!

Sie ließ die Hand der toten jungen Frau los und machte zwei stolpernde Schritte rückwärts. Sie musste hier weg, das war das Einzige, woran sie denken konnte. Weg, so weit wie nur irgend möglich. Doch ihre Flucht fand ein jähes Ende, als sie mit Caradoc zusammenstieß. Sie wusste, dass er es war, noch bevor sie ihn sah. Sein Geruch, das Gefühl seiner starken Hände, mit denen er sie an den Schultern packte, sie hätte beides mit verbundenen Augen erkannt, so vertraut war er ihr schon geworden.

„Sie brauchen dich", raunte er ihr ins Ohr. „Boudica hat mir erzählt, wie du plötzlich aus dem Nichts erschienen bist. Was auch immer du für Geheimnisse haben magst, es ist offensichtlich, dass Andraste dich aus einem guten Grund hergeführt hat. Warum sollte es nicht der sein, dem Leiden ihres Volkes den Schrecken zu nehmen und ihnen den Übergang zu erleichtern?" Er drückte kräftig ihre Oberarme und ließ sie dann los.

Alex brauchte sich nicht umzusehen. Sie konnte spüren, dass er gegangen war – so deutlich, wie sie die Sonne auf der Haut spürte. Andraste hat dich aus einem guten Grund hergeführt … dem Leiden ihres Volkes den Schrecken zu nehmen. Sie klammerte sich an seine Worte wie an einen Strohhalm und versuchte verzweifelt, sich selbst einzureden, dass sie genau dafür hier sei. Dann schleppte sie sich quer durch das Zelt zum nächsten im Sterben liegenden Kelten.

Als es endlich vorbei war, hatten dreiundzwanzig Menschen ihr Leben verloren und Alex neunzehn von ihnen ihr Dahinscheiden erleichtert, so gut sie eben konnte. Die restlichen waren entweder bewusstlos gewesen oder schon tot, als man sie ins Lazarettzelt brachte.

Ein Reiter, der ins Lager stürmte, nachdem der dreiundzwanzigste Krieger seinen letzten Atemzug getan hatte, hatte Boudicas Sieg über die klägliche neunte Legion verkündet, die die Römer gegen den Angriff „einer Frau" als ausreichend zum Schutz der Stadt erachtet hatten. Jubel kam von überallher, als die Nachricht sich verbreitete. Alex nahm eine saubere Bandage vom Stapel neben dem Operationstisch, der im Blut amputierter Gliedmaßen schwamm. Sie wischte sich Gesicht und Hände damit ab und ging danach, ohne mit irgendjemandem zu sprechen, aus dem Zelt und in die Wälder. Sie war sich nicht sicher, wo sie überhaupt hinwollte, aber das war auch nicht wichtig. Hauptsache weg von diesem Grauen. Das Einzige in diesen ersten Momenten nach dem Ende der Schlacht, woran sie sich später noch erinnern könnte, würde der Kampf sein, den sie mit sich selbst ausgefochten hatte, um nicht einfach den Kristall in der Mitte ihres NSS-Armbandes zu drücken und zurück in die Zukunft zu fliehen.

Zielsicher steuerte sie den kleinen Bach an, der nicht weit von Boudicas Zelt entfernt plätscherte.

Reinige dich …

Wie ferngesteuert, gehorchte Alex den Worten, die durch ihren Geist drifteten. Ohne sich um Anstand oder ihre modernen Moralvorstellungen zu scheren, streifte sie ihre blutdurchtränkte Tunika und Unterwäsche ab, zog die Schuhe aus und stieg ins Wasser. Sie setzte sich an eine Stelle, wo der Bach ein beinahe wannenförmiges Becken ausgebildet hatte, und begann, sich die blutverkrusteten Schmutzreste von Händen, Gesicht, Armen und aus den Haaren zu waschen.

Sie wusch den Tod von sich ab. Und während sie ihren Körper reinigte, beruhigte sich auch ihre aufgewühlte Seele allmählich. Ihre Gedanken fingen an, wieder klarer zu werden, und ihr wurde bewusst, dass das, was sie an diesem schrecklichen Tag am meisten schockierte, die unumstößliche Tatsache war, dass sie diesen sterbenden Menschen tatsächlich hatte helfen können. Priesterin oder nicht, sie hatte ihren Tod erträglicher gemacht und ihnen die Angst genommen. Und nicht ein einziger Geist dieser Männer und Frauen war in der Welt der Lebenden geblieben, nachdem er seinen Körper verlassen hatte. Nicht einer. Ausnahmslos alle dankten ihr, fixierten einen Punkt in der Luft, gingen frohen Mutes darauf zu und verschwanden.

Wie war das möglich? Alex' Fähigkeit, ihnen Trost zu spenden, ließe sich ja noch rational erklären. Vielleicht brauchten sie nur jemanden, der bei ihnen war und ihre Hand hielt – ihnen sagte, es gäbe nichts, wovor sie Angst haben müssten, und ihnen einen Einblick, egal wie winzig, in das gab, was sie nach dem Tod erwartete. Eine höhere Macht, die sie in die Arme schloss, um sie in der Ewigkeit willkommen zu heißen. Natürlich war Alex gut darin, immerhin hatte sie Erfahrung im Umgang mit toten Menschen, und der Übergang stellte nur den ersten Schritt dorthin dar.

Also gut, ihre Anwesenheit hatte es ihnen leichter gemacht. Aber was war mit dem, was danach folgte? Wie die Geister vor ihren Augen einfach dorthin gingen, wo sie hingehörten, und das völlig freiwillig?

Ja, sie hatte schon früher gesehen, wie Geister letzten Endes diesen Weg antraten. Mehrmals sogar. Aber die meisten, die ihr erschienen, kamen, um zu bleiben. Und zu reden. Sei es belangloser Tratsch oder ein Kommentar hinsichtlich Alex' Modegeschmack – sie fanden immer einen Grund, sich mitzuteilen.

Doch an diesem Tag war es anders gewesen. Lag es womöglich daran, dass hier, an diesem Ort, wo Magie und Erde noch untrennbar miteinander verbunden waren, auch Alex selbst sich verändert hatte?

Zitternd tauchte sie tiefer in das kalte Wasser ein, bis es ihre Schultern umspülte. Seufzend lehnte sie sich gegen den dicken Moosbelag, mit dem die Seiten des Beckens bewachsen waren. Er fühlte sich wie ein weicher Teppich an, und sie drehte den Kopf, plötzlich ungeheuer erschöpft, sodass ihre Wange auf dem Moosteppich ruhte. Alex atmete tief ein, und als sie die Luft langsam wieder herausließ, fasste eine innere Stimme die Gedanken in Worte, die ihr unaufhörlich durch den Kopf wirbelten. *Könnte es in dieser Welt tatsächlich eine Göttin geben? Und bin ich vielleicht wirklich mit ihr verbunden?*

Ein elektrisches Knistern erwärmte das Moos dort, wo es Alex' Haut berührte. Sie erstarrte, dann hob sie langsam, beinahe sinnlich die Hand aus dem Wasser und legte sie neben ihre Wange. Abermals erfasste ein warmer Schauer ihren ganzen Körper.

„Du bist hier, nicht wahr, Andraste? Irgendwie ist es dir gelungen, mich zu finden und zu mir zu sprechen."

Die Wärme, die Alex erfüllte, verstärkte sich weiter und schwoll zu einer Art Energiestoß an, der sie durchfuhr wie ein kleiner Stromschlag. Ein nie gekanntes Gefühl der Zugehörigkeit erfasste sie, ließ sie den Atem anhalten und ihr Tränen der Freude in die Augen steigen. „Ich weiß nicht, wie, und auch nicht, warum du das tust, aber ich danke dir. Ich danke dir so sehr!", flüsterte sie.

Die Antwort auf das ‚Wie' ist, dass unsere Göttin überall weilt, in der Erde, der Luft, in allen Dingen, die uns umgeben. Und das ‚warum' liegt in deiner besonderen Verbindung zu ihr. Sie hat dich auserwählt, um ihre Stimme zu sein und ihr Werk zu tun.

13. KAPITEL

Alex zuckte zusammen, als wäre ein Schuss gefallen. Sie setzte sich kerzengerade auf, um im nächsten Moment, als ihr bewusst wurde, dass sie splitternackt war, schnell zurück ins Wasser zu rutschen – so tief, wie es das flache Becken zuließ.

„Ich bringe dir frische Kleider." Caradoc schaute alles Mögliche an, nur nicht sie.

„Äh, gut, danke. Leg sie ans Ufer und dann geh!", rief sie ihm zu, die Arme vor der Brust verschränkt, denn das kristallklare Wasser bot praktisch keinen Sichtschutz.

„Ja, natürlich." Der Druide klang ebenso peinlich berührt und schockiert, wie Alex sich fühlte, warf das Kleiderbündel auf den Boden neben die Stelle, wo sie saß, und kehrte ihr hastig den Rücken zu.

Sie wartete eine Sekunde oder auch zwei, bis sie sich sicher war, dass er genau so stehen blieb, bevor sie aus dem Bach stieg und mit vor Kälte klappernden Zähnen ungeschickt versuchte, das saubere Unterkleid und die Tunika anzuziehen, die ständig an ihrer nassen Haut kleben blieben. Als sie es endlich geschafft hatte, schnappte sie sich ihr altes Unterkleid und benutzte die Innenseite als Handtuch, um sich die Haare trocken zu rubbeln.

„Okay, ich bin f…fertig", sagte sie, noch immer vor Kälte bibbernd.

Langsam drehte Caradoc sich zu ihr um. „Du frierst", stellte er fest. „Es wäre besser, wenn du zu Boudicas Zelt zurückgehst, dort ist es warm und …"

„Nein", fiel Alex ihm ins Wort, wobei ihr selbst nicht ganz klar war, weshalb sie so eine Aversion dagegen verspürte, sich im Zelt aufzuhalten. Doch dann hörte sie auf das, was ihr Instinkt und ihr Herz ihr sagten, und der Grund wurde offensichtlich. „Nein", wiederholte sie. „Ich möchte noch eine Weile hier draußen bleiben."

Caradoc nickte verständnisvoll. „Du hast sie entdeckt, richtig?“

„Was?“

„Die Kraft der Natur. Sie ist besonders stark an Plätzen, wo die Bäume sehr alt sind, wie hier in diesem Wald.“

„Ja, ich glaube, das habe ich“, gab Alex zu.

„Willst du lieber allein sein?“, fragte Caradoc höflich.

„Das kommt darauf an. Hast du vor, mir wieder irgendwelche wilden Anschuldigungen an den Kopf zu werfen?“

„Ich verspreche dir, das wird nicht noch einmal geschehen.“

„Dann will ich nicht allein sein“, sagte sie.

„Du könntest mit mir kommen“, schlug er vor.

Alex schaute über die Schulter zu den Zelten im Lager.

Ein leichtes Lächeln erschien auf Caradocs Lippen. „Nein, ich meinte, zu meiner Lagerstätte. Sie ist anders als die dort drüben.“ Als Alex zögerte, fügte er hinzu: „Aber ich habe auch ein warmes Feuer gemacht, und es gibt reichlich zu essen und Met.“

Erst bei dem Wort „essen“ fiel Alex ein, dass sie noch nicht einmal gefrühstückt hatte und regelrecht ausgehungert war.

„Das klingt ziemlich gut.“ Was sie nicht erwähnte, war, dass etwas Zeit mit ihm allein zu verbringen für sie mindestens ebenso gut klang.

„Hier entlang“, sagte er und führte sie, dicht dem Bachverlauf folgend, tiefer in die Wälder hinein.

Caradoc hatte nicht zu viel versprochen. Sein Lager unterschied sich tatsächlich deutlich von denen der anderen Kelten. Es gab kein Zelt, nur einen großen Unterstand direkt am Stamm einer riesigen alten Eiche, der aus Lederbahnen und langen dicken Ästen zusammengebaut war. Den Boden bedeckten mehrere Felle. Caradocs Feuer glühte nur noch schwach, doch mithilfe trockener Blätter und Zweige brachte er es in null Komma nichts wieder zum Brennen. Darum kümmerte er sich allerdings erst, nachdem er Alex gebeten hatte, auf einem seitlich umgekippten Baumstumpf Platz zu nehmen, und sie mit einem Bronzebecher voll Met versorgt war. Zum Schluss hob er den Deckel eines schweren Eisentopfes an, der auf einem Steinhaufen neben dem Feuer stand, und rührte den Inhalt um, woraufhin der herrliche Geruch von gekochtem Fleisch und kräftigen Gewürzen die Luft erfüllte.

„Es ist bald fertig", erklärte er. Dann schenkte er sich selbst einen Becher Met ein und setzte sich zu ihr auf die provisorische Holzbank. „Das hast du sehr gut gemacht heute."

„Es war das Schwerste, das ich jemals tun musste." Alex verstummte und fügte nach einer kurzen Pause hinzu: „Und das Beste, das ich in meinem Leben bis jetzt vollbracht habe."

Caradoc nickte. „Andraste hat dich geleitet und dir die Kraft gegeben, die du brauchtest."

„Das hoffe ich."

„Selbstverständlich. Wie kannst du das anzweifeln?"

Alex wusste, sie sollte den Mund halten. Fest geschlossen. Doch all dies – diese Welt und ihre Göttin – war so neu und ungewohnt für sie, dass sie sich überfordert damit fühlte und mit jemandem reden musste. Und Caradoc war immerhin ein Druide, der sich mit solchen Dingen auskannte. Die Kraft der Erde und das Wirken einer unsichtbaren Macht, der sie hier in diesem Wald so nahe waren. Wenn jemand darüber Bescheid wusste, dann er, und Alex suchte nach Antworten auf die vielen Fragen, die ihr durch den Kopf schwirrten.

„Ich komme nicht von hier. So viel hast du bereits über mich herausgefunden", begann sie vorsichtig, doch je länger sie sprach, desto leichter kamen ihr die Worte über die Lippen, und sie hatte das Gefühl, sich endlich eine Last von der Seele reden zu können, die sie schon lange quälte. „Es tut mir leid, dass ich dir keine Einzelheiten über den Ort erzählen kann, wo ich herstamme. Nur so viel: Die meisten Dinge, die hier als vollkommen normal betrachtet werden, existieren dort nicht. Zumindest ignoriert man sie größtenteils. Die Kraft der Natur, Andraste, Magie, davon will in meiner Heimat kaum jemand etwas wissen." Sein Blick spiegelte eine Mischung aus Ungläubigkeit und

Entsetzen. „Ich weiß, das muss für dich seltsam und vielleicht sogar absolut unmöglich klingen, aber es ist die Wahrheit."

„Aber du bist eine Seelenruferin! Wie kannst du von einem Ort kommen, dessen Bewohner weder die Göttin kennen noch die Macht der Erde in sich spüren?"

„Keine Ahnung. Alles, was ich weiß, ist, dass ich mich in dieser Umgebung nie zugehörig, sondern wie eine Ausgestoßene gefühlt habe. Die Leute hatten Angst vor mir, weil ich anders war als sie."

Nachdenklich neigte Caradoc den Kopf zur Seite und sah sie an. „Du musst ein sehr einsames Leben geführt haben."

So, wie er das sagte, klang es nicht verwundert oder gar mitleidig. Vielmehr war es eine Feststellung, als würde er nur in Worte fassen, was ganz offensichtlich war.

„Ja, das stimmt", gestand Alex sich ein – zum ersten Mal in ihrem Leben.

Seine bernsteinfarbenen Augen hielten ihren Blick fest. „Das gehört jetzt der Vergangenheit an."

Wenn es doch so wäre, dachte Alex bei sich, brachte es aber nicht fertig, ihre Zweifel laut auszusprechen.

„Ich habe dich gestern Nacht wieder in meinen Träumen gesehen." Noch immer sah Caradoc sie an.

Überrascht blinzelte sie. „Ich dich auch."

„An der Wasserquelle?"

Alex nickte.

Caradoc schloss die Augen, als würde ihn ein scharfer Schmerz durchzucken.

„Ich nehme an, nach dem heutigen Tag sind wir quitt", meinte Alex.

Er öffnete die Augen und zog fragend eine Braue hoch.

„Ich habe dich gestern Nacht entblößt gesehen, und heute war ich nackt."

Seine Lippen zuckten, als unterdrücke er den Anflug eines Lächelns. „Würdest du mich wieder ‚Wolf' nennen, wenn ich sage, dass mir deine Art der Entblößung besser gefällt?"

Alex fühlte, wie sie errötete. „Das könnte passieren."

Diese Antwort entlockte ihm schließlich doch ein Lächeln. Es machte seine Gesichtszüge weicher und erinnerte Alex erneut daran, dass er ein volles Jahrzehnt jünger war als sie, und das ließ sie noch tiefer erröten.

Caradoc nahm ihre Hand in seine, hielt sie nur ganz leicht fest, als hätte er Angst, Alex könne weglaufen, wenn er eine plötzliche Bewegung machte.

„Ich wünsche mir, dass wir noch einmal von vorn anfangen, du und ich", sagte er leise.

„Warum?" Verwirrt sah sie ihn an. „Wegen der Entblößungssache? Das ist doch nichts, weshalb …"

„Nein, Blonwen, das meinte ich auch nicht. Es gab am Anfang viele Missverständnisse zwischen uns, doch im Grunde sind wir uns sehr ähnlich. Wir wissen beide, wie es ist, sein Heim zu verlieren. Und dann an einem anderen Ort vielleicht ein neues zu finden. Außerdem glaube ich, wir könnten viel voneinander lernen."

„Was zum Beispiel?" Alex strengte sich wirklich an, dem Drang zu widerstehen, sich einfach treiben zu lassen, sich in seinen Augen und seiner Berührung zu verlieren, aber die Wärme seines Körpers war wie eine Droge, die sie unbedingt genießen musste …

„Es gibt vieles, das ich dir über die verborgenen Geheimnisse der Erde beibringen kann und wie man sich die Macht der Göttin zunutze machen kann, die darin wohnt."

„Und was sollte ich dich lehren können?", fragte sie.

„Wie ich mein Gleichgewicht zurückgewinne." Er hob ihre Hand ein wenig an, ohne dabei auch nur eine Sekunde den Blickkontakt zu unterbrechen, und hauchte einen zarten Kuss darauf.

In diesem Moment hätte Alex am liebsten alles andere vergessen. Die verdammten Medaillonstücke, ihre moderne kalte und oberflächliche Welt, die *Time Raiders*. Sie wollte nichts weiter, als Caradocs Nähe zu genießen, seinen Kopf zu sich heranzuziehen und, wie er gesagt hatte, noch einmal ganz von vorn anzufangen. Hier, an diesem wunderbaren magischen Ort.

Langsam ließ er die Lippen über ihre Handfläche nach oben wandern – zu der Stelle, wo ihr Puls schlug. „Wie auch immer du mich dafür nennen wirst“, gestand er, sein Mund so nah an ihrer Haut, dass Alex seinen Atem spüren konnte, „ich muss zugeben, dass ich deine Nacktheit tausendmal schöner fand als meine eigene.“ Dann beugte er sich vor und küsste sie sanft. Es lag Leidenschaft in diesem Kuss, aber sie brodelte unter der Oberfläche, darauf wartend, dass sie erwidert wurde, sobald Alex sich wohl genug fühlte, um sich fallen zu lassen. Er gab ihr Zeit, Vertrauen zu ihm zu fassen, ihm zu glauben, dass seine Worte und seine Berührung echt waren und sich nicht wieder in Ärger und Anschuldigungen verwandeln würden.

Alex vertiefte den Kuss, langsam und sinnlich, erforschte aufs Neue seinen ihr schon bekannten Geschmack und das Gefühl, ihm so nah zu sein. Sie wollte nirgendwo sonst sein als genau hier, allein mit Caradoc. Sie wollte an nichts anderes denken als an den Druiden, in dessen Armen sie lag, und seine magische Welt, die sie so gern zu ihrer machen würde. Für immer.

Und wie kannst du hier ein neues Leben mit ihm beginnen, wenn du dadurch deine eigene Welt verrätst und sie dem Untergang weihst? Hast du kein Gewissen?

Der Gedanke tauchte plötzlich in ihrem Kopf auf und wollte sich nicht wieder vertreiben lassen. Alex erstarrte und schob Caradoc von sich weg.

Ungerührt angesichts ihres abrupten Rückzugs, lächelte er sie an und streichelte ihre Wange. „Das Erste, das du nach einer Erfahrung wie dieser, wenn die Göttin durch dich gewirkt hat, lernen musst, ist, dich wieder zu erden und zu dir selbst zurückzufinden.“ Caradoc kniete sich neben das Feuer und fing an, ihr eine Portion dampfenden Eintopfes auf einen tiefen Bronzeteller zu füllen. „Du hast instinktiv schon damit begonnen, indem du dich im Bach gesäubert und die Kraft der Erde geweckt und in dich aufgenommen hast.“ Er reichte ihr den Teller und füllte einen zweiten für sich selbst. „Aber es gehört noch mehr dazu. Essen ist ein wichtiger Bestandteil des Prozesses. Es erinnert deinen Geist daran, dass er noch immer Teil einer irdischen, sterblichen Hülle ist."

Alex war zuerst etwas erstaunt, weil zwischen ihnen überhaupt keine Missstimmung herrschte, obwohl sie den Kuss so schroff abgebrochen hatte. Nein, zu ihrer Erleichterung nahm Caradoc ihr das nicht übel, sondern schaffte mit seinen verständnisvollen Worten sogar eine recht anheimelnde Atmosphäre, ohne Zwänge oder Erwartungen. Beim Essen sprach er weiter mit ihr, und hin und wieder streifte sein Oberschenkel wie zufällig ihren, während er den Blick zu ihren Lippen wandern ließ. Offen interessiert, aber nicht aufdringlich. Er fing an, sie immer mehr zu faszinieren. Solch einen Mann hatte sie wirklich noch nie getroffen.

„Deshalb ahnte ich, wo ich dich suchen musste", erklärte er. „Ich dachte mir, der Fluss würde dich rufen, also folgte auch ich ihm. Und siehe da, er führte mich direkt zu dir."

„Mir war das gar nicht bewusst. Ich bin einfach dorthin gegangen, ohne zu wissen, was ich eigentlich da wollte."

Caradoc nickte. „Die Göttin sorgt für die Ihren."

„Caradoc, hat sie mich tatsächlich berührt, mich ausgewählt?", fragte Alex so leise, dass er sich näher heranbeugen musste, um sie zu verstehen. „Bin ich eine Priesterin Andrastes?"

„Was ich heute gesehen habe, sagt mir, dass du es bist. Spürst du es nicht selbst?"

„Ich glaube, ja. Ich kann es nur nicht verstehen ..." Ein Flirren in der Luft auf der anderen Seite des Feuers erregte ihre Aufmerksamkeit, und sie brach mitten im Satz ab. Caradocs Mutter in ihrer wunderschönen taubenblauen Tunika nahm Gestalt an.

„Stimmt etwas nicht?", erkundigte er sich.

Alex unterdrückte ein Seufzen. „Deine Mutter."

„Schon wieder?" Er folgte Alex' Blick zu einer Stelle über den Flammen. „Mutter, gibt es etwas, das ich für dich tun soll?

Es verwundert mich, warum du noch immer nicht deinen Platz an der Seite der Göttin eingenommen hast."

Caradocs Mutter bedachte ihren Sohn mit einem warmen Lächeln. *Sag meinem Selkie, er soll keine Sorge um mich haben. Ich stehe noch immer in Andrastes Diensten und tue ihr Werk.*

„Sie sagt, es ist alles in Ordnung. Sie hat Dinge für die Göttin zu erledigen."

Aber es gibt etwas, das er sowohl für mich als auch für Andraste tun kann.

Trotzdem hast du recht, da ist etwas, worum sie dich bitten will.

Caradoc nickte, ohne Frage bereit, seiner Mutter einen Gefallen zu tun, wenn er konnte. Alex versteckte ihr Lächeln, indem sie sich kurz die Hand vor den Mund hielt, aber was sie sah, gefiel ihr. Es war ein gutes Zeichen, wenn ein Mann so freundlich mit seiner Mutter redete. Besonders wenn sie tot war.

Ich möchte, dass mein Sohn dich nach Londinium begleitet, damit du den römischen Steuereintreiber Catus finden und ihm das abnehmen kannst, weswegen man dich hierhergesandt hat.

Alex wurde augenblicklich wieder ernst.

Sag es ihm. Und beeilt euch, Londinium brennt lichterloh, ihr habt nicht viel Zeit.

Der durchsichtige Körper des Geistes schimmerte und verschwand dann.

Langsam drehte Alex sich zu Caradoc um. „Deine Mutter will, dass du mich in die Stadt bringst. Londinium. Ich muss den Steuereintreiber finden."

„Catus? Denjenigen, der Boudicas öffentliche Züchtigung anordnete und ihre Töchter schänden ließ?"

Alex nickte. „Genau den."

„Weshalb?"

Bitte, bitte, wende dich jetzt nicht wieder von mir ab und komm nicht auf die Idee, ich würde gegen Boudica intrigieren, nur weil ich dir nicht alles erzählen kann. „Er hat das Stück des Medaillons, das in Boudicas Halsreif fehlt. Ich muss es zurückholen.“ *Und dann muss ich beide Teile an mich bringen und sie mit in die Zukunft nehmen.*

Lange sah Caradoc sie schweigend an, bevor er etwas dazu sagte. „Es steckt mehr dahinter, aber du kannst mir nicht sagen, was es ist.“ Obwohl er keine Frage gestellt hatte, antwortete Alex ihm trotzdem. „Ja, du hast recht. Aber ich verspreche dir, das wenige, was ich dir erzähle, ist die reine Wahrheit.“ Sie dachte einen Moment nach und fügte dann hinzu: „Deine Mutter nennt dich *ihren Selkie*.“

Er schien überrascht zu sein. „Das war ihr Kosename für mich.“

„Also glaubst du mir, dass sie wirklich eben hier war und verlangt hat, ich soll ihre Bitte an dich weitergeben?“

Mit zwei Fingern berührte der Druide Alex’ Wange. „Ich habe dir schon vorher geglaubt, es ist also nicht nötig, mich zu überzeugen. Es ist nur …“ Er brach ab und begann erneut. „Es ist schwierig für mich, ich bin hin- und hergerissen. Einerseits weiß ich, dass du etwas vor mir verheimlichst, andererseits möchte ich dir helfen.“ Er streichelte ihren Hals und ließ seinen Daumen über ihr Schlüsselbein gleiten. „Ich möchte bei dir sein.“

„Ich brauche deine Hilfe, Caradoc“, sagte Alex.

„Eines Tages, so hoffe ich, wirst du zu mir kommen, weil du mehr als nur meine Hilfe brauchst.“ Er beugte sich vor und küsste sie zärtlich. Dann stand er unvermittelt auf und streckte ihr die Hand entgegen. „Gut, ich bringe dich nach Londinium, und wir suchen Catus, damit du das fehlende Stück aus dem Halsreif unserer Königin wiederbeschaffen kannst.“

Alex ergriff die ihr angebotene Hand und folgte Caradoc ins Hauptlager und zu ihren Pferden, wobei sie sich wie eine miese Verräterin fühlte.

14. KAPITEL

Wenn es eine Hölle in dieser Welt gab, dann musste das brennende Londinium ihr Spiegelbild sein. Die Stadt war ein loderndes Inferno und glich einem Albtraum voller Leid und Elend, der von lauten Rufen des Sieges und der Vergeltung erfüllt war. Der Gestank von Kampf und Tod – eine Mischung aus Metall, Blut, Triumph und Angst – machte Alex benommen.

Sie verspürte ein tiefes Gefühl der Abscheu, und der Anblick, der sich ihr bot, erschütterte sie bis in die Grundfesten ihrer Seele. Keltische Krieger feierten ihren Erfolg und zogen betrunken und halb singend, halb lallend durch die Straßen. Ja, sie hatten gewonnen, aber dieses Szenario war nicht das, was Alex sich unter einem Sieg vorstellte. Es war gewalttätig, hässlich und schäbig. Die Guten hatten die Bösen geschlagen, schienen sich in der Stunde des Triumphes aber nicht mehr von den brutalen Römern zu unterscheiden. Sie plünderten, schlugen unschuldige Leute zusammen, und einige taten sogar Frauen Gewalt an. Und als ob das nicht genügte, steckten sie auch noch die ganze Stadt in Brand.

„Wir können nicht hierbleiben", rief Caradoc ihr über den Lärm der untergehenden Stadt hinweg zu. „Es ist zu gefährlich. Später, wenn …"

„Nein!" Alex packte ihn am Arm und zwang ihn, sie anzuschauen. „Wir müssen Catus und das Medaillonstück finden. Jetzt. Ich würde dich nicht darum bitten, wenn ich eine andere Wahl hätte, glaub mir."

Der Druide sah noch immer aus, als überlege er, sich Alex einfach über die Schulter zu werfen, sie auf ihr Pferd zu verfrachten und so schnell es ging mit ihr zu verschwinden.

„Mir gefällt es hier auch nicht besonders." Eindringlich sah sie ihn an. „Ich könnte gut darauf verzichten, all das mit anzusehen. Aber dieses Stück von Boudicas Medaillon zurückzubringen ist wichtiger als meine Gefühle. Hilf mir, Caradoc, bitte. Ich will nicht ohne dich weitergehen, aber wenn du mir keine Wahl lässt, werde ich es tun."

Diese Drohung wirkte. Niemals würde er zulassen, dass sie allein in diesem Chaos umherirrte, wo ihr sonst was zustoßen könnte. Er nickte zähneknirschend und schnappte sich anschließend den nächstbesten verängstigten Einwohner, den er finden konnte. Der hatte sich in einer Hausnische versteckt und wehrte sich nicht einmal, als Caradoc ihn an der Tunika hinaus auf die Straße zog. „Verschont mich!", bettelte er. „Ich bin nur ein Sklave. Nicht einmal ein römischer, ich …"

„Das ist mir egal. Ich will nur Informationen", unterbrach Caradoc ihn. „Wo ist Catus? Der Steuereintreiber?"

Selbst in seiner Angst verzog der Mann den Mund zu einem schadenfrohen Grinsen. „Als ihnen klar wurde, dass die Barbarenkönigin die Stadt einnehmen würde, sind er und seinesgleichen zum Tempel ihres Gottes gerannt, als wäre der Teufel hinter ihnen her, und haben sich darin verbarrikadiert. Mögen sie in den tiefsten Niederungen ihrer verfluchten Unterwelt verrotten."

„Wie komme ich zu diesem Tempel?"

Der Sklave deutete eine breite Straße hinunter, die mit Trümmern und Leichen übersät war. „Dort, am Ende dieser Straße, befindet sich das Heiligtum, in dem sie Jupiter anbeten."

Caradoc ließ den Mann los. Ohne Umschweife machten er und Alex sich auf den Weg, der sie durch die völlig verwüstete Hauptstraße Londiniums führte. Alex hielt ihren Blick stur geradeaus. Sie versuchte, das, was sie sah, nicht an sich heranzulassen und sich einzureden, es wäre nicht echt, sondern nur eine Art Horrorfilm. Schrecklich und grauenerregend, aber kein wirklicher Bestandteil ihres Lebens, und aus ihrer Sicht war das schließlich auch so, immerhin hatte all dies vor Tausenden von Jahren stattgefunden. Ihre Selbsttäuschung funktionierte tatsächlich – bis sie zu Jupiters Tempel kamen.

Er stand komplett in Flammen. Verzweifelte Schreie drangen durch die schwarzen Rauchwolken, die von dem Gebäude aufstiegen.

„Nein!“ Alex rannte darauf zu.

Caradoc sprintete ebenfalls los und griff nach ihr, um sie zurückzuhalten, als sie dem Inferno zu nahe zu kommen drohte. Keltische Krieger umringten den brennenden Tempel, und diese Männer und Frauen gehörten nicht zu den feiernden Trunkenbolden, die grölend durch die Stadt liefen. Mit ernsten Mienen und schwer bewaffnet beobachteten sie, wie das Wahrzeichen Londiniums bis auf die Grundmauern niederbrannte.

Der Wind wehte einen seltsamen Geruch zu Alex herüber, den sie nicht benennen konnte, bei dem ihr allerdings übel wurde. „Nein“, flüsterte sie, jetzt etwas hoffnungsvoller: „Aber vielleicht war er gar nicht dort drin. Womöglich hat er sich anderswo versteckt.“

Caradoc schaute sich um, bis er ein bekanntes Gesicht in der Menge ausmachte. Dicht gefolgt von Alex, steuerte er auf den Krieger zu. „Saidear, ist Boudica hier in der Nähe?“

Sein Gegenüber schüttelte den Kopf. „Die Königin ist ins Lager zurückgekehrt, um nach den Verwundeten zu sehen.“

„Und sie selbst? Ist sie unverletzt und wohlauf?“

Saidears Lächeln war von Stolz erfüllt. „Das ist sie! Boudica hat gekämpft wie Andraste, die auf die Erde hinabgestiegen ist.“

„Ich bin froh, das zu hören.“ Caradoc war sichtlich erleichtert. „Da die Königin anderweitig beschäftigt ist – vielleicht hast du Zeit, mir weiterzuhelfen.“

„Selbstverständlich, Caradoc.“ Der Kelte deutete eine respektvolle Verbeugung an.

„Ich und die Priesterin befinden uns auf einer wichtigen Mission. Andraste schickt uns, den Steuereintreiber zu finden. Catus. Hast du ihn gesehen?“, fragte Caradoc.

„Das Monstrum, das unserer Königin und ihren Töchtern dieses schändliche Unrecht angetan hat? Dort ist er!“ Verächtlich nickte Saidear in Richtung des Tempels. „Darin haben er und die anderen römischen Feiglinge sich verkrochen, in der Hoffnung, wir würden unseren Rachedurst an ihren Sklaven und gewöhnlichen Einwohnern stillen und ihn und seine Handlanger vergessen. Boudica hat befohlen, ihn bei lebendigem Leib verbrennen zu lassen und ihn zu seinem Gott Jupiter zu schicken, damit er über ihn richten soll."

Die Erkenntnis, dass es sich bei dem merkwürdigen Geruch um verkohltes menschliches Fleisch handelte, löste bei Alex einen Würgereiz aus. Sie stolperte rückwärts, weg von dem Gebäude, wo der Gestank herkam. Es war ihr egal, dass die Krieger sie mit einem befremdeten Ausdruck auf ihren durch die Hitze geröteten Gesichtern anstarrten.

Caradocs starker Arm legte sich um ihre Schultern. „Wir verschwinden von hier", sagte er in einem Ton, der keine Widerrede duldete.

Alles, was Alex übrig blieb, war zu nicken. Schweigend ließ sie sich zurück zu ihren Pferden führen, stieg auf und galoppierte an Caradocs Seite aus der Stadt und in die Wälder. Alex war unfassbar erleichtert, als die Bäume ein schützendes Dach aus Blättern über ihren Köpfen bildeten und nichts als frische Luft sie umgab.

„Möchtest du zu Boudicas Zelt zurück oder zu meinem Lagerplatz?"

„Zu deinem Lagerplatz", entschied sie ohne jegliches Zögern.

Alex wusste, sie könnte es nicht ertragen, Boudica oder ihren Töchtern im Zuge der Siegesfeierlichkeiten zu begegnen. Der Gestank verkohlten menschlichen Fleisches war ihr noch zu stark in Erinnerung, und die Schreie der sterbenden Römer hallten in ihren Ohren nach.

Während sie neben dem schweigenden Druiden herging, versuchte Alex, ihre Gedanken zu ordnen und sich zu überlegen, was in aller Welt sie jetzt tun sollte. Aber ihr Gehirn weigerte sich strikt, irgendetwas Konstruktives hervorzubringen. Es schien viel zu beschäftigt damit zu sein, immer und immer wieder die grauenvollen Szenarien durchzuspielen, deren Zeuge Alex an diesem Tag geworden war. Die tödlich verwundeten keltischen Krieger im Lazarettzelt, das brennende Londinium und die gellenden Schreie von Menschen, die bei lebendigem Leib verbrannten.

„Trink das hier und setz dich ans Feuer." Caradoc gab ihr einen Kelch mit Met und führte sie zu der Baumstammbank an seinem Lagerfeuer.

Alex blinzelte und schaute sich um. Sie hatte nicht einmal bemerkt, dass sie schon wieder zurück waren.

„Tu, was ich sage", mahnte er.

Sie nickte benommen und leerte den Kelch in einem Zug, dankbar für das beruhigende Gefühl, das die süßlich herbe Flüssigkeit auf sie ausübte.

„Du hast noch nie zuvor eine Schlacht gesehen, nicht wahr?"

Alex dachte an ihre Auslandseinsätze in der Türkei und Afghanistan, bei denen sie in verschiedenen Armeestützpunkten als Kommunikationsoffizierin gedient und von den Gefechten draußen nur wenig mitbekommen hatte. „Nichts, das damit vergleichbar wäre", antwortete sie wahrheitsgemäß.

Er seufzte. „Krieger glauben gern, der Kampf sei etwas Ehrenvolles und Rache süß. Aber die Wahrheit ist: Oftmals lässt sich ein Kampf leider nicht vermeiden, doch er zieht in erster Linie Tod und Zerstörung nach sich und hat wenig mit der Verwirklichung größenwahnsinniger Fantasien zu tun." Caradoc machte eine Pause und sagte dann: „Ich möchte dennoch, dass du weißt, dass das, was die Römer auf dem Eiland von Mona angerichtet haben, weitaus schlimmer war als die heutigen Geschehnisse in Londinium."

„Das ist für mich schwer vorstellbar", gab Alex traurig zurück.

„Du tust besser daran, es dir nicht vorzustellen. Aber eins solltest du nicht vergessen: Auch wenn dieser Krieg furchtbar ist – so wie alle Kriege –, hat Boudica einen guten Grund, ihn zu führen. Wir können nicht zulassen, dass unsere Familien von den Römern versklavt werden und auf Gedeih und Verderb ihrem Wohlwollen ausgeliefert sind. Wir waren immer freie Menschen, und so muss es bleiben."

„Ich verstehe, wofür ihr kämpft. Natürlich müsst ihre eure Freiheit verteidigen", warf Alex ein. „Es ist nur … was ich heute erlebt habe, macht es so …"

„Tod und Verderben mit anzusehen macht einen nüchtern betrachtet guten Plan zu bitterer Wirklichkeit, und das lässt allzu oft auch die edelmütigsten Motive verblassen, bis sie keine Bedeutung mehr zu haben scheinen", beendete er den Satz für sie.

„Ja", bekräftigte sie und seufzte. „Ich denke, das drückt es ganz gut aus."

Zärtlich berührte er ihre Wange. „Boudica wird bald nach mir schicken lassen, wenn sie ihren Besuch bei den Verwundeten beendet hat. Ich werde gehen müssen."

„Mich will sie sicher auch sehen", sagte Alex, und bei dem Gedanken, der Königin und ihren besten Kriegern in ihren blutverschmierten Kleidern gegenüberzutreten, wurde ihr ganz anders.

„Boudica hat bestimmt Verständnis dafür, wie anstrengend es heute für dich war, Andrastes Werk zu tun. Sie wird einsehen, dass du Ruhe brauchst. Blonwen, du weißt, dass ich damit recht habe. Hör auf dein Herz. Was du erlebt hast, war schrecklich, aber die Verzweiflung, die ich in deinen Augen sehe, hat ihren Ursprung darin, dass die Göttin deine Lebenskraft benutzt hat und du völlig erschöpft bist. Bleib hier. Ruhe dich aus. Hole dir neue Kraft und Trost von den Geistern der Natur. Ich komme zurück, sobald ich kann."

Alex fiel ein riesiger Stein vom Herzen, und sie nickte dankbar.

Caradoc küsste sie sanft auf die Lippen, und dann war er auch schon verschwunden. Erschöpft schenkte Alex sich Met nach und trank, dieses Mal langsam und bedächtig, und befolgte dabei den Rat des Druiden. Und tatsächlich, in ihrem Herzen wusste sie, dass Erschöpfung gar kein Ausdruck dafür war, wie sie sich fühlte. Sie war den ganzen Tag viel zu beschäftigt, viel zu aufgewühlt gewesen, um überhaupt zu bemerken, was in ihr selbst vorging. Doch mit der Erkenntnis, dass sie wirklich absolut am Ende war – körperlich wie seelisch –, wurde ihr auch klar, dass ein Teil des blanken Entsetzens, das sie empfand, mit dem Versagen ihrer Abwehrmechanismen zu tun hatte. Was sich in Londinium zugetragen hatte, war zweifelsohne furchtbar, aber Alex war sich bewusst, dass Krieg nun einmal Schrecken und Zerstörung bedeutete, und das nicht nur in dieser Welt, sondern überall. Und dank Carswells Geschichtsunterricht sowie von den Kelten selbst wusste sie, wie übel die Römer den Iceni schon seit Jahrzehnten mitspielten, ebenfalls ohne Rücksicht auf Verluste. Nicht einmal vor Kindern machten sie halt.

Wie könnte sie sich also von Boudica abwenden, nur weil die Königin Vergeltung an ihren Peinigern geübt hatte?!

„Ich muss wohl wirklich erst mal meine Akkus aufladen und wieder einen klaren Kopf bekommen“, beschloss Alex laut. Energisch schüttete sie den Rest Met hinunter und stand dann auf. Sofort kam ihr der Bach in den Sinn, und sie ging an die Stelle, wo er, nicht weit von Caradocs Lagerstätte entfernt, plätschernd über flache Steine floss.

Vorsichtig kniete Alex sich an den mit einer dicken Moosschicht bewachsenen Rand, schöpfte mit beiden Händen kaltes klares Wasser und spritzte es sich ins Gesicht, wieder und wieder, bis der Geruch verbrannten Fleisches aus ihrer Nase gewichen war. Dann beugte sie sich hinunter, benutzte erneut ihre Hände als Gefäß und trank in großen Schlucken von dem Wasser. Es war so sauber, dass es beinahe süß schmeckte. Jetzt fühlte sie sich schon bedeutend besser und rutschte rückwärts, bis sie mit dem Rücken am Stamm einer großen alten Eiche lehnte. Mit feuchten Fingern fuhr sie sich durchs Haar, entwirrte Kletten und brachte es wieder in Form. Diese Prozedur hatte eine besänftigende Wirkung, und Alex spürte, wie die Taubheit, die ihre Seele niederdrückte, langsam nachließ.

Die Müdigkeit blieb, aber jetzt war es nicht mehr als die Erschöpfung nach einem anstrengenden Tag. Ihre Gedanken hörten auf, immer wieder um dieselben grauenhaften Bilder zu kreisen, und sie erlangte die Kontrolle darüber zurück, lenkte sie in geordnete Bahnen, sodass sie in Ruhe nachdenken konnte. Und das tat sie sehr ausgiebig. Die eine Hälfte des Medaillons hatte sie bereits – oder wusste zumindest, wo sie sich befand. Sicherlich würde sie irgendeinen Weg finden, um sie von Boudica zu bekommen.

Ob Carswell etwas damit anfangen könnte, wenn sie, Alex, sich den Halsreif schnappte und nur einen Teil des Medaillons mitbrachte? Vielleicht einen Abdruck davon machen und die andere Hälfte rekonstruieren? Würde das gehen? Gut möglich. Das war eine Frage, die Alex dem Professor zu stellen versäumt hatte. Und nicht nur sie, offenbar war niemandem diese Idee gekommen, sonst hätte man sie während ihrer sehr intensiven Vorbereitung auf ihre Mission darüber in Kenntnis gesetzt.

Also angenommen, es lief richtig schlecht, sogar in diesem Fall könnte es Alex noch gelingen, wenigstens ein Teilstück nach Flagstaff zu transportieren.

Und Caradoc einfach ahnungslos zurücklassen und ihn nie wiedersehen?

Alex schüttelte den Kopf. Das war jetzt ehrlich nicht der beste Zeitpunkt, ihre Entscheidungen von einem Mann abhängig zu machen. Sie gehörte nicht einmal in diese Zeit, Himmel noch mal, man schrieb das Jahr sechzig vor Christus! Und da spielte es keine Rolle, wie sehnlich ihr Herz oder ihre Seele sich auch wünschen mochte, es wäre anders.

„Ich muss meine Mission erfüllen. Danach kann ich mir Gedanken über ihn machen." Sie flüsterte, als versuchte sie, die Worte als eine Art Zauberspruch zu gebrauchen, der alle unvernünftigen Gedanken in ihr zur Ordnung rufen und helfen würde, sämtliche unwichtigen Dinge fürs Erste beiseitezuschieben. Und dazu gehörten leider auch Fantasien über eine Zukunft, die ihr nicht bestimmt war. „Erledige einfach deinen Job", brummelte sie.

Schön, nur wie sollte sie das anstellen? Catus war tot und das fehlende Teil des Puzzles entweder mit ihm zu einem unförmigen Klumpen Gold geschmolzen oder vorher von ihm versteckt worden.

Plötzlich weiteten sich Alex' Augen, als ihr eine Idee kam. *Natürlich, das ist es! Carswell hat doch selbst gesagt, das Medaillon sei umgeben vom Tod. Deshalb wollten sie schließlich ausgerechnet mich für diese Mission haben!*

15. KAPITEL

Aufgeregt sprang Alex hoch und begann, auf und ab zu laufen, während sie noch immer vor sich hin murmelte: „Also, falls Catus tatsächlich tot ist – was macht das schon? Solange er weiß, wo das Medaillon versteckt ist, spielt es keine Rolle, ob er am Leben ist oder nicht! Schließlich kann ich mit Geistern reden!“ Abrupt blieb sie stehen. Genau, darum ging es. Das musste sie tun, um ihren Auftrag zu erfüllen. Caradoc hatte gesagt, alle Seelenruferinnen könnten die Toten herbeiholen – und dass sie sich dazu die Kräfte des Waldes und der Erde zunutze machten. Sie hatte bereits einige Erfahrung mit der Macht der Bäume, bestimmt konnte sie es schaffen, herauszufinden, wie sie einen einzelnen frisch verstorbenen Geist zu sich rief! Und dann würde sie Catus nach dem Versteck fragen und sich anschließend das Medaillon holen. Selbst wenn sie erst abwarten musste, bis die Flammen und die letzte Glut im Tempel verloschen waren, um ihn betreten zu können.

Bei dem Gedanken daran, sich noch einmal durch Trümmer und Leichen voranarbeiten zu müssen, nur um ein kleines Stückchen Gold zu finden, erschauderte sie. Natürlich bestand auch die Möglichkeit, dass das Medaillon sich gar nicht im Tempel befand. Logisch betrachtet wäre wohl eher anzunehmen, dass Catus es an einem anderen Ort versteckt hatte. Warum sollte er seine persönlichen Gegenstände – oder besser: Souvenirs seiner Raubzüge – immer bei sich tragen? Vermutlich war das Medaillon in seiner Behausung versteckt, wo auch immer die sein mochte.

Während sie weiter hin und her lief, wurde Alex von Sekunde zu Sekunde optimistischer, und plötzlich offenbarte sich ihr das letzte fehlende Teil des Rätsels. Sie hatte die ganze Zeit über viel zu kompliziert gedacht. Es war nämlich überhaupt nicht nötig, der Königin den verdammten Halsreif abzunehmen. Sie musste Boudica, nachdem sie ihr das zweite Stück des Medaillons zurückgebracht hatte, bloß dazu überreden, ihr den Halsreif für eine Weile auszuleihen.

„Das sollte doch zu machen sein", dachte sie laut. „Ich erfinde einfach irgendeine Reinigungsprozedur oder so was in der Art, die sie mich bestimmt gerne durchführen lässt."

Sobald Boudica ihr dann den Halsreif mit dem anderen Medaillonstück überlassen hätte, würde sie ihn zusammen mit dem zweiten an Carswell übergeben und sie bitten, Kopien von beiden anzufertigen. Danach mussten die Fälschungen nur noch in den königlichen Torque eingearbeitet werden, und schon konnte Alex ihn Boudica zurückgeben. Sie brauchte nicht die verschlagene Priesterin zu sein, die sich das Vertrauen der Königin erschlichen hatte und sie dann bestahl und ihr das Einzige nahm, was ihr von ihrem Mann noch geblieben war.

Gut, aber was mache ich mit Caradoc?

„Darum kümmere ich mich später", beschloss sie energisch. „Eins nach dem anderen. Und das Erste kann nicht länger warten."

Hastig blickte Alex sich um und spähte durch die dichten grünen Baumreihen des Waldes, auf der Suche nach dem einen Fleckchen Weiß, das sie brauchen würde. Es überraschte sie nicht wirklich, als sie nur wenige Schritte vom Fluss entfernt tatsächlich die schneeweißen Blüten eines Rowan entdeckte.

Rasch zog Alex sich die Schuhe aus, hielt sie mit der einen Hand fest, während sie mit der anderen ihre Tunika hochraffte und begann, durch den Bach zu waten. Das Wasser und die glatten Steine unter ihren Füßen fühlten sich angenehm kühl an. Langsam steuerte sie auf den Baum zu, betrachtete ihn eingehend und konzentrierte sich darauf, ihre Atmung zu beruhigen und sich zu sammeln.

Als ihr Geist ausgeglichen und fokussiert war, legte sie eine Hand an die raue Borke des Baumstammes … und musste erkennen, dass sie nicht die leiseste Ahnung hatte, was sie hier eigentlich tat. Sie war keine echte Priesterin, die sich mit solchen Dingen auskannte. Sie, Alex Patton, war nur eine seltsame Frau aus einer weit entfernten Zukunft, die zwar mit Geistern reden konnte, aber ansonsten im Grunde nicht viel mit ihrem Leben anfing. Sofern man behaupten könnte, dass sie überhaupt eines hatte, was die meisten normalen Leute sicherlich verneint hätten.

Eine Träne der Frustration kullerte ihr die Wange hinab, und sie wischte sich das Gesicht an ihrer Schulter ab und schniefte. Sie war so verdammt müde! Und sie hatte sich mit dem, was auch immer sie hier gerade versuchte, eindeutig übernommen. Ja klar, ihr Plan klang super und ganz leicht in die Tat umzusetzen – sofern sie denn die nötigen Fähigkeiten dazu gehabt hätte!

Hab mehr Vertrauen zu dir selbst, Kind. Die bekannte Stimme kam von irgendwo über ihr.

Alex zuckte kurz zusammen und nahm die Hand von dem Baum fort. Dann schaute sich hoch und sah zwischen grünweiß gesprenkelten Zweigen Caradocs Mutter bequem in einer Astgabel sitzen. Nachdenklich runzelte Alex die Stirn. „Du bist nicht der Geist, mit dem ich sprechen wollte.“ Dann erhellte sich ihre Miene. „Aber du kannst mir vielleicht sagen, wie ich den anderen hierherholen kann, oder?“

Ich werde dir nichts sagen, das du nicht bereits in deinem Inneren weißt. Du musst lernen, deinem Herzen und deiner Seele zuzuhören und dich auf sie zu verlassen. Lausche und handle nach dem, was sie dir raten.

„Dein Sohn ist nicht so kryptisch“, stellte Alex fest.

Mein Sohn kann dich unterrichten, aber was er dir beibringt, wird keinen Nutzen für dich haben, solange du nicht diese erste und wichtigste Lektion gelernt hast. Finde einen Weg, dir selbst zu trauen. Das musst du ganz allein tun, dabei kann dir niemand helfen.

Am liebsten hätte Alex laut geschrien, so frustriert war sie. Doch stattdessen hielt sie ihr Temperament im Zaum und sah wieder zu Caradocs Mutter hinauf. „Ernsthaft, kannst du mir nicht einfach einen Tipp geben, was ich tun soll? Ich habe wirklich weder Zeit noch Kraft für ein Dutzend erfolgloser Versuche.“

Der Geist hob die Augenbrauen, eine Geste, die Alex sehr an Caradoc erinnerte.

Ich habe dich nicht für eine Frau gehalten, die sich damit begnügt, den Anweisungen anderer Folge zu leisten.

Das hatte gesessen. Alex musste zugeben, dass diese Feststellung genau ins Schwarze traf. Sie war wirklich nicht der Typ, der gern Befehle ausführte und sich sagen ließ, was sie zu tun und zu lassen hatte. Im Grunde hatte sie die Air Force nicht nur verlassen, weil ihr die Geister dort zu sehr auf die Pelle gerückt waren. Nein, sie hatte den Dienst auch aus dem Grund quittiert, weil ihr der dort erwartete Gehorsam nicht leichtgefallen war, insbesondere wenn die Leute, die ihn von ihr verlangten, sich selbst als ihre Vorgesetzten bezeichneten. Ihr lag es mehr, ihre eigenen Entscheidungen zu treffen und im Fall des Falles mit den Konsequenzen leben zu müssen.

„Nein, du hast recht. Ich mag es nicht, Anweisungen zu befolgen."

Dann schau in dein Inneres und habe den Mut, deinen eigenen Weg zu gehen. Der Geist hob die Hand, sodass seine Tätowierung in Alex' Richtung zeigte, als würde er ihr eine Art Segen zuteilwerden lassen.

„Also gut, das werde ich", erklärte Alex, hob beide Hände und drückte sie fest gegen die Rinde des uralten Baumes. Dann schloss sie die Augen und zentrierte ihre Gedanken, suchte nach der Energie, die sie schon früher gespürt hatte.

Es durchfuhr sie wie beim ersten Mal, und sie keuchte auf. Unter ihren Handflächen konnte sie den Baum atmen fühlen, so verrückt sich das auch anhörte. Doch da waren diese Kraft und eine Wärme und … sie konzentrierte sich noch stärker … ein Bewusstsein, von dem sie sich ganz sicher war, dass sie es sich unmöglich einbildete. Es war echt. „Ich brauche deine Hilfe."

Die Baumrinde schien unter ihren Händen zu vibrieren.

„Ich bin eine Seelenruferin, und ich muss den Geist einer bestimmten Person ausfindig machen. Ich bitte dich, mir deine Macht zu leihen und mir dabei zu helfen, jemanden, der kürzlich in Londinium starb, hierherzurufen. Sein Name war Catus. Ein römischer Steuereintreiber – der Mann, der Boudica halb totschlagen und ihre Töchter vergewaltigen ließ. Er hat große Schuld auf sich geladen." Alex fügte diese Tatsachen an, weil sie vermutete, Bäume könnten mit menschlichen Namen nicht viel anfangen, aber da jeder Kelte besagten Römer als denjenigen kannte, der ihrer Königin und deren Familie so viel Leid zugefügt hatte, wusste vielleicht auch der Wald als stiller Beobachter, um wen es sich handelte. „So bitte ich dich im Namen der Göttin Andraste, deren Werk zu tun mich mit Stolz erfüllen würde, zeige mir Catus!"

Ihre Hände wurden extrem warm, so sehr, dass sie die Zähne zusammenbeißen und sich dazu zwingen musste, sie nicht wegzuziehen. Zu ihrer Rechten entstand plötzlich eine schimmernde Lichtquelle, und Alex sah erstaunt zu, wie sich vor ihr ein Spalt öffnete. Sie schaute hindurch, und da war der Tempel Jupiters, doch er stand weder in Flammen, noch stieg schwarzer Rauch aus ihm empor. Trotzdem ging es chaotisch darin zu. Männer in Togas zwängten sich in panisch durcheinanderschreienden Gruppen durch den Eingang, laute Rufe ertönten, man solle die Tore schließen und verbarrikadieren, das Barbarenvolk sei auf dem Vormarsch. Wie der Strahl einer Taschenlampe wurde Alex' Blick zu einem seitlichen Treppenaufgang gelenkt, wo ein äußerst beleibter Mann in einer großzügig verzierten Toga leise, aber eindringlich auf einen anderen, jüngeren und weniger gut gekleideten Mann einredete. Catus ... der Name drang aus der Borke des Baumes direkt in Alex' Kopf und breitete sich von dort in ihrem gesamten Körper aus. Es war eine der seltsamsten und auch unheimlichsten Erfahrungen, die sie bis dahin gemacht hatte, aber sie wusste mit absoluter Sicherheit, dieser fette Kerl dort war der, den sie suchte.

„Ich muss sehen, wie es mit ihm weiterging!", sagte sie hastig, als das Bild zu verblassen begann. Sofort wurde es wieder klarer, und sie schaute zu, wie Catus den anderen Mann losschickte, um einen Botengang für ihn zu tätigen. Als er fort war, verließ auch Catus den Tempel und schlich geduckt zu einem deutlich kleineren, aber wunderschönen Gebäude aus Marmor, das in unmittelbarer Nähe stand. Im Inneren angekommen, entriegelte er eine verschlossene Tür und betrat einen Raum, wo er eine Truhe öffnete und mehrere Beutel herausholte, die offensichtlich mit Münzen gefüllt waren. Er stopfte sie sich unter die breite Bauchbinde, die er um die Körpermitte trug, eilte dann wieder ins Freie und lief ungeduldig und sehr nervös auf und ab.

Minuten später kam ein Mann angeritten, der ein Packpferd mit sich führte.

„Flavius! Hierher! Komm her!"

Der Angesprochene steuerte die Pferde auf den fetten Mann zu und brachte sie dann abrupt zum Stehen. Ohne Umschweife packte der Dicke ihn an seiner Toga und riss ihn vom Pferd.

„Mein Gebieter, was tut Ihr?", fragte Flavius sichtlich verwirrt, als Catus ihn buchstäblich als Leiter benutzte, um seinen unförmigen Leib irgendwie in den Sattel zu bugsieren.

„Ich verlasse diese verfluchte Stadt", antwortete er und blickte auf den jungen Mann hinab.

Flavius ging auf das zweite Pferd zu, doch Catus versperrte ihm den Weg.

„Ich verstehe nicht", sagte der junge Mann.

„Ich gehe allein! Und um zu entkommen, muss ich schnell reiten und brauche beide Pferde, um sie auswechseln zu können."

„Aber ich bin seit zwei Jahren Euer getreuer Diener und habe mich stets loyal verhalten. Warum …"

Catus machte eine wegwerfende Handbewegung. „Und jetzt, mein guter Flavius, benötige ich deine Dienste nicht mehr." Der Steuereintreiber nickte mit seinem Doppelkinn zum Tempel hinüber. „Versteck dich da drinnen, zusammen mit dem anderen Geschmeiß. Vielleicht wird Jupiter euch ja beschützen, wer weiß." Mit diesen Worten beugte er sich vor, drückte dem Pferd die Hacken in die Seiten, sodass es losgaloppierte und Flavius gerade noch mit einem Sprung ausweichen konnte, um nicht überrannt zu werden. Da er scheinbar nicht wusste, was er sonst tun sollte, lief der junge Mann zu Jupiters Tempel zurück und damit in sein Verderben.

Die Szenerie flimmerte, und der Spalt knirschte leise und schloss sich dann wieder.

Schwer atmend lehnte Alex sich entkräftet an den Baumstamm. „Catus ist noch am Leben“, sagte sie leise.

Ja, der Feigling ist entkommen. Manchmal ist das Schicksal ausgesprochen ungerecht, bestätigte Caradocs Mutter. Sie hatte ihren Platz in der Astgabel verlassen und saß nun am Ufer des Baches auf einem Teppich aus Moos.

„Das kann man wohl sagen. Aber noch ist das letzte Wort nicht gesprochen. Und außerdem habe ich gelernt, wie ich die Kraft des Waldes nutzen kann. Ich wollte Catus sehen, und es hat geklappt. Wahrscheinlich würde es genauso funktionieren, wenn ich versuche, einen Toten zu mir zu rufen.“

Aber Catus ist nicht tot.

„Egal, er hat etwas, das ich brauche. Irgendjemand, der ihn kennt, muss doch wissen, wo es ist – ob diese Ratte es bei sich trägt oder es im Tempel zurückgelassen hat oder was auch immer.“

Glaubst du nicht, es wäre klüger, erst einen weiteren Versuch zu unternehmen, nachdem du dich wieder geerdet hast? Es ist nicht ratsam, die Welt der Geister zu betreten, sofern man nicht mit beiden Beinen fest auf dem Boden der hiesigen steht.

„Ich stehe fest auf dem Boden.“ Trotzig wischte Alex sich die Haare aus dem Gesicht. Himmel, sie war fix und alle.

Nein, das tust du nicht. Deine Lebenskraft ist beinahe erschöpft, du musst dich ausruhen.

„Unsinn, ich bin viel stärker, als ich aussehe“, sagte Alex und fixierte entschlossen den Baum.

Alexandra, warte, bis Caradoc zurückgekehrt ist.

„Wer weiß, wann das sein wird. Ich will das hier einfach nur hinter mich bringen, okay?“ Es dauerte eine Sekunde, bis ihr bewusst wurde, dass der Geist dieser Keltin sie gerade mit ihrem richtigen Namen angesprochen hatte. Doch sie ignorierte diesen Umstand und versuchte, sich auf das zu konzentrieren, was getan werden musste. Und das war, das zweite Stück vom Medaillon zu finden. Danach könnte sie sich endlich etwas Ruhe gönnen und sich mit der Frage befassen, wie es mit ihrer eigenen Zukunft weitergehen sollte.

Erneut legte Alex die Hände an die Baumrinde, schloss die Augen und sammelte sich, so gut es ging.

„Ich danke dir, dass du mir Catus gezeigt hast", sagte sie zu dem Rowan. „Aber da er nicht tot ist, wie ich dachte, konnte ich nicht von ihm bekommen, was ich brauche. Dieses Mal also rufe ich die Geister der Toten zu mir. Menschen, die Catus zu ihren Lebzeiten gut kannten." Alex hielt kurz inne. „Besonders diejenigen, die viel über ihn wussten – private Dinge, Geheimnisse, die er kaum jemandem erzählt hat. In Andrastes Namen rufe ich diese Geister herbei!"

Ein Blitz durchzuckte den Baumstamm und dann Alex' Hände, und sie schrie vor Schmerz auf. Mit einem lauten Knall brach der Vorhang der Realität, und das Fenster in die andere Welt öffnete sich. Voller Schrecken sah Alex, wie schemenhafte Gestalten in einen Sog gerieten und durch den Spalt gezogen wurden. Anfangs blickten ihre gespenstischen toten Augen orientierungslos umher, und sie schienen einfach nur verwirrt zu sein. Dann jedoch entdeckten sie Alex und schossen mit wilden Klageschreien auf sie zu.

Alex hatte noch nie zuvor Angst gehabt, wenn sie auf einen Geist traf. Oder auch mehrere. So nervtötend sie auch sein mochten, keiner von ihnen war ihr gegenüber jemals aggressiv gewesen. Diese hier allerdings waren vollkommen anders als alle, die sie bisher kennengelernt hatte. Sie verströmten eine Aura aus Zorn, Hass und Verzweiflung. Die negativen Gefühle züngelten um sie herum wie schwarze Flammen, formten tastende Tentakeln, die sich durch einen dunklen Nebel wanden und nach Alex suchten.

Wir, die Catus' Grausamkeit zum Opfer fielen, sind gekommen, um Rache zu nehmen!

„Ich bin nicht Catus! Seht mich doch an – ihr wisst, ich bin nicht er!“, schrie Alex der Horde wütender Geister zu, von denen immer mehr und mehr durch den Riss zwischen den Welten drangen.

Wir fordern Rache, zischten sie. *Rache!* Sie schwärmten aus und umringten Alex und ihren Rowan-Baum.

„Was habt ihr vor? Was soll das? Okay, Schluss! Geht dorthin zurück, wo ihr hergekommen seid! Das hier hatte ich nicht beabsichtigt.“

Ja, wir kehren zurück in das Reich der Toten, doch dich werden wir mitnehmen!

Eine Schlinge aus Finsternis näherte sich ihr und wickelte sich dann um Alex’ Hals. Hier stimmte etwas nicht, Geister waren nie zuvor in der Lage gewesen, sie zu berühren! Alex kreischte, gleichzeitig entsetzt und ungläubig, als die Schlinge sich immer fester zuzog und ihr die Luft abzuschnüren begann.

„Nein!“, schrie sie und versuchte verzweifelt, die Hände von dem Baum zu lösen und das Ding irgendwie abzuschütteln. Doch sie konnte sich nicht bewegen. Es war, als sei ihr Körper zu Eis erstarrt, und alles, was sich da aufbäumte und in seiner Angst wand, war ihre Seele, gefesselt von dem blinden Hass der Geister, die sie beschworen hatte.

Eine substanzlose schwarze Klaue durchstieß ihre Brust, griff hinein und riss etwas heraus. Alex’ angsterfüllter Schrei war markerschütternd. „Andraste! Göttin Andraste! Hilf mir!“

Glänzendes silbriges Licht umgab Alex und verscheuchte die Dunkelheit, die sie einhüllte. Danach wurde es schnell schwächer, doch Alex, erstarrt vor Furcht, klammerte sich daran wie an einen Strohhalm. Die Macht der Göttin jedoch war mehr, als eine sterbliche Seele, noch verbunden mit seiner lebendigen Hülle, ertragen konnte. Nicht willens, in ihren Körper zurückzukehren, aber ebenso wenig fähig, in der puren Essenz überirdischer Weiblichkeit zu existieren, zersplitterte Alexandra Pattons Seele.

16. KAPITEL

Das keltische Heer feierte den Sieg und umringte seine Königin, der Boden war übersät mit all den Dingen, die sie von den Römern erbeutet hatten. Trunken von ihrem Triumph, ihr Rachedurst fürs Erste durch die Vernichtung der neunten Legion der Römer gestillt, erhoben sie ihre Kelche mit gestohlenem Wein zu Ehren ihrer Königin Boudica, die sie zum Sieg geführt hatte.

„Als Nächstes kümmern wir uns um das Ungeziefer, das sich in den Wäldern und Feldern versteckt hat, und auf unserem Weg werden wir jede Legion niederschlagen, die uns begegnet, bis wir schließlich nach Mona kommen, den Schauplatz ihrer schrecklichsten Verbrechen. Und dann befreien wir unser Land von der Plage dieser römischen Besatzung!" Die Krieger der Iceni quittierten die Worte ihrer Königin mit lauten Jubelrufen.

Caradoc hob seinen Kelch gemeinsam mit den anderen, doch seine Gedanken kehrten immer wieder zu seinem Lagerplatz und der Frau zurück, die dort auf ihn wartete.

Blonwen war ein wandelndes Geheimnis. Sie gehörte nicht zu den Priesterinnen Andrastes, und doch hatte die Göttin sie berührt. Sie war eine Seelenruferin, verstand aber nicht einmal ansatzweise, über welch eine Gabe sie damit verfügte. Wie von selbst bündelte sie die Kraft des Waldes und der Erde und nutzte sie, um den Sterbenden Trost zu spenden, während ihre Seelen die Reise in die andere Welt antraten; und dennoch schien es so, als wüsste sie so gut wie nichts über die spirituellen Ebenen oder wie man sich Zugang dazu verschaffen konnte.

Und als wäre all das noch nicht paradox genug, besaß Blonwen die Fähigkeit, das zu besänftigen und zu heilen, was die Verwüstung auf Mona in ihm zerbrochen und ihn bis in die Grundfesten seiner Seele erschüttert hatte.

Tagelang hatte er sich selbst dafür gehasst, dass er seine Freunde und Familie auf Mona ihrem Schicksal überlassen hatte, anstatt es mit ihnen zu teilen. Caradoc wusste natürlich, warum sie ihr Leben für ihn geopfert hatten: damit er entkommen und sich bis zu Boudica durchschlagen konnte. Die königliche Blutlinie der Iceni musste fortbestehen, die Menschen brauchten Gewissheit, dass ihre Ahnenreihe nicht plötzlich abbrechen würde, auch nicht durch römische Angriffe, so brutal und zerstörerisch sie auch sein mochten. Dennoch änderte das nichts an den Tatsachen. Er lebte, während die anderen hatten sterben müssen.

Und dann war diese Frau – diese Betrügerin – plötzlich aufgetaucht und hatte sich als Priesterin der Göttin ausgegeben und behauptet, von Mona zu kommen. Sein erster Impuls war gewesen, ihr mit seinem Messer die verlogene Kehle aufzuschlitzen. Als dann aber völlig unerwartet seine Mutter zu ihm gesprochen und ihm geraten hatte, sie nicht vorschnell zu verurteilen, war er endgültig verwirrt gewesen. Und diese Verwirrung hatte sich noch verstärkt, als ihm bewusst geworden war, dass er sich zu dieser Frau hingezogen fühlte. Sicher, er hatte sie in seinen Träumen gesehen, aber daran allein lag es nicht. Druiden erlebten oft prophetische Visionen, während sie schliefen. In jedem Fall hatte sein Interesse an ihr ihn mehr schockiert als die Tatsache, dass seine Mutter sie akzeptierte und ihr die falschen Behauptungen einfach so nachsah. Er war fest davon überzeugt, dass die Erlebnisse auf Mona jegliches Gefühl, jede Freundlichkeit, Hingabe oder die Fähigkeit zu lieben für immer in ihm ausgelöscht hatten. Dann hatte er Blonwen in den Armen gehalten, und dieses eine Mal genügte, um ihm klarzumachen, dass das nicht stimmte. Zumindest dann nicht, wenn er in ihrer Nähe war.

Und das hatte ihn wütend gemacht, ihn erneut mit Schuldgefühlen erfüllt, und deshalb hatte er sie mit unberechtigten Vorwürfen bombardiert. Um ihr wehzutun und sie von sich fortzustoßen. Aber das war falsch, und als er danach in sein Herz geblickt hatte, hatte er sich dafür geschämt, zugelassen zu haben, was Trauer und Verlust aus ihm gemacht hatten.

Also hatte er begonnen, sich ihr zu öffnen, denn er wollte mehr über sie erfahren – und zwar nicht, weil er sie für eine Gefahr hielt und um das Wohl seiner Königin bangte. Caradoc musste die Wahrheit über Blonwen herausfinden, weil etwas tief in seinem Inneren ihn dazu drängte. Und in diesem inneren Drang erkannte er Andrastes Handschrift. Die Göttin hatte bei dieser Sache ihre Finger im Spiel und sorgte aus irgendeinem Grund dafür, dass zwischen ihm und Blonwen diese Anziehungskraft bestand. Sie wollte sie zusammenführen. War Blonwen vielleicht eine Seele aus der Vergangenheit, die er in einem anderen Leben gekannt hatte? Lag es daran, dass er sie immer wieder in seinen Träumen sah und sie einen solch heftigen und tief greifenden Einfluss auf ihn ausübte, der weit über das rein Körperliche hinausging? Es war nicht nur das Gefühl, wenn sich ihr weicher Körper an seinen schmiegte, der Duft ihrer Haare oder wie wunderbar sie schmeckte. Nein, das Verlangen, bei ihr zu sein, kam tief aus seiner Seele, und diese Erkenntnis machte ihm Angst. Caradoc befürchtete, in den vielen Geheimnissen, die Blonwen umgaben, könnte etwas verborgen sein, das sie letztlich wieder trennen würde, und er hatte bereits große Verluste erlitten. Die Frau gehen lassen zu müssen, die ihm neuen Lebensmut gegeben hatte, war mehr, als er verkraften konnte.

Je länger Caradoc auf seinem Ehrenplatz direkt neben der siegreichen Königin saß, desto rastloser wurde er. Sein Geist kreiste wie besessen um die immer wieder gleichen Gedanken, und alles um ihn herum schien sich in Blonwen zu verwandeln. In den Flammen des Lagerfeuers sah er das goldene Rot ihrer Haare. Die flackernden Schatten des dahinschwindenden Tages spiegelten die Tiefe ihrer Augen wider. Der intensive Geschmack des römischen Weines erinnerte ihn an die Süße ihrer zarten Lippen.

„Wo bist du, Caradoc? Denn eines ist sicher: hier bei uns nicht.“ Boudica sprach leise, denn ihre Worte waren allein für seine Ohren bestimmt.

„Ich muss mich entschuldigen, meine Königin", gestand er. „Meine Gedanken sind bei Andrastes Priesterin."

Boudica nickte verständnisvoll. „Die Sterbenden auf ihrem Weg in die Arme der Göttin zu begleiten war sicherlich keine leichte Aufgabe." Sie legte ihrem Stammesbruder eine Hand auf die breite Schulter. „Geh zu ihr – ich erlaube dir, dich zurückzuziehen."

Es kostete Caradoc sehr viel Willenskraft, nicht hastig aufzuspringen und loszurennen. Stattdessen zwang er sich dazu, sich langsam zu erheben und Boudica mit einer respektvollen Verbeugung zu ehren, so wie es sich gehörte. „Ich danke dir, meine Königin, meine Freundin."

Sie schenkte ihm ein Lächeln und wandte sich dann wieder den Feierlichkeiten zu.

Caradoc wartete ab, bis er außer Sichtweite des Lagers war, bevor er schließlich doch anfing zu laufen, obwohl er sich dabei ziemlich lächerlich vorkam. Er benahm sich wie ein verliebter Jüngling, der nicht eine Sekunde ohne seine Herzensdame sein konnte. Beinahe musste er über sich selbst lachen.

Als er seinen leeren Lagerplatz erreichte, löste sich seine Heiterkeit jedoch augenblicklich in Luft auf. Wo steckte Blonwen? War ihr etwas zugestoßen? Ein Geräusch aus dem Wald lenkte seine Aufmerksamkeit an eine Stelle nahe des nicht weit entfernt plätschernden Baches, und seine Beine setzten sich in Bewegung, noch ehe sein Geist ihnen den Befehl dazu gegeben hatte.

Dann sah er sie, und ihm gefror das Blut in den Adern. Völlig reglos lag sie zusammengekrümmt zwischen den großen Wurzeln eines alten Rowans. Er lief zu ihr und schloss sie in die Arme.

„Blonwen, was ist nur ge…" Behutsam drehte er ihren Kopf zu sich, und als er ihre offenen, blicklosen Augen sah, wusste er es. Bei allen Göttern! Ihre Seele war zerbrochen worden.

Eilig hob er sie hoch und trug sie den kurzen Weg zurück zu seiner Lagerstätte. Dort zog er die übereinandergestapelten Felle unter dem schützenden Unterstand hervor, platzierte sie dicht am Feuer und bettete Blonwens leblosen Körper vorsichtig darauf. Dann begann er damit, die nötigen Vorbereitungen zu treffen. Er holte den Beutel, den er aus der Hölle von Mona gerettet hatte, und öffnete ihn. Mit geübten und zielsicheren Handgriffen holte er die Dinge heraus, die er brauchen würde. Ein Bündel Zweige getrockneten Lavendels, eine Kerze aus reinem cremefarbenen Bienenwachs und einen funkelnden Amethystkristall. Während er das tat, konzentrierte er sich die ganze Zeit auf seinen Atem und darauf, Zugang zu innerer Stille zu finden, und er versuchte, das Zittern seiner Hände zu kontrollieren.

Er füllte einen Kelch mit Met und legte je ein Stück Brot und Käse auf einen großen Stein in der Nähe, dann entzündete er die Kerze und stellte sie neben die Opfergaben. Anschließend hielt er die Lavendelzweige in die Kerzenflamme, bis die Enden anfingen zu schwelen, und ließ sie durch die Luft gleiten, um sie zu entfachen. Duftender Rauch stieg von dem dicken Bündel getrockneter Kräuter auf.

Mit sanften Bewegungen fächelte Caradoc den Rauch zu sich und über seinen Körper, während er im Schneidersitz neben Blonwen Platz nahm. Er atmete dreimal tief ein und aus, hüllte sich selbst mit den Nebelschwaden und der besänftigenden und reinigen Wirkung des Lavendels ein und tat dann dasselbe mit Blonwens lebloser Gestalt. Dabei flüsterte er ihr leise Worte zu. Dass sie ganz ruhig sein, die Kräuter ihre Wirkung tun lassen und ihm vertrauen solle – er würde kommen und ihr helfen.

Herz und Geist in Einklang, legte Caradoc sich zu Blonwen auf die Felle. Ihre Körper berührten sich nicht, und doch konnte er ihre Nähe spüren und wie fern sie gleichzeitig war, denn ihre Seele hatte ihre sterbliche Hülle verlassen. Er umschloss den Amethyst mit der rechten Hand und presste ihn gegen seine Brust, dort, wo sein Herz schlug. Der Stein erwärmte sich, und Caradoc dachte an das Wesen eines Amethysts. Er war ein spiritueller Edelstein, dem keinerlei negative Eigenschaften anhafteten. Seine Kraft konnte Träume und Heilung anstoßen und verstärken. Er stand für Frieden und Sicherheit ebenso wie für Liebe und Glück.

Caradoc benutzte den Stein als Gefäß, ließ ihn seinen Herzschlag in sich aufnehmen, indem er eine Verbindung mit dem universellen Puls des Lebens herstellte, dem seiner Vorfahren und deren Vorfahren, die nun eins mit der Erde unter ihm waren. Und während seine Trance sich vertiefte, entstand aus dem gleichmäßigen vereinten Pochen Tausender Herzen ein Sog, und seine Seele begann, sich von der sterblichen Materie, die sie umgab, zu lösen.

Langsam stieg sie auf, und die Tore zwischen der Realität und dem, was dahinterlag, öffneten sich vor dem Druiden und zeigten ihm drei sich überlappende Ebenen der anderen Welt. Er verweilte dort, schwebte über dem Eingang und sandte ein inständiges Gebet an seine Göttin Andraste.

„Andraste, ich bin gekommen, eine Seele zu finden, die vor Kurzem zerborsten ist. Sie gehört deiner Priesterin, Blonwen, die ich zurück ins Diesseits und ins Leben führen möchte. Ich flehe dich an, meine Göttin, mir bei meiner Suche nach ihr zu helfen."

Caradocs Seele wartete darauf, dass Andraste ihm ein Zeichen gab und ihm den Weg wies, einen Hinweis, welche der drei Ebenen er wählen sollte, um seine Reise anzutreten, an deren Ende er, so es ihm vergönnt wäre, Blonwen finden würde.

Plötzlich erschien ein kleines Mädchen an seiner Seite. Es mochte kaum mehr als sechs Sommer zählen. Sein goldenes, rötlich schimmerndes Haar war lang und etwas zerzaust, die Augen wirkten groß und dunkel. Caradoc stieß einen stummen Seufzer der Erleichterung aus. Dieses Kind hätte er überall erkannt. Es war eine jüngere Version Blonwens.

Hallo, meine Kleine. *Leise und voller Wärme sprach Caradoc zu ihr.* Kannst du mich zu deinem älteren Selbst führen? Ich habe den Wunsch, es in der physischen Welt, aus der es kommt, wieder gesund und vollständig zu machen.

Das Mädchen musterte ihn schweigend, bevor es antwortete. Sie hat große Angst. Wirst du ihr wehtun?

Nein! Ich würde Blonwen niemals verletzen.

Die weichen Augenbrauen des Kindes zogen sich zusammen. Ich weiß, du sagst die Wahrheit, auch wenn du sie bei einem falschen Namen nennst.

Caradoc lächelte ihr zu. Wie lautet denn der Kosename, mit dem ich euch ansprechen soll?

Das Stirnrunzeln des Mädchens erinnerte Caradoc auf geradezu unheimliche Weise an das ihrer erwachsenen Version. Es ist kein Kosename, auf den wir hören. Wir wollen, dass du unseren richtigen Namen benutzt, und der ist Alexandra Patton. Aber ich glaube, wenn er dir zu lang ist, hätte sie auch nichts dagegen, dass du uns Alex nennst, wie alle anderen es auch tun.

Überrascht sah Caradoc die Kleine an. Bei diesem Kind handelte es sich eindeutig um eine spirituelle Version Blonwens, wie sie als kleines Mädchen gewesen war. Und spirituelle Versionen, die in Form eines Kindes erschienen, waren die reinste Essenz ihrer Seele. Sie logen niemals, was bedeutete, Blonwens echter Name musste tatsächlich Alexandra Patton sein.

Willst du mich zu Alexandra Patton bringen, Kind?

Ja. Wir brauchen dich. Wir fühlen uns hier nicht wohl.

Ihm fiel ein Stein vom Herzen, und er nahm die Kleine bei der Hand, die sie ihm bereitwillig entgegenstreckte.

Das liegt daran, dass eure Zeit noch nicht gekommen ist, in diese Welt überzutreten.

Sie zuckte nur mit den Schultern und ging zielstrebig auf den Eingang zu allen drei Ebenen der anderen Welt zu. Ohne zu zögern, machte sie einen großen Schritt vorwärts, und unter ihren Füßen bildete sich eine weite Ausdehnung aus weißem Marmor, die immer höher und höher wuchs und aussah wie eine endlose Treppe.

„So, sie hat die Oberwelt gewählt“, *sagte Caradoc mehr zu sich selbst als zu dem Kind, das ihn fragend ansah.*

„Sie hat sich nicht für diesen Ort entschieden. Sie ist einfach hier hinaufgerannt. Ihre Angst war viel zu groß, als dass sie irgendeine bewusste Entscheidung hätte treffen können."

Caradoc hätte gern gewusst, was Blonwen – oder Alexandra – so in Panik versetzt hatte, doch das Kind danach zu fragen wäre sinnlos gewesen. Die Kleine fungierte lediglich als Wegweiser und hatte einzig die Aufgabe, diejenigen, die sie für würdig erachtete, zu ihrem wahren Selbst zu führen. Sie konnte, getrennt von ihrem anderen Ich, nicht eigenständig handeln oder denken.

In dieser Welt hatte die Zeit keine wirkliche Bedeutung, sie floss dahin, und man konnte nicht sagen, ob nur Minuten oder Stunden vergangen waren; doch für Caradoc fühlte es sich so an, als hätte er nur wenige Atemzüge getan, bevor sie das Ende der Treppe erreichten und sich vor ihnen eine Wiese aus sich sanft im Wind wiegendem Gras und wilden Blumen auftat. Sie wurde von einem dichten Wald mit hohen, dunklen Bäumen umgeben, von denen Caradoc automatisch den Blick abwendete. Er wusste, in den Tiefen dieses Waldes verbargen sich Dinge, die eine Seele sowohl erfreuen als auch zerstören konnten – und er hatte weder für das eine noch das andere Zeit. In der Mitte der Wiese stand ein wunderschöner Springbrunnen aus glänzendem Marmor und daneben ein silberner Kelch, der in der Sonne strahlte.

Alles, was du brauchst, findest du dort, *sagte das Mädchen und deutete zu der Wasserfontäne hinüber.* Ich hoffe, du hast daran gedacht, eine Gabe mitzubringen.

Das habe ich, Kind.

Gut. Bring uns zurück in die richtige Welt. Ich mag es nicht, wenn wir uns fürchten. Und du kannst uns wirklich Alex nennen, das geht in Ordnung. Ich hoffe, wir sehen uns bald wieder, wenn wir alle zusammen sind, wo wir hingehören.

Mach dir keine Sorgen, Alex. Es wird alles gut werden.

Die Kleine drückte seine Hand, seufzte leise auf, und dann war sie auch schon verschwunden. Dass sie derart fixiert auf das Gefühl von Angst gewesen war, beunruhigte Caradoc. Was würde er vorfinden, wenn er Blonwen begegnete? Oder würde er gar nicht Blonwen treffen, sondern Alexandra, eine vollkommen verstörte Fremde, deren Seele über jede Möglichkeit der Heilung hinaus in Tausende winziger Bruchstücke zersplittert war?

Er betrat die Wiese, seine Aufmerksamkeit fest auf den Springbrunnen in der Mitte gerichtet. Dies war Andrastes Reich. Jene, die sie hier in der Oberwelt um Gehör ersuchten, mussten von ihrem Wasser trinken und ihr ein Geschenk darbieten. Caradoc wusste nur zu gut, dass sie die Göttin des Krieges war, ebenso wie die Mutter aller Kelten, und sollte er nicht reinen Herzens sein, seine Taten überschattet durch Eigennutz und Gier, würde es keinen Unterschied machen, welches Geschenk er ihr mitbrachte. Andrastes Wasser würde seine Schlechtigkeit gegen ihn selbst wenden, auf dass sie ihn zerstörte. Bei manchen Druiden geschah das augenblicklich, andere schafften es zwar, Andrastes Reich zu verlassen und in die Welt der Sterblichen zurückzukehren, doch nur, um kurze Zeit später ihr Leben buchstäblich zerfallen zu sehen, bis nichts als Trümmer davon übrig blieben.

Doch das sanfte Plätschern und Glucksen des Wassers hatte eine beruhigende Wirkung auf Caradoc, und er ging, ohne weiter darüber nachzudenken, schnurstracks zu dem Springbrunnen und tauchte den silbernen Kelch hinein, bis er randvoll mit Wasser war. Obwohl er früher schon oft Andrastes Reich besucht hatte, war er seit dem Unglück auf dem Eiland von Mona nicht mehr hier gewesen. Caradoc hob den Kelch und erkundete sein Herz. Ja, der Verlust seiner Freunde und Familie erfüllte ihn mit Zorn. Und ja, er fühlte sich schuldig dafür, am Leben zu sein, während die, die ihm nahegestanden hatten, in den Tod gegangen waren, um ihn zu retten. Aber trieben ihn selbstsüchtige Gründe hier an diesen Ort?

Ohne lange nachzudenken, war er hergekommen, nachdem er gesehen hatte, dass Blonwens Seele zerbrochen worden war und sie seine Hilfe brauchte, um den Weg zurück in ihren Körper zu finden.

„Bin ich egoistisch?" *Caradoc war sich nicht sicher. Blonwen hatte Angst, große Angst, der ihre Seele nicht standhalten konnte, was zur Spaltung geführt hatte. Sie musste wieder zusammengefügt und geheilt werden. Doch das war nicht alles, worum es ihm ging, gestand er sich ein. Er wollte sie in die sterbliche Welt zurückholen, weil er sie brauchte.* Blonwen, Alexandra, Alex: *Auf welchen Namen sie hörte, spielte keine Rolle – und auch nicht, dass sie ihm nicht alles über sich erzählt hatte. Wenn er sie berührte, fühlte er sich vollständig, und allein das zählte.*

„Also, ist es so? Sind meine Beweggründe eigennützig? Vielleicht ja", *entschied er; wenn es eigennützig war, zu lieben und sich zu wünschen, geliebt zu werden, dann würde Andrastes Urteil vernichtend ausfallen. Und sollte es so sein, dann hätte er Blonwen zumindest für eine kurze Zeit wieder bei sich, bis sein Leben bald nach ihrer Rückkehr zerfiel und sich in einen einzigen Scherbenhaufen verwandelte …*

Caradoc führte den Kelch zum Mund und leerte ihn in einem Zug.

Beinahe augenblicklich begann die Wiese zu leuchten und zu glitzern, ein Schauspiel, das jegliche menschliche Vorstellungskraft überstieg, und aus den Schatten des Waldes trat eine Frau. Sie ging auf Caradoc zu, wobei sich ihre Gestalt permanent veränderte. In einem Moment war sie ein junges Mädchen mit rosigen Wangen, vollkommen unschuldig und in der Blüte seiner Jugend. Im nächsten plötzlich ein altes Weib, dessen lange weiße Haare über den grasbedeckten Boden zu ihren Füßen glitten, ihre schrumpelige Haut wie die zerfurchte Rinde eines heiligen Rowan-Baumes. Und dann wandelte sich ihre Erscheinung abermals, und sie wurde zu einer Frau in den besten Jahren, mit wohlgeformten Kurven und üppigen Brüsten, die ganz offensichtlich hochschwanger war.

Caradoc fiel auf die Knie, senkte den Kopf und hielt ihr den funkelnden Amethyst entgegen, der noch immer seinen Herzschlag in sich trug.

Andraste, bitte akzeptiere dieses Geschenk, von meinem Herzen zu deinem.

Der Stein verschwand aus seinen Händen.

Erhebe dich, Caradoc, Sohn von Eilwen, einer meiner meistgeliebten Priesterinnen unter allen.

Caradoc gehorchte und stand langsam auf. Die Göttin hatte inzwischen erneut ihre Gestalt gewechselt und sich dazu entschlossen, ihm in Form einer Frau zu erscheinen, die ungefähr im selben Alter wie seine Mutter war. Eine Schönheit, ohne Zweifel, doch für ihn, das wusste sie, leichter anzusehen als jenes junge Mädchen, in das sie sich zuvor verwandelt hatte, oder die fließenden und ineinander übergehenden Schemen, die sie so oft bevorzugte.

Große Göttin, *sprach er ohne Umschweife, denn Andraste legte keinen Wert auf Phrasen, sie schätzte vielmehr Ehrlichkeit, insbesondere bei denen, die sie in ihrem Reich aufsuchten.* Ich folge einer Seele, die zerborsten ist. Sie gehört einer sterblichen Frau, die, so glaube ich, in deinen Diensten steht. Ich kenne sie als Blonwen, eine Seelenruferin, Vertraute der Königin Boudica, aber sie trägt außerdem den Namen Alexandra Patton.

Ja, sie ist hier, Druide. Sie ist tatsächlich eine Seelenruferin, wenngleich eine unerfahrene, der niemals Unterweisung in dieser Kunst zuteilwurde. Sie hat versucht, mehrere kürzlich Verstorbene zu sich zu holen, um mit ihnen zu sprechen, doch ihr Körper und Geist waren erschöpft, und sie versäumte es, sich vorzubereiten. Als die Toten sich dann gegen sie wandten, fehlte ihr die Kraft, sie abzuwehren, und ihre Seele wurde zerbrochen. Sie floh in ihrer Furcht hierher zu mir.

Doch sie ist in Sicherheit und wohlauf? *Caradoc spürte, wie eine eiskalte Hand nach seiner Seele griff, als er sich vorstellte, wie Blonwen von den Toten umringt und förmlich auseinandergerissen wurde.*

In Sicherheit, ja, doch sie ist nicht sie selbst.

Gestattest du mir, die Teile ihrer zersplitterten Seele zu mir zu rufen, meine Göttin, und sie heil und unversehrt mit mir zurück in die Welt der Sterblichen zu nehmen?

Andraste antwortete eine ganze Weile nicht, die Caradoc wie eine Ewigkeit vorkam. Als sie letztlich doch sprach, ließen ihre Worte ihm einen eisigen Schauer über den Rücken laufen.

Du bist mit dieser Frau vereint, doch es wäre leichter für dich, diese Verbindung zu lösen, zumindest für das Leben, das du in deiner jetzigen sterblichen Form führen wirst. Um deiner Mutter willen gebe ich dir zwei Möglichkeiten, zwischen denen du wählen kannst. Lasse Blonwen hier. Ihr menschlicher Körper wird vergehen, ja, doch ich werde ihre Seele nähren, und sie wird Frieden finden. Du kehrst allein zurück, und dein restliches Leben soll erfüllt und glücklich sein, und wenn es zu Ende geht, trittst du über in diese Welt zu mir und zu ihr, und ihr beide werdet wiedergeboren in einer Zeit, in der Liebende es einfacher haben als heute.

Was ist die zweite Möglichkeit?

Rufe sie zu dir und nimm eine Liebe für sie an, ganz gleich, wie vergänglich sie auch sein möge, und du wirst zu ihrem Beschützer. Sie hat eine schwere Aufgabe vor sich, und allein kann sie es nicht schaffen. Doch hilfst du ihr dabei, sehe ich Verderben für dich. Möchtest du ihr beistehen, selbst wenn es bedeutet, dich selbst zu verlieren?

Ich werde deinen Willen erfüllen, meine Göttin.

Andrastes Augen funkelten erzürnt, und Caradoc musste sich zwingen, nicht instinktiv vor ihr zurückzuweichen. Dies ist nicht mein Weg, Caradoc, und das ist dir wohl bewusst! Ich habe den Menschen freien Willen gegeben, denn ich wünsche nicht, stumpfsinnige Kreaturen um mich zu scharen, die mir blind folgen, aus reiner Furcht vor meiner Macht. Triff deine Entscheidung! Wirst du ihr in diesem Leben zur Seite stehen oder sie hier verweilen lassen, um bessere Tage für Liebende zu erwarten?

Ich will ihr in diesem Leben der Beschützer sein, den sie braucht. *Caradoc ließ sein Herz für sich sprechen, und kaum dass die Worte über seine Lippen gekommen waren, fühlte er eine tiefe innere Erleichterung, als hätte er eine Last auf den Schultern getragen, die nun plötzlich von ihm abgefallen war.*

Auch dann, wenn das für dich bedeutet, dass du bis an die Grenzen deiner körperlichen und seelischen Kräfte und darüber hinaus auf die Probe gestellt werden wirst?

Eindringlich sah die Göttin ihn an.

Ja, auch dann.

Ich erkenne deine Mutter in dir, Selkie, und ich bin sehr zufrieden mit dir. *Andraste erhob ihre Arme und sagte:* Rufe deine Liebe zu dir, Caradoc. Wisse, mein Segen wird euch begleiten. Möge er euch beiden Stärke und Klarheit verleihen, wenn ihr sie am dringendsten braucht.

Und in einer Explosion aus blendend hellem Licht verschwand die Göttin ebenso schnell, wie sie erschienen war.

17. KAPITEL

Als Andrastes Erscheinung fort war, stand Caradoc allein auf der grünen Wiese ihres Reiches, umgeben von dichten Wäldern. Dieses Mal wandte er den Blick nicht ab, sondern sah geradewegs in das Dickicht und die dunklen Schatten darin, nahm einen tiefen Atemzug und rief: *Blonwen, höre mich. Ich bin Caradoc, Sohn von Eilwen, Diener der großen Göttin. In Andrastes Namen und mit ihrem Segen fordere ich dich auf, zeige dich, Blonwen. Komm zu mir, um in die sterbliche Welt zurückzukehren, aus der du stammst.*

Raschelnd, als würde der Wind trockene Blätter aufwirbeln, teilten sich die Baumreihen zu seiner Rechten wie der Eingang eines Zeltes, das von innen geöffnet wurde, und eine Frau trat hinaus auf die Wiese. Zuerst erkannte Caradoc sie nicht, doch dann flüsterte er ihren Namen. *Blonwen!*

Sie neigte den Kopf zur Seite, und ihr langes Haar, das ihr in wilden Locken über die Schultern fiel, bewegte sich in einem Lufthauch, den nur sie spüren konnte. *Ich kenne dich,* *sagte sie.*

So wie ich dich kenne! Caradoc musste sich zurückhalten, um nicht auf sie zuzugehen. Wenn eine Seele zerborsten war, konnten die Einzelteile nur in ihrem eigenen Tempo wieder zueinanderfinden und sich vereinigen. Man durfte nicht versuchen, diesen Vorgang zu erzwingen oder zu beschleunigen.

Und doch, dieser Teil von der Blonwen, die er kannte, machte es ihm sehr schwer, der Versuchung zu widerstehen. Sie war einfach unbeschreiblich schön. Als hätte sich alles Verlockende, Kraftvolle und gänzlich Weibliche in diesem Stück ihrer Seele konzentriert, und Caradocs Reaktion darauf war ebenso instinktiv wie sein Wunsch, sie zu retten.

Blonwen lächelte ihm zu. *Unsere Seelen sind einander vertraut.* Sie streckte ihm eine Hand entgegen. *Komm zu mir, Druide. Lass uns als Liebende in Andrastes prächtigem Reich, das vor Leben und Freude strotzt, in den Armen des anderen ein Stück der Ewigkeit verbringen.*

Ah, das ist ein wahrlich verführerisches Angebot, das du mir da machst, liebreizende Blüte, und selbst aus der Entfernung bringst du mein Blut dazu, in meinen Adern aufzuwallen. Er erwiderte ihr Lächeln, vermied es aber tunlichst, ihre Hand zu ergreifen oder sie auf andere Weise anzufassen.

Sollen wir nicht herausfinden, was erst geschieht, wenn wir uns berühren? Ihre vollen Lippen glänzten, und ihr einladender Blick versprach die Erfüllung seiner geheimsten Sehnsüchte.

Tu es nicht! Wenn du ihr nachgibst, werden wir für immer hier gefangen sein! Die sechsjährige Alex stand auf der anderen Seite der Lichtung, links von Caradoc.

Hallo, Alex, begrüßte er sie.

Du kannst nicht hier bei ihr bleiben! Dann müssen wir es alle!

Hör nicht auf das Kind! Es ist das Beste, wenn wir bleiben. Vereint, du und ich.

Nein! bekniete das Mädchen ihn. *Das darfst du nicht!*

Alex, vertraust du mir? fragte Caradoc sie.

Das Kind biss sich auf die Lippe und sah noch immer besorgt aus, nickte aber.

Erneut wandte sich Caradoc an die betörende Blonwen. *Und du, vertraust auch du mir, Blonwen?*

Sie betrachtete ihn, noch immer verführerisch lächelnd. *Es scheint, das tue ich, Druide.*

Gut, ich bin froh darüber. Dann lasst uns die Trias der Seelen vervollständigen. Caradoc positionierte sich so, dass er genau zwischen den beiden geistigen Versionen der Frau stand, deretwegen er hier war. Er spähte erneut in den Wald, dorthin, wo die Bäume am engsten standen und die Finsternis nahezu undurchdringlich wurde, und rief abermals hinein.

Alexandra Patton, ich rufe dich bei dem anderen Namen, den du trägst. Komm zu mir, Alexandra, und du wirst das wiederfinden, was du verloren hast; und was zerbrochen ist, soll zusammengefügt werden. Komm heraus, Alexandra!

Die Schatten bewegten sich. Eine Frau trat zaghaft aus der Dunkelheit des Waldes. Sie schien zutiefst verängstigt. Unsicher ließ sie den Blick zwischen Blonwen und der kleinen Alex hin- und herwandern. Dann sah sie Caradoc und hielt sich eine Hand vor den Mund, als könne sie es nicht glauben.

Caradoc! Du bist es! Ich glaubte, deine Stimme gehört zu haben, aber es ist alles so schwarz hier … Sie warf einen nervösen Blick über ihre Schulter. *Ich dachte, ich hätte es mir nur eingebildet.*

Ich bin es. Ich folgte dir, um dich zurückzuholen. Er bemühte sich, ruhig zu sprechen und sie nicht weiter zu erschrecken, doch in Wirklichkeit schockierte ihn, was er sah. Rein äußerlich ähnelte diese Frau sehr stark derjenigen, die er als Blonwen kannte, und er wusste, in ihrem echten Leben lautete ihr Name tatsächlich Alexandra Patton. Und sie war mehr als nur angsterfüllt, sie war vollkommen überwältigt von ihrer Furcht. Ihr ruheloser Blick spiegelte Zweifel und Unentschlossenheit wider. Wo war die Frau, die hocherhobenen Hauptes neben einer Königin gestanden und ihrer Armee den Segen der Göttin übermittelt hatte? Die mutige Frau, die Sterbende sanft und gleichsam beherzt in die andere Welt hinübergeleitet hatte?

Ein kaum merkliches Flirren zu seiner Rechten beantwortete seine stummen Fragen.

Er mag deinetwegen gekommen sein, aber er will mich, sagte Blonwen.

Dieser andere Teil von Alexandras Seele pulsierte förmlich vor Selbstvertrauen, Temperament und Leidenschaft. Natürlich fühlte Caradoc sich zu ihr hingezogen, aber er wusste auch, dass diese feurige Blonwen ohne ihre restlichen Facetten wie Zurückhaltung, Unschuld und Tugendhaftigkeit in ihren eigenen hochschlagenden Flammen verbrennen und jeden, der töricht genug war, sich mit ihr einzulassen, mit sich in den Abgrund reißen würde.

Ich bin wegen euch allen gekommen, stellte Caradoc klar und ließ seinen Blick von Blonwen zu Alexandra und schließlich zu der kleinen Alex wandern, die offenbar so viel mehr als nur der geistige Führer war, für den er sie zunächst gehalten hatte. *Ich ziehe keine von euch der anderen vor. Ich möchte, dass ihr alle zu eurem wahren Wesen vereint seid und ich euch in meine Arme schließen kann, wo ihr sicher sein werdet.*

Sicher? fragte Alexandra.

Er nickte.

Und dann gehen wir fort von hier, ja? Denn das ist noch nicht der Ort, an den wir gehören, warf die kleine Alex ein.

Ja, wir gehen zurück in die Welt der Sterblichen.

Warum? mischte Blonwen sich ein. Sie warf ihr langes Haar über die Schulter und verschränkte die Arme vor der Brust. *Weshalb sollte ich fortgehen wollen? Weshalb solltest du es wollen?*

Ich muss dieses Reich verlassen, weil meine Zeit noch nicht gekommen ist. Mein Körper wartet darauf, dass ich ihn wieder mit Leben fülle, so wie auch deiner.

Druide, du kannst mir nicht vorschreiben, was ich tun soll, beharrte Blonwen.

Es stimmt, das kann ich nicht. Aber ich kann dir sagen … Er hielt inne, und seine Geste umschloss die beiden anderen Teile ihre Seele … *dass ihr alle die Welt der Sterblichen zu früh hinter euch gelassen habt. Es gibt noch viele Dinge, die getan werden, und Erfahrungen, die gemacht werden wollen.*

Welche Erfahrungen?

Er lächelte Blonwen zu. *Liebe. Die Liebe zwischen dir und mir. Und du wirst sie nicht erleben können, wenn du bleibst, denn ich werde gehen.* Er wandte sich an das Kind, diese so junge und verletzliche Version der erwachsenen Frau, die in ihm einen starken Beschützerinstinkt auslöste. *Wie ist es mit dir, Alex? Wirst du mit mir kommen?*

Das habe ich doch schon gesagt! Du verplemperst nur Zeit.

Angesichts ihrer trotzigen Ungeduld konnte Caradoc sich ein kleines Lächeln nicht verkneifen. Er schaute zurück zu Blonwen. *Ist Liebe nicht genug Grund, dich umzustimmen?*

Es ist der einzige Grund, aus dem ich mich umstimmen lasse.

Zum Schluss sah Caradoc Alexandra an. *Du triffst die Entscheidung. Es liegt in deiner Hand. Wirst du mit mir in die Welt kommen, aus der du geflohen bist, und an meiner Seite leben – und vielleicht auch eines Tages sterben?*

Beschützt du mich dort? fragte sie unsicher.

Sobald du geheilt bist und zu dir zurückgefunden hast, wirst du wieder auf dich selbst achtgeben können. Aber ich werde dich lieben, von ganzem Herzen, dessen kannst du gewiss sein.

Alexandra straffte ein wenig die Schultern, sodass sie gerade stand. *Okay, dann komme ich mit dir.* Langsam ging sie auf ihn zu. *Für die Liebe.*

Das Kind lief schnell zu ihr hinüber und warf sich ihr in die Arme. *Für die Liebe,* sagte es und verschwand in seinem erwachsenen Teil.

Während sie auf Caradoc zuging, drehte Alexandra den Kopf und schaute Blonwen an. Die leidenschaftliche Seite ihrer Seele zögerte nur für einen kurzen Augenblick, dann lief auch sie zu ihrem anderen Ich. *Für die Liebe!* rief sie inbrünstig, schlang die Arme um Alexandra, um ebenso wie das Kind zuvor mit ihr zu verschmelzen.

Und dann hatte Alexandra Caradoc erreicht und stand ihm direkt gegenüber. Er breitete die Arme aus. *Für die Liebe,* sagte er, und die komplettierte Seele von Alex drückte sich an ihn, hob das Kinn und sah ihm in die Augen. Als er seine Lippen auf ihre senkte, tat sich unter ihnen der Boden auf, und sie fielen, gemeinsam, Arm in Arm.

Während sie eng umschlungen die verschiedenen Ebenen der anderen Welt durchquerten, wurde aus dem Kuss, den sie teilten, eine mehr als nur rein körperliche Erfahrung. Um die Zusammenführung der gespaltenen Bruchstücke ihrer Seele abzuschließen, musste Caradoc buchstäblich ihr Wesen in sich aufnehmen, all das, was Alexandra ausmachte. Er hatte gewusst, dass er sie, sollte seine Suche nach ihr erfolgreich sein, auf diese Weise mit sich zurücknehmen würde; aber auf das, was als Nächstes geschah, war er nicht vorbereitet gewesen.

Caradoc konnte nicht mehr unterscheiden, wo sein Bewusstsein aufhörte und ihres begann. Sie waren miteinander verwoben, Körper und Seele, und in den wenigen Sekunden, die ihre Reise in die Welt der Sterblichen dauerte, blickte Caradoc in Alexandras Geist und fand sich in einer Vision wieder, die ihm Bilder einer anderen Zeit, eines anderen Lebens zeigte, in einer bizarren Umgebung, die sich in einer unvorstellbar weit entfernten Zukunft befand.

Verwirrt nach Luft schnappend riss Caradoc die Augen auf. Er lag genau dort, wo er sein sollte, wieder in seinem Körper, neben der reglosen Gestalt von Blonwen an seiner Feuerstelle. Rasch setzte er sich auf und zog ihren Oberkörper an seine Brust. Dann beugte er sich zu ihr hinunter, sodass sich ihre Lippen beinahe berührten. „Ich trage in mir, was in deinem Leib zu einem Ganzen werden muss." Damit presste er seinen Mund auf ihren und blies sanft hinein.

Sofort spürte er, wie ein warmer Hauch seinen Körper verließ und in ihren strömte. Ihre Lider flatterten, dann öffnete sie die Augen und sah ihn an.

„Alex", sagte er leise.

„Du hast es gesehen, oder?", fragte sie bestürzt, ihre Stimme war rau und kehlig, als hätte sie seit einer Ewigkeit nicht mehr gesprochen.

„Ja, ich habe es gesehen."

„Tut es dir jetzt leid, dass du mich zurückgeholt hast?"

Zärtlich streichelte er ihre feuchte Stirn. „Erinnerst du dich denn nicht an das, was du in meinem Geist sehen konntest?"

„Ich konnte gar nichts sehen. Nur fühlen."

„Und was hast du gefühlt?"

„Liebe", sagte sie.

„Und das, Alexandra Patton, wird sich niemals ändern, ganz gleich, aus welcher Welt oder Zeit du auch stammen magst."

Mit diesen Worten küsste er sie abermals. Dabei war ihm bewusst, dass ein Teil der Leidenschaft, die in ihm brannte, pure

Verzweiflung war. Sie gehörte nicht hierher, weder in diese Zeit noch an diesen Ort, und das bedeutete, völlig egal, wie sehr er sie liebte, am Ende würde sie in ihre Heimat zurückkehren müssen, wo auch immer die war.

Aber nicht jetzt. In diesem Moment musste sie gar nichts tun. Außer ihn lieben. Und er würde diese Liebe erwidern, auch wenn ihre gemeinsame Zeit vielleicht nur in Tagen statt in Jahren bemessen sein sollte.

Als könne sie seine Gedanken lesen, unterbrach sie den Kuss, gerade lang genug, um unter seinen Lippen zu flüstern: „Bitte, zeig mir, dass es hier, in diesem Augenblick, nichts als uns beide gibt. Dass wir wenigstens für kurze Zeit wirklich zusammen sind, nur du und ich." Dann vergrub sie die Finger in seinen Haaren und zog ihn zu sich herab. Sie öffnete die Lippen, liebkoste und lockte ihn mit der Zungenspitze und beschwor in ihm Erinnerungen an die verführerische Blonwen herauf und wie sie sich ihm im Reich der Göttin offen angeboten hatte, kess und schamlos.

Caradoc stöhnte auf. Sein Körper reagierte blitzschnell und heftig. Verlangen durchzuckte ihn, heiß und drängend, mit nichts zu vergleichen, was er jemals zuvor erlebt hatte. Und er war bestimmt kein unerfahrener junger Knabe mehr. Er hatte schon oft geliebt, und Lust war keineswegs etwas Neues für ihn, doch mit Alexandra fühlte es sich anders an. Als hätte die Berührung zwischen ihnen einen instinktiven Drang in ihm geweckt, sie zu besitzen – einen Drang, dessen sich seine Sinne, sein Blut und alle Nerven in ihm sofort erinnerten, den sein Geist jedoch vergessen zu haben schien. Er war weit darüber hinaus, sie nur zu wollen – er musste sie sich nehmen.

„Mach mich zu der Deinen, Caradoc." Ihre Lippen streiften seine, während ihrer beider Atem sich vermischte. „Ich will spüren, dass ich für immer dir gehöre."

„Ja!" Dieses eine Wort beschrieb alles, was in ihm vorging. Ja, er wollte sie. Ja, er brauchte sie. Ja, er würde sie zu der Seinen machen.

Und ja, tief in seinem Herzen tobte die Angst, dass, vollkommen egal, was er tun oder nicht tun würde, er Alexandra letztendlich verlieren könnte.

Also schob Caradoc alles andere beiseite und konzentrierte sich auf das einzig Wichtige: sie zu lieben.

Er wollte es langsam angehen lassen, dieses erste Mal mit ihr auskosten und genießen. Doch als er die Hand an ihrem Körper hinabgleiten ließ und sie unter den Saum ihrer Tunika schob, war alles, woran Caradoc denken konnte, sein Verlangen danach zu stillen, ihr nah zu sein, Herzschlag an Herzschlag, vereint mit ihr.

Sie machte es ihm leicht, Tunika und Unterkleid abzustreifen, indem sie sich wand und streckte und bereitwillig die Arme über den Kopf hob. Das Flackern des Feuers tauchte ihren nackten Körper in ein wunderschönes Licht, und irgendwo in einem noch zu logischen Schlussfolgerungen fähigen Teil seines Geistes registrierte Caradoc, dass die Sonne schon seit Stunden untergegangen sein musste, so stockdunkel, wie es mittlerweile war. Und dann setzte auch der Rest seines Denkens aus, als Alexandra seine Hände führte und sich auf die Brüste legte und ihre Lippen einander erneut fanden. Sie drängte sich ihm entgegen, ließ sinnlich ihre Hüften kreisen und presste den Schoß an den unmissverständlichen Beweis seiner Erregung. Er musste sein Gesicht in ihren Haaren vergraben und sich mit aller Gewalt auf das Pochen seines wild klopfenden Herzens konzentrieren, um nicht seinen Samen zu vergießen, als sie ihn in die Hand nahm und zu streicheln begann.

Dann fühlte er sie plötzlich nicht mehr und begann – getrieben von der Sehnsucht, die in ihm brannte – blind nach Alexandra zu tasten. Ihre Hand packte seine, und er öffnete die Augen, in denen sein Begehren funkelte, um seine Liebste spitzbübisch lächeln zu sehen.

„Mir gefällt es gar nicht, die Einzige zu sein, die hier nackt ist“, sagte sie.

Caradoc konnte sich nicht erinnern, je zuvor so blitzartig seine Sachen von sich geworfen zu haben. Kaum eine Sekunde später lagen sie sich schon wieder in den Armen, und sie schmiegte sich verführerisch an ihn. Er glaubte, ihre Weichheit, der Duft ihrer Haut und die Hitze des Augenblicks würden ihn um den Verstand bringen.

„Caradoc“, wisperte sie, als er die Lippen von ihrem Mund zu der kleinen Kuhle an ihrem Schlüsselbein wandern ließ. „Ich muss dir etwas sagen.“

Er sah von dem süßen Tal zwischen ihren Brüsten auf. „Du kannst mir alles sagen, Alexandra.“

Sie lächelte in dieser entzückenden Weise, die er jedes Mal mehr liebte. „Als Erstes: Ich kann es nicht leiden, wenn man mich Alexandra nennt.“

„Blonwen?“

Sie runzelte die Stirn, während sie einen Moment lang darüber nachdachte. „Ja“, sagte sie schließlich, während sie einen Finger über seine breite Schulter und dann seinen Rücken hinabgleiten ließ, wo sie ganz sanft den Nagel in sein Fleisch drückte.

Caradoc durchfuhr ein wohliger Schauer.

Und da war wieder dieses Lächeln.

„Ja, solange ich hier bin, möchte ich, dass du mich so nennst. Blonwen.“

Seine Hände hoben ihre Brüste an, und er begann, an einer aufgerichteten Knospe zu saugen. Als er sie mit den Zähnen berührte, atmete Blonwen scharf ein und presste automatisch ihren Unterleib an seinen. Sofort glitt er zwischen ihre Beine und konnte spüren, dass sie mehr als bereit für ihn war, während er sich weiterhin abwechselnd ihren Brustwarzen widmete.

„Caradoc!“, rief sie seinen Namen.

„Ja, meine Blonwen. Sag mir, was du dir von mir wünschst.“ Lächelnd schaute er zu ihrem Gesicht hoch, während er eine Hand über ihre verschwitzte Haut gleiten ließ, abwärts, seitlich an ihrer Hüfte entlang und dann zu dem einladend heißen Venushügel zwischen ihren Schenkeln. Er begann, sie dort zu liebkosen, und schließlich drang er mit zwei Fingern in sie ein.

„Ich will, dass du weißt“, sagte sie atemlos, „es ist sehr lange her, dass ich mit einem Mann zusammen war.“

Caradoc hielt inne und zwang seinen Geist, für einen Augenblick die Kontrolle zurückzuerlangen. „Ich werde dir nicht wehtun“, versprach er. „Ich bin behutsam, und wir …“

Lächelnd legte sie ihm den Zeigefinger auf die Lippen und brachte ihn damit zum Schweigen.

„Ich habe dir das nicht gesagt, weil ich will, dass du behutsam bist. Ich habe es dir erzählt, damit du weißt, dass es keinen anderen für mich gibt – du bist der einzige Mann in meinem Leben. Liebe mich, Caradoc, und halte dich nicht zurück. Ich will dich in mir spüren, wie du mich für dich allein beanspruchst – hart und tief und jetzt sofort!“

Sie küsste ihn mit solcher Leidenschaft, dass die aufregende Blonwen aus Andrastes Reich daneben verblasste und wie ein schwacher Schatten der Frau wirkte, die sie tatsächlich war. Sie spreizte die Beine, griff nach ihm und drängte sich ihm unmissverständlich entgegen.

Caradoc konnte es nicht länger aushalten. Mit einem Geräusch, das beinahe bestialisch war, nahm er sie, drang in das Zentrum ihrer Hitze ein, das so eng und heiß war, dass er in der Bewegung innehalten musste, aus Angst, er würde sonst im Bruchteil einer Sekunde kommen.

Blonwen reckte sich ihm entgegen, drängte ihn tiefer in sich, bis er sie zur Gänze ausfüllte, und begann dann die Hüften zu bewegen.

„Ah, bitte, ich kann nicht mehr warten!“, keuchte Caradoc und übernahm die Führung, bestimmte den Rhythmus, immer schneller und schneller, härter, tiefer … Als er spürte, dass er kurz vor dem Orgasmus stand, und am ganzen Körper zu beben anfing, ließ er die Hand zwischen ihre Beine gleiten und liebkoste und rieb die sensible Perle, die er dort fühlte. Nur Sekunden später spannte Blonwen all ihre Muskeln an, und seine Stimme vereinte sich mit ihrer zu einem wilden Schrei, der die Götter wissen ließ, dass er Blonwen endlich zu der Seinen gemacht hatte.

18. KAPITEL

Danach fühlte Alex sich wunderbar befriedigt und mehr als nur ein bisschen schwindelig. Caradoc machte Anstalten, sie von seinem Gewicht zu entlasten, offenbar besorgt, er könne zu schwer für sie sein, doch sie schlang ihm beide Arme um den Rücken und hielt ihn fest.

„Nein, bitte bleib, wo du bist. Mir ist ziemlich schwummerig, und ich fürchte, wenn du mich loslässt, fängt die Erde an, sich unter mir zu drehen", flüsterte sie, überrascht, als sie feststellte, dass sie wie betrunken klang und leicht lallte.

Caradocs Reaktion kam plötzlich und völlig unerwartet. Mit einem Fluch, den Alex' Übersetzungschip als irgendetwas in der Art „wie ein böser Wolf, der das Lamm reißt" interpretierte, befreite er sich aus ihrer Umarmung, stand auf und ging zu dem großen Felsbrocken nahe des Feuers. Sie hörte, wie er dort herumwerkelte, und versuchte, sich aufzusetzen, um ihn zu fragen, was denn los sei, doch sobald sie auch nur den Kopf hob, drehte sich tatsächlich die Erde unter ihr.

„Hier, Liebste. Trink das."

Caradoc legte einen seiner starken Arme um ihre Schultern und stützte sie, als sie durstig den Kelch leerte, den er ihr an die Lippen hielt.

„Und jetzt iss dies hier."

Fürsorglich drückte er ihr einen Kanten Brot zusammen mit einem großen, würzig riechenden Stück Käse in die Hand. Fragend sah sie ihn an. Es gefiel ihr überhaupt nicht, wie besorgt er dreinschaute, selbst dann noch, als er sich selbst einen Becher mit Met einschenkte und den Inhalt hinunterstürzte. Er wischte sich mit dem Handrücken über den Mund und brach sich dann einen Brocken des Brotlaibs auf dem Felsen ab, schob schnell noch etwas Käse hinterher, kaute und schluckte das Essen hinunter.

„Wir hätten uns erden müssen, sobald wir aus der anderen Welt zurückgekehrt waren. Die Gesundheit unseres Geistes und Körpers hängt davon ab."

Alex steckte sich ein Stück Brot in den Mund und sah Caradoc mit erhobenen Brauen an.

Betreten lächelte er sie an. „Ja, ich weiß, wir waren etwas abgelenkt. Aber es ist schon spät am Abend, in der anderen Welt verrinnt die Zeit nicht auf dieselbe Weise wie hier. Ich hätte dafür sorgen müssen, dass wir uns sofort nach unserer Rückkehr als Erstes stärken, aber ich …" Er verstummte, beugte sich zu ihr vor und hauchte ihr einen Kuss in die Halsbeuge, der ihr einen wohligen Schauer über den Rücken rieseln ließ. Dann lehnte er sich wieder zurück, und sein Lächeln wurde verwegen. Da war er wieder, der Wolf in ihm. „Ich konnte an nichts anderes denken, als dich auszuziehen und …"

„Ich kann mich nicht erinnern, mich beklagt zu haben", sagte sie verschmitzt und biss herzhaft in ihr Käsestück.

„Ich beklage mich auch nicht, Liebste", sagte er sanft, stand auf und goss ihnen beiden Met nach. Dann hob er Alex mitsamt Bronzekelch, Brot, Käse und Felldecken hoch und trug sie zu dem kleinen Unterstand bei der Eiche. Eng aneinandergekuschelt aßen und tranken sie schweigend und genossen das Gefühl, wieder mit der realen Welt verwurzelt zu sein, doch noch mehr ihre Liebe füreinander, die sich soeben um so vieles vertieft hatte.

Nach einer Weile, als Alex' Benommenheit komplett abgeklungen und ihr Bauch angenehm gefüllt und warm vom Met war, stellte sie die Frage, die in ihrem Hinterkopf herumgespukt hatte, seit sie und Caradoc in ihre sterblichen Körper zurückgekehrt waren.

„Du weißt es, nicht wahr? Ich meine, alles darüber, wo ich wirklich herkomme und wer ich tatsächlich bin."

Er nickte. „Ja, ich weiß es."

„Weil du meine Gedanken gelesen hast?"

Caradocs Mundwinkel zuckten kurz, und er streichelte zärtlich Alex' Wange. „Nein, Liebste. Ich konnte es sehen, weil unsere Seelen sich miteinander verbanden, als die zerbrochenen Stücke deiner sich wieder zusammenfügten und ich sie sicher zurück in deinen Körper brachte."

Alex nahm seine Hand und verschlang ihre Finger mit seinen. „Das ist einfach unglaublich", meinte sie staunend. „Fast genauso unglaublich wie die Tatsache, dass du mir in diese andere Welt gefolgt bist, um mich zu retten."

„Ich musste es tun." Er betrachtete ihre ineinander verschlungenen Hände, während er sprach. „Ich wollte dich nicht verlieren." Er sah auf und in Alex' Augen. „Ich will dich noch immer nicht verlieren."

Alex hätte ihm so gern gesagt, dass es okay sei – dass sie nicht vorhatte, ihn zu verlassen, doch die Worte blieben ihr im Hals stecken. Er kannte die Wahrheit ebenso gut wie sie selbst. Sie gehörte nicht in diese Welt; ihr Platz war nicht an seiner Seite, egal, wie sehr sie sich auch wünschte, es sei anders.

„Ich verstehe nicht alles von dem, was ich gesehen habe", begann er vorsichtig, als würde er nach den richtigen Worten suchen. „Aber genug, um zu wissen, dass du nicht aus dieser Zeit, sondern einer weit entfernten Zukunft stammst."

„Ja, das stimmt", bestätigte sie.

Er nickte abermals und schien über etwas nachzudenken, bevor er schließlich weitersprach. „Du hast eine Mission und kamst hierher, um etwas zurück in deine Zeit mitzunehmen."

Alex traf eine schnelle Entscheidung. Sie hatte es satt, ständig um den heißen Brei herumzureden und sich davor drücken zu müssen, absolut ehrlich zu sein. Sie konnte und wollte ihm nichts mehr vormachen. Sicher, Professor Carswell und General Ashton hatten ihr eingeschärft, unter keinen Umständen ihre wahre Identität preiszugeben und alles zu vermeiden, was die Geschichte verändern könnte. Alex sollte reinspringen, das Medaillon holen und – zack – wieder verschwinden. Punkt, aus. Nur hatte niemand ein Szenario vorhergesehen, in dem ihre Seele gespalten wurde und ein wundervoller, mutiger Mann ihr in die andere Welt folgte, um die Splitter einzusammeln und wieder zusammenzusetzen. Und auch nicht, dass während dieses Prozesses ihrer beider Seelen miteinander verschmelzen würden und jede auch noch so kleine Notlüge schlichtweg eine

Beleidigung für Caradoc und das, was sie geteilt hatten, gewesen wäre.

„Ich bin hier, um die beiden Teile des Medaillons aus Boudicas Torque zu holen, denn es gibt noch mehr davon, die überall in verschiedenen Zeiten verstreut sind. Und wenn es uns nicht gelingt, sie alle zu beschaffen, wird die Welt, wie wir sie kennen, aufhören zu existieren."

Caradocs Augen weiteten sich. „Du willst den Halsreif der Königin?"

„Nicht den ganzen. Ich brauche nur die beiden Stücke, die in den Enden eingelassen waren, aber eins davon fehlt."

„Der römische Steuereintreiber hat es gestohlen", sagte Caradoc.

Sie nickte. „Genau. Und deshalb habe ich versucht, Catus ausfindig zu machen. Wobei mir dann dieser Unfall passiert ist."

„Du wolltest seine Seele zu dir rufen." Caradoc nahm sie bei den Schultern und rüttelte sie tadelnd. „Obwohl du keinerlei Erfahrung darin hast. Blonwen, das war dumm und viel gefährlicher, als du wahrscheinlich ahnst."

Sie legte die Arme um ihn und schmiegte sich an seine Brust. „Ja, das habe ich gemerkt. Aber ich weiß jetzt immerhin, dass Catus nicht tot ist. Der Feigling hat sich aus dem Staub gemacht, als eure Armee kam. Ich hatte gehofft, ich könnte einen Geist rufen, der mir sagen kann, wo das Medaillon geblieben ist, aber irgendwie ist dann alles außer Kontrolle geraten." Sie begann unwillkürlich zu zittern und schmiegte sich enger an Caradoc. Er gab ihr einen Kuss auf die Stirn und hielt sie fest. „Ganz ruhig. Es ist vorbei. Du bist hier bei mir, in Sicherheit."

Alex seufzte und befreite sich gerade genug aus seiner Umarmung, um zu ihm aufschauen zu können. „Das ist ja das Problem. Es ist nicht vorbei, Caradoc. Ich muss dieses fehlende Medaillonstück finden und zusammen mit dem anderen in meine Zeit bringen."

„Und angenommen, es gelingt dir, das verschwundene Stück zu beschaffen, hast du schon einen Plan, wie du dann in den

Besitz von Boudicas Halsreif kommen willst?“ Seine Worte klangen harsch, doch sein Gesichtsausdruck war resigniert, beinahe betrübt, und Alex wurde schlagartig klar, dass er damit rechnete, sie würde ihn darum bitten, ihr zu helfen, seine Königin zu bestehlen.

„Ja, habe ich. Und Diebstahl ist kein Bestandteil davon, falls du das dachtest. Ich sage ihr einfach, ich bräuchte den Halsreif für ein Ritual, sodass Andraste ihn segnen kann, aber ich behalte ihn nicht, wenn sie ihn mir gibt. Ich nehme ihn mit in die Zukunft, lasse anstelle der echten Stücke Kopien von den Medaillons machen und bringe der Königin ihr Eigentum zurück.“

„Also wirst du wiederkommen?“

„Um Boudica den Halsreif zu geben, ja.“

„Wie bewerkstelligt ihr diese Zeitreisen? Welche Magie benutzt ihr dafür?“

Alex zögerte. Sie hatte keine Ahnung, wie sie einem Mann aus der Antike eine fortschrittliche Technologie erklären sollte, deren Hintergründe sie selbst kaum verstand. Schließlich sagte sie: „Es ist eine Mischung aus Wissenschaft und Zauberei. Ich selbst habe keine Macht darüber. Außer wenn ich dies hier einsetze.“ Sie hielt ihr Handgelenk hoch und zeigte Caradoc das NSS-Armband. „Falls ich in Schwierigkeiten gerate, kann ich diesen Stein drücken, und dann holen sie mich zurück. Es ist aber nur für den Notfall.“

Er schwieg für eine Weile und strich nachdenklich mit den Fingern über Alex’ Armband. „Nachdem du also Boudica den Halsreif gebracht hast, wirst du für immer gehen? Zurück in deine Zukunft … und dortbleiben?“

„Ja. Wenn meine Mission erfüllt ist, erwartet man das von mir.“

Der Kummer, der eben noch seinen Blick verdunkelt hatte, verschwand plötzlich, und sein breites Lächeln ließ seine bernsteinfarbenen Augen aufleuchten. „Aye, Alexandra. Und wir beide wissen, welch großen Wert du darauf legst, stets gehorsam zu sein und das zu tun, was man dir vorschreibt.“

Alex blinzelte überrascht. Verflixt, er hatte recht! Ihre Rückkehr in die Zukunft war Teil des Plans, den andere Leute sich ausgedacht hatten. Aber wer sagte eigentlich, dass sie sich daran halten musste? Sie war nicht mehr in der gottverfluchten Air Force. Sie konnten ihr nicht diktieren, was sie mit ihrem Leben anzufangen hatte und was nicht. „Nachdem ich die Medaillons abgeliefert habe, mache ich einfach, was ich für richtig halte." Und als sie diesen Entschluss laut aussprach, wusste Alex ohne jeden Zweifel, wie ihr weiteres Leben aussehen würde, wenn es nach ihr ging: Sie wollte es mit diesem Mann verbringen, hier, in seiner Zeit. Das war es, was sie sich mehr als alles andere wünschte.

Mit beiden Händen umfasste Caradoc ihr Gesicht. „Wenn das so ist, sollte ich vielleicht in Erwägung ziehen, dich zu überreden, hier bei mir zu bleiben." Seine Lippen berührten ihre, und er flüsterte leise: „Obwohl ich mir natürlich niemals anmaßen würde, dir vorschreiben zu wollen, was du zu tun hast."

Sie lachte, und er brachte sie zum Schweigen, indem er den Kuss vertiefte. Und dann, bevor ihr wieder schwindelig werden konnte – und zwar nicht, weil sie versäumt hatte, sich zu erden –, fragte Alex ihn: „Wirst du mir helfen, Caradoc? Kannst du mir beibringen, was ich wissen muss, um das fehlende Medaillonstück zu finden?"

„Immer, mein Herz. Ich werde dir immer helfen, worum es auch geht." Er machte eine Pause, bevor er fortfuhr: „Beantwortest du mir eine Frage?"

„Von jetzt an gebe ich dir auf jede Frage eine Antwort", versprach sie. „Keine Geheimnisse mehr."

„Wird Boudica siegreich sein? Gelingt es uns, die Römer aus unserem Land zu vertreiben?"

Alex erstarrte. Warum hatte sie das nicht kommen sehen? Was sollte sie ihm nun sagen? Wie könnte sie ihm die traurige Wahrheit erzählen? Oder sie ihm vorenthalten …

Doch wie sie so in seinen Armen lag, unfähig, ihm eine Lüge aufzutischen, und sei es aus einem noch so guten Grund, und gleichzeitig nicht willens, ihn mit der grausamen Realität zu konfrontieren, wurde ihr bewusst, dass sie ihm die Antwort bereits durch ihr Schweigen gegeben hatte.

„Ah“, seufzte er, sein Gesichtsausdruck war unglaublich traurig. „Ich verstehe. Gibt es irgendetwas, das du tun könntest, um unsere Niederlage zu verhindern?“, fragte er leise.

Bedauernd schüttelte Alex den Kopf. „Ich fürchte, nein. Wir haben kein Recht, in die Geschichte einzugreifen und alles zu ändern, was uns nicht gefällt. Und auch wenn wir es trotzdem versuchen würden, niemand weiß, was dann geschieht.“

„Ich verstehe“, wiederholte er.

„Aber ich kann dir sagen, dass die Kelten auch diese dunklen Zeiten überstehen werden. Dein Volk wird nicht untergehen“, sagte Alex, obwohl ihr dieses Wissen im Moment selbst kaum ein Trost war. Sie wünschte inständig, sie könnte Caradoc mehr geben als nur einen vagen Hoffnungsschimmer.

„Dann wird das genügen müssen“, murmelte er.

„Du bist nicht böse mit mir, weil ich euch nicht helfen kann?“

Caradoc zog sie fester in seine Arme. „Wie könnte ich dir dafür böse sein? Es ist nicht deine Schuld. Nein, Liebste. Wir werden das Beste aus dem machen, was das Schicksal uns vorherbestimmt hat. So haben wir es immer gehalten, und mehr kann ein sterbliches Wesen nicht tun.“ Er ließ die Hände über ihren Rücken gleiten und streichelte sie versonnen. „Und du und ich, wir werden jeden Moment, der uns miteinander vergönnt ist, auskosten, so gut wir können.“

„Ja“, flüsterte Alex, als er sie abermals küsste. „Das werden wir.“

19. KAPITEL

Alex hatte es nie besonders gemocht, neben einem Mann zu schlafen. Für gewöhnlich hieß das nämlich, dass sie die ganze Nacht kein Auge zutat, aus Angst, es könnte mal wieder ein ungebetener Geist hereinschneien. Und weil sie sich Sorgen darüber machte, dass sie, falls das passierte, vor Schreck zusammenzucken und ihren Bettgefährten wecken würde oder ihm sonst wie versehentlich verraten könnte, dass sie nicht allein waren – woraufhin derjenige total ausflippte und sie ihn nie wiedersah –, hatte sie es tunlichst vermieden, bei einem Mann zu übernachten.

Mit Caradoc war das völlig anders. Es fühlte sich gut und richtig an, ihn neben sich zu wissen. In seinen Armen zu liegen, ganz eng an seine Seite gekuschelt. Und sollte wirklich ein Geist auftauchen, wäre das auch keine Katastrophe. Caradoc störte sich nicht an ihrer Fähigkeit, mit den Toten zu sprechen – im Gegenteil, er verstand von solchen Dingen sogar mehr als sie selbst.

Doch in dieser Nacht hatten die Geister davon abgesehen, sie zu stören, und sich vornehm zurückgehalten. Auch am nächsten Morgen war nicht ein einziger erschienen, um Alex neugierig auszufragen, was in ihrer Welt garantiert geschehen wäre. Während sie so dalag, an ihren Liebsten geschmiegt, schläfrig zwischen den Blättern der Bäume zum Himmel hinaufblinzelnd, den die ersten pastellfarbenen Schleier des bevorstehenden Sonnenaufgangs durchzogen, dachte sie darüber nach, dass sie seit ihrem Zeitsprung eigentlich überhaupt nicht mehr von Geistern belästigt worden war, die sie normalerweise scharenweise verfolgten, wohin sie auch ging. Ja, schon, sie hatte auch hier das ein oder andere Mal einen getroffen und mit ihm geredet und den Seelen der frisch verstorbenen Krieger ihre Furcht vor dem Unbekannten genommen. Aber nicht einer war ihr stundenlang auf die Nerven gegangen, so wie bei ihrem Besuch in Flagstaff oder an praktisch jedem anderen Ort in der modernen Welt, abgesehen von der Hochgrasprärie. Dann fiel ihr wieder ein, wie sie die Geister am Flussufer verscheucht hatte, an diesem Abend nach der Schlacht, als sie einfach zu erschöpft gewesen war, um mit ihnen zu sprechen.

Sie musste sich dazu zwingen, nicht laut „Ja, klar!" zu rufen, aufzuspringen und nervös umherzuwandern, was sie sonst automatisch tat, weil sie dabei besser denken konnte. *Ich habe die Kraft des Waldes genutzt, um die Geister loszuwerden, genauso, wie ich mithilfe derselben Kraft sehen konnte, was mit Catus passiert ist. Und sie war es auch, wodurch ich diese Geister zu mir geholt habe, die mich mit ihm verwechselt haben und umbringen wollten.*

„Was ist mit dir, Liebste?"

Sie rutschte ein Stück hoch, sodass sie Caradoc ins Gesicht blicken konnte. Verschlafen lächelte er sie an. Ihr erster Impuls war, mit den Schultern zu zucken, das Ganze einfach als „gar nichts" abzutun und ihm zu sagen, sie hätte bloß ein bisschen vor sich hin geträumt, wie ihre Mutter es immer nannte. Doch dann wurde ihr klar, das musste sie gar nicht. Ihr Herz machte einen kleinen Freudensprung. Sie brauchte nicht so zu tun, als sei alles in Butter, sie konnte über diesen Teil ihres Lebens tatsächlich mit ihm reden, ganz normal, so wie übers Wetter.

„Ich wundere mich nur darüber, dass die Geister mich hier nicht umschwirren wie die Fliegen. Na ja, außer bei dem Vorfall von gestern."

„Was gestern geschehen ist, lag einzig an dem falschen Zeitpunkt, den du gewählt hattest, um die Geister zu dir zu rufen. Du warst erschöpft, nicht geerdet. Außerdem verfügst du über zu wenig Erfahrung." Caradocs Stimme klang streng, doch er strich ihr zärtlich die Haare aus der Stirn und ließ seine Finger über Alex' Schlüsselbein gleiten. Seine Berührung beruhigte sie und gab ihr gleichzeitig ein Gefühl des Selbstvertrauens.

„Schon gut. Das habe ich mittlerweile verstanden. Aber was ich meinte, ist, abgesehen von diesem Ereignis lassen mich die Toten größtenteils in Ruhe. Hin und wieder zeigt sich einer, so wie deine Mutter, wenn es um etwas Wichtiges geht, aber in meiner Welt konnte ich nicht einen Schritt aus der Hochgrasprärie machen, ohne dass sie sich auf mich gestürzt haben.

„Hochgrasprärie – was ist das?"

Sie lächelte bei dem Gedanken an die Schönheit dieser Landschaft. „Da arbeite ich. Ich bin als Botanikerin und Fremdenführerin angestellt."

Fragend sah er sie an.

„Ein Botaniker ist jemand, der viel über Pflanzen weiß, und ein Fremdenführer zeigt Besuchern die versteckten Pfade und besonders schöne Plätze; und wenn sie wollen, gibt er auch etwas von seinem Wissen an sie weiter."

Er nickte. „Klingt nach einer guten Arbeit für einen Druiden. Und du sagst, dort lassen dich die Geister in Frieden? Was ist anders an dieser Hochgrasprärie im Gegensatz zum Rest deiner Welt?"

„Tja, zuerst mal ist sie nicht besonders dicht besiedelt. Jedenfalls nicht von Menschen. Es ist ein riesiges Areal, das dem Schutz der Natur dient, um die Vergangenheit zu bewahren und ein Stück Land in seinem ursprünglichen Zustand zu erhalten. Anstatt Häuser darauf zu bauen oder ganze Städte."

„Also ist dieses Gebiet im Grunde genommen ein heiliger Ort inmitten einer Welt der Wissenschaft und den Wundern, die sie hervorgebracht hat."

„Ich glaube, so könnte man es wohl sagen", gab sie ihm recht.

„Dann hat es damit zu tun. Blonwen, hier ist eine Seelenruferin nicht auf Gedeih und Verderb den Launen der Toten ausgeliefert. Sie hat die Macht, die Kraft der Erde und des Waldes gezielt einzusetzen, und kann so entweder die Geister fernhalten oder diejenigen rufen, mit denen sie zu sprechen wünscht. Die verblichenen Seelen in unserer Welt wissen das und halten sich an die althergebrachten Regeln."

Alex dachte eine Weile darüber nach, während sie Caradocs Berührung und die Wärme seines Körpers genoss. Sie konnte sich noch gut erinnern, wie erstaunlich leicht es gewesen war, den Haufen Geister am Bach mithilfe der Kraft, die dieser alten Eiche innewohnte, in ihre Schranken zu weisen. Dasselbe hätte sie am vergangenen Tag machen sollen, doch sie war viel zu erschöpft gewesen, um auch nur einen klaren Gedanken zu fassen, und stattdessen in Panik geraten. Und dann hatte sie komplett die Kontrolle verloren. Je länger Alex sich mit diesem Thema beschäftigte, desto deutlicher wurde ihr bewusst, was sie zu tun hatte.

„Ich muss die Seelen der Toten noch einmal zu mir rufen", sagte sie zu Caradoc. „Nein, eigentlich nur diejenige eines bestimmten Toten. Verstehst du, das war einer der Gründe, weshalb es beim letzten Mal so schiefgegangen ist – ich habe einfach jeden gerufen, der Catus zu seinen Lebzeiten kannte. Und das waren mehr, als ich dachte, und alle hassten ihn abgrundtief. Keine große Überraschung, denn der Kerl ist wirklich ein mieser Schweinehund. Aber ich brauche gar nicht mit allen zu sprechen, die ihm je begegnet sind. Einer, der ihm nahestand, genügt völlig. Caradoc ..." Sie setzte sich auf und suchte nach ihrer Unterwäsche und Tunika. „Ich muss Catus' Handlanger rufen."

„Bist du sicher, dass er gestorben ist?"

„Ziemlich. Ich hatte eine Vision, in der ich sehen konnte, wie Catus ihn einfach zurückgelassen hat und er in seiner Not im Tempel von Jupiter Schutz suchte, kurz bevor eure Armee eintraf."

„Dann ist er tot", bestätigte Caradoc grimmig, während er ebenfalls begann, sich anzuziehen.

„Wirst du mir helfen?"

„Das habe ich dir letzte Nacht versprochen", sagte er ernst. „Und ich stehe zu meinem Wort." Sein Gesichtsausdruck wurde wieder freundlicher, und er gab Alex einen liebevollen Gutenmorgenkuss. „Aber vorher lass uns etwas essen, damit Körper und Geist gestärkt sind, und danach müssen wir Boudica um ihre Erlaubnis bitten, der Armee später folgen zu dürfen, sodass du mit Catus' Gehilfen sprechen kannst."

„Sie lässt eure Truppen schon heute wieder aufbrechen?", fragte Alex überrascht.

„Ja, die Zeit drängt. Sie ist hinter Suetonius her."

„Richtig! Dieser Kundschafter, den sie vor dem Angriff in die Stadt entsandt hatte, sagte, Suetonius wäre dort gewesen."

„Er ist dem Tod entronnen, der ihn in der Schlacht um Londinium hätte ereilen sollen, und Boudica ist wild entschlossen, ihn kein zweites Mal davonkommen zu lassen." Caradocs Stimme nahm einen tieftraurigen Unterton an, als er fortfuhr: „Sie hat unsere Armee und diejenigen, bei denen er Unterschlupf finden wird, wenn er sie rechtzeitig erreicht, angewiesen, ihn zu stellen."

„Du meinst seine Legionen? Dieselben, die …" Alex verstummte mitten im Satz. Der Schmerz in Caradocs Augen machte es ihr unmöglich, den Rest laut auszusprechen.

Doch er selbst tat es. „Ja. Die Legionen, die gerade von ihrer Bluttat auf Mona heimkehren."

„Caradoc, es gibt da etwas, das du über Suetonius wissen musst. Die Leute, die mich hergeschickt haben, glauben, er könnte ein Centaurianer sein – einer unserer Feinde, die uns mit allen Mitteln davon abhalten wollen, alle zwölf Medaillons zu finden. Wenn es stimmt, was sie vermuten, wird er vor nichts haltmachen, um zu verhindern, dass meine Mission erfolgreich ist."

Caradocs Kiefermuskeln spannten sich an und lockerten sich dann wieder. „Weiß er, dass du hier bist?"

„Gute Frage. Ich glaube nicht, aber …" Sie zögerte. Plötzlich erinnerte sie sich an diese andere Präsenz in den Träumen, die sie von Caradoc gehabt hatte. Da war etwas gewesen, das sie nicht zu ihm gelangen lassen wollte, und auch wenn sie es nicht sehen konnte, hatte sie instinktiv gespürt, mit diesem Wesen war nicht zu spaßen, was es auch sein mochte.

„Aber?", hakte er nach.

„Es lässt sich eben auch nicht mit absoluter Sicherheit ausschließen. Die Centaurianer verfügen über viele Ressourcen, einige ihrer Fähigkeiten kennen wir bereits, andere können wir nur erahnen."

Caradoc zog sie in seine Arme und hüllte sie mit seiner Wärme und Stärke ein. „Er wird an mir vorbeimüssen, wenn er dich will, und ich lasse nicht zu, dass du verletzt wirst."

Alex bekam ein beklommenes Gefühl in der Magengegend, als sie Caradoc so reden hörte. Sie riss sich von ihm los und sah ihm eindringlich in die Augen. „Nein! Du musst dich von ihm fernhalten! Er ist kein Mensch, Caradoc."

Statt ihre Worte als ernst zu nehmende Warnung zu verstehen, schienen sie ihn eher zu amüsieren. „Schön, dann sind er und ich wenigstens würdige Gegner. Viele vertreten die Ansicht, Druiden seien nicht zur Gänze menschlich – und bei den meisten derer, die solcher Überzeugung sind, handelt es sich um Römer."

„Versprich mir, dass du vorsichtig bist."

„Ich bin Druide und Krieger gleichermaßen, mein Herz. Aber ich werde dir versprechen, stark zu sein, wenn es dich beruhigt."

Alex seufzte resigniert. Männer waren offensichtlich in manchen Dingen wirklich alle gleich, ganz egal, in welchem Jahrtausend sie lebten.

„Gut, lass uns essen und dann unsere Königin aufsuchen", sagte Caradoc.

„Und was sagen wir ihr?"

„So viel Wahres, wie es uns möglich ist."

Alex warf ihm einen scharfen Blick zu. „Dass sie diesen Kampf nicht gewinnen wird?"

Schockiert sah Caradoc sie an und schüttelte entschieden den Kopf. „Auf keinen Fall! Boudica strebt nicht allein nach Rache für das Unrecht, das ihr angetan wurde. Es geht um viel mehr. Die Freiheit unseres Volkes. Und dafür zu kämpfen gibt den Iceni und allen anderen Kelten Hoffnung und Lebensmut. Wie könnte ich ihnen sagen, dass all ihre Mühe vergebens ist?"

„Es ist nicht vergebens. Viele werden sterben, aber einige überleben und bewahren eure Kultur", warf Alex ein.

„Und mein Volk wird eines Tages frei sein?"

Alex nickte. Weder England, Schottland noch Wales waren in ihrer Zeit italienische Kolonien. „Ja, ihr werdet ein freies Volk sein."

„Dann möchte ich ihnen erst recht nicht die Hoffnung nehmen. Ich kann ihnen keine Lügen erzählen, aber ich werde den Ausgang des Krieges nicht ansprechen, und wenn es jemand tut, halte ich den Mund. Denk immer daran, Blonwen, Lügen wohnt eine dunkle Kraft inne, die sehr gefährlich sein kann."

Alex seufzte abermals und entschied sich, auch den Mund zu halten. Schweigend ging sie zur Feuerstelle und half Caradoc dabei, das Frühstück vorzubereiten. Manchmal, ganz egal, wie sehr sie sich wünschte, es wäre nicht so, fühlte sie sich wie eine einzige überdimensionale Lüge auf zwei Beinen.

„Und du bist dir sicher, das gestohlene Stück meines Medaillons ist von so großer Bedeutung?", fragte Boudica Alex.

Sie nickte ernst und versuchte strikt bei der Geschichte zu bleiben, die sie und Caradoc sich beim Frühstück zurechtgelegt hatten.

„Es ist der Schlüssel zur Kraft der Weiblichkeit", erklärte Alex. Und in gewisser Weise traf das den Nagel auf den Kopf. Nur die Frauen der menschlichen Rasse verfügten über genug Intuition, um für die Centaurianer eine Bedrohung zu sein, und nur sie eigneten sich als Pilotinnen, gesetzt den Fall, die Erdenbewohner schafften es rechtzeitig, alle Medaillons zu finden, um der galaktischen Föderation beizutreten.

„Die symbolische Macht des Halsreifs ist geschwächt, seit das Stück des Medaillons fehlt", nahm Caradoc den Faden auf. „Blonwens Mission ist es, das fehlende Teil wiederzubeschaffen und es dir zurückzugeben. Dabei vertraut sie auf die Hilfe Andrastes."

„Ich werde den Halsreif, sobald er vollständig ist, reinigen und mit dem Segen der Göttin versehen, bevor du ihn wieder anlegst", fügte Alex hinzu.

Dann warteten sie und Caradoc auf Boudicas Entscheidung. Wie Caradoc vorausgesagt hatte, brauchte sie nicht lange, um sich die Sache durch den Kopf gehen zu lassen, und gab ihnen nach wenigen Sekunden die Erlaubnis.

„Gut. Ihr dürft hinter der Armee zurückbleiben und uns später einholen, damit Blonwen ihre Gabe als Seelenruferin nutzen kann, um das verlorene Stück des Medaillons aufzuspüren.“ Boudica betastete das leere Ende ihres Torques, während sie sprach. „Doch beeilt euch. Ich brauche die der Göttin Nahestehenden an meiner Seite, und wir werden schnell und ohne Rast reiten.“

Caradoc und Alex verbeugten sich respektvoll vor der Königin und hasteten dann zurück zu Caradocs Lagerplatz. Sie hatten bereits eine lederne Feldflasche mit Met und den Lavendelzweig vorbereitet. Er war zwar etwas angesengt, da Caradoc ihn am Vortag schon einmal gebraucht hatte, würde aber noch seinen Zweck erfüllen. Zusätzlich stand ein Käfig aus geflochtener Weide neben der Feuerstelle, in dem sich ein großes wohlgenährtes Huhn befand.

Alex griff nach dem Becher und folgte Caradocs Anweisungen. Mit der anderen Hand zündete sie den Lavendelzweig an und wedelte ihn langsam in der Luft hin und her, bis er glomm und genügend Rauch produzierte. Dann sah sie zu dem Huhn hinüber. „Okay, lass uns das hinter uns bringen.“

Caradoc nahm den Käfig und ging mit Alex zusammen tiefer in den Wald, eine Spur süßlichen Duftes des Lavendels hinterlassend. „Tu doch nicht so, als würdest du einem schrecklichen Unheil entgegengehen.“ Er lächelte aufmunternd, während sie ihrem Ziel, dem Rowan-Baum am Bachufer, immer näher kamen. „Deine Gabe, mit den Toten sprechen zu können, ist ein wunderbares Geschenk. Und es wird sogar ein noch größeres sein, wenn du erst in der Lage bist, deine Fähigkeiten zu kontrollieren.“

„Entschuldige, aber ich bin fünfunddreißig und habe sie noch immer kein bisschen unter Kontrolle. Das ist irgendwie frustrierend.“

Erstaunt sah Caradoc sie an. „Du hast bereits fünfunddreißig Sommer gesehen?"

Alex zog eine Grimasse. „Ja, jedenfalls fast." Sie hatte völlig vergessen gehabt, dass sie zehn Jahre älter war als er. Okay, in der Nacht, in der sie sich geliebt hatten, war ihr diese Tatsache absolut bewusst gewesen, denn ein knackiger fünfundzwanzigjähriger Körper fühlte sich völlig anders an als die Männer, mit denen sie bisher geschlafen hatte. Doch ansonsten wirkte er so viel älter als jemand, den sie normalerweise unter „viel zu jung" verbucht und abgehakt hätte.

„Aber du siehst überhaupt nicht aus wie …"

Alex hob die Hand, um ihn davon abzuhalten, etwas zu sagen, das sich bestimmt wie ein Kompliment anhören, ihr jedoch das Gefühl geben würde, eine alte, verdorrte Backpflaume zu sein. „Pass auf, in meiner Welt ist es nichts Ungewöhnliches, wenn ältere Frauen mit jüngeren Männern zusammen sind", erklärte sie nachdrücklich. Zugegeben, sie hatte noch nie einen Jüngeren gehabt, aber trotzdem. War doch nichts dabei, oder?

Caradoc konnte sich ein Schmunzeln nicht verkneifen. „Interessant …"

Alex spürte, dass sie errötete, wie es ihr in seiner Gegenwart so häufig passierte. Auch eine Sache, die sie bisher nicht gekannt hatte. So war sie beinahe froh, als die zarten weißen Blüten des Rowan-Baumes in Sichtweite kamen. Sie und Caradoc überquerten den Bach und blieben vor dem Baum stehen. Der Druide stellte den Käfig ab und nahm Alex die Feldflasche mit Met ab, die er auf einem Felsen in der Nähe ablegte. Dann nickte er Alex zu. „Gut, und nun hüllst du mich mit dem Rauch ein und danach dich selbst, so wie ich es dir vorhin erklärt habe."

Mit zitternden Händen begann Alex, den glimmenden Lavendelzweig über Caradocs Körper zu führen, angefangen bei den Füßen, dann bis hinauf zu seinem Kopf und schließlich seinen Rücken abwärts.

„Und jetzt dasselbe bei dir", wies er sie an. „Denk an deine Atmung. Langsam und tief ein- und ausatmen. Nimm den Nebel in dich auf und mit ihm die reinigende und schützende Kraft der Pflanze.“

Alex befolgte seine Instruktionen, und der angenehme Duft und die Stille des Waldes fingen an, ihre Wirkung zu entfalten. Als sie fertig war, löschte sie den Zweig, indem sie das brennende Ende kurz in die Erde steckte, und legte ihn anschließend auf den Felsen neben die Feldflasche.

„Stell dich dicht an den Rowan, mit dem Rücken zum Stamm. Betrachte ihn als deinen Beschützer, dem eine große Macht innewohnt. Er ist deine Verbindung zur Erde und allem Leben, das sie beseelt.“

Alex ging zu dem Baum und lehnte sich dagegen. Die raue Borke fühlte sich gut an, sie war ein sichtbares Zeichen für das enorme Alter und die Unverwüstlichkeit des Rowans. Es schien, als könne ihn nichts umwerfen oder seine Kraft versiegen lassen.

„Du wirst den Geist im Namen der Göttin zu dir rufen – einen Geist“, erinnerte Caradoc sie eindringlich. „Stelle unmissverständlich deine Position als Priesterin Andrastes klar. Du musst deine Gedanken zusammen mit der Stärke des Baumes, die du dir von ihm leihst, auf die Seele konzentrieren, die du rufen willst. Dieses Mal wird es keine Missverständnisse bezüglich deiner Absichten geben.“ Er öffnete den Käfig und holte das Huhn heraus. „Hier. Das Zeichen der Anerkennung für die Hilfe des Geistes.“

Alex vermied es, den Vogel anzusehen. „Und es kann mich keiner wieder mit sich in die andere Welt reißen?“

„Nein, Liebste. Das wird nie mehr geschehen. Bist du bereit?“

„Ja“, sagte sie, mehr um sich selbst davon zu überzeugen, als ihm zu antworten.

„Dann hol den Geist zu dir, mit dem du sprechen möchtest, Seelenruferin.“

20. KAPITEL

Alex blendete all ihre Nervosität, Ängste und Zweifel aus. Entschlossen reckte sie das Kinn und presste den Rücken ebenso wie ihre Handflächen gegen den Baum, der wie ein stiller Leibwächter hinter ihr stand.

„Ich bin eine Seelenruferin, und ich benötige deine Hilfe, altehrwürdiger Freund." Wie Caradoc sie angewiesen hatte und ihre Instinkte es ihr bereits bei ihrem ersten Versuch im Alleingang gesagt hatten, blickte sie hinauf zur Baumkrone, als sie den Rowan um seinen Beistand bat.

Die Wärme stellte sich langsam ein, nahm jedoch stetig an Intensität zu und wurde zu einem pochenden Kribbeln, das Alex an einen Herzschlag erinnerte.

„Durch die Macht dieses Rowans und im Namen der großen Göttin Andraste rufe ich die Seele eines kürzlich Verstorbenen zu mir. Derjenige, den ich suche, stand in den Diensten eines grausamen Mannes. Er war jung und beflissen, und sein Name …" Alex hielt inne und rief sich ihre Vision ins Gedächtnis, als sie ihn und seinen Herrn beobachtet hatte. „Sein Name ist Flavius. Komm zu mir, Flavius! Mit Andrastes Segen rufe ich dich!"

Vor ihr begann die Luft zu flirren wie an einem heißen Sommertag, wenn der Asphalt einer Straße in der Mittagssonne förmlich glühte. Dann tat sich ein durchsichtiger Vorhang auf, und das Tor zwischen der Realität und der anderen Welt erlaubte einem einzelnen, verloren aussehenden jungen Mann, hindurchzuschlüpfen.

„Flavius?", fragte Alex ihn. Doch bevor er antworten konnte, drängten weitere transparente Gestalten durch den Spalt, einige von ihnen erkannte Alex, es waren die wütenden Geister, die sie am Tag zuvor angegriffen hatten.

„Konzentrier dich nur auf Flavius", sagte Caradoc, der offenbar an ihrem erschrockenen Gesichtsausdruck erkannte, was vor sich ging, obwohl er die Geister nicht sehen konnte. „Befiehl den anderen, sich zurückzuziehen."

Alex schluckte hart und rief, den Blick stur auf Flavius gerichtet, bestimmt: „Nein! Ich habe nur ihn gerufen! Ihr anderen seid nicht willkommen, geht zurück in eure Welt!“ Oh, bitte hilf mir, flehte sie stumm den Baum an.

Hitze strömte durch ihren Körper, und einer inneren Eingebung folgend stellte sie sich vor, wie sie die Kraft, die sich in ihr angesammelt hatte, komprimierte und den feindlich gesinnten Geistern entgegenschleuderte. Und tatsächlich, ein Lichtblitz von exakt derselben Farbe wie die Rowan-Blüten traf die Geister, ließ sie rückwärts taumeln und dann hinter dem durchsichtigen Vorhang verschwinden, der im nächsten Moment kurz aufleuchtete und sich dann schloss.

„Sind sie fort? Ist das Tor wieder verschlossen?“, fragte Caradoc leise.

Alex nickte.

„Das hast du gut gemacht, Liebste“, lobte er sie. „Nun sprich mit Flavius.“

„Flavius, ich bin Blonwen, Seelenruferin im Dienste Andrastes“, stellte Alex sich vor.

Verwirrt sah der junge Mann sie an und zuckte dann fragend mit den Schultern. „Was ist es, das du von mir willst, Seelenruferin?“

„Warst du persönlicher Gehilfe des römischen Steuereintreibers Catus?“

Sofort verdüsterte sich der Gesichtsausdruck des toten Mannes. „Catus ist ein durch und durch boshafter Mensch. Es gibt sehr viele in der anderen Welt, die mit Freuden den Tag erwarten, an dem er sich zu ihnen gesellen wird.“

Obwohl der Geist äußerlich harmlos wirkte, kaum dem Kindesalter entwachsen, war da etwas in seinen Augen, das Alex tief im Inneren schaudern ließ.

„Ja, ich habe von ihm und seinen üblen Machenschaften gehört. Die Frage, die ich an dich habe, steht in Zusammenhang mit einem besonders brutalen Verbrechen, das er beging. Erinnerst du dich an das Goldstück aus dem Halsreif der Königin

Boudica? Er ließ sie fast totschlagen und entriss es ihr dann – als, wie er sagte, Teilzahlung ihrer Schuld."

„Ja, daran erinnere ich mich gut", bestätigte Flavius.

„Ich muss dieses Stück finden und zurückholen. Kannst du mir sagen, wo es jetzt ist?"

„Nicht, wo es ist, aber ich kann dir sagen, wer es hat", erklärte Flavius.

„Ich bin dir für jede Information dankbar, die du bereit bist, mir zu geben", ermutigte sie ihn weiterzusprechen.

„Du wirst es dort finden, wo das Ungeheuer Suetonius ist."

Alex fühlte, wie ein kalter Schauer sie durchfuhr. „Suetonius? Der römische Feldherr, der den Angriff auf Mona anführte?"

Der Geist nickte. „Er kam allein nach Londinium zurück, ohne den Schutz seiner Legionen, weil er glaubte, die neunte könnte Boudicas Armee mit Leichtigkeit niederschlagen. Doch als ihm klar wurde, dass die Barbaren in der Überzahl waren und Londinium fallen würde, floh er seinem Heer entgegen, dem er gestattet hatte, noch einige Tage auf Mona zu verbringen und sich an den Überbleibseln des Gemetzels zu erfreuen."

Alex konnte spüren, wie Caradoc bei dem Namen „Suetonius" der Zorn packte, aber sie zwang sich, sich ganz auf Flavius zu konzentrieren. „Woher weißt du, dass er hat, wonach ich suche?"

„Er nahm es Catus persönlich ab, ich habe die beiden beobachtet. Er und der Steuereintreiber sprachen kurz miteinander, während Suetonius wartete, bis sein Pferd gesattelt war. Als er das Medaillon bemerkte, das Catus um seinen dicken Stiernacken trug, wurde er sehr wütend." Flavius lächelte grimmig. „Es war wunderbar mit anzusehen. Er schlug Catus so hart mitten ins Gesicht, dass er auf den Boden stürzte. Dann entriss ihm Suetonius das Medaillon und legte es sich selbst an. Er sagte, er würde sich mit Boudicas Gold schmücken, genauso, wie bald das grüne Gras Britanniens mit ihrem keltischen Blut geschmückt sei."

Alex atmete erleichtert auf. Natürlich war es keine gute Nachricht, in wessen Besitz sich das Medaillon momentan befand, aber Suetonius – oder wie auch immer er wirklich hieß – musste ebenso gut wie sie wissen, dass das Objekt unvollständig war, und das bedeutete, er würde nirgendwohin gehen, bevor er nicht auch die andere Hälfte hatte.

„Ich danke dir, Flavius. Du hast mir sehr geholfen", sagte sie und lächelte dem jungen Mann zu.

Caradoc trat an ihre Seite und blieb, da er sich offenbar an Alex' Blick orientierte, dicht vor dem Geist stehen. Mit einer schnellen, ruckartigen Bewegung brach er dem Huhn das Genick und trennte ihm dann mit seinem Messer den Kopf ab. Er ließ das austretende warme Blut auf die moosbedeckte Erde tropfen und legte dann den toten Körper des Vogels neben den Baum.

„Nimm das Blut als Zeichen der Anerkennung dieser Priesterin für deine Hilfe. Wenn du in die andere Welt zurückkehrst, lass deinesgleichen dort wissen, dass Andrastes Seelenruferin über die Macht der Erde verfügt. Falls einer von ihnen es wagen sollte, sie jemals wieder anzugreifen, wird sie ihn zerstören. Aber sie belohnt jene, die ihr gehorchen und ihrem Ruf folgen." Caradoc zog sich zurück und flüsterte Alex ins Ohr: „Sobald er fertig ist, schickst du ihn mit Andrastes Segen wieder in die Welt, in die er gehört."

Alex nickte und sah dann mit einer Mischung aus Entsetzen und Faszination zu, wie der Geist auf die Knie fiel und gierig das Blut trank. Nachdem er alles aufgesogen hatte, hob er den Kopf und blickte sich mit rötlich funkelnden Augen um, als wolle er mehr.

„Nun kehre in die andere Welt zurück!", befahl Alex ihm. „Mein Dank und der Segen Andrastes seien mit dir."

Der Spalt zwischen den Welten öffnete sich. Zögerlich machte Flavius einen Schritt rückwärts und ging, während er sich den Mund mit dem Handrücken abwischte, dorthin, wo er hergekommen war, und das Tor verschwand.

Erleichtert drehte Alex sich um und presste die Wange an die dicke Rinde des Rowan-Baumes. „Hab auch du vielen Dank", sagte sie zu dem alten Rowan, und er antwortete ihr mit einer Welle kribbelnder Wärme.

„Du musst jetzt schnell das Met trinken und dich erden, Blonwen." Caradoc tauchte hinter ihr auf, schlang einen seiner starken Arme um ihre Taille und stützte sie, während er sie zu dem Felsen hinüberführte, wo sie die Feldflasche zurückgelassen hatten. Erschöpft ließ Alex sich daneben auf den Boden sinken, und Caradoc öffnete die Flasche und reichte sie ihr. „Nimm große Schlucke", riet er.

Das tat sie, und augenblicklich besserte sich der Schwindel und klang dann ganz ab.

„Sehr gut gemacht, Liebste", sagte Caradoc anerkennend und gönnte sich ebenfalls einen Schluck aus der Flasche, als Alex genug getrunken hatte. „Habe ich richtig verstanden? Suetonius hat Boudicas Medaillonstück?"

„Ja, jedenfalls hat Flavius das gesagt. Er meinte, Suetonius habe ein ziemliches Aufhebens davon gemacht und würde es wie eine Trophäe um den Hals tragen, damit jeder es sehen kann."

Caradocs bernsteinfarbene Augen verdunkelten sich. „Eines schönen Tages, bald schon, werde ich ihm dafür danken, dass er es mir so leicht gemacht hat, sein Diebesgut zu finden."

„Caradoc, ich meine es ernst, du musst ihm aus dem Weg gehen. Suetonius ist viel gefährlicher, als du dir vorstellen kannst."

„Oh, ich habe eine sehr genaue Vorstellung davon, wozu er fähig ist. Ich war Zeuge seines Werkes auf Mona. Wusstest du, dass er Priesterinnen bei lebendigem Leib die Haut hat abziehen lassen?"

Alex schüttelte sich bestürzt. „Nein."

„Diesen Anblick werde ich niemals vergessen, egal, wie viele Leben ich lebe."

„Caradoc, bitte lass dich nicht auf einen Kampf mit ihm ein. Wir finden eine andere Möglichkeit, das Medaillon zu bekommen – eine, bei der du ihn nicht herausfordern musst", sagte Alex.

Er jedoch überraschte sie mit einem unerwarteten Lächeln. „Mein Herz, du stammst nicht aus dieser Welt, also verzeihe ich dir, dass du so wenig Vertrauen in meine Fähigkeiten als Krieger hast. Aber du kannst versichert sein, ich bin in der Lage, auf mich aufzupassen."

„Das hat nichts damit zu tun, ob ich deine Fähigkeiten anzweifle", schrie Alex ihn fast an. Was sollte dieser Mist? Warum fühlte er sich in seinem männlichen Stolz verletzt, wenn sie ihn praktisch auf Knien anflehte, sich nicht mit einem verdammten Alien anzulegen!

„Du hast recht, ich komme aus einer Welt, die sich sehr von dieser unterscheidet, also verstehe ich vielleicht nicht allzu viel von deinem phänomenalen Kriegerkönnen. Aber dasselbe gilt für das, was ich dir über Suetonius sage. Er ist ein Wesen, das nicht von diesem Planeten stammt, und was das bedeutet, scheinst du einfach nicht zu begreifen! Ich bin aus der Zukunft, aber immer noch von der Erde, das ist ein gewaltiger Unterschied." Sie ließ den Kopf auf die angezogenen Knie sinken und hielt sich die Hände vors Gesicht. „Das ist alles meine Schuld. Dieser ganze Wahnsinn … nur meinetwegen und wegen dieses vermaledeiten Medaillonstücks."

Alex spürte, wie Caradoc sanft ihre Hände berührte, und erlaubte ihm zögernd, sie wegzuziehen und ihr Kinn anzuheben. Er hockte vor ihr und sah sie ernst an. „Sag so etwas nicht. Denke es nicht einmal. Du bist für keines der Verbrechen, die Suetonius begangen hat, verantwortlich. Ja, er mag hier sein, weil er das Medaillon will. Hast du es hergebracht, Blonwen? Und was ist mit den Druiden und Priesterinnen auf dem Eiland von Mona, die er abschlachten ließ – hatten sie das Medaillon? Tat er es deshalb?"

„Nein", flüsterte sie traurig.

„Nein, natürlich nicht. Suetonius wählt seinen Pfad, und dann lenkt das Schicksal seine Schritte. Es ist dasselbe wie bei jedem von uns, ob menschlich oder nicht. Und noch eines solltest du bedenken: Wäre das Medaillon nicht hier, würde er dann in seiner Welt bleiben und ein friedliches Dasein führen?"

Alex überlegte einen Moment und sagte dann: „Unwahrscheinlich. Soweit wir wissen, beziehungsweise die Leute, die mich hergeschickt haben, gehört Suetonius zu einer Rasse, die von Natur aus extrem gewalttätig und zerstörerisch ist. Ich glaube, das Konzept ‚Frieden' ist ihnen weitestgehend unbekannt."

„Dann würde er also, wäre er nicht hier, vermutlich andere Menschen in einer anderen Zeit quälen und ermorden lassen."

„Ja, vermutlich."

„Was glaubst du, geschieht mit ihm, wenn er versagt und ohne das Medaillon zu seinen Leuten zurückkommt?"

Alex zuckte mit den Achseln. „Ich bin mir nicht sicher. Sie sind nicht gerade für ihre Großmütigkeit bekannt, also nehme ich an, in diesem Fall wäre er in großen Schwierigkeiten."

Caradoc lächelte. „Wenn du also daran beteiligt bist, dass er eine Niederlage erleidet, rettest du damit nicht das Leben vieler Unschuldiger, denen er dann nichts mehr tun kann?"

Verwundert starrte sie ihn an.

Sein Lächeln wurde breiter. „Das hast du nicht bedacht, richtig?"

„Nein", gab sie zu. „So habe ich das bis jetzt noch nicht gesehen."

„Also sind wir uns einig. Wir besiegen ihn und bewahren dadurch unzählige Iceni davor, durch seine Hand zu sterben. Was gleichzeitig die Zukunft meines Volkes sichert – und die deines."

„Gut, aber es geht nicht nur um dieses eine Medaillon. Wir brauchen alle, um meine Welt vor dem Untergang zu retten."

„Trage einfach deinen Teil bei, und der Rest wird sich finden, glaube mir. Das spüre ich in meiner Seele", versicherte er ihr.

„Ist es wirklich so simpel?"

„So simpel und gleichsam so kompliziert."

Alex musste lachen. „Und da stelle man sich vor, ich habe deiner Mutter allen Ernstes gesagt, du würdest dich nicht so kryptisch ausdrücken wie sie."

Sein Lächeln nahm einen traurigen Ausdruck an. „Ist meine Mutter jetzt hier bei uns?"

Schnell schaute Alex sich um, bevor sie antwortete: „Nein, ich habe sie nicht mehr gesehen, seit ich versucht habe, Flavius ohne deine Hilfe zu rufen. Sie hat mich davor gewarnt und gesagt, dass ich auf dich warten soll. Aber Instruktionen, wie ich einen Geist zu mir rufen kann, wollte sie mir keine geben."

„Sie war Andrastes Priesterin, keine Seelenruferin. Sie beherrscht diese Kunst nicht und hätte dir keine Einzelheiten nennen können."

„Du bist auch kein Seelenrufer, wieso kennst du dich dann damit aus?"

„Wärest du aus dieser Zeit, Alexandra, würdest du wissen, wie die Antwort auf deine Frage lautet."

„Bist du so nett, sie mir zu verraten?"

„Ganz einfach. Druiden wissen alles", sagte er verschmitzt grinsend.

„Nein, ehrlich?" Alex verstellte ihre Stimme und gab eine perfekte Scarlett-O'Hara-Imitation zum Besten. „Du meine Güte! Ich hatte ja keine Ahnung! Mein Herr, ich bin ja so froh, Euch zu haben, um mir armer schwacher Frau die viel zu schwere Last des Denkens abzunehmen." Theatralisch verdrehte sie die Augen und mimte einen Ohnmachtsanfall.

Caradoc zog eine Braue nach oben. „Ist es das, was man in deiner Welt unter Sarkasmus versteht?"

„Aber nicht doch. Das versteht man in meiner Welt unter einer großartigen Schauspielleistung. Wo bleibt mein Applaus?" Sie kicherte, als sie daran denken musste, wie oft sie zu Ehren von Gabaldons Jamie Fraser versucht hatte, einen vernünftigen schottischen Akzent hinzubekommen, und immer genauso kläglich daran gescheitert war wie an einem Südstaatenakzent.

Und jetzt, Ironie über Ironie, sprach sie wie eine echte Keltin, absolut authentisch, dank Professor Carswell und ihren verblüffenden technischen Finessen. Obwohl sie selbst kaum etwas davon hörte.

„Tatsächlich, meine Liebreizende? Schauspielkunst also?“, ahmte Caradoc sie nach. „Du bist demnach in deiner Welt zu allem Überfluss auch noch eine Bardin?“

„Nicht so ganz“, gab sie lachend zurück.

„Welch ein Jammer. Ich wollte schon immer eine Bardin verführen.“

Schlagartig hörte Alex auf zu kichern. „Ach, eine Bardin meinst du? In meiner Welt heißt das anders, aber doch, doch, man könnte wohl sagen, dass ich so jemand bin.“

„Wirklich?“ Seine Augen leuchteten schalkhaft.

„Oh, ja, definitiv.“

Als sie wieder anfing zu glucksen, hob Caradoc sie hoch und in seine Arme und küsste sie, bis es ihr völlig egal war, ob sie sich nun früher als Bardin, Biologin oder Kellnerin in einem heruntergekommenen Diner durchgeschlagen hatte. Sie schlang einfach nur die Arme um Caradocs breite Schultern und erwiderte seine Küsse.

Schnell verwandelte sich ihr Gekicher in leises Stöhnen. Sie drängte ihren Körper an seinen und genoss das Gefühl seiner starken Muskeln unter ihren Händen.

„Blonwen, würdest du mir einen Gefallen erweisen?“, fragte er und ließ seine Lippen ihren Hals hinabwandern – bis zu den Ansätzen ihrer Brüste, die gerade so unter dem Rand ihrer Tunika hervorlugten.

„Alles, was du willst“, erwiderte sie atemlos, während sie sich zurücklehnte, sodass Caradoc mehr von ihrer Haut küssen konnte.

„Schenke mir diesen Tag und eine Nacht. Lass es nur dich und mich sein, hier, zusammen. Ich möchte für eine kurze Weile nicht an den Krieg denken oder an Suetonius oder die Zukunft, die es für uns nicht geben soll.“

Alex schob ihn ein Stück von sich weg und sah ihm in die Augen. „Aber wir müssen Suetonius verfolgen. Ich muss dieses Medaillon finden."

„Und das wirst du, mein Herz. Wir werden es finden. Doch selbst wenn wir uns sofort auf den Weg machen würden, könnten wir ihn heute nicht mehr abfangen. Es lässt sich nicht verhindern, dass er es bis zu seinen Legionen schafft. Unser Zusammentreffen mit ihm wird stattfinden, wenn Boudica ihn gestellt hat, nicht früher. Und das wird weder heute noch morgen geschehen. Darum bitte ich dich, die Zeit, die uns bleibt, mit Liebe und Frieden zu füllen, genug, um ein ganzes Leben des Krieges und der Trennung zu überstehen, wenn es sein muss. Einen Tag und eine Nacht."

„Ich will nicht von dir getrennt sein", sagte Alex leise.

„Wenn die Göttin gnädig ist, wirst du das auch nicht. Aber wie es auch ausgeht, warum nicht uns selbst eine Zeit der Freude bereiten, an die wir uns während der dunklen Tage erinnern können, die uns bevorstehen?"

„Ja", stimmte Alex ihm entschlossen zu. „Warum eigentlich nicht."

Caradoc strahlte förmlich. Er stand auf und streckte ihr die Hand entgegen. „Dann komm mit mir und lass mich dir die Magie meiner Welt zeigen."

21. KAPITEL

Und Caradocs Welt war wirklich magisch – das musste Alex ihm lassen.

Sie waren zurück zu seinem Lagerplatz gegangen und hatten alles, was sie brauchten, in ihre Satteltaschen gestopft und sich anschließend, ohne irgendjemandem ein Sterbenswörtchen zu sagen, tiefer in die Wälder abgesetzt. Er hatte ihr gesagt, sie würden ungefähr dieselbe Richtung einschlagen wie das Heer – nach Nordwesten –, dann jedoch einen kleinen Abstecher durch einen der urwüchsigsten Wälder des Landes machen.

„Was, wenn wir uns verirren?“, hatte Alex zu bedenken gegeben.

Woraufhin er so laut lachen musste, dass er Seitenstechen bekam und sich den Bauch hielt. „Blonwen, meine Liebste, es ist für einen Druiden unmöglich, sich im Wald zu verirren.“

Sie runzelte die Stirn und bemühte sich nach Kräften, einen beleidigten Gesichtsausdruck aufzusetzen, weil er sie ausgelacht hatte, aber es gelang ihr nicht. Er war viel zu fröhlich, als dass sie ihm hätte böse sein können. Die Atmosphäre des Waldes schien auf ihn wie eine Droge zu wirken. Die Ernsthaftigkeit, hinter der er seinen seelischen Schmerz versteckt hatte, verschwand, ebenso die Schatten unter seinen Augen. Er lächelte. Tatsächlich tat er das andauernd, wie ihr plötzlich bewusst wurde.

So muss er gewesen sein, bevor man sein Zuhause zerstört hat, dachte Alex, als er sie voller Enthusiasmus auf eine andere Rowan-Art hinwies, einen prächtigen Baum, der jedoch feuerrote Beeren anstatt weißer Blüten ausbildete.

Alex vergötterte diesen neuen beziehungsweise wahren Caradoc. Sicherlich, sie liebte auch alle anderen Teile seiner Persönlichkeit: den starken, furchtlosen Krieger, den zärtlichen Beschützer und den klugen, erfahrenen Druiden. Aber diesen Mann – ihren ausgeglichenen, heiteren und optimistischen Caradoc –, den himmelte sie geradezu an.

Insgeheim begann sie sich zu fragen, ob er womöglich immer so wäre, würden sie in einer anderen Zeit leben, einer, in der er sich keine Sorgen darüber machen musste, vielleicht schon bald gefangen genommen, umgebracht oder versklavt zu werden. In einer Umgebung wie beispielsweise den modernen Vereinigten Staaten.

Der Gedanke durchzuckte sie wie ein Blitz.

Könnte er nicht einfach mitkommen, wenn sie zurückgehen musste? Sie beobachtete ihn dabei, wie er die Hand ausstreckte und im Vorbeireiten die tief hängenden Blätter einer jungen Eiche durch seine Finger gleiten ließ, und Alex konnte ihn beinahe in ihrer geliebten Hochgrasprärie vor sich sehen. Es würde ihm dort gefallen, inmitten der unberührten Natur, wo es sogar noch wilde Bisons gab, die in kleinen Herden das Land durchstreiften. Und im Sommer wuchs das Gras so hoch, dass man glaubte, es berühre den strahlend blauen Himmel.

Was, wenn sie vorerst allein zurückkehrte und Carswell darum bäte, Caradocs Leben in der Antike zu recherchieren. Sie müsste nur herausfinden, ob und wann er gestorben war, und ihn kurz vorher mitnehmen, in ihre Welt – aber war das wirklich so einfach? Hätte es tatsächlich keinen Einfluss auf geschichtliche Ereignisse, wenn sie ihn aus dieser Zeit herausholte? Das Einzige, was sie mit Gewissheit sagen konnte, war, dass er in der Hochgrasprärie seinen Frieden finden würde.

„Was geht dir durch den Kopf, Liebste?"

„Ich dachte nur gerade daran, dass du Oklahoma bestimmt schön fändest. Es gibt kein Meer in der Nähe, aber das Land ist wundervoll."

„Wenn du diesen Ort liebst, muss er etwas Besonderes sein", erwiderte Caradoc.

„Das ist er. Die Prärie bedeutet Freiheit für mich. Ich glaube, du würdest verstehen, was ich meine, wenn du es sehen könntest."

„Ich würde es gern sehen." Alex' Herz begann zu rasen, und sie versuchte, die passenden Worte zu finden, um ihn zu fragen, ob er bereit sei, sein Leben hier in dieser Welt aufzugeben und mit ihr in ihre zu kommen, als er unvermutet weitersprach: „Wie sehr ich wünschte, ich könnte dir Mona zeigen. So, wie es einst war."

„Erzähl mir davon." Jetzt war nicht der richtige Moment. Es hatte keine Eile, sie konnte ihn auch später fragen, wenn sie dem Abschluss ihrer Mission ein Stück näher wären.

„Mein Eiland war ein wahres Paradies", sagte er wehmütig. „Es war der grünste Platz auf dieser schönen Erde. Die Felsklippen sind steil und rau, wo die blaue See sie küsst, doch im Inneren der Insel wächst und gedeiht das Leben. Bäche durchziehen die Landschaft, so kalt und klar, dass mir manchmal die Zähne schmerzten, wenn ich daraus trank. Dichte Haine auf heiligem Boden, hoch und stark, verströmten den Duft der Magie."

Er hielt inne, und Alex wartete gespannt darauf, dass er fortfuhr, obwohl ihr nicht entgangen war, wie er immer fester den Sattelknauf umklammert hatte, während er von seiner verlorenen Heimat sprach, die ihn nicht länger erwartete und ihm die Wärme und Sicherheit vermittelte, wie es nur ein Zuhause konnte. Als es so schien, als wäre er nicht in der Lage, mehr darüber zu erzählen, fragte Alex: „Wonach riecht Magie denn?"

„Nach frischem Gras, salzigem Meer und einer sanften Brise im Mondschein."

„Wenn ich dir so zuhöre, kann ich mir beinahe vorstellen, dass man Magie riechen kann."

Er lächelte wieder. „Folge mir, und ich werde es dir beweisen." Er lenkte sein Pferd in eine andere Richtung, und Alex tat es ihm nach. Sie duckten sich unter herabhängenden Ästen hindurch und übersprangen umgestürzte Baumstämme, während sie immer weiter in die Wälder vordrangen.

„Wohin führst du mich?", rief sie hinter ihm.

„Ich suche einen Fluss an einer Aue. Einen Ort, wo die Magie am stärksten ist", antwortete er ihr über die Schulter und trieb dann lachend sein Pferd an, das in wildem Galopp lospreschte. Für weitere Fragen blieb keine Gelegenheit, Alex musste sich beeilen, mit ihm mitzuhalten.

Schnell fand Caradoc sein Ziel. Einen Flusslauf, der in seinem steinigen Bett gurgelnd vor sich hin strömte und ein moosbedecktes Ufer im satten Grün einer Frühlingswiese hatte. Weiden tauchten ihre biegsamen Zweige in das kristallklare Wasser. Die Stelle, an der Caradoc entschied, sein Pferd anzuhalten und abzusteigen, grenzte an eine kleine Lichtung, die mit Wildblumen von einem so intensiven Blau übersät war, als hätte der Himmel sich aufgetan und seine Farbe in dicken Tropfen über die Wiese gesprenkelt.

Alex sprang ebenfalls vom Pferd und lief auf die Lichtung zu. „Kornblumen!", rief sie begeistert. „Die gehören zu meinen Lieblingswildblumen, aber in Oklahoma gibt es sie leider nicht, das Klima ist zu heiß für sie." Lächelnd drehte sie sich zu Caradoc um, der dabei war, ihre Vorräte abzuladen und den Lagerplatz vorzubereiten. „Ist das die Magie, die du mir zeigen wolltest?"

Er erwiderte ihr Lächeln. „Aye, jedenfalls ist es ein Teil davon."

„Da kommt noch mehr?" Zwischen den verschiedenen Blautönen der Kornblumen, die aus dicken Büscheln ihrer tiefgrünen Laubblätter herausragten, wuchs überall Rotklee mit bauschigen rosa Blütenständen. „Hier ist sogar Klee! In meiner Welt bedeutet es Glück, wenn man ein vierblättriges Kleeblatt findet!" Alex ließ sich auf die Knie fallen und fing an, die herzförmigen Blättchen zu untersuchen, dabei atmete sie tief den süßlichen Duft der Blumen um sie herum ein.

Caradocs Schatten tauchte über ihr auf, und dann lag er auch schon ausgestreckt neben ihr im Gras auf dem Rücken, die Ellbogen aufgestützt, sodass er ihr bequem dabei zusehen konnte, wie sie mit geradezu kindlichem Eifer ihren Glücksbringer suchte. Er pflückte eine der Kleeblüten, rutschte zu Alex heran und steckte sie ihr hinter dem rechten Ohr in die Haare. „In meiner Welt kann man mit rotem Klee seine große Liebe herbeizaubern“, sagte er und reichte ihr die Lederflasche mit Wein, die er mitgenommen hatte.

„Soso. Und hast du denn vor, deine große Liebe herbeizuzaubern?“ Sie nahm die Flasche entgegen und trank daraus, während sie ihn dabei beobachtete, wie er sie ansah.

Caradoc schenkte ihr ein nonchalantes Lächeln. „Ich dachte, das hätte ich bereits.“ Er deutete auf die Blüte in ihrem Haar. „Der Kleezauber braucht Zeit. Ein Tee muss aus den Blüten bereitet werden. Und dann muss die Person, die ihn anwendet, neun Tage lang vor Sonnenaufgang darin baden. Das Wasser wird aufgehoben, und sie gießt es sich anschließend über den Kopf und reibt es in ihre Haut, stets von oben nach unten, niemals umgekehrt. Besondere Aufmerksamkeit widmet sie dabei ihren Brüsten …“ Er ließ den Blick hinunter zu Alex’ Dekolleté wandern. „… der zarten Innenseite ihrer Schenkel und dem Kern ihrer Weiblichkeit.“ Während er sprach, folgte er mit den Augen dem Weg seiner Worte. Alex’ Atem ging schneller, und sie errötete. Sie konnte beinahe seinen Blick auf ihrem Körper spüren, wie eine Liebkosung. „Am neunten Morgen muss die Maid den Waschbottich dann zu einer Weggabelung tragen und laut den Namen desjenigen rufen, den sie begehrt. Sie schüttet das Wasser der aufgehenden Sonne entgegen – und bald schon wird ihr Geliebter erscheinen.“

„Funktioniert das auch immer?“, fragte Alex, nicht sehr überrascht, dass ihre Stimme ungewöhnlich aufgewühlt klang.

Er sah zu ihr hoch und direkt in ihre Augen. „Ganz wie bei jeder Form der Magie in meiner Welt hängt es von zwei Dingen ab. Wenn die Absicht rein und ohne Hintergedanken ist und die Priesterin stark genug, dann wird der Zauber wirken.“

„Und was, wenn es ein Mann ist und keine Frau?“

„Der Kleezauber ist ein weibliches Ritual. Männer haben andere Wege, ihre Geliebte zu beschwören.“

„Ja? Welche denn?“

Er streckte die Hand aus, berührte Alex' Mund mit dem Daumen und ließ ihn sanft ihre Lippen umspielen. „Willst du zu mir kommen, meine Geliebte?“

„Nichts lieber als das“, gestand sie.

Alex stand auf, drückte Caradoc mit dem Rücken in den Teppich aus Gras, Kornblumen und Rotklee und setzte sich auf seine Oberschenkel. Sie küsste ihn heiß und innig und versuchte, nicht daran zu denken, dass dies die letzten Stunden sein könnten, in denen sie mit ihm allein war. Dass sie am nächsten Tag Boudicas Armee einholen mussten und dann einen Plan ausklügeln, um Suetonius das Medaillon abzuknöpfen, damit Alex es – und sich selbst – in ihre Welt befördern konnte. Und dass sie Caradoc niemals wiedersehen würde. Alex wollte nicht an all das denken. Stattdessen konzentrierte sie sich voll und ganz auf ihre Empfindungen – Berührung, Geschmack und das Glück, das sie Caradoc in der Zeit schenken konnte, die ihnen gemeinsam vergönnt war.

Sie konnte nicht genug von ihm bekommen, begehrte ihn mit einer Heftigkeit, die an Verzweiflung grenzte. Und diese Verzweiflung in Kombination mit ihrer Liebe zu ihm ließ sie vor Verlangen lichterloh brennen. Sie zog ihm die Tunika aus, hocherfreut über die keltische Tradition, in der Männer Unterwäsche als überflüssig betrachteten und unter ihrer normalen Bekleidung nichts trugen als nackte Haut. Alex saß noch immer rittlings auf ihm, und als er nach ihren Handgelenken griff und Anstalten machte, die Plätze mit ihr zu tauschen, wich sie zurück und schüttelte verführerisch lächelnd den Kopf.

„Dieses Mal nicht. Jetzt ist es an mir, dich zu lieben.“ Er zog ihre Hände an seinen Mund heran und bedeckte sie mit kleinen Küssen, dann sagte er, ein gespielt selbstgefälliges Lächeln auf den Lippen: „Ich muss in der Tat ein mächtiger Druide sein, wenn ich eine so leidenschaftliche Geliebte herbeizaubern kann. Ich gehöre dir, Priesterin, mit Leib und Seele. Tu mit mir, was dir gefällt.“ Er ließ ihre Handgelenke los und lehnte sich zurück ins Gras.

In einer langsamen, sinnlichen Weise streifte Alex sich die Tunika ab. Schlagartig wich das amüsierte Funkeln aus Caradocs Augen, und sie verdunkelten sich in purer Begierde. Ihre Haut nur noch von ihrem dünnen, fast durchsichtigen Unterkleid bedeckt, ließ Alex die Hände an ihrem Körper hinabgleiten. Sie warf das lange Haar zurück, umfasste ihre Brüste und bog die Wirbelsäule durch, während sie aufreizend an ihren Brustwarzen spielte. Sie konnte seine Erregung zwischen ihren Beinen spüren, heiß und hart. Langsam begann sie, sich zu bewegen, doch anstatt ihn in sich aufzunehmen, gestattete sie ihm nur, sie zu fühlen, wie sie an ihm auf und ab glitt, warm und feucht.

„Bei den Göttern, du willst mich um den Verstand bringen!“, raunte er.

Sie lachte heiser und beugte sich vor, packte ihn bei den Handgelenken und hielt sie über seinem Kopf zusammen, als wolle sie ihn fesseln. „Überlass die Arbeit mir. Ich möchte dich erlegen, mein Wolf. Es ist besser für dich, wenn du dich gleich ergibst.“

„Ich werde mich nicht wehren. Mach mit mir, was du willst, meine Zauberin“, stieß er zwischen zusammengebissenen Zähnen hervor.

„Das hast du nun davon. Ich bin nur deinem Ruf gefolgt, erinnerst du dich?“ Als er den Mund öffnete, um ihr zu antworten, streckte sie ihm die Brüste entgegen, sodass er ihre harten Knospen mit Lippen und Zunge liebkosen konnte, zuerst vorsichtig, dann immer fordernder.

Alex stöhnte auf. Das Gefühl, wie seine Zähne durch den an ihrer verschwitzten Haut klebenden feuchten Stoff sachte über ihre Brustwarzen streiften, dann wieder heftig daran knabberten, war unglaublich erotisch.

„Lass mich in dir versinken, Liebste“, stieß er rau hervor. „Lass mich meine Härte in deine weichen Tiefen treiben.“

„Bald“, flüsterte sie. Dann rutschte sie ein Stück nach unten, nahm ihn in die Hand und reizte ihn mit langsamen, festen Bewegungen. „Du bist ein so wunderschöner Mann“, raunte sie. „Ich glaube, das habe ich dir gestern nicht gesagt, aber gedacht habe ich es. Ich liebe deinen Körper. So stark und groß und von perfekter Form. Und ich bin mit deiner Mutter einer Meinung – du bist wirklich wie aus Gold gegossen."

Er krallte die Finger in den kleebedeckten Boden, in einem schier unmöglichen Versuch, sie von Alex zu lassen, doch in seinen Augen leuchtete wieder der Schalk auf. „Bitte versichere mir, dass meine Mutter nicht in der Nähe ist. Denn sonst wird der Teil meines Körpers, den du da hältst, auf der Stelle erschlaffen."

Alex grinste. „Wir sind allein. Ich schwöre es dir." Dann beugte sie sich vor und umschloss ihn mit den Lippen. Scharf sog er die Luft ein, und seine Hüften zuckten unkontrolliert. Alex genoss es, wie er sich unter ihr wand und immer atemloser stöhnte. Sie brachte ihn bis an den Rand völliger Ekstase, glitt dann wieder nach oben, zog ihr Unterkleid aus und drängte sich an ihn – heiße nackte Haut an heißer nackter Haut.

Als sie wusste, sie könnte es keine weitere Sekunde mehr aushalten, ihn nicht zu spüren, richtete sie sich auf, ergriff seine Hände und legte sie sich um die Taille. Seufzend nahm sie ihn in einem einzigen harten Stoß in sich auf. Beide schrien die Lust ihrer Vereinigung heraus, und Alex begann, sich zu bewegen, glitt auf und ab, trieb ihn tiefer in sich, wieder und wieder, bis sich die Lust einem fast schon schmerzhaften Gipfel näherte. Und als Welle um Welle ihren Körper erschütterte, schrie Caradoc ihren Namen und ergoss seinen Samen in sie.

Und in diesem Augenblick wusste Alex, auch ohne dass er es ihr hätte sagen müssen: Sie hatte für ihn die Erde zum Beben gebracht.

22. KAPITEL

Was hast du vor?", fragte Alex schläfrig, als Caradoc aufstand, sie auf seine Arme hob und zurück zu ihrem Lagerplatz brachte, den er in der Nähe des Baches aufgeschlagen hatte.

„Ich werde dir zeigen, wie ein Druide seine Liebste verehrt."

„Okay, mach nur. Solange ich dabei schlafen kann." Alex kuschelte sich an seine Brust und schlang ihm die Arme um die breiten Schultern.

„Das bezweifle ich, mein Herz."

Sie gähnte. „Noch mehr von deinem mystischen Druiden-Geheimwissen, das du mit mir teilen willst?"

„Ist das dein Wunsch?" Er küsste sie auf die Stirn.

„Unbedingt. Aber noch lieber würde ich ein kleines Nickerchen halten."

„Später. Vorher möchte ich gern, dass du etwas für mich tust."

Sie grinste. „Ich dachte, das hätte ich gerade."

„Verruchtes Teufelsweib", tadelte er sie augenzwinkernd.

„Das will ich meinen." Erneut schmiegte sie sich an ihn. Doch um bei der Wahrheit zu bleiben, musste sie zugeben, dass sie sich im Moment eigentlich gar nicht verrucht fühlte. Sie war viel zu glücklich, um irgendetwas anderes zu empfinden als tiefe Zufriedenheit.

Sie war so unaussprechlich froh, ihm begegnet zu sein! Und dabei hätte sie sich um ein Haar nicht von Carswell breitschlagen lassen, nach Flagstaff zu kommen, sondern ihr gesagt, sie solle sich ihre blöde Mission an den Hut stecken. Fast wäre Caradoc ihr durch die Lappen gegangen. Nicht auszudenken!

Ihre gute Laune verflog jedoch augenblicklich, als die Realität sie erneut einholte und die Glückseligkeit zunichtemachte.

„Liebste? Ist etwas mit dir?"

„Ich habe nur gerade daran gedacht, dass uns nicht viel Zeit bleibt", sagte sie düster.

„Nein, nein, das vergiss schnell wieder. Trübe Gedanken stehen heute nicht auf dem Tagesplan. Die können bis morgen warten."

Alex seufzte, sagte aber nichts weiter. Zum Teufel mit der Realität!

Behutsam trug Caradoc sie hinüber zum Flussufer und setzte sie vorsichtig auf einem mit Moos bedeckten Felsbrocken ab. Dann, nackt, wie die Götter ihn geschaffen hatten, watete er in das kristallklare Wasser. Alex' Zehen berührten kurz die Oberfläche, bevor sie sie hastig zurückzog.

„Brr. Das ist ja noch kälter als der Bach an deiner alten Lagerstelle." Sie zog die Brauen hoch, als er anfing, sich Wasser über den Körper zu spritzen. „Du wirst erfrieren!" Fröstelnd schlang sie die Arme um ihre Schultern und überlegte, wenigstens ein paar ihrer Sachen wieder anzuziehen. Dann sah sie, wie Caradoc breit grinsend auf sie zukam. „Oh, nein! Ich ziehe die Drückeberger-Methode vor. Du hast nicht zufällig einen schönen weichen Schwamm für mich?"

Noch immer grinsend schüttelte er den Kopf. „Ich habe versprochen, dir die Magie meiner Welt zu zeigen, nicht?"

„Ja, ich erinnere mich", sagte sie und kniff skeptisch die Augen zusammen. „Aber dazu brauchst du mich nicht ins eisige Wasser zu schmeißen, oder? Ich meine, daran ist nichts Magisches. Richtig?"

„Nein, Liebste, daran nicht." Caradoc sank inmitten des Flusses vor Alex auf die Knie und fing an, seine Hände in kreisenden Bewegungen durch das Wasser zu ziehen. „Als Seelenruferin und Priesterin von Andraste bist du mit der Erde verbunden. Das ist dir bewusst, nicht wahr?"

„Ja. Zumindest weiß ich, dass ich mich auch schon in meiner Welt in der Natur immer am wohlsten und sichersten gefühlt habe. Deshalb bin ich Botanikerin geworden und habe diese Arbeit in der Hochgrasprärie angenommen. Aber hier ist es mir noch deutlicher geworden. Es ist, als ob die Erde mich erwartet hätte und mir zuhört."

„Eine treffende Weise, es zu beschreiben. Und so wie das Land dir zuhört, hört das Wasser auf mich."

Sie blinzelte verwirrt. „Das wirst du mir erklären müssen. Ich dachte, Druiden wären grundsätzlich mit der Erde verwurzelt."

„Es ist wahr, dass wir mit den Elementen verbunden sind – Luft, Feuer, Wasser und auch Erde. Einige von uns aber sind mit einem Element stärker im Einklang als mit den übrigen, auch wenn wir die Seele jedes einzelnen wahrnehmen können."

„Selkie ... das ist eine Robbe."

„Stimmt." Er lächelte. „Offenbar habe ich meine Mutter an eine Robbe erinnert. Sie sagte immer, ich hätte schwimmen gelernt, bevor ich überhaupt laufen konnte."

„Und was bewirkt deine Verbindung mit dem Wasser nun genau?"

„Sie bedeutet, dass ich mir die Kraft des Wassers bis zu einem gewissen Grad zunutze machen kann. Ungefähr so, wie du dir Energie von dem Rowan geliehen hast, um das Tor zur anderen Welt zu öffnen."

„Kann ich es sehen? Wie du das machst, meine ich?"

„Dein Wunsch ist mir Befehl." Caradoc verbeugte sich galant, dann breitete er die Arme aus, die Handflächen nach unten gerichtet. „Condatis, großer Gott des Wassers, Vater und vertrauter Freund, in deinem Name bitte ich darum, mir die Macht dieses Stromes, dem nicht einmal Stein für immer widerstehen kann, zu eigen machen zu dürfen. Im Namen Condatis', ich rufe dich, Kraft des Wassers!"

Augenblicklich begann der Fluss, unter Caradocs Händen kleine Strudel zu bilden, und Alex sah ungläubig zu, wie das Wasser aufstieg, sich um die Arme des Druiden legte und seine sonnengebräunte Haut tatsächlich anfing, wie pures Gold zu glitzern. Er schöpfte mit zu einer Schale geformten Händen etwas von dem Wasser und goss es über Alex' Zehenspitzen.

„Es ist warm!", sagte sie verwundert.

„Das ist die Magie meiner Welt." Er streckte die Hand aus und hielt sie ihr einladend hin.

Alex ergriff sie, hüpfte von dem Felsbrocken und kam zu Caradoc in den Fluss gewatet, der jetzt angenehm warm um ihre Knie plätscherte.

„Dies, meine Priesterin aus einer anderen Zeit, ist eine der Weisen, auf die ein Druide seiner Liebsten zeigt, wie sehr er sie verehrt."

Er wusch Alex – voller Hingabe, fürsorglich und sinnlich. Das magisch erwärmte Wasser fühlte sich wie feines Öl auf ihrer Haut an. Caradocs geschickte Handgriffe waren zuerst sehr behutsam, dann wurden sie forscher, dann wieder sanft. Er badete Alex, liebte sie dort im Wasser, zärtlich und langsam, und als sie abermals gemeinsam den Höhepunkt erreichten, pulsierte eine aufregende Mischung aus Magie, Kraft und Liebe durch Alex' Körper, und all dies vereinigte sich dort, wo sie und ihr Geliebter vereinigt waren.

Hinterher wuschen sie sich gegenseitig und hüllten sich anschließend in die Umhänge, die Caradoc mitgebracht hatte. Darunter jedoch noch immer komplett nackt, saßen sie nebeneinander, berührten einander immer wieder und genossen ein kleines Festessen, das er aus ein paar Scheiben geräucherten Schweinefleisches, knusprig geröstetem Brot und römischem Wein gezaubert hatte – ganz ohne Magie.

Währenddessen unterhielten sie sich ungezwungen, und Alex lauschte fasziniert seinen Geschichten und den Geheimnissen des Waldes, die er ihr offenbarte. Dass jeder Baum, jeder Stein, Vogel und Bach mit einem einzigartigen Geist erfüllt war, ebenso wie jede menschliche Seele einzigartig war.

„Ich würde wetten, dass es in meiner Welt auch noch immer so ist", bemerkte sie. „In der Hochgrasprärie kann man es jedenfalls spüren. Obwohl ich mir nicht sicher bin, wie es wäre, wenn ich in meiner Zeit hierherkäme, in dieses Land, das bei uns England heißt. Ob ich dann einen Rowan atmen fühlen könnte, wenn ich ihn berühre."

Schweigend starrte Caradoc in die Flammen des Lagerfeuers. Dann sagte er leise: „Ich glaube, die Seele eines Ortes kann irgendwann sterben, wenn sie nur lange genug nicht beachtet wird. Ebenso wie die eines Menschen."

„Das macht mich traurig", sagte Alex. Sie sah sich um, und wohin sie auch blickte, umgab sie vibrierendes Leben. „Es ist schwer vorstellbar, dass all dies hier nicht überall ein und dasselbe sein soll, egal, welches Jahr man schreibt oder wie viel Zeit vergangen ist." Sie schaute Caradoc in die Augen. „Weißt du, es gibt auch in meiner Welt noch Menschen, die tief in ihrem Inneren die Seele der Dinge spüren, da bin ich mir ganz sicher. Nur haben sie vergessen, wie sie die Verbindung dazu herstellen können. Vielleicht brauchen sie nur einen guten Lehrer, der es ihnen wieder beibringt."

„Worauf willst du hinaus, Liebste?", fragte Caradoc, und Alex hörte dem Klang seiner Stimme an, dass er zumindest ahnte, was sie anzudeuten versuchte.

„Komm mit mir. Wenn all das hier vorüber ist und ich beide Teile des Medaillons habe und sie in meine Zeit bringe, dann begleite mich."

Caradoc schloss die Augen, als würden ihre Worte ihm körperliche Schmerzen bereiten. Als er sie wieder öffnete, sah sie darin Traurigkeit und Verlustangst. „Ich weiß, der Königin wird es nicht gelingen, die Römer von unserem Land zu vertreiben. Aber sage mir – überlebt Boudica den Krieg? Bleibt meinem Volk wenigstens seine Anführerin?"

Alex hätte ihn am liebsten belogen – ausnahmsweise –, um ihm noch mehr Kummer zu ersparen. Doch sie brachte es nicht fertig. Er würde es merken und eine Lüge das gerade erst zwischen ihnen entstandene Vertrauen zerstören. „Leider nicht. Boudica stirbt kurz nach dem Ende der letzten Schlacht."

„Dauert der Krieg lang?"

„Nein", antwortete sie, nachdem sie sich die Fakten ins Gedächtnis gerufen hatte, die Carswell sie hatte auswendig lernen lassen.

„Dann kann ich nicht mit dir kommen. Die Töchter der Königin sind zu jung, um die Last der Verantwortung für ihr ganzes Volk zu tragen, und selbst wenn sie älter wären, so wurden sie doch durch das, was ihnen widerfahren ist, so sehr aus dem Gleichgewicht gebracht, dass sie es womöglich niemals wiedererlangen und fähig sind, die Iceni zu führen. Es wird meine Aufgabe sein, Boudicas Platz einzunehmen und unser Volk zusammenzuhalten, auch wenn es in Gefangenschaft lebt."

„Und was, wenn du auch nicht überlebst?", sprach Alex das aus, woran sie kaum zu denken wagte. „Angenommen, ich gehe zurück und finde heraus, dass du ein paar Tage oder vielleicht Monate nach Boudicas Tod ebenfalls gestorben bist? Könntest du in dem Fall nicht genauso gut einfach von der Bildfläche verschwinden? Das würde keinen Unterschied machen, oder?"

„Du hast die Möglichkeit, nachzuvollziehen, wann ich gestorben bin?"

„Sofern es in unseren Geschichtsaufzeichnungen aufgeführt ist, ja. Und es wäre durchaus denkbar. Wir wissen sehr viel über Boudica, und du bist ihr engster Verwandter. Es gibt bestimmt Berichte über dich, die irgendwo festgehalten wurden."

„Ich weiß nicht. Ich muss darüber nachdenken." Er nahm ihre Hand, bevor er weitersprach. „Du könntest hier bei mir bleiben, nachdem du deine Mission abgeschlossen hast. Es hat sich bereits eine Verbindung zwischen dir, dieser Welt und ihrer Göttin entwickelt, und du könntest weiter ihre Priesterin sein und meine Frau werden."

„Deine Frau?"

Er führte ihre Hand an die Lippen und küsste sie. „Frau, Seelenverwandte, Gefährtin – all dies wärst du für mich."

„War das ein Heiratsantrag?", fragte sie, wobei man ihr offenbar ansah, dass ihr bei dem Gedanken ein wenig schwindelig wurde.

Er schmunzelte. „Mein Herz, würde es dir die Entscheidung erleichtern, wenn ich dich vorerst nur um ein Bündnis bitte?"

„Bündnis?" Ihr Gesicht fühlte sich plötzlich merkwürdig taub an, und Alex fragte sich, ob das wohl der Vorbote eines Herzinfarktes sein könnte.

„Es ist ein Ehegelöbnis, das für ein Jahr besteht. Am Ende dieses Jahres – oder auch bereits vorher – entscheiden die Partner, ob sie den nächsten Schritt machen und sich vermählen möchten oder getrennte Wege gehen, ohne Groll gegen den anderen zu hegen."

„Das hört sich auf jeden Fall besser an." Alex hatte sich nie wirklich vorstellen können, eines Tages vor dem Traualtar zu stehen. Nicht in hundert Jahren. Und das war für sie auch kein Problem gewesen. Vor Caradoc. Jetzt wäre es ein großes Problem, ohne ihn leben zu müssen, aber der Gedanke an eine Heirat jagte ihr fast genauso viel Angst ein.

„Also dann ein Bündnis!"

Alex' Herz pochte wie verrückt, als Caradoc förmlich von seinem Platz neben ihr am Feuer aufsprang und hinüber zu ihrem Gepäck flitzte. Schnell holte er aus einem der Beutel ein Kurzschwert hervor, das in einer ledernen, mit keltischen Knoten verzierten Scheide steckte. Nervös erhob Alex sich. Sie hatte keine Ahnung, wie das Ganze nun vor sich gehen sollte und was ihr Part dabei wäre. Als Caradoc zurückkam, sprach er mit tiefer und feierlicher Stimme, voller Glück und Hingabe: „Ich wünsche aus tiefster Seele, ein Bündnis mit Euch einzugehen, Geliebte. Als Zeichen meiner Ergebenheit biete ich Euch mein Schwert dar." Er fiel auf die Knie, zog das Schwert aus der Scheide und hielt es mit beiden Händen vor Alex hoch. „Holde Schönheit – mein Herz, meine Liebe –, erlaube mir, dir ein Versprechen zu geben. Ich gelobe, dass dieses Schwert dich ebenso wie mein Körper für immer beschützen wird. Wie diese Klinge, so stark ist meine Liebe für dich, und beständig wie der Stahl, aus dem sie geschmiedet wurde, soll meine Liebe für dich bleiben. Akzeptiere unseren Bund, und was mein ist, soll von nun an auch dein sein."

Alex starrte das Schwert an, dann sah sie in Caradocs bernsteinfarbene Augen. Hör auf dein Herz …, riet ihr eine innere Stimme. Aber war es wirklich so einfach? Was ihr Herz wollte, war sonnenklar, und daran hegte sie nicht den geringsten Zweifel. Eine Jahrtausende währende Entfernung, Krieg und Aufruhr – all das spielte keine Rolle zwischen ihnen. Sie gehörte zu diesem Mann und in seine Welt, die genauso zu ihrer geworden war. Niemals zuvor hatte sie das Gefühl gehabt, irgendwo hinzugehören, und jetzt wusste sie, warum das so gewesen war. Jegliche Angst und Zurückhaltung fielen von ihr ab, und sie nahm Caradocs Schwert und sagte die Worte, die ihr förmlich aus Herz und Seele zuflogen.

„Ich akzeptiere dein Gelöbnis der Liebe, wie ich auch dein Schwert akzeptiere. Du kennst mein Herz, und ich kenne deines. In Andrastes Namen und bestärkt durch die Kraft dieses geheiligten Ortes verkünde ich meinen Wunsch, die Deine zu sein. Und, Caradoc, ich werde hierbleiben, bei dir, in deiner Welt. Ich weiß jetzt, hier ist mein Platz."

Glücklich lächelnd erhob sich Caradoc, schloss Alex in die Arme und küsste sie. Und in diesem Moment existierten weder Krieg noch Zeit, und nichts schien unmöglich zu sein.

Als Alex und Caradoc später wieder beisammensaßen und gemeinsam zusahen, wie die glutrote Sonne langsam hinter den Wipfeln der Bäume verschwand, stellte Alex Caradoc die Frage, die ihr seit dem Augenblick durch den Kopf gegangen war, in dem sie Andraste instinktiv in das Bündnis mit ihm einbezogen hatte.

„Gibt es eigentlich irgendetwas, das ich tun sollte, um meine Verbindung mit der Göttin offiziell zu machen? Eine Art Zeremonie, so wie unser Bündnis?"

Caradoc antwortete langsam und zögerlich, als fiele es ihm schwer, die Worte über die Lippen zu bringen. „Es gibt ein Ritual, das eine Priesterin vollzieht, wenn sie von einer Göttin ausgewählt wurde, um ihr im Gegenzug zu zeigen, dass sie den Pfad, den die Göttin ihr zugedacht hat, begehen wird. Sie wird dabei von einer anderen Priesterin begleitet, manchmal auch von einem Druiden. Es sollte in einem der geheiligten Haine auf Mona stattfinden." Traurig fuhr er fort: „Die Römer haben alles niedergebrannt. Ich sah, wie die ganze Insel in Flammen aufging, als ich floh. Mona ist zerstört. Die heiligen Wälder gibt es nicht mehr.“

Alex verschränkte ihre Finger mit seinen, drehte seine Hand nach oben und küsste seinen Daumenballen und anschließend das Handgelenk, wo sein Puls schlug. Dann beugte sie sich zu ihm vor und küsste ihn auf die Lippen. Sie hielt ihn im Arm, streichelte über seinen Rücken und versuchte, mit bloßer Willenskraft ein Gefühl des Trostes durch ihre Hände in seinen Körper fließen zu lassen. Als sie schließlich spürte, wie seine Anspannung nachließ, fragte sie leise: „Caradoc, was genau macht einen Wald zu einem heiligen Ort?“

Für einen Augenblick verspannte er sich, doch Alex' Nähe schien ihn zu beruhigen, und schließlich sagte er: „Er wird geheiligt, indem er von einem Gott oder einer Göttin berührt wurde. Etwas Besonderes muss sich dort zugetragen haben, oder es gibt Bäume, um die sich Druiden oder Priesterinnen liebevoll gekümmert haben. Oft stehen uralte Kraftsteine an einem solchen Platz. Es kann aber auch einfach geschehen, wenn ein Gott oder eine Göttin an diesem Ort so klar spricht, dass seine oder ihre Worte in die Seele der Erde übergehen und für immer Teil davon sind.“

„Du meinst, so wie hier.“

„Hier?“ Fragend sah er sie an.

Alex nickte. „Ja, genau hier, wo wir jetzt sitzen. Du hast mich gebeten, bei dir zu bleiben, und wenig später wusste ich, was ich will und wohin ich gehöre. Denn Andrastes Stimme hat mir geraten, dem zu folgen, was mein Herz mir sagt, Caradoc. Genau hier“, wiederholte sie. „Und ich konnte sie so deutlich hören, wie ich dich höre. Macht das diesen Platz nicht zu einem heiligen Ort?“

Tränen traten ihm in die Augen, und er ließ sie fließen, frei von jeder falschen Scham. „Aye, Liebste“, sagte er leise. „Es ist ein neu erschaffener geheiligter Hain, den eine weise junge Priesterin als Erste erkannte.“

„Wir sind also eine Priesterin und ein Druide."

„Das sind wir", bestätigte er.

„Dann führe mich durch dieses Ritual, sodass ich den Pfad der Göttin als meinen anerkennen kann und mein Schicksal in ihre Hände legen", bat Alex aufgeregt.

Caradoc wischte sich die Tränen fort. „Jetzt gleich?"

„Ja, jetzt gleich. Ich muss meine Zugehörigkeit zu Andraste besiegeln, so wie ich vorhin meine Zugehörigkeit zu dir besiegelt habe."

„Um dieses Ritual ausführen zu können, musst du bereit sein, in die andere Welt zu reisen."

Alex spürte, wie ihr alle Farbe aus dem Gesicht wich. „Du meinst dorthin, wo es so furchtbar dunkel und unheimlich war?"

„Ja, Liebste, aber dieses Mal wirst du es anders wahrnehmen. Deine Seele ist vollständig, du hast in der Zwischenzeit viel gelernt. Und du hast einen erfahrenen Begleiter an deiner Seite."

Alex schluckte hart. „Wenn das so ist, okay. Worauf warten wir?"

„Du musst daran denken, dass die Zeit in der anderen Welt nicht in derselben Geschwindigkeit wie hier verrinnt. Erinnerst du dich, wie es sich anfühlte, als wären nur wenige Minuten verstrichen, und tatsächlich war bei unserer Rückkehr fast ein ganzer Tag um?"

„Willst du damit sagen, wir könnten ein paar Tage weg sein, oder reden wir hier von Monaten oder sogar Jahren?"

„Einen Tag, manchmal auch zwei. Das wäre normal. Es dauert selten länger. Bist du dir sicher, dass du es jetzt sofort tun willst?"

„Ich bin mir sicher, dass der Großteil unserer Zukunft mehr als unsicher ist, also ja, je eher, desto besser. Selbst wenn wir uns um einen oder zwei Tage verspäten, Boudica kann Suetonius frühestens in einer Woche einholen, und er ist für meine Mission von entscheidender Bedeutung. Ohne ihn kein Medaillon. Wenn ich das Ritual jetzt begehe, wird es mir später helfen, das Richtige zu tun und Andrastes Pfad zu folgen, egal, was geschieht."

„Ich werde nicht zulassen, dass dir etwas geschieht", sagte Caradoc entschieden.

Alex küsste ihn und dachte: Es ist nicht das, was vielleicht mit mir passieren könnte, worum ich mir Sorgen mache …

„Also gut", willigte er ein. „Es wird mir die größte Ehre sein, dich zu führen, Liebste."

„Danke." Alex nahm seine Hand und ließ sich von ihm hochziehen. „Was muss ich als Erstes tun?"

„Als Erstes entblößt du deine Haut und nimmst ein Bad", sagte er grinsend.

„Noch mal?"

23. KAPITEL

Gemeinsam gingen Alex und Caradoc zum Fluss. Liebevoll hatte er ihr den Arm um die Taille gelegt. „Dieses Mal steht der Akt des Badens symbolisch für den Tod. Du wäschst dein altes Leben fort und trittst in ein neues über.“ Aufmunternd drückte Caradoc Alex’ Schulter. „Was du jetzt tun wirst, ist mehr eine spirituelle Form der Liebe als eine körperliche.“

„Okay, klingt einleuchtend.“

Sie standen am Flussufer, und Caradoc drehte sie in Richtung Wasser. „Du musst allein hineingehen. Tauch ganz unter und widersteh dem Drang, wieder hochzukommen, um Luft zu schnappen. Du wirst mir vertrauen müssen, dass ich dich rechtzeitig aus deinem alten Leben heraushole und in ein neues überführe. Hast du das verstanden?“

Alex nickte. „Ich bin ein bisschen aufgeregt.“

„Das war jeder von uns. Aber es wird alles gut gehen. Du weißt, die Göttin erwartet dich. Denk an Andraste und deine Verbindung mit der Erde.“

Caradoc machte sich nicht die Mühe, seine Kleider abzulegen. Er raffte einfach nur seine Tunika hoch und stieg dann, wie er war, ins Wasser. „Wenn du bereit bist, können wir anfangen.“

Langsam begann Alex, sich auszuziehen. Dabei dachte sie daran, wie sie gleich ihr altes Leben, in das sie nie so recht hineingepasst hatte, abstreifen und in ein anderes hinübergehen würde. Und dies, ganz egal, wohin es sie brachte und vor welche Herausforderungen es sie stellte, war es, wofür sie sich entschieden hatte. Sie stand nackt am Ufer und ließ den Blick über die Landschaft schweifen und nahm die Schönheit des Waldes in der Dämmerung in sich auf. Es erschien ihr passend, dies zu tun, da die Symbolik des Todes und eines neuen Anfangs dadurch komplettiert wurde.

Sie trat ins Wasser, ohne vor Schreck zusammenzuzucken, weil es so eisig kalt war, schaute aber mit großen Augen zu Caradoc hinüber.

„Es tut mir leid, Liebste. Ich kann es dir nicht leichter machen. Ein Teil der Geburt ist ein schmerzhafter Prozess, und ich muss alles auf natürliche Weise geschehen lassen."

Sie warf ihm ein nervöses Lächeln zu, ging in die Knie, tauchte bis zur Brust ein und erschauderte vor Kälte. Danach nahm sie drei tiefe Atemzüge, die sie langsam wieder herausließ, hielt dann den vierten an und legte sich auf den Rücken, sodass sie vollständig unter Wasser war. Sie wusste nicht so recht, was sie mit ihren Händen tun sollte, also ließ sie einfach locker, sodass der Strom sie anhob und sie dicht unter der Wasseroberfläche trieben.

Bald hatte sie den Punkt erreicht, an dem sie ihrer wachsenden Panik nachgeben wollte, doch sie zwang sich, Caradocs Rat zu befolgen, und hielt weiter tapfer den Atem an. Gedanken an Andraste gingen ihr durch den Kopf und wie sehr sich ihr eigenes Leben verändert hatte, seitdem sie ihre Verbindung mit der Göttin und der Erde spüren konnte.

Und nicht nur ihr Leben hatte sich verändert. Sie, Alex Patton, war eine andere geworden. Die Bitterkeit und ihre permanente unterschwellige Gereiztheit, mit der sie schon seit ihrer frühen Kindheit durch die Welt gegangen war, waren verschwunden. Ebenso wie die Einsamkeit und das Gefühl, nicht dazuzugehören, weil sie anders war als die Menschen um sie herum. Doch in dieser magischen Welt hatte sie tatsächlich eine Art Wiedergeburt erfahren.

Caradocs starke, warme Hände packten ihre, und er zog sie aus dem Wasser, warf ihr seinen Umhang über und wickelte sie darin ein. Er trocknete sie gründlich ab, schwieg aber währenddessen. Als er fertig war, sagte er: „Und nun müssen wir in die andere Welt gehen, durch das östliche Tor – das Tor der Neuanfänge. Zuerst werden wir dem Torwächter Rede und Antwort stehen. Er ist einer der Beschützer der anderen Welt. Er wird dich herausfordern. Wenn dein Herz rein ist und deine Absicht ehrlich, dann hast du nichts vor ihm zu befürchten, aber es ist wichtig, dass du ihm auf all seine Fragen wahrheitsgemäß antwortest. Möchtest du weitermachen?"

„Ja“, sagte Alex entschlossen.

„Sehr gut.“ Caradoc nahm ihr den Umhang ab. „Du musst der Göttin nackt gegenübertreten – als Zeichen deiner reinen Absichten.“

Alex nickte.

„Ich werde dich den ganzen Weg über begleiten. Vergiss nicht, Andraste hat dich bereits ausgewählt und dir ihren Segen geschenkt. Es gibt nichts, wovor du Angst haben müsstest.“

„Ich versuche, dran zu denken“, erwiderte Alex, obwohl ihre Lippen so kalt waren, dass sie sie kaum spürte.

„Dann lass uns aufbrechen.“ Caradoc ging zum östlichen Rand der Lichtung und blieb mit Alex zwischen zwei riesigen Eichen stehen, die so dicht nebeneinanderwuchsen, dass ihre Äste mit denen des anderen Baumes verschlungen waren.

„Diese Eichen eignen sich hervorragend als Rahmen für den Durchgang zur anderen Welt. Ihre magischen Eigenschaften sind Heilung, Stärke und Langlebigkeit. Mach dir die Kraft dieser beiden Bäume zunutze, die seit unzähligen Generationen hier stehen und sich gegenseitig stützen, und öffne das östliche Tor.“

Für einen Augenblick stand Alex unschlüssig da und kam sich ziemlich verloren vor, denn ein bestimmtes Tor zu öffnen war eine ganz neue Herausforderung, der sie sich nicht gewachsen fühlte. Doch dann begann zu ihrer Rechten die Luft zu flimmern, und Caradocs Mutter tauchte neben ihr auf.

Deine Seele weiß, was zu tun ist, Kind. Hör auf das, was sie dir sagt …

„Ich danke dir“, sagte Alex leise zu dem Geist. Fragend hob Caradoc die Brauen, sagte aber nichts. Alex trat zwischen die imposanten Bäume, streckte die Arme aus und legte ihre Handflächen auf die dicken Stämme. „Ich möchte durch das östliche Tor in die andere Welt hinübergehen und meine Göttin aufsuchen. Könnt ihr mir bitte helfen, es zu öffnen?“

In ihren Händen begann es sofort zu kribbeln, und die eben noch leichte Brise, die durch den Wald wehte, wurde zu einem kleinen Sturm, der sich wie ein Miniatur-Tornado um Alex aufbaute und ihre Haare hochwirbelte.

Das Element des Ostens ist die Luft, erklärte Caradocs Mutter. *Wenngleich auch deine Verbindung dazu nicht so stark ist wie zur Erde, hat es auf dein Anliegen reagiert. Du kannst es jetzt bitten, das Tor für dich entstehen zu lassen.*

„Luft, ich bitte dich in Andrastes Namen, öffne das östliche Tor zur anderen Welt für mich."

Ein gewaltiger Windstoß blies Alex ins Gesicht, und sie kniff instinktiv die Augen zu. Als sie sie wieder öffnete, sah sie vor sich eine marmorne Treppe, die zu einer ebenfalls aus Marmor bestehenden Tür führte. Dahinter schien sich nichts zu befinden außer dem Himmel.

„Das hast du sehr gut gemacht", lobte Caradoc. „Und nun werden wir dem Torwächter gegenübertreten." Er nahm ihre Hand, und sie stiegen zusammen die Stufen empor. An der Tür angekommen, berührte Caradoc sie nur kurz, und sie tat sich vor ihnen auf. Doch bevor sie hindurchgehen konnten, stellte sich ihnen eine dunkle Gestalt in einer langen Robe mit Kapuze in den Weg und hielt ein langes, gefährlich aussehendes Schwert quer vor dem Eingang.

Die Stimme allein genügte, um Alex das Blut in den Adern gefrieren zu lassen, dennoch reckte sie das Kinn und sagte fest: „Ich tue es. Ich bin …" Sie hielt inne. Wer war sie?

Wenn du nicht einmal dein wahres Selbst kennst, ist es dir nicht gestattet, in Andrastes Gegenwart zu sein. Kehr um, Sterbliche! Du bist nicht bereit, unserer Göttin zu dienen.

„Oh, bitte, jetzt komm schon! Ich weiß, wer ich bin. Es ist in meinem Fall einfach nur ein bisschen komplizierter als das übliche Konzept, dass man nur eine Person ist – wie zum Beispiel ein Torwächter, Punkt, aus." Alex war sich durchaus bewusst, wie respektlos sie mit der Furcht einflößenden Gestalt sprach, aber deren herablassende Art ging ihr extrem gegen den Strich und erinnerte sie sehr stark an ihren letzten Lieutenant – einen jungen Burschen, der noch nicht einmal trocken hinter den Ohren gewesen war. Dass sie so einem zu gehorchen hatte, bloß weil er im Dienstgrad über ihr stand, war ihr sauer aufgestoßen. Wie auch immer, sie konnte eben nicht aus ihrer Haut.

Der Torwächter richtete sich zu seiner vollen Größe auf, sodass er nicht nur Alex, sondern auch Caradoc um mindestens dreißig Zentimeter überragte. *Dann nenn deinen Namen, impertinente Sterbliche, bevor ich deiner Gegenwart überdrüssig werde.*

„Mein Name ist Alexandra Patton, und ich bin in dieser Welt ebenso als Blonwen bekannt. Beides sind meine Namen."

Alex hätte beinahe schwören können, den Wächter seufzen gehört zu haben.

Und wer spricht für dich?

„Ich bin es, Caradoc, im Dienste von Condatis, Gott des Wassers."

Ich kenne dich, Druide. Und du bist dir wirklich sicher, dass du für diese penetrante sterbliche Person sprechen willst?

Caradocs Mundwinkel zuckten, aber seine Stimme blieb klar und sachlich, als er antwortete: „Ja, ich bin mir wirklich sicher."

Die Gestalt wandte ihre Aufmerksamkeit wieder Alex zu und drückte dann unglaublich schnell die Klinge des Schwertes direkt auf ihr Herz.

Du stehst im Begriff, einen Ort der Macht zu betreten, einen Ort jenseits menschlicher Vorstellungskraft, an dem Zeit keine Bedeutung hat, wo Geburt und Tod, Licht und Schatten, Glück und Schmerz sich vereinigen und eins werden. Du willst von einer Welt in eine andere gehen, die außerhalb deines sterblichen Reiches liegt, außerhalb von Zeit und Raum. Du, die du am Tor zu dieser Welt stehst, hast du den Mut, diese Reise anzutreten? Denn wisse, es ist besser für dich, durch mein Schwert zu sterben und zu vergehen, als den Versuch des Überganges zu unternehmen, wenn dein Herz voller Angst ist oder deine Absicht nicht ehrlich!

Alex zwang sich, keine Furcht zu empfinden, und antwortete mit den Worten, die direkt aus ihrer Seele in ihren Geist strömten. „Ich will die andere Welt mit Liebe, Aufrichtigkeit und Vertrauen in meinem Herzen betreten."

Der Wächter hob das Schwert und stieß es mit einem mächtigen Hieb nach unten, sodass es mit der Spitze in den Marmor zu Alex' Füßen eindrang. Dann verbeugte er sich und machte den Weg frei. *So mögest du Einlass finden und deiner Göttin gegenübertreten.*

Alex trat auf eine Wiese hinaus, die von uralten Bäumen umringt war. In der Mitte stand ein mehrstöckiger Brunnen, der melodisch plätscherte.

„Das kommt mir so bekannt vor", flüsterte sie Caradoc zu. „Aber ich wüsste nicht, wie das möglich sein sollte."

Er nahm ihre Hand. „Es ist Andrastes Reich. Ich kam hierher, um die zersplitterten Teile deiner Seele zusammenzufügen und wieder in die Welt der Sterblichen zu bringen. Du bist schon einmal an diesem Ort gewesen, aber du warst zu diesem Zeitpunkt nicht du selbst und erinnerst dich nur vage daran. Hab Mut und Vertrauen." Caradoc drückte ihre Hand und ließ sie dann los. „Ich muss dich jedem einzelnen Hüter der vier Himmelsrichtungen vorstellen. Wir beginnen mit dem Osten und der Luft. Sei ganz beruhigt, es wird alles gut gehen."

Hocherhobenen Hauptes führte Caradoc sie geradeaus zum östlichen Rand der Lichtung. „Heil, Hüter der Luft, begrüße Alexandra Patton, die gleichfalls als Blonwen bekannt ist und zu einer Priesterin Andrastes geweiht werden soll!"

Durch die Baumreihen ging ein Windstoß, und die Äste begannen sich zu bewegen, immer heftiger, während der Wind zu einem tosenden Sturm wurde. Eine wunderschöne Frau trat aus den Schatten des Waldes, doch ihre Füße schwebten über dem Boden, wie Alex erstaunt bemerkte. Ihr Haar war weißblond und so strahlend, dass es beinahe in den Augen blendete. Sie trug etwas um den Körper, das keine greifbare Struktur oder Farbe hatte, aber dennoch ihre Haut bedeckte. Überrascht wurde Alex klar, dass ihre Kleidung tatsächlich aus purer Luft bestand. Die

Frau hob eine Hand, mit der Handfläche nach oben, und eine Kristallblase erschien darin.

So siehe das Leben, wie es sich wandelt.

Im Inneren der Blase entstand ein Kokon, der im nächsten Moment aufbrach und den Blick auf einen prachtvollen Monarchfalter freigab. Er breitete die Flügel aus und flatterte anmutig davon.

Caradoc verbeugte sich vor dem Element, drehte Alex dann nach rechts und führte sie zum südlichen Ende der Lichtung.

„Heil, Hüter des Feuers, begrüße Alexandra Patton, die gleichfalls als Blonwen bekannt ist und zu einer Priesterin Andrastes geweiht werden soll!"

Die Schatten des Waldes verwandelten sich in ein flackerndes orangefarbenes Lichterspiel, in dem eine Frau Gestalt annahm. Ihr glühender Körper war in ein transparentes Stück Stoff gehüllt, das Alex spontan an das goldene Schimmern von Kerzenschein erinnerte. Ihre Haare waren feuerrot, und die Augen hatten einen tiefen Bernsteinton, ähnlich wie bei Caradoc und seiner Mutter. Die Hüterin des Feuers lächelte.

Schön, dich zu sehen, Sohn von Eilwen.

Caradoc, der sich dem Element Feuer gegenüber weniger formal verhielt, verbeugte sich vor ihr und erwiderte ihr warmes Lächeln. Das Element wandte sich an Alex, pflückte aus dem Nichts eine flammend rote Rose und reichte sie Alex.

So sieh diese Rose und ihre Zartheit, doch nimm dich vor ihren Dornen in Acht.

Wie auf Kommando stach einer der Dornen Alex auch prompt in den Finger. Sie ließ die Rose fallen, die sofort verschwand, ebenso wie die Hüterin des Feuers. Caradoc drehte sie abermals nach rechts und ging mit ihr zur Westspitze der Lichtung.

„Heil, Hüter des Wassers, begrüße Alexandra Patton, die gleichfalls als Blonwen bekannt ist und zu einer Priesterin Andrastes geweiht werden soll!"

Die Luft vibrierte, und auf einer Welle türkisblauen Wassers wurde eine Frau an den Rand der Bäume gespült. Ihre Haut hatte die Farbe des Mittelmeeres, ihre Haare waren leuchtend grün wie Seegras, die mandelförmigen saphirblauen Augen tief wie der Ozean selbst. Sie trug kristallines Wasser, das sich eng an ihren Körper schmiegte und absolut durchsichtig war. Als sie Caradoc sah, schenkte sie ihm ein strahlendes Lächeln.

Caradoc! Mein Vater wird erfreut sein zu hören, dass du mich wieder einmal besucht hast! Sie richtete dasselbe Lächeln an Alex, und das unbestimmte Gefühl von Eifersucht, das sich eben noch in ihr geregt hatte, verschwand sofort. *Ah, Priesterin! Du bist es also, die das Herz unseres Druiden erobert hat. Ich wünsche euch beiden ein langes glückliches Leben miteinander. Mögen der Segen und die Kraft des Meeres euch stets begleiten.*

Das Wasser-Element öffnete die Hand, um ihnen eine Muschel zu zeigen, die eine nach innen gerichtete Spirale bildete, welche sich von der Mitte aus wieder nach außen zu drehen schien. *So siehe, wie das Leben niemals ganz endet, sondern ein ewiger Kreislauf ist.* Anstatt die Muschel an Alex zu überreichen, gab sie sie Caradoc und sagte: *Bewahre du dieses Geschenk, Druide, denn es würde sonst verschwinden, sobald sie es berührt.*

Caradoc machte eine tiefe Verbeugung, und die Hüterin des Wassers schwamm auf den Wellen davon, während ihr Lachen in den sich zurückziehenden Wogen widerhallte.

„Und jetzt dein Element“, sagte Caradoc, als er Alex abermals nach rechts und mit dem Gesicht zur nördlichen Richtung der Wiese drehte. „Heil, Hüter der Erde, begrüße Alexandra Patton, die gleichfalls als Blonwen bekannt ist und zu einer Priesterin Andrastes geweiht werden soll!“

Dieses Mal wuchs die Hüterin der Erde förmlich aus dem Boden am Waldrand. Was ihre Schönheit betraf, stand sie ihren Schwestern in nichts nach. Ihre Haut war glatt und braun und ihr Körper mit ungeschliffenen Kristallen bedeckt, abgesehen von ihren nackten vollen Brüsten und den runden, wohlgeformten Hüften.

Priesterin, du und ich haben uns bereits kennengelernt. Das Lächeln der Erde war warm, und Alex musste daran denken, wie sehr sie sich als Kind gewünscht hatte, dass ihre Mutter sie mit solch einem Lächeln angesehen hätte, nachdem sie erkannt hatte, dass ihre Tochter über die Fähigkeit verfügte, mit den Toten zu sprechen. Wisse, mein Herz ist dir zugetan, denn unsere Verbindung ist stark, Priesterin. Wann immer du mich brauchst, rufe nach mir, und ich werde stets versuchen, dir Kraft zu geben. Das Element streckte die Hand aus und hielt Alex ein verdorrtes, von Fraßspuren durchlöchertes Blatt entgegen. *So siehe, wie Leben durch anderes Leben fortbesteht.*

„Ich danke dir", sagte Alex, und als Caradoc sich vor ihm verbeugte, zerbröckelte das Element Erde und verschmolz wieder mit dem Waldboden. Alex seufzte, ein wenig traurig, dass ihre Begegnung nur so kurz gewesen war. „Was kommt nun?", fragte sie Caradoc.

Nun tritt deiner Göttin gegenüber, und falls du diese Verpflichtung eingehen willst, stelle dich und dein Leben in meine Dienste.

Alex drehte sich um und sah Andraste neben dem Brunnen in der Mitte der Lichtung stehen. Und bei ihrem Anblick, mysteriös und gleichzeitig so vertraut, verspürte Alex ein unbeschreibliches Glücksgefühl.

24. KAPITEL

Caradoc nahm sie bei der Hand und präsentierte sie feierlich der Göttin.

Sei gegrüßt, Kind.

Alex sah Andraste an, ein so wundervolles Wesen, wie sie es noch nie zuvor gesehen hatte, und musste sich erst einmal räuspern, bevor sie überhaupt sprechen konnte. Letztendlich gelang es ihr, leise zu murmeln: „Andraste, ich möchte mich dafür entschuldigen, dass ich dich so lange Zeit meines Lebens nicht wahrgenommen habe. Ich war ignorant und wusste nicht einmal von deiner Existenz."

Die Göttin lächelte milde. *Bist du dir sicher, mich nicht wahrgenommen zu haben? Ich war stets in deiner Nähe und habe dich beobachtet, wenngleich deine Reise zu mir sehr lange gedauert hat.*

„Ja, leider bin ich mir sicher", gestand Alex ehrlich.

Dann möchte ich dir drei Dinge abverlangen – bemühe dich redlich, meinem Pfad zu folgen, halte dich an die Wahrheit und beschütze die Natur ebenso wie deine Schwestern, die anderen Priesterinnen, und deine Brüder, die Druiden.

„Das ist alles?", platzte Alex erleichtert heraus. Sie hatte damit gerechnet, vor eine Aufgabe gestellt zu werden, für die sie eine Heldentat vollbringen müsste, wie einen Drachen besiegen oder etwas in der Art, um der Göttin zu beweisen, dass sie ihrer würdig war.

Andraste hob eine ihrer perfekt geschwungenen Brauen. *Ich glaube, das ist genug Herausforderung für mehrere Leben, Kind. Möchtest du geloben, danach zu handeln?*

„Das möchte ich."

Dann tat die Göttin etwas, das Alex zutiefst erschütterte.

Sie kniete vor ihr nieder, küsste ihre Füße und sprach: *Gesegnet seien deine Füße, die dich zu mir getragen haben.* Anschließend reckte Andraste, Göttin des Krieges und der Vergeltung, den Kopf und küsste auch Alex' Knie. *Gesegnet seien deine Knie, auf denen du vor meinem heiligen Altar sitzt.* Die Göttin der Kelten, Herrscherin des Waldes, küsste Alex' Weiblichkeit. *Gesegnet sei deine Weiblichkeit, die der Menschheit Fortbestehen sichert.* Andraste stand auf und küsste jede von Alex' Brüsten. *Gesegnet seien deine Brüste, geformt in Kraft und Schönheit.* Dann küsste sie Alex auf die Lippen und sagte sanft: *Gesegnet sei dein Mund, der meine heiligen Worte spricht, die mein Volk mit meiner Stärke erfüllen und es führen.* Zum Schluss nahm die Göttin Alex' rechte Hand, drehte sie nach oben und küsste die Mitte ihrer Handfläche. *Und gesegnet sei diese Hand, die von nun an jedem, der sie sieht, verkünden soll, dass du als meine Hohepriesterin erwählt wurdest und in meinen Diensten stehst.*

Fasziniert und erfüllt von der Wärme und Macht der Segnung, die sie gerade empfangen hatte, schaute Alex auf ihre Hand hinunter und bemerkte, dass sich dort plötzlich dasselbe spiralenförmige Symbol befand, das sie an der Hand von Caradocs Mutter gesehen hatte. Jetzt schmückte es auch ihre und ließ jeden Kelten wissen, dass sie eine vollwertige Hohepriesterin Andrastes war. Dann zeichnete Andraste mit einer zeremoniellen Geste die Umrisse von Alex' nacktem Körper nach, von den Füßen bis hinauf zum Kopf. *Diese Priesterin gehört zu mir!* rief sie, und ihre Stimme hallte über die Lichtung in alle vier Himmelsrichtungen.

Alex fiel vor ihr auf die Knie und senkte den Kopf. „Hab Dank, meine Göttin. Ich werde mein Allerbestes geben, um dich nicht zu enttäuschen."

Erhebe dich, Kind, und nimm mit dir diesen Talisman, der dich beschützen soll.

Sie gehorchte, und die Göttin gab ihr einen Amethyst, der an einer feinen Silberkette hing. Alex hörte, wie Caradoc einen überraschten Laut ausstieß, und sah ihn an.

Ah, Druide, ich sehe, du erkennst die Opfergabe, die du mir das letzte Mal mitbrachtest, als du mich in meinem Reich besucht hast, sagte Andraste zu ihm.

„Das tue ich“, antwortete er.

Da es noch immer deinen Herzschlag in sich trägt, erscheint es mir ein passendes Geschenk für diese spezielle Priesterin zu sein. Andraste machte eine elegante Handbewegung, und die Kette verschwand, um an Alex’ Hals wieder aufzutauchen, der violette Stein zwischen ihren Brüsten ruhend. Alex schloss die Finger darum und konnte das gleichmäßige Pochen von Caradocs Herzschlag spüren. Und dann, während sie den Amethyst noch immer festhielt, erwärmte er sich, nahm auf magische Weise flüssige Form an und quoll durch Alex’ Haut direkt in ihr Herz hinein.

Alex merkte nicht, dass sie weinte, bis die Göttin sie fragte: *Was betrübt dich, Kind?*

Sie blickte in Andrastes bodenlose Augen und sah darin Macht und Leidenschaft, aber auch Verständnis und Liebe.

„Ich weiß nicht, ob ich für immer hierbleiben kann, obwohl diese Welt mein wahres Zuhause ist.“ Alex schaute zu Caradoc hinüber, der sie ernst beobachtete. „Und ich möchte mit ihm zusammen sein, aber wenn ich auch auf meinen Verstand und nicht nur auf mein Herz höre, dann scheint es mir, als sei dieser Wunsch unmöglich zu verwirklichen.“

Komm, Kind, sieh in meinen Brunnen. Vielleicht findest du dort die Antwort, nach der du suchst. Andraste führte Alex zu dem plätschernden Springbrunnen, in dem glitzerndes kristallines Wasser sprudelte, ein Anblick, so wunderschön, dass er mit Worten nicht zu beschreiben war. Die Göttin ließ ihre Hand über die Wasseroberfläche gleiten und sagte zu Alex: *Schau hinein, und denke an das, was dein Herz am meisten begehrt ...*

Alex nahm einen tiefen Atemzug. Caradoc ist es, den mein Herz am meisten begehrt, dachte sie und blickte in das nun völlig ruhige Wasser.

Was sie sah, verzauberte sie regelrecht. Obwohl sie beide in jedem Szenario anders waren, folgte Fragment auf Fragment verschiedener Lebensabschnitte, die alle Caradoc und sie selbst zeigten. Im einen Moment als Kinder, die zusammen spielten, dann erhaschte sie einen Blick auf sich und ihn im Teenageralter, wie sie sich eng umschlungen den ersten Erfahrungen der Liebe hingaben. Im nächsten Augenblick waren sie ungefähr so alt wie jetzt, nur dass sie in dieser Vision hochschwanger war und in der Nähe zwei kleine Kinder an einem Lagerfeuer spielten. Und schließlich sah sie Caradoc und sich selbst als Greise, faltig und weißhaarig, aber noch immer Hand in Hand nebeneinandersitzend und ihre Herzen für den anderen schlagend.

Dann zogen kleine Wellen durch das Wasser, und die Bilder verschwanden. Und Alex begriff, was sie gerade gesehen hatte – und was nicht.

Andraste sagte nichts, offenbar darauf wartend, dass Alex ihr die Frage stellte, von der sie wusste, dass sie ihr auf der Zunge brannte.

„Ich habe Caradoc und mich zusammen gesehen, in vielen verschiedenen Leben, aber in keinem davon waren wir genau die, die wir jetzt sind."

Weil du deine Entscheidung noch nicht endgültig getroffen hast. Das Schicksal mag die Dinge in Bewegung gesetzt haben, doch du hast dennoch einen freien Willen – du kannst trotzdem deine eigenen Entscheidungen fällen. Und es ist offensichtlich, dass dies noch nicht geschehen ist.

„Aber das stimmt nicht. Ich habe mich entschieden!", beharrte Alex und sah Caradoc an. „Ich bin das Bündnis mit ihm eingegangen. Ich liebe ihn!"

Die Göttin nickte. *Ja, du liebst ihn.* Sie schaute zu Caradoc und lächelte warmherzig. *Und er liebt dich ebenso.* Ihr Blick noch immer auf dem Druiden ruhend weiteten sich die Augen der Göttin, nur ganz leicht, beinahe unmerklich. *Ich sehe, auch du hast eine Entscheidung zu treffen, Kind.*

Caradoc schien überrascht zu sein. „Das habe ich bereits getan. Wie du sagtest, ich liebe Blonwen und bin heute das Bündnis mit ihr eingegangen."

Doch Liebe allein reicht oft nicht aus. Andraste wandte sich wieder Alex zu. *Verpflichtungen und die Anforderungen der Welt stehen oft im Weg, und ihr zwei habt es mit den Anforde-*

rungen mehrerer Welten zu tun. Und doch, vergesst niemals: Ihr habt immer eine Wahl. Das Schicksal spinnt die Fäden, aber ihr könnt sie häufig nutzen, um daraus den Stoff des Lebens zu machen, das ihr euch erträumt und für euch und eure Lieben wünscht.

Alex öffnete den Mund, um die Göttin zu bitten, das etwas präziser zu erklären. Was genau das Schicksal für einen Faden gesponnen hatte und wie sie es schaffen konnte, die Dinge in eine Richtung zu lenken, in der Caradoc und sie eine gemeinsame Zukunft hätten. Doch Andrastes Erscheinung hatte bereits begonnen, sich zu verändern, und Alex sah verwundert zu, wie die liebreizende Frau, die kurz vorher noch zu ihr gesprochen hatte, ihre Gestalt wechselte. Zur Mutter wurde, dann zu einer blutjungen Maid und letztlich einem sehr alten Weib mit gebücktem Rücken.

Du musst nun zurückkehren, Kind. Die Zeit ist verronnen, während du hier bei mir warst. Auf dich wartet eine Aufgabe, die du zu Ende bringen musst. Ich habe für euch einen Pfad geschaffen … Andraste wies zum Waldrand direkt vor ihnen, machte eine Handbewegung, und plötzlich entstand ein schmaler Weg, hell erleuchtet von der warmen Sommersonne, der sich zwischen den Bäumen entlangschlängelte. *Folgt ihm, und ihr werdet dort in die Welt der Sterblichen übertreten, wo man euch braucht und bereits erwartet.* Die Göttin wandelte erneut ihre Gestalt und wurde wieder zu der jungen Maid. Verschwörerisch lächelte sie Alex zu.

Ich wünsche jedoch nicht, dass um meine neue Priesterin großes Aufhebens gemacht wird, und deshalb habe ich ein weiteres Geschenk für dich. Andraste schnippte mit den Fingern, und die Luft um Alex flimmerte, und dann fühlte sie, die völlig vergessen hatte, dass sie die ganze Zeit nackt gewesen war, auf einmal, wie ihr Körper von Kleidung eingehüllt wurde. Sie schaute an sich hinunter und sah, dass sie eine moosgrüne Tunika trug, unter der ein Unterkleid hervorschaute, das mit eingestickten Rowan-Blüten verziert war.

„Oh, das ist wunderschön! Vielen Dank, meine Göttin!"

Du bereitest mir Freude, Kind. Stehe immer zu deinem wahren Selbst, und du wirst mich auch weiterhin erfreuen. Sie ließ den Blick zu Caradoc wandern. *Sohn meiner geliebten Eilwen, ich trage dir auf, kümmere dich gut um meine neue Priesterin.*

In Andeutung einer Verbeugung senkte Caradoc den Kopf. „Es ist ein Auftrag, den ich nur zu gern übernehme, und ich fühle mich geehrt, dass du ihn mir erteilst."

So geht denn, und mein Segen soll euch begleiten …

Die Göttin verschwand in einem Regen aus funkelnden Diamantsplittern.

„Komm, Liebste, lass uns gemeinsam dem Pfad der Göttin folgen."

„Es gibt nichts, was ich mir sehnlicher wünsche, als mit dir zusammen ihren Weg zu gehen." Alex nahm seine Hand, und sie betraten Seite an Seite die Wälder der anderen Welt, auf dem erleuchteten Pfad der Göttin Andraste.

Caradoc und Alex kamen ans Ende des Weges und fanden sich plötzlich an einem fremden Ort wieder. Es war früher Morgen, die Luft feucht, und die letzten Nebelschwaden der Nacht lösten sich gerade erst auf, während im Osten das schwache Licht des Sonnenaufgangs sichtbar wurde. Alex fühlte sich ein wenig desorientiert und blickte an sich hinunter, um sicherzugehen, dass sie nicht geträumt hatte. Nein, sie trug tatsächlich die wundervolle, weiche moosgrüne Tunika, das Geschenk von Andraste.

„Es war kein Traum, Liebste", sagte Caradoc.

Sie begegnete seinem Blick und streckte ihm die rechte Hand hin. „Ist es wirklich da?"

„Ja, das ist es", gab er lächelnd zurück.

Alex drehte die Hand und hielt beim Anblick der Spirale, die auf solch wundersame Weise einfach wie von allein erschienen war und jetzt ihre Handfläche zierte, den Atem an. „Ich bin eine Hohepriesterin der Göttin Andraste“, sagte sie langsam, fast ehrfurchtsvoll.

„Das bist du“, bestätigte Caradoc.

Bevor er sie in die Arme schließen konnte, wurden sie plötzlich von halb nackten Kriegern umringt, starke, hochgewachsene Gestalten mit verschiedenen Tätowierungen und Furcht einflößenden Waffen in den Händen, die wie aus dem Nichts aufgetaucht zu sein schienen.

Die Anführerin, eine Frau mit feuerrotem Haar, einem goldenen Brustpanzer und dem Zeichen ihrer Herrschaft, dem goldenen Halsreif, kam auf sie zu und packte Caradocs Arm.

„Ihr seid gekommen! Ich war in Sorge um euch, Caradoc“, sagte Boudica erleichtert.

„Wir mussten der Göttin einen Besuch abstatten, der keinen Aufschub duldete“, erklärte Caradoc und erwiderte die Umarmung seiner Cousine.

Boudica wandte sich an Alex. „Blonwen, sei gegrüßt. Gerade als ich mich meinem Kummer ergeben wollte, weil ich fürchtete, du könntest nicht rechtzeitig hier sein, um unserer Armee vor der großen Schlacht den Segen der Göttin zu überbringen, hatte ich einen Traum. Darin sah ich dich in der Mitte einer Wiese vor einem großen Springbrunnen, und Andraste machte dich zu ihrer Hohepriesterin.“

Die Königin griff nach Alex’ rechter Hand. Als sie die Spirale sah, lächelte sie zufrieden und hob dann Alex’ Hand hoch über ihren Kopf, damit jeder ihrer Krieger sie sehen konnte. „Ich habe euch gesagt, Andraste wird uns nicht vergessen. Blonwen ist nach zwei langen Wochen zurückgekehrt und trägt das Symbol der Göttin!“

Das Jubeln der Menge ignorierend sah Alex zu Caradoc und formte ein stilles „Zwei Wochen?“ mit den Lippen. Der Blick, den er ihr zuwarf, war ebenso schockiert wie ihrer.

„Blonwen, Hohepriesterin Andrastes, die Römer erwarten unseren Angriff, den ich anführen werde, sobald die Sonne hinter uns aufgeht. Würdest du uns segnen, jetzt, da die Morgenröte – und die Erfüllung unseres Schicksals – dicht bevorsteht?“

„Jetzt? Die Schlacht beginnt jetzt?“ Caradoc war fassungslos.

„Ja, mein liebster Anverwandter“, sagte Boudica. „Wir haben Suetonius in eine Falle gelockt, und seine Legionen sind in einem engen Tal gefangen wie eine Herde Vieh. Unsere Leute haben den Ausgang blockiert. Und in ihrem Rücken haben sie nichts als glatte, steile Felsen. Der einzige Weg hinaus ist durch unsere Reihen, und wir werden nicht zurückweichen.“

„Wie viele Legionen sind es?“

Boudica lächelte in ihrer einzigartigen grimmigen Weise, die gleichzeitig furchterregend war und doch eine seltsame, wilde Schönheit besaß. „Wir sind ihnen zahlenmäßig überlegen, Männer wie Frauen, unsere Truppen sind beinahe dreimal so stark wie ihre.“

Alex kam sich vor, als wäre sie mitten in einen Erdrutsch gestolpert, der im nächsten Moment alles unter sich begraben würde. Sie waren zwei volle Wochen fort gewesen!

„Und dennoch hat Suetonius zugelassen, dass ihr ihn so in die Enge treibt?“, fragte Caradoc ungläubig, als könnte er nicht fassen, was er da hören musste.

„Zugelassen!“, sagte Boudica spöttisch. „Wir haben ihn vor uns hergescheucht wie einen räudigen Hund, der er auch ist, und jetzt werden wir unser Land ein für alle Mal von dieser römischen Plage befreien.“

Caradocs Blick traf den von Alex. „Weißt du etwas darüber, was hier vor sich geht?“, flüsterte er ihr zu.

Alex war klar, worauf er eigentlich hinauswollte: ob dies hier die finale Schlacht sei, die in ihren Geschichtsaufzeichnungen festgehalten war, diejenige, die Boudica das Leben kosten sollte.

„Ja“, antwortete sie traurig. „Das tue ich.“

„Und, wirst du uns nun segnen, bevor wir in den Kampf ziehen, Hohepriesterin?“, drängte Boudica mit vor Aufregung leuchtenden Augen.

„Es ist alles, was ich tun kann“, erklärte Alex.

25. KAPITEL

Die Segnungszeremonie zog an Alex vorbei wie ein verschwommener Traum. Später würde sie sich nur noch an die Wärme des Rowan-Baumes erinnern und wie sie das spiralförmige Mal an ihrer Hand zum Kribbeln gebracht hatte. Mithilfe der Magie wurde ihre Stimme viel lauter als gewöhnlich, sodass der schlichte Segen, der sanft in ihren Geist strömte, durch den sich auflösenden Nebel hallte und selbst noch die Familien erreichte, die den Ausgang der Schlucht verbarrikadierten, die von diesem Tag an unter dem Namen „Tal des Todes" bekannt sein sollte. Boudica umarmte sie, nachdem sie fertig war, und Alex konnte die Aura der Stärke, von der die Königin umgeben wurde, beinahe körperlich spüren.

Als Boudica anschließend ihre Krieger aufforderte, sich zum Schlachtfeld zu begeben, trat Caradoc an Alex' Seite, eine Lederflasche mit starkem rotem Wein in der Hand.

„Trink. Du hast dich nicht geerdet, nachdem wir aus der anderen Welt zurückgekommen sind", sagte er zu ihr, während ein Schwarm aufgeregter Krieger an ihnen vorbei ihrer Königin hinterherstürmte. Caradoc legte den Arm um Alex und stützte sie, als sie langsam vorwärtsgingen. Sie nahm einen tiefen Schluck und lehnte sich dankbar an Caradocs Schulter. „Es ist eine Falle, nicht wahr?", flüsterte er ihr ins Ohr.

Sie nickte betroffen.

„Die Legionen haben Boudica hierhergelockt, nicht umgekehrt. Sie wollen, dass diese Schlacht nach ihren Regeln verläuft anstatt nach unseren."

Wieder nickte Alex. „Hier können sie ihre exakt geplanten Manöver ausführen und in geschlossener Formation vorrücken. Die Römer sind eine gnadenlose Tötungsmaschine, nur zu diesem Zweck werden ihre Legionäre ausgebildet."

Sie traten zwischen den Bäumen hervor und auf ein freies Feld, und Alex sah Reihe um Reihe keltischer Krieger, alle bereit zum Kampf und wild entschlossen, bis zum letzten Blutstropfen auszuhalten, wenn es sein musste. Hinter ihnen, im Osten, lag das offene Ende der Schlucht – es war verrammelt, mit allem, was die Kelten hatten auftreiben können. Wagen, Holzkarren, Lebensmittelvorräte in großen Leinensäcken. Und dazwischen befanden sich alte Männer und Frauen – und Kinder. Ein lautes Jubeln ging durch die Menge, als Boudica den goldbeschlagenen Schlachtwagen bestieg, der für sie bereitstand.

„Nein …" Caradocs Stimme war mit Entsetzen erfüllt, doch sie ging in dem Gebrüll der Krieger unter. Er grub die Finger in Alex' Arm. „Die Leute versperren unseren einzigen Fluchtweg", flüsterte er verzweifelt.

„Ja." Alex hatte das Gefühl, sich gleich übergeben zu müssen. „Und deshalb wird unsere Armee nicht den Rückzug antreten können. Die Römer werden sie abschlachten und mit ihnen einen großen Teil ihrer Familien."

„Ich muss sie warnen!", schrie Caradoc. „Sie muss diesen Angriff abbrechen!" Er rannte los und versuchte, zu Boudica vorzudringen, doch es war kein Durchkommen zwischen den dicht an dicht stehenden Kriegern und Kriegerinnen, sodass ihm und Alex nichts anderes übrig blieb, als hilflos zuzusehen, wie Boudica sich ihrem Heer zuwandte und die Leute mit einer Handbewegung zum Schweigen brachte.

„Ah, bei den Göttern", brachte Caradoc resigniert hervor. „Es gibt keinen Weg, dieses Unheil zu verhindern."

Alex hielt ihn fest im Arm, ihr Blick von der glanzvollen Erscheinung der Königin gefesselt. Sie war eine beeindruckende Frau, und zu wissen, welches Ende sie finden würde, brach Alex das Herz.

Boudica sprach, und in ihren Worten spiegelte sich die Entschlossenheit und Überzeugung wider, mit der sie für ihre Sache eintrat. Die Freiheit ihres Volkes. „Ich trete nicht als eine Frau edler Abstammung vor euch, nein, am heutigen Tag bin ich schlicht eine Iceni wie jede andere. Ich übe Rache für den Versuch der Römer, uns zu unterjochen, die Gewalt, mit der mein Körper geschunden wurde, und die unaussprechlichen Untaten, die meine Töchter erleiden mussten. Die römische Gier hat sich zu einer Krankheit entwickelt, die immer schneller um sich greift und unser Land vergiftet. Sie respektieren weder die Würde des einzelnen Menschen noch hohes Alter, nicht einmal die Jungfräulichkeit ist ihnen heilig. Doch die Göttin steht auf der Seite derer, die sich rechtmäßig dagegen wehren. Eine Legion, die es wagte, gegen uns zu kämpfen, war dem Untergang geweiht. Der Rest versteckt sich hinter seinen Schilden oder sinnt nach einem Weg, zu entkommen. Ihr Mut wird sie bald verlassen, wenn sie die ersten Schreie aus den Tausenden Kehlen unseres heranstürmenden Heeres vernehmen, und er wird erst recht nicht den Schlägen unserer Schwerter standhalten." Demonstrativ reckte sie ihr Schwert in die Höhe. „Meine Getreuen, ihr wisst: Unsere Armee ist stark, und dies ist eine Schlacht, die für unser weiteres Schicksal entscheidend sein wird. Was auch immer geschehen mag, ich werde niemals zulassen, dass eine fremde Macht mich oder mein Volk beherrscht, es darf keine Sklaverei in unserem Land geben. Ich werde entweder frei leben oder frei sterben, aber ich werde frei sein!"

Die Kelten taten ihre Zustimmung mit einem so leidenschaftlichen Kampfgeschrei kund, dass sich sämtliche Härchen an Alex' Körper aufstellten. Sie wäre am liebsten auf das Schlachtfeld gestürmt, um an Boudicas Seite für die Freiheit zu kämpfen.

Dann setzte plötzlich ein ominöses, rhythmisches Geräusch am entgegengesetzten Ende des Tales ein, und die aufgehende Sonne warf goldenes Licht auf endlose Reihen glänzender Schilde und Helme. Wie ein menschlicher Rammbock begannen die römischen Legionen, eine undurchdringliche Front zu bilden, die Schilde dicht an dicht, lange Speere mit scharfen Spitzen dazwischen herausragend, während irgendwo hinter der Frontlinie Soldaten mit ihren Schwertern gegen ihre Schilde schlugen.

Wie durch die Hand der Göttin gelenkt, drehte Alex den Kopf, und sie wandte den Blick von den anrückenden Römern ab und ließ ihn zu einer Erhöhung am Rande der Felsschlucht wandern. Hinter seiner Armee und hoch über dem Geschehen saß ein großer Mann auf einem tiefschwarzen Hengst, in seinem Rücken die langsam aufgehende Sonne. Er trug einen purpurroten Umhang und einen silbernen Brustpanzer und war umringt von mehreren hochrangigen Offizieren, die römische Standarten mit ihrem Feldzeichen, dem Legionsadler, in den Händen hielten. Als Alex den Mann anstarrte, fiel ein Sonnenstrahl auf das Amulett, das er an einer Goldkette um den Hals trug, und es funkelte, als würde es Alex' Aufmerksamkeit erregen wollen.

„Sieh mal, da drüben. Es ist Suetonius. Und er hat das Medaillon", sagte sie zu Caradoc und deutete auf die hünenhafte Gestalt. „Die Frage ist nur, wie kommen wir an ihn heran?"

„Dort wird es auf jeden Fall leichter sein, als wenn er hier unten in der Formation wäre. Da oben wird er immerhin nur von einer Handvoll Leibwächter geschützt." Mit zusammengekniffenen Augen sah Caradoc zu dem Mann hinüber. „Du sagtest, er ist nicht menschlich? Nicht so wie wir?"

„Er hat eine menschliche Erscheinung, aber er ist definitiv nicht wie wir."

„Und seine Rasse hat in der Zukunft vor, unsere zu vernichten?"

„Ja."

„Das müssen arrogante Kreaturen sein", stellte Caradoc fest.

Alex stieß einen missbilligenden Laut aus. „So kann man es auch ausdrücken. Die Frau, von der ich alles über die Centaurianer weiß, sagte, sie glauben, das Universum gehöre ihnen allein und sie seien von Anbeginn der Zeit seine rechtmäßigen Herrscher. Jede andere Rasse wäre ihnen unterlegen und tauge nur als ihre Sklaven."

„Hört sich an wie die Parolen der Römer."

„Die sind tausendmal schlimmer als die Römer", sagte Alex.

Caradoc runzelte die Stirn. „Was bedeutet, wir können seinen grenzenlosen Hochmut gegen ihn einsetzen. Würde ich nur dicht genug in seine Nähe kommen und ihn provozieren, garantiere ich dir, er würde sich auf eine Konfrontation einlassen, und ich könnte ihn von seinen Leibwächtern weglocken."

„Klingt nach einem guten Plan, besonders, weil es unser einziger ist. Und ganz besonders, weil du nicht derjenige sein wirst, der den Lockvogel spielt, fügte Alex in Gedanken hinzu.

Sie und Caradoc schoben sich durch eine Lücke in der Frontlinie ihrer Armee und hatten schließlich freie Sicht auf Boudica.

„Ach, übrigens", flüsterte Alex ihm zu, „das Römische Reich wird fallen. In meiner Welt sind sie nicht einmal mehr eine Supermacht, sondern nur eins von vielen Ländern auf dem europäischen Kontinent."

Caradocs Lächeln war grimmig. „Selbst wenn ihr Untergang noch in weiter Ferne liegt, freut es mich, das zu hören."

Dann wurde ihre Aufmerksamkeit wieder auf Boudica gelenkt, und Alex beobachtete, wie Mirain und Una in einem Streitwagen durch die offenen Reihen fuhren, um sich ihrer Mutter anzuschließen. Beide Mädchen steckten in Lederrüstungen und waren mit Schwertern bewaffnet.

„Nein!", schrie Alex. „Boudica wird heute sterben. Die meisten dieser Menschen werden umkommen. Wir dürfen ihre Töchter nicht mit ihr in den Krieg ziehen lassen, das wäre ihr Tod!" Alex ergriff Caradocs Arm und rannte los. Dieses Mal mussten sie keine Ansammlung von Kriegern überwinden, die ihnen den Weg versperrten, und so liefen sie hastig zu Boudicas Wagen. Sie erteilte Aedan und dem Rest ihrer erfahrensten Kämpfer gerade die letzten Anweisungen.

„Boudica, ich muss dich dringend sprechen", rief Alex ihr von Weitem zu.

„Aedan, bring die Bogenschützen in Position. Die Trinnovanten sollen sich bereithalten und ihnen auf mein Kommando folgen. Du und deine Leute werdet dann zu ihnen stoßen." Leichtfüßig sprang die Königin von ihrem Wagen und kam schnellen Schrittes auf Alex und Caradoc zu. „Hast du eine Botschaft der Göttin für mich?", fragte Boudica aufgeregt, sich ihres Sieges so sicher, dass es Alex einen Stich ins Herz versetzte.

Sie kann nicht mehr zurück. Selbst wenn ich ihr sagen würde, was geschehen wird. Unmöglich könnte Boudica ihre Blockade rechtzeitig auflösen, um den Römern zu entkommen. Und plötzlich überkam Alex ein intensives Gefühl der Wut. Sie hasste es, die Zukunft zu kennen, und wünschte, völlig egal, was mit ihr selbst geschah, sie könnte einfach wie alle anderen daran glauben, dass Boudica und den Kelten ihr Befreiungsschlag gelingen würde und sie danach ein Leben in Frieden und Freiheit führen könnten.

„Ja, ich habe eine Nachricht von Andraste", sagte Alex schnell, wobei sie sich zwang, der Königin in die Augen zu schauen. Sie log nicht – nicht direkt jedenfalls. Andraste konnte sicherlich nicht wollen, dass die Mädchen gemeinsam mit ihrer Mutter den Tod fanden. „Die Göttin wünscht nicht, dass deine Töchter an dieser Schlacht teilnehmen." Alex sah zu ihnen hinüber, wie sie da in ihrem Streitwagen standen, blass und zerbrechlich und trotz ihrer schweren Rüstung noch immer Kinder. „Sie haben genug Gewalt und Schmerz ertragen müssen. Andraste möchte …" Alex schüttelte den Kopf und verbesserte sich selbst: „Sie fordert, diesen Mädchen weiteres Leid zu ersparen."

Mit ihren scharfen grünen Augen sah Boudica Alex einen Moment lang nachdenklich an. Dann sagte sie: „Würde es die Göttin zufriedenstellen, wenn ich meine Töchter zu den anderen Familien am Ausgang der Schlucht schicke?"

„Nein", lehnte Alex entschieden ab. „Mirain und Una müssen so weit wie möglich vom Schlachtfeld ferngehalten werden."

Und da bemerkte Alex es, das kurze Flackern in den Augen der Königin. Boudica hatte begriffen. In dem Moment, in dem ihr klar wurde, dass ihr Heer nicht gegen die Römer bestehen würde, konnte Alex praktisch zusehen, wie sie diese Erkenntnis verarbeitete und dann ihren Entschluss fällte.

„Caradoc, erweise mir den Gefallen und bringe meine Töchter in Sicherheit. Und kümmere dich während meiner Abwesenheit um sie."

Alex entging nicht, wie ein ganzer Schwall von Emotionen über Caradocs Gesicht huschte. Sie sah Frustration, weil er, einmal mehr, anderen das Kämpfen überlassen musste, für eine Sache, die ihn ebenso betraf wie seine Kriegerkameraden. Kummer, jetzt, da er seiner Königin und Cousine zum letzten Mal gegenüberstand. Und schließlich Akzeptanz des Unvermeidlichen.

„Meine Königin, ich gebe Euch mein Wort darauf, Eure Töchter mit meinem Leben zu schützen, bis wir uns wiedersehen."

Boudica drückte seine Schulter. „Ich danke dir. Damit erweist du mir den größten Dienst von all meinen Kriegern." Dann drehte sie sich um und rief: „Mirain! Una! Kommt zu mir!" Die Mädchen sprangen aus ihrem Wagen und kamen zu ihrer Mutter gelaufen. Sie legte einen Arm um jede der beiden. „Ihr werdet mit Caradoc und Blonwen gehen. Es ist der Wunsch unserer Göttin, dass ihr dieses Tal verlasst und nicht Zeuge weiteren Blutvergießens sein sollt."

„Aber Mutter! Ich will kämpfen! Du hast mir versprochen, dass ich …"

„Mirain!", unterbrach Boudica ihre ältere Tochter. „Du wirst tun, was deine Königin befiehlt, und zu einer weisen Herrscherin heranwachsen. Und ein weiser Herrscher ist der, den es nicht nach Blut dürstet. Er erhebt nur dann sein Schwert, wenn es notwendig ist, um sich und sein Volk zu verteidigen."

„Aber das ist es, was ich tue", stieß Mirain zwischen zusammengebissenen Zähnen hervor. „Ich erhebe mein Schwert, um mich und mein Volk zu verteidigen."

Boudicas Gesichtsausdruck wurde weicher. „Ich weiß, mein Kind. Doch heute werde ich dein Schwert sein." Sie strich Mirain über die Wange. „Es wird leichter für mich sein, in den Kampf zu ziehen, wenn ich weiß, dass meine Welt sicher ist. Und ihr beide bedeutet die Welt für mich." Sie wandte sich an Una, die leise weinte. „Ah, Kleines, dies ist nicht die Zeit, um Tränen zu vergießen."

„Du schickst uns fort, weil wir dich nicht sterben sehen sollen", brachte Una schniefend hervor.

„Sie schickt euch fort, weil Andraste durch mich gesprochen und befohlen hat, euch zwei vom Schlachtfeld fernzuhalten“, mischte Alex sich ein.

„Das ist gelogen! Es gibt keine Göttin, und wenn es doch eine gibt, dann sind wir vollkommen egal!“, gab Una wütend zurück.

Die Luft neben dem kleinen Mädchen begann zu flimmern, und Caradocs Mutter erschien. Sie blickte auf Una hinunter und lächelte traurig. Dann sagte sie zu Alex: *Dieses Kind gehört zu Andraste. Nimm ihre Hand, Priesterin, und beweise ihr, dass ihre Göttin existiert und sich um sie sorgt.*

Den Worten des Geistes und ihrem eigenen Instinkt folgend trat Alex vor und ergriff Unas rechte Hand. Das Mädchen erschrak und schrie verwirrt auf, als die Hitze durch Alex’ Hand in ihre floss. Sie riss sich los und rieb ihre Handfläche an ihrer Tunika, als würde sie noch immer brennen.

„Blonwen, was tust du?“, fragte Boudica.

„Zeig deiner Mutter deine Hand“, forderte Alex Una auf.

Das Kind schaute skeptisch auf seine Handfläche. Seine Augen weiteten sich, als es die Spirale darin sah, das Zeichen der Göttin, mit dem sie die ihren für alle anderen kenntlich machte.

Boudicas Lachen war voller Freude. Sie hob ihre jüngere Tochter hoch und zog sie so überschwänglich in die Arme, dass sie sie fast erdrückte. „Du wurdest von der Göttin erwählt, meine Kleine!“

Una weinte noch immer, doch als ihre Mutter sie schließlich losließ und wieder auf den Boden setzte, ging sie zu Alex hinüber und schaute sie mit festem Blick an. „Andraste hat mich wirklich erwählt? Nach allem, was mir und meiner Familie zugestoßen ist? Warum jetzt, wo sie diese Dinge doch einfach zugelassen hat?“

Alex ging in die Hocke, sodass sie mit dem Kind auf Augenhöhe war. „Die Göttin lässt nichts einfach zu – außer dem freien Willen eines jeden Einzelnen. Und böse Menschen entscheiden sich aus freiem Willen dazu, böse Dinge zu tun. Aber auch du hast ihn und kannst entscheiden, dein Leben nicht durch das zerstören zu lassen, was man dir angetan hat. Wähle Andraste und leb dein Leben, Una."

„Das tue ich." Una lächelte zittrig und blinzelte ihre Tränen fort. „Ich wähle Andraste."

„Du hast mich sehr stolz gemacht, mein Kleines." Boudica umarmte beide Mädchen. „Ihr beide erfüllt mein Herz mit großem Stolz." Sie küsste ihre Töchter und wandte sich dann lächelnd Caradoc zu. „Nimm Una auf deine Schultern und zeig den Kriegern, dass unsere Göttin bei uns ist!"

Der Druide tat, worum seine Königin ihn gebeten hatte, hob das Kind auf seine Schultern und trug sie dann ein Stück vorwärts. Er blieb vor dem Heer stehen und präsentierte ihm die jüngere Tochter der Königin. Una hielt ihre Hand in die Höhe, und als die Menschen das Zeichen sahen, verfielen sie in einen Sprechgesang: „Andraste! Andraste!"

Boudica trat näher an Alex heran, während Mirain hinter Caradoc und Una herging. Eilig flüsterte sie ihr zu: „Ist der Krieg verloren, oder bin es nur ich, die den nächsten Tag nicht erleben wird?"

Alex begegnete dem Blick der Königin. Sie würde sie nicht anlügen, dennoch wollte sie ihr auch nicht alle Hoffnung nehmen. „Morgen um diese Zeit wirst du in der anderen Welt deinen Platz an Andrastes Seite eingenommen haben", sagte sie. Dann fügte sie hinzu: „Ich verspreche dir, die Kelten werden als freie Menschen leben." *Eines fernen Tages …*

Boudica holte tief Luft und ließ sie dann mit einem Seufzen entweichen. „Das ist alles, was ich mir erhofft habe. Und jetzt, dank deiner Warnung, weiß ich, meine Töchter werden mich überleben, ganz so, wie es die Natur vorsieht. Ich danke dir, Blonwen, dafür, dass du zu mir gekommen bist und die Göttin hast durch dich zu mir sprechen lassen. Wir werden uns wiedersehen, in besseren Zeiten, im Reich unserer Göttin." Sie legte ihr die Hand auf den Oberarm, während Alex mit den Tränen kämpfte.

„Es war mir eine Ehre, Euch kennengelernt zu haben, meine Königin“, sagte sie.

„Gewähre mir einen letzten Wunsch, Blonwen. Hilf Caradoc. Kümmert euch gemeinsam um Mirain und Una“, bat Boudica. „Erzieht sie zu Ehrlichkeit und Stärke und bringt ihnen bei, dass wir unseren Fehlern der Vergangenheit nicht erlauben dürfen, unsere Zukunft zu bestimmen.“ Ihre Augen nahmen einen Ausdruck des Bedauerns an. „Ich habe dies zu spät erkannt. Lasst nicht zu, dass es meinen Töchtern ebenso ergeht.“

Bevor Alex ihr antworten konnte, wirbelte die Königin herum und marschierte zu Caradoc und den beiden Mädchen hinüber, während sie lächelnd ihrem Volk zuwinkte, dessen Jubelschreie sie begleiteten.

Hinter ihnen konnte Alex die Römer hören, wie sie letzte Korrekturen an ihrer Formation vornahmen, ehe sie weiter vorrückten.

26. KAPITEL

Die Schlacht begann, als Boudica den ersten Feuerbefehl gab und ein Pfeilregen den blassblauen Morgenhimmel verdunkelte und auf die feindlichen Truppen niederprasselte. Alex und Caradoc schoben die Mädchen eilig vor sich her in Richtung des von den Familien blockierten Ein- und Ausgangs des Tales.

„Nicht hinsehen, einfach weiterlaufen!", rief Caradoc.

Alex wusste nicht, ob er mit ihr oder den Kindern sprach, aber sie hätte ihm ohnehin nicht antworten können. Ihr Herz schmerzte viel zu sehr, als dass sie auch nur ein Wort hätte herausbringen können. Sie musste weg. Caradoc allein lassen. Sofort. Sie konnte kein Risiko eingehen und sich darauf verlassen, dass Suetonius noch immer an der Felsspitze stehen würde, wenn sie zurückkam, nachdem sie die Mädchen in Sicherheit gebracht hatten. Carswell hatte ihr gesagt, man wüsste bis heute nicht genau, wie Boudica gestorben sei, aber die meisten Historiker wären sich einig, dass sie die Schlacht wohl überlebt hatte, um sich kurz danach zu vergiften. Was, wenn die Geschichtsschreiber nicht in der Lage gewesen waren, die exakten Ereignisse nachzuvollziehen, weil der Centaurianer Boudicas Leiche gefunden und ihr den Halsreif abgenommen hatte, um das zweite Medaillonstück an sich zu bringen? Und niemand der wenigen Überlebenden den womöglich im Kampf übel zugerichteten Körper als die sterblichen Überreste ihrer Königin erkannt hatte, weil das Zeichen ihrer Herrschaft fehlte?

Alex musste sich von Caradoc und den Mädchen absetzen und heimlich zu der Stelle am Fuß der Schlucht reiten, wo sie Suetonius zuletzt auf der Erhöhung gesehen hatte. Sie würde sich dieses Amulett mit dem Medaillon holen, das er um den Hals trug.

Und wenn es ihr tatsächlich gelingen sollte, es ihm abzujagen, was dann? Schließlich bräuchte sie dann immer noch das zweite Stück aus Boudicas Halsreif.

Darum mache ich mir Gedanken, wenn es so weit ist. Zumindest kann ich mich der Königin jederzeit nähern, ohne dass mich jemand aufhalten würde.

„Schnell, Blonwen!" Caradoc half den Mädchen, auf die Pferde zu steigen, die in aller Eile für sie gesattelt worden waren. „Wir müssen verschwinden, bevor ..."

Er hatte sehr leise gesprochen, seine Worte nur für Alex' Ohren bestimmt, doch er brachte es nicht über sich, den Satz zu beenden: *bevor es offensichtlich wird, dass ihre Mutter und ihr Volk in ihr Verderben laufen und abgeschlachtet werden.*

Caradoc führte ihre kleine Gruppe an, gefolgt von den beiden Kindern, ganz hinten Alex, die die Nachhut bildete. Sie ritten nach Norden, umkreisten im Schutz des Waldes das Schlachtfeld, bis sie an einem Feldweg herauskamen. Dort wendete Caradoc sein Pferd und trabte zu Alex nach hinten, während er den Mädchen zurief, dass sie warten und sich nicht von der Stelle rühren sollten.

„Hast du irgendeine Ahnung, wo wir sind?", fragte Alex.

„Glücklicherweise ja. Wir sind auf Dobunni-Territorium. Der Bruder meiner Mutter ist ihr Anführer gewesen, als ich noch ein Junge war. Bevor ich nach Mona ging, habe ich oft in diesen Wäldern gejagt. Und diese Straße benutzt, um Verwandte zu besuchen." Caradoc blickte sich um, und alte Erinnerungen schienen Stück für Stück zurückzukommen. „Dort, in dieser Richtung, wo die Landschaft hügeliger wird", sagte er und deutete mit dem Finger nach Nordosten, „müssten wir eine alte Schäferhütte finden. Wir können die Mädchen darin verstecken, da sollten sie sicher sein. Danach reiten wir hierher zurück und machen uns auf den Weg, um Suetonius und dein Medaillonstück zu finden."

„Gute Idee", sagte Alex. Sie hatte nicht vor, ihn zu belügen, indem sie sich einverstanden erklärte, es so zu machen, wie er vorschlug. Und ihre vage Antwort war ja auch keine Lüge. Sein Plan war gut. Nur eben nicht gut genug.

„Wir müssen uns aber beeilen. Ich will, dass wir vor dem Mittag wieder bei den Kindern sind."

Sie nickte. Schnell lenkte er sein Pferd zu den Mädchen hinüber und ließ sie wissen, dass sie sehr schnell durch den Wald reiten würden und sie immer dicht hinter ihm bleiben sollten.

„Und dreht euch nicht nach mir um", fügte Alex hinzu. „Ihr müsst euch keine Sorgen um mich machen. Passt besser auf, dass ihr nicht zurückfallt oder von einem Ast aus dem Sattel geworfen werdet."

„Blonwen, bin ich wirklich eine Priesterin der Göttin?", fragte Una, deren Gesicht noch immer tränenverschmiert war.

Alex lächelte. „Das bist du, meine Süße. Und eines Tages, hoffentlich bald schon, werde ich dich in die andere Welt führen und deine Begleitung sein, wenn du dein Leben offiziell der Göttin weihst."

„Kann ich auch mitkommen? Auch wenn Andraste mich nicht erwählt hat?", fragte Mirain schüchtern.

Alex zögerte keine Sekunde. „Aber natürlich, Mirain. Lass sie wissen, dass du in ihre Dienste treten möchtest, und sie wird dich annehmen, so wie sie deine Schwester angenommen hat."

„Wir müssen jetzt weiter", warf Caradoc sanft ein.

Alex sah ihm in die Augen. „Okay, dann los. Und du, schau auch nicht zurück zu mir. Ich bin vielleicht nicht an deiner Seite, aber in meinem Herzen bin ich immer ganz dicht bei dir."

Una kicherte, und Mirain schaute mit unverhohlener Neugier zu, wie Caradoc zu Alex ritt, sich vorbeugte und sie küsste. Dann verließ er ohne ein weiteres Wort die Straße, bog in ein anderes Waldstück ein und führte sie weg von den hallenden Schreien, die der Wind vom Schlachtfeld zu ihnen herüberwehte.

Alex folgte ihnen nur wenige Minuten lang. Der Wald war unglaublich dicht, und Caradoc legte ein mörderisches Tempo vor. Sie hätte den Mädchen nicht extra zu sagen brauchen, sie sollten schön die Augen nach vorn gerichtet lassen und sich nicht nach ihr umdrehen. Sie alle, Caradoc mit eingeschlossen, waren vollauf damit beschäftigt, herabhängenden Ästen auszuweichen und sich nicht in ihnen zu verfangen.

Neben einer großen Eiche brachte Alex ihr Pferd zum Stehen. Mit der linken Hand die Zügel fest im Griff, um das Tier zu bändigen, das unruhig hin und her tänzelte, weil es den Anschluss an die Gruppe nicht verlieren wollte, legte Alex die andere mit der Handfläche, in der sie das Zeichen der Göttin trug, auf den Stamm des Baumes.

„Ich brauche deine Hilfe“, sagte sie. „Ich bin …“ Alex hielt inne und beschloss, sich mit dem Namen vorzustellen, der ihr von Tag zu Tag vertrauter geworden war und sich mittlerweile anfühlte, als hätte sie ihn schon immer getragen. „Ich bin Blonwen, Priesterin von Andraste, und ich bitte dich, etwas für mich zu tun.“ Wie sie es bereits früher getan hatte, setzte Alex diesen inneren sechsten Sinn ein, den sie zum ersten Mal als Kind in sich entdeckt hatte, und wurde sofort mit einem Energiestoß begrüßt, der ihre Hand warm kribbeln ließ. Sie atmete tief ein und formulierte dann ihr Anliegen, etwas, das sie eine Woche zuvor noch für vollkommen unmöglich gehalten hätte. „Bitte schließe die Sphäre hinter Caradoc und Boudicas Töchtern. Lass die Wälder undurchdringlicher erscheinen, als sie in Wirklichkeit sind, sodass den dreien mein Verschwinden nicht auffällt.“

Fast augenblicklich spürte Alex, wie die Kraft, die sich unter ihrer Handfläche angesammelt hatte, in den Wald hinausschoss, als wäre der Baum vom Blitz getroffen worden und hätte die Elektrizität weitergeleitet. Sie senkte den Kopf und presste die Stirn gegen die raue Borke der Eiche. „Hab Dank, alter Freund.“

Sich selbst keine Zeit gönnend, um sich mit ihren Gefühlen zu beschäftigen, ließ sie ihre Stute wenden und jagte denselben Weg zurück, den sie gerade gekommen waren.

Das finale Gefecht zwischen den Kelten und den Römern ließ die grauenvollen Zerstörungen des Gemetzels in Londinium wie kümmerliche Überbleibsel eines kindlichen Kriegsspieles aussehen. Alex trieb ihr Pferd durch die Wälder, umrundete das Schlachtfeld im Schutz der Bäume und steuerte auf die Felsklippe zu, wo sie Suetonius zuletzt gesehen hatte. Sie wusste nicht, wie sie es anstellen wollte, sich an ihn heranzuschleichen, ohne entdeckt zu werden. Auf keinen Fall durfte sie sich allzu dicht der Kampfzone nähern, obwohl sie von dort aus die beste Sicht gehabt hätte. Doch das Risiko, in das Geschehen hineingezogen zu werden, war viel zu hoch. Also ritt sie mehr oder weniger blindlings weiter und verließ sich einzig auf ihren Orientierungssinn und ihr Gehör.

Die Luft war erfüllt von den Geräuschen des Krieges, der nicht weit entfernt tobte. Alex konnte kaum etwas von den Kämpfen sehen, nur hier und da einen in der Sonne aufleuchtenden Schild oder eine Schwertspitze, aber sie hörte viel zu viel. Die Schlachtrufe der Kelten waren markerschütternd. Sie konnte sich gut vorstellen, warum in den Krieg ziehende Kelten als von Dämonen besessen beschrieben wurden. Ihre leuchtende Gesichtsbemalung, die wilden langen Haare und ihre großen, halb nackten Körper allein waren schon Furcht einflößend genug. Das, zusammen mit den fast unmenschlichen Schreien, die sie ausstießen, konnte einen tatsächlich glauben machen, sie seien dämonische Kreaturen. Doch zwischen ihr Angriffsgebrüll mischten sich immer öfter Todesschreie gefallener Krieger.

Als hätten ihre Gedanken an das Sterben etwas heraufbeschworen, flimmerte plötzlich neben Alex die Luft, und ein Geist erschien vor ihr. Überrascht starrte sie ihn an und spürte, wie ihr übel wurde. Der tote Krieger war Aedan, Boudicas rechte Hand.

„Priesterin?“, sagte er und schaute sich verwirrt um.

„Ja, Aedan, ich bin es, Blonwen. Hab keine Angst, es gibt nichts, wovor du dich fürchten musst.“

Sofort schien seine Unruhe sich zu legen. „Ich bin gestorben.“

Es war keine Frage, doch Alex nickte trotzdem. „Ja. Warst du in Boudicas Nähe, als es geschah?“

Er dachte kurz nach, und dann tauchte auf seinem blassen, durchscheinenden Gesicht ein Ausdruck des Erstaunens auf, als er sich an die Ereignisse erinnerte, die zu seinem Tod geführt hatten. „Nein.“ Seine Stimme klang heiser und aufgewühlt. „Wir wurden getrennt.“ Seine Augen weiteten sich, und er sah sich suchend um. „Ist sie hier? Ist Boudica gefallen?“

„Nein!“, sagte Alex schnell. „Ich habe sie nirgendwo gesehen. Ich glaube nicht, dass sie getötet wurde.“

Aedan seufzte erleichtert und stellte seine fieberhafte Suche nach seiner Königin ein. Doch dann ging er auf Alex zu und sagte ernst: „Die Römer sind uns taktisch weit überlegen. Wir können nicht mehr lange standhalten.“

„Ich weiß.“ Alex nickte.

„Sie werden uns besiegen!“

„Ich weiß“, wiederholte sie.

Aedan blieb stehen. „Die Göttin hat dir eine Vision unserer Niederlage geschickt?“

„Die Römer werden diese Schlacht für sich entscheiden und damit auch den Krieg“, antwortete Alex, ohne auf seine eigentliche Frage einzugehen.

„Ich kann sie nicht alleinlassen. Ich habe ihr immer zur Seite gestanden und sie beschützt, seit Prasutagus mich auf seinem Sterbebett darum bat, stets für sie da zu sein.“ Aedan schaute über seine Schulter zurück in Richtung des Kampfgeschehens. „Ich hoffte, eines Tages, wenn dieser Krieg vorüber ist und die Römer fort sind, könnte ich mehr für Boudica sein als ihr getreuer Freund.“

Aha, dachte Alex, natürlich! *Deshalb habe ich anfangs so feindselige Schwingungen von ihm empfangen. Er hatte Angst, ich könnte eine Gefahr für Boudica sein. Aedan liebt sie.*

Das würde ihm den Übergang in die andere Welt nicht gerade erleichtern. Er wollte hierbleiben und ihr weiterhin dienen und sich an die Hoffnung klammern, dass er eines Tages …

Und da erkannte Alex plötzlich, dass sie ihm zumindest einen Teil dieses Wunsches erfüllen und ihm Gelegenheit geben könnte, seiner Königin noch einen letzten Dienst zu erweisen, wenn auch nur indirekt.

„Aedan, ich muss zu Suetonius.“

Als er diesen Namen hörte, war Aedans Aufmerksamkeit sofort geweckt. „Dem römischen Feldherrn? Warum?"

„Ich habe den Auftrag, Boudicas Medaillonstück zu holen – das, welches der Steuereintreiber ihr entrissen hat, nachdem es aus dem Halsreif gefallen ist. Jetzt hat es Suetonius. Wirst du mich zu ihm führen?"

Ein Funken Hoffnung erhellte Aedans Züge. „Wenn du Boudica das Medaillon zurückbringst – könnte das den Untergang unserer Armee noch im letzten Augenblick abwenden? Oder wird es wenigstens das Leben der Königin schützen?"

Es wäre allzu leicht gewesen, ihm zu sagen, was er hören wollte, und seinen Schmerz dadurch zu lindern, doch Alex konnte es nicht tun. Sie war Andrastes Priesterin und als solche der Wahrheit verpflichtet.

„Nein, Aedan. Nichts kann unsere Königin heute noch retten. Ihr werdet euch bald in der anderen Welt wiedersehen, aber es ist dennoch wichtig, Suetonius dieses Medaillon abzunehmen. Das Schicksal künftiger Generationen hängt davon ab."

„Ich werde dir helfen, Priesterin", sagte er schlicht.

„Danke, Aedan." Sie runzelte die Stirn, als ihr plötzlich einfiel, wie Caradoc das Huhn getötet und dessen Blut Catus' jungem Gehilfen als Geste des Dankes für seine Hilfe gegeben hatte. „Ich habe nichts, mit dessen Blut ich dich bezahlen könnte."

Er machte eine wegwerfende Handbewegung. „Wenn ich Boudica dienen kann, auch noch nach meinem Tod, ist mir das Belohnung genug." Dann flackerte die Gestalt des Geistes und verschwand kurz darauf.

Alex blieb nichts anderes übrig, als nervös und frustriert darüber, nicht mehr tun zu können, auf seine Rückkehr zu warten.

„Caradoc! Warte! Wir müssen anhalten!"

Zwischen dem Krachen des Unterholzes und dem Schnaufen seines Pferdes vernahm Caradoc das Echo einer Kinderstimme. Er riss an den Zügeln, und sein Pferd blieb abrupt stehen, dann drehte er sich um und schaute nach hinten, wo die anderen ein ganzes Stück zurückgeblieben waren.

Wann sind sie derart weit zurückgefallen? Caradoc spähte durch das Dickicht hinter ihnen, konnte aber kaum etwas erkennen. *Beim Dreizack von Condatis, diese Wälder sind viel dichter, als ich sie in Erinnerung hatte.*

Angestrengt die Nüstern blähend holten die Pferde der Mädchen schließlich auf, und sie hielten neben Caradoc an. „Mirain, Una, ich weiß, es ist ein beschwerlicher Ritt, aber wir müssen …" Er unterbrach sich mitten im Satz, als er plötzlich bemerkte, dass Blonwen nicht mehr bei ihnen war.

„Caradoc, Una hat dir etwas zu sagen", keuchte Mirain.

„Um genau zu sein, zwei Dinge", stellte ihre Schwester klar.

„Das kann warten." Caradoc lenkte sein Pferd an Boudicas Töchtern vorbei. „Blonwen! Blonwen!", rief er.

Una streckte ihre kleine Hand aus, um an seiner Tunika zu zupfen, und hielt ihn energisch auf. Schnell drehte er sich zu ihr um und warf ihr einen ungeduldigen Blick zu.

Die Kleine ließ sich davon nicht beeindrucken, sondern sagte schlicht: „Erstens, Blonwen ist weg. Und zweitens, deine Mutter möchte mit dir sprechen."

27. KAPITEL

Meine Mutter ist hier?"

Caradoc bemühte sich redlich, einen strengen Gesichtsausdruck aufzusetzen, und bevor sie zum Opfer der Brutalität der Römer geworden war, hätte Una vielleicht automatisch mit kindlichem Respekt darauf reagiert und den Mund gehalten. Doch jetzt gab es im Grunde nichts mehr, was sie einschüchtern konnte. Sie hatte nämlich beschlossen, nie wieder in ihrem Leben vor irgendetwas Angst zu haben. Also nickte sie einfach nur und sagte: „Ja, das ist sie." Sie zeigte nach rechts, wo Caradocs Mutter auf einem umgestürzten Baumstamm saß und sie herzlich anlächelte.

„Una, wir haben keine Zeit für diesen Unsinn. Weißt du ungefähr, wann Blonwen verschwunden ist?"

Mein Liebes, richte meinem Sohn genau dies aus: Die Narbe in Form eines Pferdehufes auf deinem Hinterteil sollte dir Beweis genug für die Anwesenheit deiner Mutter sein. Und sie weiß, wohin Blonwen geritten ist.

Una lächelte zurück. „Gut, ich sage es ihm." Dann wandte sie ihren Blick vom Geist seiner Mutter zu Caradoc und wiederholte exakt deren Worte.

Aus großen Augen sah Caradoc sie an. „Bist du schon immer eine Seelenruferin gewesen?"

„Nein", antwortete Mirain für ihre jüngere Schwester. „Erst seit die Göttin sie heute mit ihrem Zeichen versehen hat. Una, könntest du den Geist fragen, ob ich auch mit den Toten sprechen kann, nachdem Andraste mich ebenfalls als ihre Dienerin akzeptiert hat?"

„Mirain, sie kann dich hören. Sie sitzt direkt da drüben." Una deutete erneut auf den Baumstamm.

„Das weiß ich", brummte Mirain. „Ich war mir nur nicht sicher, ob es unhöflich wäre, sie einfach anzusprechen. Und tu nicht so allwissend!"

„Wo ist Blonwen?", mischte Caradoc sich ein, bevor die beiden sich noch weiter in die Haare bekommen konnten.

Sie ist zum Schlachtfeld zurückgekehrt, um Suetonius herauszufordern, sagte Caradocs Mutter. *Schnell, Kind, sag es ihm!*

„Aber gern!" Una lächelte pflichteifrig. „Caradoc, deine Mutter möchte, dass du Folgendes weißt: Blonwen ist zum Schlachtfeld zurückgeritten und will Suetonius herausfordern." Dann wurde sie plötzlich blass, und ihr Lächeln verschwand. „Oh, nein. Das ist aber nicht gut. Sie ist ganz allein und ..."

Ja, aber das wird nicht lange so bleiben, fiel ihr der Geist ins Wort. *Deshalb bin ich hier. Ich werde euch beiden den Weg zur Schäferhütte zeigen, sodass Caradoc Blonwen zu Hilfe eilen kann.*

„Ah, das ist eine gute Idee!" Unas Gesicht erhellte sich wieder.

„Was?", fragten Caradoc und Mirain gleichzeitig.

„Na ja, also deine Mutter sagt, sie ist hier, um mir und meiner Schwester den Weg zur Hütte zu zeigen, damit du Blonwen hinterherreiten und ihr helfen kannst."

„Ich wünschte wirklich, ich könnte sie sehen", murmelte Mirain zu sich selbst.

„Ist das die Wahrheit?", drängte Caradoc das jüngere Mädchen. Er hatte keine Zeit zu verschwenden, indem er versuchte, den Spalt zwischen den Welten zu öffnen und selbst mit seiner Mutter zu reden. Stattdessen musterte er Una mit einem durchdringenden Blick.

Ja, ist es, sagte der Geist, der selbst langsam die Geduld verlor. *Sag ihm, die Hütte liegt auf der südlichen Seite der Dobunni-Hügel. Und er soll sich beeilen, ich kümmere mich um euch.*

„Ich soll dir sagen, die Schäferhütte liegt auf der südlichen Seite der Dobunni-Hügel", gab Una brav die Nachricht weiter. Dann sah sie ihre Schwester entschuldigend an. „Es tut mir ehrlich leid, dass du sie nicht sehen kannst, Mirain. Sie hat eine wunderschöne Tunika an, obwohl sie durchsichtig ist." Anschließend richtete sie ihre Aufmerksamkeit wieder auf Caradoc. „Und das mit der Narbe? Hast du wirklich eine, die aussieht wie ein Pferdehuf?“, fragte sie neugierig. „Kann ich mal gucken?“

Caradoc schien mit den Zähnen zu knirschen, ehe er antwortete: „Nein, kannst du nicht.“

„Una, du solltest Erwachsene nicht solche Sachen fragen. Das gehört sich nicht. Mutter würde das bestimmt nicht gefallen, und ich wette, der Göttin genauso wenig.“

„Oh, entschuldige, Caradoc“, sagte Una geknickt.

Die Zeit läuft uns davon, Kleines. Caradoc muss Blonwen helfen. Sag ihm, es ist wichtig, dass er dabei ist, damit sie gezwungen ist, zu tun, was getan werden muss.

„Das hört sich aber geheimnisvoll an.“

„Was?“, fragten Caradoc und Mirain erneut wie aus einem Munde.

Una seufzte. „Sie will, dass du gehst und Blonwen hilfst. Du musst bei ihr sein, damit sie gezwungen ist, irgendwas Wichtiges zu tun.“

„Und wozu muss ich sie zwingen?“, versuchte Caradoc, Genaueres zu erfahren, wobei es ihm trotz aller Mühe nicht recht gelingen wollte, seine wachsende Frustration vollständig zu verbergen.

Fragend sah Una den Geist an.

Nur Blonwen kennt die Antwort auf diese Frage.

„Sie sagt, Blonwen ist die Einzige, die das weiß.“

Caradoc ließ einen langen, gequälten Atemzug entweichen. „Mutter, bist du dir sicher, dass ich die beiden allein lassen kann? Die Königin hat mir aufgetragen, für sie zu sorgen. Ich habe ihr geschworen, auf ihre Töchter aufzupassen und sie mit meinem Leben zu beschützen.“

In unseren Adern fließt dasselbe Blut, mein Sohn, und ich werde an deiner Stelle dein Versprechen einhalten, bis du zurückkehrst.

„Sie kann deinen Schwur für dich übernehmen, weil ihr Blutsverwandte seid“, erklärte Una kurzerhand. Sie hatte genug davon, immer jedes einzelne Wort von dem nachzuplappern, was der Geist ihr sagte.

„Dann nehme ich deine Unterstützung gern an, Mutter." Caradoc lächelte wehmütig in die Richtung, in die Una die ganze Zeit schaute. „Wenn du dich nur halb so liebevoll um diese Kinder kümmerst, wie du es bei mir getan hast, kann ich sie unbesorgt in deiner Obhut lassen." Nacheinander schaute er die beiden Mädchen an. „Seid tapfer und stark. Ich verspreche euch, ich werde zurückkommen."

„Wir haben keine Angst", erklärte Mirain.

„Bring Blonwen und Mutter heil wieder zurück", bat Una.

„Ihr habt mein Wort, dass ich mein Bestes gebe." Caradoc wendete sein Pferd und begann, sich durch das Dickicht zu kämpfen.

Seine Mutter stand auf und breitete die Arme in einer Geste aus, die den gesamten Wald einschloss. *Meine alten Freunde, ich danke euch dafür, dass ihr die Bitte der jungen Priesterin erfüllt habt, doch nun müsst ihr meinen Sohn passieren lassen. Im Namen der Göttin Andraste, gebt den Weg für ihn frei!*

Durch die Baumkronen ging ein Zittern, das ihre Blätter rascheln ließ, und ihre Stämme schwankten, als hätte ein Riese sie angepustet. Dann war der Aufruhr auch schon vorbei, und der Wald hatte sich zu seiner normalen Gestalt gewandelt.

Der Geist lächelte Una zu. *So, Kinder, und nun zeige ich euch einen meiner früheren Lieblingsplätze, aber wir brauchen uns nicht so zu hetzen, wie mein Sohn es offenbar für nötig hielt.*

„Gut, ich bin ziemlich müde und die Pferde bestimmt auch."

„Was hat sie gesagt?", wollte Mirain wissen.

„Dass wir langsamer reiten können", erklärte Una ihrer Schwester.

„Wahrscheinlich weil Caradoc und Blonwen diesen Suetonius und seine Legionen irgendwie überlisten werden, damit unsere Truppen sie besiegen können. Darum sind wir jetzt nicht mehr in unmittelbarer Gefahr", vermutete Mirain.

„Und Mutter wird bald nachkommen“, sagte Una und schnalzte dann mit der Zunge, um ihr Pferd in Bewegung zu setzen.

Caradocs Mutter schwieg und wandte das Gesicht von den Mädchen ab, sodass Una ihre Tränen nicht sehen konnte.

Der General befindet sich direkt dort hinten. Auf der anderen Seite dieser Baumreihe ist ein Abhang, der zu ihnen führt. Suetonius und seine Leibwache stehen auf einer Erhöhung, von wo aus sie freie Sicht auf die Schlacht haben.

Alex wischte sich das verschwitzte Gesicht am Ärmel ihrer Tunika ab. Aedan hatte sie eine gute Stunde lang einen stetig steiler werdenden Berg hinaufgeführt – eine Klettertour, bei der jeder Marine aus seinen Stiefeln gekippt wäre. Doch glücklicherweise gehörten Ausflüge dieser Art zu Alex’ täglicher Arbeit in der Hochgrasprärie, und obwohl ihr der Schweiß von der Stirn tropfte, war ihr Puls ruhig und gleichmäßig; und anstatt erschöpft zu sein, kam sie gerade erst so richtig in Fahrt.

„Also, wenn ich mich zwischen den Bäumen hervorwage, wird er mich sehen?“, fragte sie den Geist.

Es wäre möglich. Er scheint auf den Kampf konzentriert zu sein.

Na, wie auch immer, sie würde schon damit fertig werden, egal, was passierte. Alex schluckte und versuchte, nicht darüber nachzudenken, dass sie im Begriff war, sich gleich splitterfasernackt einer Gruppe Römern zu präsentieren und die Halskette von einem dieser Typen zu schnappen und abzuhauen, bevor er überhaupt wusste, wie ihm geschah.

Priesterin? Habt ihr mir zugehört?

„Oh, nein, entschuldige. Ich war in Gedanken.“

Ich sagte, du kannst es nicht allein mit Suetonius aufnehmen. Das ist Wahnsinn.

Sie lächelte säuerlich. „Du bist nicht der Erste, der sagt, ich wäre verrückt. Daran bin ich gewöhnt.“

Ich scherze nicht, Priesterin.

Alex seufzte. „Du brauchst keine Angst um mich zu haben, ich habe vorgesorgt. Siehst du das hier?“ Sie hielt den Arm hoch und zeigte ihm das NSS-Armband. „Es hat magische Kräfte.“

Wirklich?

„Ja, ich gebe dir mein Wort darauf. Also sei ganz beruhigt.“ Alex machte eine Pause und überlegte einen Moment, dann sagte sie Aedan das, was ihrer Vermutung nach der letzte sanfte Schubs war, den er brauchte, um seinen Weg in die andere Welt antreten zu können. „Deine Aufgabe im Diesseits ist nun erfüllt. Es gibt hier nichts mehr für dich zu tun. Andraste erwartet dich in ihrem Reich, und dort wirst du auch Boudica bald wiedersehen, das verspreche ich dir.“ Einem Impuls folgend ging Alex zu der Baumgruppe und dem Rowan, der am nächsten stand. „Aedan, wie lautete der Name deines Vaters?“

Erstaunt sah der Geist sie an. *Man nannte ihn Tearlach, Priesterin.*

Alex hob die Hand, in der sie das Zeichen der Göttin trug, und berührte damit die Rinde des alten Baumes. „Sei gegrüßt, mein Freund“, sagte sie leise. „Ich möchte gern eine Seele aus der anderen Welt zu mir rufen.“ Die Wärme, die sich in ihrer spiralförmigen Tätowierung sammelte, sagte ihr, dass der Rowan ihr zuhörte. Sie lächelte. „Ich bin Blonwen, eine Seelenruferin und Priesterin der Göttin Andraste, und ich wünsche, mit Tearlach zu sprechen, Vater des Kriegers Aedan.“

Der mittlerweile für sie zu einem ganz normalen Anblick gewordene Spalt zwischen den Welten tat sich auf, und ein Mann trat hindurch. Er war groß und blond, genauso wie sein verstorbener Sohn. Im ersten Moment sah er sich verwirrt um, bis sein Blick auf Aedan fiel.

Sohn, bist du es?

Ja, ich bin es, Vater, antwortete Aedan mit bebender Stimme.

War dein Tod ehrenvoll? Hast du der Königin gut gedient?

Ich schwöre, das habe ich.

Der ältere Geist nickte. *Dann erfüllst du mein Herz mit großem Stolz, mein Sohn.* Er sah Alex an. *Seelenruferin, ich bin hier. Hast du eine Aufgabe für mich, die ich ausführen soll?*

„Das habe ich tatsächlich", sagte Alex. „Allerdings kann ich dich nicht bezahlen. Ich bitte dich, geleite dennoch deinen Sohn in die andere Welt. Er hat sein Lebenswerk getan und eurer Königin und eurem Volk treue Dienste geleistet."

Seelenruferin, für solch einen Gefallen ist eine Bezahlung nicht erforderlich. Tearlach breitete die Arme aus und winkte seinen Sohn zu sich heran. *Komm mit mir, Aedan, dorthin, wo weder Schmerz noch Reue oder Traurigkeit jemals wieder dein Herz schwer machen werden und die Wälder und Wiesen Andrastes in alle Ewigkeit in prächtigem Grün gedeihen.*

Sofort ging Aedan zu seinem Vater, und sie umarmten sich.

Alex ignorierte die Tränen, die ihr die Wangen hinabliefen, und sagte: „Möge Andrastes Liebe dich willkommen heißen. Und ich wünsche dir, dass deine Sehnsucht gestillt werden möge, wenn deine Königin und du im Reich der Göttin wieder vereint sein werdet."

Kurz bevor er gemeinsam mit seinem Vater durch den Spalt verschwand, drehte Aedan sich noch einmal um und verbeugte sich vor ihr. *Ich danke dir, Priesterin ...* Und dann waren die beiden Geister fort, und Alex blieb allein zurück.

Sie wischte die Tränen weg und bedankte sich bei dem Rowan für seine Hilfe. Danach stellte sie sich innerlich auf die vor ihr liegende Herausforderung ein. „Also schön, Alexandra Blonwen Patton", sagte sie zu sich selbst. „Es wird Zeit, dass du diese Sache hinter dich bringst."

Entschlossen begann sie, sich auszuziehen. Ihre Kleider legte sie ordentlich gefaltet auf einen Stein am Rand der Baumgruppe. Sie rechnete nicht ernsthaft damit, dass sie genug Zeit haben würde, hierher zurückzukommen und sich wenigstens ihre Tunika zu greifen, aber sie fühlte sich besser bei dem Gedanken, es bestünde zumindest eine kleine Chance. Zum Teufel, ihr war jedes Mittel recht, um das Bild vor ihrem geistigen Auge loszuwerden, wie sie auf einmal vollkommen nackt in Carswells Labor schneite und alle sie anstarrten.

„Okay, hör auf, daran zu denken", befahl sie sich.

Es dauerte nicht lange, bis sie, abgesehen von ihrem NSS-Armband, komplett unbekleidet im Wald stand. Genauso, wie sie es getan hatte, als sie mit Caradoc in die andere Welt gegangen war, um sich offiziell an Andraste zu binden.

Caradoc …

Alex biss sich auf die Lippe und blinzelte trotzig die aufsteigenden Tränen weg. Diese Heulerei war jetzt absolut fehl am Platz. Das brachte sie kein Stück weiter. Und außerdem hatte Aedans Abgang sie schon zum Weinen gebracht, und wenn sie nicht bald damit aufhörte, würde sie am Ende krebsrot und total verquollen aussehen – und das war nicht die liebreizende Erscheinung, die vonnöten sein würde, um Suetonius' Blicke auf sich zu ziehen.

„Augen zu und durch", machte sie sich selbst Mut. „Je eher ich meine Nummer abziehe, desto eher bin ich auch wieder weg. Und dann kann ich später zurückkommen, Boudica finden, das zweite Medaillonstück holen und mir überlegen, wie es mit mir und Caradoc weitergehen soll. Meinem Ehemann." Das Wort Ehemann hatte einen merkwürdigen, fast magischen Klang, und unwillkürlich musste sie lächeln. „Ich werde das hinkriegen – irgendwie."

Alex ging wieder zu dem Rowan-Baum hinüber. Dieses Mal jedoch drückte sie sich mit ihrem nackten Körper an seinen Stamm – nicht auf erotische Weise, sondern mehr, als würde sie sich an die Brust einer liebenden Mutter schmiegen. „Bitte, hilf mir, die richtigen Worte zu finden. Und dann gib mir die Stärke, die ich brauchen werde, um zu tun, was getan werden muss."

Alex duckte sich zwischen den Bäumen bis zum Rand des Abhangs und lugte vorsichtig um die Ecke. So wie Aedan gesagt hatte, befand sich direkt geradeaus eine Erhöhung, die von Alex' Standort aus leicht erreichbar war. Sie verharrte noch einen Moment im Schatten der Rowan-Bäume und schätzte die Lage ab.

Suetonius konnte sie ohne Probleme erkennen, nicht nur, weil er der mit Abstand größte und kräftigste der insgesamt fünf Männer war. Sein auffälliger purpurfarbener Umhang und der glänzende silberne Brustpanzer stachen einem sofort ins Auge. Er stand nur ein kleines Stück unter ihr. Halb von ihr abgewandt, beobachtete er, wie die Kelten verzweifelt gegen die römischen Legionen kämpften.

Seinem Blick folgend schaute auch Alex zum Schlachtfeld hinunter. Tod und Zerstörung beherrschten die Szenerie. Die Kelten warfen sich mit aller Macht gegen die geschlossene Formation der Römer. Sie hielten sich tapfer, versuchten wieder und wieder, die Mauer aus Schilden und Lanzen zu durchbrechen. Doch Alex wusste, es war vergeblich, sie hatten keine Chance, zu gewinnen. Ja, sie waren ihren Gegnern zahlenmäßig deutlich überlegen, aber der ausgefeilten Taktik der Römer hatten sie nichts entgegenzusetzen. Sie befanden sich in einer ausweglosen Situation und waren gezwungen, kopflos und mit roher Gewalt vorzugehen, und das würde ihr Untergang sein.

Das bedeutete jedoch nicht, dass es zu einer schnellen Entscheidung käme. Dazu waren es einfach zu viele Kelten. Die römischen Legionen rückten viel langsamer vor, als Alex gedacht hätte. Sie erinnerte sich, gelesen zu haben, dass es den Römern letztlich gelingen sollte, die Kelten zwischen sich und deren Familien einzukesseln, die den eigenen Leuten den Fluchtweg versperrten. Doch im Moment wirkte das Geschehen eher, als ginge es weder vor noch zurück. Die Kelten warfen sich gegen die Schilde der Römer, wurden abgeschlachtet, und sofort nahmen andere Krieger ihren Platz ein.

Als hätte Suetonius ihre Gedanken gelesen, donnerte er mit tiefer Stimme: „Die Barbaren hätten längst in alle Winde zerstreut sein sollen! Worauf warten unsere Truppen? Dass Jupiter höchstpersönlich erscheint, um dem Schauspiel beizuwohnen?

Als ob ein Gott seine Zeit mit solchem Geschmeiß verschwenden würde!"

„Mein General, ihr seht doch selbst, auf dem Schlachtfeld wimmelt es nur so von ihnen. Es sind dreimal so viele wie unsere Soldaten!"

Suetonius warf dem Offizier neben sich einen abfälligen Seitenblick zu. Dann, mit einer so schnellen Bewegung, dass Alex' Augen ihr fast nicht folgen konnten, versetzte er dem Mann einen Schlag ins Gesicht.

„Wenn du meinst, wir bräuchten mehr Männer, um diesen Barbaren den Garaus zu machen, was hält dich hier?"

Die Ohrfeige hatte den Offizier zu Boden gehen lassen, doch er stand rasch wieder auf, salutierte und lief los.

Wenn er schlau ist, macht er sich aus dem Staub, anstatt sich in dieses furchtbare Gemetzel zu stürzen, dachte Alex. *Wow, dieser Suetonius ist wirklich ein Riesenarschloch. Aber jetzt hat er wenigstens nur noch drei Leibwächter.*

Sie war gerade bereit, aus dem Gebüsch zu springen und Suetonius' Aufmerksamkeit auf sich zu lenken, als der zum Rand des Felsvorsprungs marschierte und zu den Legionen auf dem Schlachtfeld unter ihnen sprach. Alex musste ein erschrockenes Japsen unterdrücken, als seine magisch verstärkte Stimme wie ein Donnergrollen über die Reihen der Soldaten fegte. Doch sie und die Kelten schienen die Einzigen zu sein, die davon überrascht waren. Die keltischen Krieger hielten in ihrem Kampf inne und drehten verwundert die Köpfe.

Diejenigen der Römer, die nicht direkt an vorderster Front standen, nahmen lediglich Haltung an und sahen ehrfürchtig zu ihrem Feldherren hinauf, als wäre es für sie völlig normal, ihn mit einem unsichtbaren Megafon sprechen zu hören.

Centaurianer sind eine bösartige Rasse, und sie verfügen über außergewöhnliche Fähigkeiten, schoss es Alex durch den Kopf.

Als alle Augen auf ihn gerichtet waren, setzte Suetonius seine Ansprache fort.

„Römer! Lasst euch nicht von dem Spektakel ablenken, das diese Wilden veranstalten! Es sind mehr Frauen als Männer unter ihnen, sie taugen nicht für den Kampf und ihre jämmerlichen Waffen ebenso wenig. Bleibt in eurer Formation, werft die Speere und dann treibt sie zusammen und schlagt sie mit den Schilden nieder. Trennt ihnen die Köpfe mit euren Schwertern ab. Denkt an die Kriegsbeute und die Weiber, die ihr euch nehmen könnt. Wenn ihr mir einen schnellen Sieg liefert, werde ich auf meinen Anteil verzichten und ihn euch überlassen. Ihr werdet reiche Männer sein!"

Die Antwort der Legionäre war kein Kampfschrei, sondern eher ein lautes Grunzen aus Tausenden von Kehlen, und dann fuhren sie mit dem Gefecht fort und vernichteten mit doppelter Grausamkeit alles, was ihnen vor die Speere geriet.

„Das sollte genügen, um dem ein Ende zu bereiten. Dieses sumpfige Land mit seiner lächerlichen Anführerin beginnt mich zu langweilen. Ein Weib als Herrscher, das widerspricht jeder natürlichen Ordnung!", sagte Suetonius abwertend und ging zurück zu seinen Leibwächtern.

Seine grausamen und gleichsam abfälligen Worte waren der Tropfen, der das Fass zum Überlaufen brachte und Alex den nötigen Ansporn gab, all ihren Mut zusammenzunehmen. Nackt trat sie aus den Schatten der Bäume. Sie konnte spüren, wie ihr die Haare über die Schultern fielen, eine wilde, rotblonde Mähne, praktisch vor Energie knisternd, die bei Alex' Kontakt zu dem Rowan-Baum in sie hineingeflossen war.

„Was für ein großer, mutiger Mann du bist!", rief sie Suetonius zu. „Der die Kelten beleidigen und sich über sie lustig machen kann, solange er es von seinem sicheren Platz aus tut, wo sie ihn nicht erreichen können."

Suetonius und seine Offiziere wirbelten herum. Einer der Männer hielt einen Speer in der Hand, die anderen beiden legten mit ihren Bögen auf Alex an. Suetonius selbst war nur mit einem Kurzschwert bewaffnet, aber er ließ es in der Scheide stecken.

„Ja was haben wir denn hier? Eine der Baumnymphen, von denen ich schon so viel Gutes hörte?", sagte er und lächelte süffisant.

„Tut mir leid, keine Baumnymphe", entgegnete Alex. „Ich bin eine Priesterin, die gekommen ist, dich herauszufordern." Sie zwang sich, die Hände in die Hüften zu stemmen, sodass sie gar nicht erst auf die Idee kommen konnte, automatisch ihre Blöße zu bedecken, und reckte selbstbewusst das Kinn, die Blicke der anderen drei Männer, denen fast die Augen aus den Köpfen fielen, ignorierend.

„Ich nehme deine Herausforderung mit Freuden an. Nachdem meine Legionen dieses Ärgernis dort unten beseitigt haben." Er gab dem mit einem Speer bewaffneten Offizier ein Zeichen. „Marcellus, bring die Kleine in mein Zelt. Du darfst dich gern ein wenig mit ihr vergnügen, aber lass deinen Speer draußen. Ich bevorzuge Frischfleisch."

Die anderen seiner Leibgarde lachten über sein Wortspiel, doch ehe Marcellus zu ihr hinaufklettern konnte, sagte Alex: „Oh, bitte, das wäre ja wohl kaum eine Herausforderung für dich. Obwohl dein Speer offensichtlich zu kurz ist, um mich hier zu erreichen. Ich biete dir etwas an, von dem ich glaube, dass du es mehr genießen würdest als eine langweilige Vergewaltigung. Gerade hörte ich dich sagen, du möchtest ein schnelles Ende dieser Schlacht. Besiege mich, und dein Wunsch soll sich erfüllen."

Suetonius hielt Marcellus zurück. „Wie könnte der Ausgang einer Schlacht vom Schicksal einer einzelnen Frau beeinflusst werden?"

„Wie kann ein ganzes Heer von einer einzelnen Frau angeführt werden?", gab Alex schnippisch zurück.

„Antworte gefälligst!", donnerte Suetonius.

Alex war nicht entgangen, wie seine Männer sie begierig musterten. Er selbst jedoch sah ihr die ganze Zeit fest in die Augen. Ein wichtiger Teil ihres Plans war es gewesen, ihn mit ihrer Nacktheit zu verunsichern oder zumindest so lange abzulenken, bis sich ein günstiger Moment ergab, irgendwie an das Medaillon zu kommen.

„Ich bin Boudicas Hohepriesterin der Göttin Andraste. Ein Symbol ihrer Existenz, der lebende Beweis dafür, dass Andraste der Königin und ihrem Kampf gegen die Römer ihren Segen gibt. Gelingt es dir aber, mich zu fangen und für jedermann sichtbar am Rand dieses Felsvorsprungs aufzuhängen, werden Boudica und ihre Leute den Mut verlieren, und du trägst den Sieg davon."

„Der Sieg wird mein sein, ob ich dich nun töte oder nicht, Weib."

Provozierend hob Alex die Augenbrauen und warf schwungvoll ihr Haar zurück. „Ach, bist du dir da wirklich so sicher? Ich erinnere mich noch sehr gut an den Tag, an dem du aus Londinium geflüchtet bist wie ein kleines Kind, das zu seiner Mutter läuft. Es war derselbe Tag, an dem Boudica und ihr Heer dort einfielen und die Stadt in Schutt und Asche legten."

„Was fällt dir ein, du Hure!", zischte er wütend. „Ich bin niemals vor einer Frau geflüchtet!"

In gespielter Verwunderung runzelte Alex die Stirn. „Dann warst das gar nicht du, der dem Steuereintreiber das Medaillon vom Hals gerissen hat und mit dem erstbesten schnellen Pferd, das er finden konnte, wie ein Verrückter davongejagt ist, während seine römischen Freunde zurückblieben und im Tempel Jupiters elendig bei lebendigem Leib verbrannten? Habe ich etwa den falschen General erwischt? Verzeihung, mein Fehler. Ich gehe und suche den richtigen." Alex drehte sich um und machte Anstalten, wieder im Wald zu verschwinden.

„Du bleibst hier! Dieses Miststück nehme ich mir selbst vor. Und ich werde nicht abwarten, bis ich sie zu meinem Zelt geschleift habe, um sie den Speer eines Römers spüren zu lassen!", hörte sie Suetonius grollen.

28. KAPITEL

Mit klopfendem Herzen rannte Alex zu dem nächstgelegenen Rowan und drückte sich mit dem Rücken dagegen, das Gesicht in die Richtung gewandt, aus der Suetonius jeden Moment auftauchen müsste. „Hilf mir", flüsterte sie dem Baum zu. „Ich brauche nur dieses Medaillon, und dann kann ich von hier verschwinden, bevor er mich zu fassen bekommt. Bitte hilf mir." Überall, wo ihre Haut die Borke des Stammes berührte, spürte sie, wie Wärme in ihren Körper strömte. Ihre Angst begann, einem tiefen Gefühl innerer Ruhe zu weichen.

Doch sie war sofort wieder da, als Suetonius durch die Büsche auf sie zugestürmt kam. Dieser Koloss war definitiv kein Mensch. Wie konnten die Römer das nicht erkennen? Er überragte selbst den größten Kelten um mindestens einen ganzen Kopf, und seine riesigen Muskelberge sahen schon beinahe grotesk aus. Seine Haare und die Gesichtszüge wirkten irgendwie unnatürlich – ihnen haftete etwas Bestialisches an. Seine Nase erinnerte an die Nüstern eines Pferdes, und die pechschwarzen Augen blickten wild umher …

Wie zur Salzsäule erstarrt, blieb Alex reglos stehen und hielt sogar den Atem an, und dennoch hatte Suetonius sie binnen Sekunden entdeckt. Er lächelte, und dieses winzige Zucken um seine Mundwinkel war das Furchterregendste, was Alex jemals in ihrem Leben gesehen hatte.

„Ah, da steckst du. Suchst Zuflucht unter einem Baum. Bist du sicher, dass du eine Priesterin bist und keine Nymphe?"

Alex brachte kein Wort heraus, was sein diabolisches Lächeln nur noch breiter machte. Anstatt sich auf sie zu stürzen, ließ er sich Zeit und schlenderte langsam vorwärts – geschmeidig wie ein Raubtier, das sich seiner Beute nähert.

Ihr Körper fühlte sich taub an, und sie schien plötzlich alles nur noch wie durch einen Schleier wahrzunehmen. Sie wollte weglaufen, aber ihre Beine gehorchten ihr nicht. Alles, was sie tun konnte, war, sich weiter gegen den Stamm des Rowans zu drücken und mit wachsender Panik auf den Tod zu warten, der ihr in Gestalt eines römischen Generals erschien. Die Kette mit Boudicas Medaillon glitzerte im Sonnenlicht.

Hab Mut, Priesterin! Am Rand ihres Sichtfeldes sah sie plötzlich den Geist des verstorbenen Königs der Iceni, Boudicas Ehemann. Er hob die zur Faust geballte Hand. *Du bist nicht allein! Sei tapfer, Blonwen!* Es wird alles gut werden. Ein weiterer Geist materialisierte sich neben dem ersten. Eine junge Frau, die Alex als das erste Opfer der Schlacht um Londinium erkannte.

Fass dir ein Herz! Du bist stark, rief ihr der alte Mann zu, der sich ihr kurz nach ihrer Ankunft in dieser Welt gezeigt hatte.

Wir sind bei dir! ermutigte sie ein anderer der vielen keltischen Krieger, denen sie den Übergang in Andrastes Reich erleichtert hatte.

„Ich bin nicht allein!“, sagte sie und straffte die Schultern. Suetonius' boshaftes Lächeln verschwand nicht. „Hast ein paar Männer mitgebracht, die sich im Wald verstecken, was? Das macht nichts, denn du wirst feststellen, dass es nicht so leicht ist, mich zu töten, wie du und deine Barbaren es gern hättet.“

„Ich spreche mit den Toten“, erklärte sie dem noch immer auf sie zuschleichenden Centaurianer. „Sie sind es, die ich mitgebracht habe. In diesen Wäldern wimmelt es nur so von Geistern.“

Für einen kurzen Augenblick schien die Selbstgefälligkeit des falschen Generals durch etwas anderes überschattet zu werden. War das Angst, die in seinen dunklen kalten Augen aufflackerte? Es war zu schnell wieder weg, als dass Alex es mit Sicherheit hätte sagen können.

„Sehr bald schon, Weibsstück, wirst du dich zu ihnen gesellen.“ Er sprach in einem fast zärtlichen Tonfall, als würde die Vorstellung, sie umzubringen, ihn erregen.

Okay, jetzt nicht die Nerven verlieren. Ich muss mir nur das Medaillon holen! Und dann nichts wie weg! Alex atmete tief durch. Dabei hoben sich ihre Brüste, und Suetonius ließ den

Blick über ihre Brustwarzen wandern. Entsetzen und Abscheu ignorierend sagte sie: „Ich denke, du wirst feststellen, dass es auch nicht so leicht ist, mich zu töten." Sie sah ihm in die Augen, als er schließlich aufblickte.

„Du bist eine Frau. Weich. Schwach. Zum Gehorsam geboren. Dein Leben auszulöschen würde keine Minute dauern. Aber ich glaube, ich werde mir mit dir Zeit lassen."

„Ich bin eine Hohepriesterin. Das bedeutet, du hast keine normale Frau vor dir." Und zum wahrscheinlich ersten Mal in ihrem Leben war Alex froh darüber, nicht „normal" zu sein.

„Und ich habe eine ganze Insel voller Priesterinnen und Druiden dem Erdboden gleichgemacht. Warum sollte ich ausgerechnet dich fürchten?"

Er war während ihres Gespräches die ganze Zeit immer dichter und dichter gekommen, und nun stand er praktisch direkt vor ihr. Wenn sie die Hand ausstreckte, hätte sie ihn berühren können. Oder sich das Medaillon greifen, das um seinen Hals baumelte.

„Du solltest mich aber fürchten", erwiderte sie, und ihre Stimme klang seidenweich, „weil ich nicht aus dieser Zeit stamme. Ich habe ein paar ganz nette Tricks auf Lager!" Alex griff nach dem Medaillon, zog an der Halskette und riss es ab. Sie machte einen Satz zur Seite und huschte dann hinter den Baum, wo sie gerade ihr NSS aktivieren wollte, doch Suetonius bewegte sich mit unglaublicher Geschwindigkeit. Er packte ihr Handgelenk, noch bevor ihre Fingerspitze den Kristall in der Mitte des Armbandes auch nur berührt hatte, und zerrte sie zu sich.

„Ein Weibchen aus der Zukunft? Du gehörst zu diesen verrückt gewordenen Schlampen, die denken, sie stünden mit uns auf einer Ebene?" Brutal verdrehte er ihr den Arm, sodass sie gezwungen war, vor ihm auf die Knie zu gehen. „Ich wusste doch, dass sich eine von euch irgendwo hier herumtreibt."

Sie hielt das Medaillon fest in ihrer Faust und funkelte Suetonius unerschrocken an. „Nein, wir werden nie mit euch auf einer Ebene stehen. So tief können wir gar nicht sinken."

Mit der flachen Hand schlug er ihr so hart ins Gesicht, dass Lichtblitze vor ihren Augen tanzten und ihr Mund sich mit dem eisernen Geschmack von Blut füllte.

„Dummes Weib! Ihr könnt nicht gegen uns gewinnen, genauso wenig, wie diese Barbarenkönigin gegen Rom gewinnen kann." Er versetzte Alex einen zweiten Schlag, und dieses Mal knackte es, und im nächsten Augenblick floss auch schon das Blut aus ihrer gebrochenen Nase. Doch anstatt sie automatisch mit den Fingern zu betasten, drückte Alex sich das kostbare Medaillon an die Brust.

Suetonius lachte schallend.

„Ach, darum geht es dir? Keine Sorge, du kannst es behalten. Ich werde es zusammen mit deiner Leiche verbrennen lassen, nachdem ich mit dir fertig bin!"

Er hob sie hoch und knallte sie mit dem Gesicht nach unten gegen den nächstbesten Felsbrocken, so hart, dass ihr die Luft wegblieb. Halb bewusstlos versuchte Alex verzweifelt, genug Sauerstoff in ihre Lungen zu ziehen, doch der stechende Schmerz in ihrer Seite machte ihr das Atmen fast unmöglich. Sie spürte, wie Suetonius sich an ihrem Hinterteil zu schaffen machte, seine groben Finger zwischen ihre Pobacken schob, sie bis zum Kern ihrer Weiblichkeit gleiten ließ und in sie hineinstieß.

„So schmal und eng", stieß er hervor. „Es wird gut sein, dich zu dehnen."

Alex kämpfte noch immer darum, wenigstens so viel Luft zu bekommen, dass der graue Schleier vor ihren Augen verschwand und sie nicht ohnmächtig wurde. Aber der Schmerz, der sie bei jedem Versuch, einzuatmen, durchzuckte, war einfach zu stark. Ihr Verstand schrie immer wieder: Drück auf den Kristall! Ihr Körper allerdings reagierte nicht. Sie spürte weder ihre Arme noch ihre Hände. Alles, was sie fühlen konnte, war Suetonius, der sich hinter ihr hastig die störenden Teile seiner Uniform vom Leib riss und sich dann an sie drängte.

„Ich bin zu dem Schluss gekommen, dass ihr Weibchen aus der Zukunft mir gefallt. Ihr seid sehr …"

Der Pfeil traf ihn in die linke Hälfte seiner Brust – mit einer solchen Wucht, dass er Alex losließ und rückwärts taumelte. Sie rollte sich vom Felsbrocken und sank daneben auf den Boden, während sie sich die schmerzende Seite hielt.

Caradoc kam auf sie zugerannt.

„Blonwen!" Er beugte sich über sie und wollte ihre Hand wegziehen, um sich die Verletzung anzusehen.

„Nein!", keuchte sie, obwohl alles vor ihren Augen verschwamm und sie ihn kaum erkennen konnte. „Du dürftest gar nicht hier sein …" Da sah sie den Schatten, der hinter ihm auftauchte. „Pass auf, hinter dir!"

Caradoc wirbelte herum, sein Schwert zum Angriff erhoben. Suetonius' unmenschliche Schnelligkeit aber ermöglichte es ihm, dem Hieb auszuweichen und Caradoc einen Faustschlag gegen das Kinn zu verpassen, der den Druiden umwarf.

Doch die Flinkheit, mit der er wieder auf die Füße sprang, überraschte selbst Suetonius. Wie ein wildes Tier fletschte der Centaurianer die Zähne und zog sein eigenes Schwert aus der Scheide an seinem Gürtel. Dann griff er mit der anderen Hand nach dem Pfeil, der noch immer in seiner Brust steckte, und riss ihn heraus. Dabei zuckte er kaum mit der Wimper. „Dich werde ich zum Aufwärmen benutzen, bevor ich mich um das Weibchen kümmere."

„Nur über meine Leiche wirst du sie noch einmal anfassen!", drohte Caradoc.

„Genau das ist meine Absicht, Barbarenjunge."

„Vergiss nicht, er ist kein Mensch!", rief Alex Caradoc zu.

Suetonius schwang sein Schwert, und die Klinge hinterließ eine lange blutige Wunde quer über Caradocs Brust. „Ja, vergiss nicht, ich bin keiner von euch primitiven gewöhnlichen Menschen."

Caradoc umkreiste seinen Gegner, indem er immer gerade eben außerhalb seiner Reichweite blieb. Während er ständig in Bewegung war, streckte er seine freie Hand mit der Handfläche nach oben zum Himmel und sagte grimmig lächelnd: „Ich bin ebenfalls kein gewöhnlicher Mensch, Bestie. Ich bin ein Druide, geschätzter Diener Condatis', Gott des Wassers, und er verleiht auch mir übermenschliche Kräfte. Lass es regnen!", brüllte er.

Sofort begann es über ihren Köpfen zu donnern, und Wolken zogen auf. Schwarz und zornig verdunkelten sie den ansonsten stahlblauen Himmel an diesem strahlenden Sommertag. Krachend öffneten sie ihre Schleusen, und Regen prasselte in dicken Tropfen auf die Erde.

Suetonius lachte spöttisch. „Glaubst du etwa, ich hätte Angst, ein bisschen nass zu werden?" Erneut schlug er nach Caradoc und erwischte ihn am linken Arm, doch der Druide duckte sich weg, bevor die Klinge größeren Schaden anrichten konnte.

„Ich habe das Wasser nicht gerufen, damit es zerstört", sagte Caradoc, einen Hieb antäuschend und dann von der anderen Seite zustechend. An Suetonius' Schulter bildete sich ein greller purpurroter Fleck, der schnell größer wurde.

Alex begriff plötzlich, was Caradoc gemeint hatte. Er schien Energie aus dem Regen zu ziehen, und obwohl er ihn nicht heraufbeschworen hatte, um Suetonius zu verletzen, so stellte der unerwartete Wolkenbruch dennoch ein Hindernis für den Centaurianer dar. Der Boden war bereits aufgeweicht und glitschig, und das Wasser rann ihm in dicken Strömen die Stirn hinunter, sodass er sich immer wieder über die Augen wischen musste, um etwas sehen zu können.

Auf Caradoc hingegen hatte es den gegenteiligen Effekt. Seine Schritte waren auch auf dem rutschigen Untergrund absolut sicher, und anstatt seine Sicht einzuschränken, umhüllte das Wasser seinen Körper wie eine zweite Haut und erinnerte Alex spontan an den Kosenamen, den ihm seine Mutter gegeben hatte. Caradoc sah tatsächlich aus wie eine Robbe, die in ihrem Element war.

Sie schöpfte gerade neue Hoffnung, als Suetonius abermals lachte.

„Das war sehr amüsant, aber es hat jetzt lange genug gedauert."

Der Centaurianer attackierte Caradoc mit einer blitzartigen Tirade von Schlägen. Caradoc mochte ein fähiger Krieger sein, der außerdem über die Kräfte eines Druiden verfügte, aber Suetonius hatte er nicht viel entgegenzusetzen. Es dauerte nicht lange, bis er aus zahlreichen Wunden blutete. Mit roher Gewalt rammte der Centaurianer sein Schwert in Caradocs rechten Oberschenkel, als hielte er eine Axt in der Hand und würde einen Holzscheit spalten. Der Druide taumelte rückwärts und ging auf die Knie. Doch er hielt sein Schwert weiter hoch erhoben und parierte Suetonius' immer erbitterter werdende Angriffe. Gnadenlos wurde er von dem Centaurianer in die Enge getrieben, bis Caradoc mit dem Rücken gegen denselben Felsen gepresst war, über dem Alex bäuchlings gelegen hatte. Sie saß noch immer zusammengekauert dort und sah voller Entsetzen zu, wie ihr Geliebter bis zum Tod kämpfte, direkt neben ihr.

Direkt neben mir ...

Alex wusste auf einmal, was sie zu tun hatte. Den stechenden Schmerz in ihrer Seite ignorierend krabbelte sie auf allen vieren zum nächsten Rowan-Baum. Sie stützte sich mit der Hand an ihm ab, um sich hochzurappeln, drückte sich dann mit dem Rücken an die raue Borke des Stammes und sagte: „Bitte, ich brauche einen Energiestoß, so wie den, mit dem ich die Geister zurückgedrängt habe, nur viel stärker." Alex fühlte die Hitze, die sich in ihrem Körper konzentrierte, und betete innerlich, dass es genügen würde. Sie streckte beide Arme aus, die Fingerspitzen auf Suetonius gerichtet, just in dem Moment, als der Centaurianer erneut zum Schlag ausholte und zu Caradoc sagte: „Es ist Zeit für dich, zu deinem Wassergott zu gehen."

Die knisternde, glühend heiße Energie schoss durch den strömenden Regen und traf Suetonius völlig unvorbereitet. Er wurde zurückgeschleudert und landete mehrere Meter entfernt im Matsch. Indem sie sich die Reste der Kraft zunutze machte, die ihr der Kontakt mit dem Baum zugeführt hatte, rannte Alex zu Caradoc hinüber und ließ sich neben ihn fallen. Er schwankte unsicher auf den Knien hin und her, ganz offensichtlich kurz davor, das Bewusstsein zu verlieren. Eilig streifte sie das NSS-Armband ab und drückte es ihm zusammen mit dem Medaillon in die Hand.

Verwirrt sah er sie an und stammelte: „Du musst deine Magie nutzen … um in die Zukunft …"

„Solange du hier nicht gestorben bist, kann Carswell dich wieder auf die Beine bringen. Sag ihr, ich hole das andere Stück. Wenn du gesund bist, wird sie dich zurückschicken. Ich warte in der Hütte, von der du gesprochen hast. Ich liebe dich, Caradoc."

Ehe er etwas erwidern konnte, drückte sie den Kristall und wurde von dem freigesetzten grellen Licht geblendet, das beim Öffnen des Spaltes in der Zeitlinie entstand und Caradoc in die Zukunft sog.

Der Regen hörte in dem Moment auf, in dem der Druide verschwand.

„Du verfluchte Schlampe! Was hast du getan?" Suetonius zerrte sie grob auf die Füße. Alex schrie vor Schmerz, als er sie an den Schultern hochhob und schüttelte, als wäre sie eine Puppe. „Wohin hast du ihn geschickt?" Sein Gesicht war so dicht vor ihrem, dass sie seinen säuerlichen Atem riechen konnte.

„Fahr zur Hölle!", zischte sie durch zusammengebissene Zähne.

Er knallte sie gegen einen Baumstamm und schüttelte sie wieder. „Welches Jahr?"

„Du kannst mich töten, aber du erfährst nichts von mir."

Wut flackerte in seinen schwarzen Augen auf und wich ebenso schnell einem höhnischen Ausdruck. „Ich brauche dich nicht, um ihn zu finden. Alles, was ich tun muss, ist, abzuwarten, bis er zurückkommt. Eine Hütte, sagtest du? Ganz in der Nähe vermutlich. Ein guter Plan. Ich wandle ihn nur etwas ab, wenn es dir nichts ausmacht. Jemand wird Boudica das zweite Stück des Medaillons von ihrem leblosen Körper reißen und deinen Druiden erwarten. Doch das wirst nicht du sein." Er stieß seine harte Erregung gegen ihren Oberschenkel. „Aber zuerst beende ich, was ich angefangen habe, und danach kümmere ich mich um Boudica und deinen Geliebten."

„Nein! Das werde ich nicht zulassen."

Suetonius grinste schmutzig. „Ich bin dabei, dich zu vergewaltigen und dann zu töten, Weibchen. Und es gibt nichts, was du dagegen unternehmen könntest."

„Da hast du absolut recht." Und während Suetonius zwischen ihren Beinen herumfummelte und sie brutal gegen den Baumstamm gedrückt hielt, blendete Alex den Centaurianer aus ihren Gedanken aus und konzentrierte sich ganz auf die magische Kraft des Baumes in ihrem Rücken. Sie schloss die Lider und fand ihr inneres Zentrum, in dem es völlig still war, wie im Auge eines Tornados. Und dann, die Augen noch immer fest geschlossen, sagte sie: „Ich bin eine Seelenruferin, und ich wünsche, Kontakt mit jemanden aus der anderen Welt aufzunehmen."

„Was brabbelst du da, Frau?" Irgendwo am Rand ihres Bewusstseins hörte sie Suetonius reden und spürte seine Berührungen an ihrem Körper. Alex nahm von alledem keinerlei Notiz.

Als sie die Augen wieder aufmachte, schaute sie über die Schulter des Centaurianers hinweg zu dem Punkt, wo sich der Durchgang zwischen den Welten aufgetan hatte. Weißer Nebel quoll langsam daraus hervor.

Gestärkt durch die irdische Macht des Rowans, rief Alex: „Im Namen Andrastes, ich rufe all diejenigen, die dieser Centaurianer, Suetonius, getötet hat. Ihr, denen er Unrecht tat, kommt heraus und ihr sollt für den Preis des Blutes eure Rache an ihm nehmen können!"

Suetonius rüttelte sie an der Schulter. „Was machst du denn jetzt, du ver…"

Seine Worte verebbten, als die Luft um sie herum zu flirren begann und der Nebel sich ausbreitete. Aus den Schwaden wanden sich gebogene Tentakeln heraus, genau so, wie es vor langer Zeit in Alex' Traum geschehen war. Doch dieses Mal tasteten die substanzlosen Finger nach dem Centaurianer.

Er ließ Alex los und stolperte zurück, während er wild um sich schlug. „Verschwinde! Lass mich in Ruhe!“

Die Dunstschwaden wurden nur umso dichter, und es bildeten sich verschiedene Formen heraus. Alex sah, wie die Seelen Gestalt annahmen. Es mussten Hunderte sein. Suetonius' Augen weiteten sich vor Entsetzen.

Er bemerkte nicht, dass Alex sich heimlich zu der Stelle schleppte, wo Caradocs Schwert lag, und es aufhob. Sich weder um Geschicklichkeit noch Eleganz scherend hielt sie es in beiden Händen und warf sich auf Suetonius. Die Klinge drang tief in seine linke Seite ein, und der Centaurianer stieß einen lauten Schrei aus. Er schubste Alex weg, und als sie dabei automatisch das Schwert wieder aus seinem Körper zog, schoss ein Schwall Blut aus der klaffenden Wunde.

„Dies ist euer Lohn!“, rief sie den Geistern zu. „Holt euch sein Blut!“

Sie sah zu, wie die Seelen ihn umringten und sich an ihn hefteten wie durchsichtige Blutegel. Als er zu schreien begann, wandte Alex den Blick ab. Sie drehte sich um und flüsterte: „Kelten, ihr wurdet gerächt …“

29. KAPITEL

Alex musste Boudica finden. Sie dachte nicht an Caradoc; ihr blieb nur, fest daran zu glauben, dass er am Leben war. Carswell würde ihn retten und wieder gesund machen, ganz bestimmt. Sie aber hatte noch immer eine Mission zu erfüllen. Und um das zu schaffen, brauchte sie all ihre Willenskraft, denn sie konnte sich kaum noch auf den Beinen halten.

Ihre Kleider lagen genau an dem Platz, wo sie sie zurückgelassen hatte, sorgsam gefaltet. Alex redete sich ein, der Schmerz, den ihre gebrochenen Rippen verursachten, sei gut – er hielt sie bei Bewusstsein. Aber irgendetwas stimmte nicht mit ihrem Sichtfeld. Es kam ihr vor, als würde sie durch einen Tunnel mit ausgefransten grauen Rändern sehen. Hatte sie sich den Kopf gestoßen? Sie konnte sich nicht daran erinnern. Alex hob die Hand und befühlte ihre Stirn, dann zuckte sie zusammen, als sie die dicke Beule an der Schläfe berührte. Gehirnerschütterung? Selbst wenn, das musste warten.

Als Nächstes entdeckte Alex ihr Pferd. Sie hatte es zurückgelassen, weil Aedans Geist sie in ein Gelände geführt hatte, das sehr steil und unwegsam gewesen war. Nun war sie dankbar für das ruhige Gemüt des Tieres, das einfach an Ort und Stelle auf sie wartete und in aller Ruhe graste. Als sie sich wie eine Betrunkene in den Sattel schwang, setzte die Stute sich praktisch von selbst in Bewegung. Alex musste nicht viel mehr tun, als sich oben zu halten und die ungefähre Richtung vorzugeben.

Also lenkte sie ihr Pferd dorthin, wo ein schmaler Pfad aus dem Wald herausführte – so viel wusste sie noch – und in der Nähe der Wagenbarrikade endete, die Boudicas Krieger am Ausgang der Schlucht errichtet hatten.

Als Alex schließlich den Waldrand erreichte, neigte sich der Tag dem Ende zu, und die Schlacht war vorbei – ebenso wie Boudicas Feldzug. Alex hielt das Pferd an und starrte aus dem Schutz der Schatten auf ein Meer der Verwüstung. Was sie sah, war so schrecklich, dass ihr Verstand es überhaupt nicht richtig verarbeiten konnte. Verstümmelte, ausgeweidete Leichen … noch lebendige, sich vor Schmerz krümmende Körper. Männer, Frauen, Alt und Jung in einem Tal, das vom Blut schwarz gefärbt war und über dem bereits hungrige Geier kreisten. Römische Soldaten wateten durch die endlosen Reihen gefallener Krieger und plünderten die Toten und Sterbenden unbarmherzig aus. Inmitten all dieses Grauens sah Alex verwirrte und desorientierte Seelen umherirren.

„Es sind einfach zu viele." Sie sprach ihre Gedanken laut aus und versuchte, Trost in der Vertrautheit ihrer eigenen Stimme zu finden.

Geleite sie hinüber …

Die Worte drifteten durch Alex' Geist, und im selben Moment wusste sie, was sie tun musste. Geschwächt trieb sie ihr Pferd zu einer riesigen Eiche, deren Krone die der anderen Bäume um vieles überragte. Sie blieb stehen und legte ihre Handfläche auf die Rinde des Baumes.

„Ich benötige deine Hilfe." Die Wärme breitete sich kribbelnd um das Zeichen Andrastes in ihrer Haut aus. „Bitte, öffne den Durchgang zur anderen Welt. Ich bin eine Seelenruferin und Priesterin der Göttin Andraste. Ich möchte diese Geister heim in ihr Reich führen."

Die Kraft des alten Baumes flutete in ihren Körper, warm und wohltuend. Die Luft vor ihr, durch die sie das Schlachtfeld sehen konnte, knisterte, und dann teilte sich der unsichtbare Vorhang zwischen den Welten.

„Seelen der Kelten! Kommt zu mir!" Alex' eigene Stimme klang fremd in ihren Ohren. Natürlich war sie dank der Macht des Baumes verstärkt, doch es lag weniger an der Lautstärke als vielmehr daran, dass sie eine völlig andere Tonlage hatte, die an den Felswänden der Schlucht widerhallte wie ein Klageruf aus dem Totenreich.

Die Römer hielten erschrocken inne, und als die Seelen der Krieger Alex' Ruf folgten, begannen die Legionäre zu zittern und mit den Händen Schutzzeichen gegen den bösen Blick zu formen. Alex empfand eine grimmige Befriedigung, während sie zusah, wie einige von ihnen alles stehen und liegen ließen und davonliefen. Keiner von ihnen sah auch nur in ihre Richtung.

Als die Geister sich ihr näherten, zog Alex noch etwas mehr Energie aus dem Baum und stellte sich, an die Seite ihres Pferdes gestützt, so gerade hin, wie sie konnte, und lächelte der Gruppe durchscheinender Gestalten auffordernd zu. „Ich bin es, Blonwen, Andrastes Priesterin.“ Auf den Gesichtern mehrerer Geister erschien ein Lächeln, weil sie sie wiedererkannten. „Ihr habt tapfer gekämpft und eure Aufgabe in dieser Welt erfüllt. Andraste ist stolz auf euch und erwartet euch nun in ihrem Reich …“ Sie deutete auf den offenen schimmernden Spalt in der Luft. „Geht zu ihr und lasst das Leid hinter euch, das ihr auf dieser Seite erfahren musstet.“

Die Seelen zögerten nicht lange und gingen auf den Spalt zu. Sie stürmten nicht hindurch, sondern wanderten ganz einfach von ihrem alten Leben in ein neues, als schlenderten sie einen Waldpfad entlang. Einige von ihnen nickten Alex zu, bevor sie verschwanden. Manche wünschten ihr sogar Lebewohl. Einer nach dem anderen trat seinen Weg in das Reich der Göttin an – bis auf die große, majestätische Frau mit den feurig roten Haaren.

Der Geist der toten Königin war neben dem Durchgang stehen geblieben und sah schweigend zu, wie die Toten, die einst ihre Untergebenen und gleichzeitig ihre Freunde gewesen waren, hindurchschlüpften.

„Boudica!“, rief Alex.

Traurig blickte die Königin sie an. I*ch habe versagt, Priesterin.*

„Du hast deinem Volk Hoffnung gegeben, und diejenigen, die in der Schlacht fielen, sind als freie Menschen gestorben“, gab Alex zurück.

Das mag sein, doch sei ehrlich, Priesterin. Wäre dies … Sie zeigte in Richtung des blutigen Schlachtfeldes … *wäre dies dein Lebenswerk, würde es dich mit Stolz erfüllen?*

„Es ist nicht dieser Kampf, weswegen die Menschen dich in Erinnerung behalten werden. Du kannst mir glauben, ich weiß es, denn ich bin aus der Zukunft hierhergekommen. Und dort wirst du als starke Herrscherin in den Geschichtsbüchern erwähnt, die ihr Volk in einem mutigen Aufstand gegen Rom angeführt hat."

Die Zukunft? Tatsächlich? Geht es meinen Töchtern dort gut?

Alex war sich nicht sicher, was das weitere Schicksal von Mirain und Una betraf. Sie nahm an, Caradoc hätte die beiden Kinder irgendwo in Sicherheit gebracht, als er Alex' Verschwinden bemerkte, doch die Berichte über ihren Verbleib und was aus ihnen wurde, waren sehr spärlich, und man konnte nur mutmaßen. „Ich bin aus der Zukunft, ja. Aber einer sehr fernen Zukunft, in der über deine Töchter nicht viel bekannt ist. Ich kann dir allerdings sagen, dass Caradoc und ich sie von hier fortgebracht haben, und mir ist weder Unas noch Mirains Geist begegnet."

Die Königin schloss die Augen und schien in sich zusammenzusacken. *Doch wenn sie überlebt haben, dann werden sie ihr Dasein als Sklaven der Römer fristen müssen.* Sie schaute Alex an. *In deiner Zeit, sind die Kelten dort ein freies Volk?*

Alex lächelte. „Ja, das sind sie."

Das ist zumindest etwas.

„Aber um sicherzustellen, dass sie und alle anderen Menschen auch frei bleiben werden, brauche ich deine Hilfe."

Boudica hielt ihre durchscheinenden Hände nach vorn. *In diesem Zustand kann ich kaum von großem Nutzen sein.*

„Sag mir einfach nur, wo dein Körper ist. Ich muss das Medaillonstück aus deinem Halsreif in die Zukunft bringen. Es hat in meinem Zeitalter magische Kräfte."

Das Torque wird gemeinsam mit meinen sterblichen Überresten bei der Feuerbestattung verbrannt werden.

„Wo? Bitte, es ist wirklich wichtig!"

Boudica deutete nach Westen. *Reite durch diesen Wald, und du wirst zu einem Bergrücken aus Sandstein kommen. Dahinter liegt ein kleiner Hain, den wir „Andrastes Tann" nennen. Dort schichten sie das Holz auf.*

„Dann beeile ich mich lieber. Ich muss das Medaillon holen, bevor sie das Feuer anzünden und es in der Glut beschädigt wird." Alex wendete ihr Pferd. „Auf Wiedersehen, Boudica. Es war mir eine Ehre, dich gekannt zu haben."

Ich werde dich begleiten, Priesterin, bot die Königin an.

„Nein." Alex' spontane Reaktion kam so tief aus ihrer Seele, dass sie spürte, dass die Göttin durch sie sprach. „Geh hinüber in die andere Welt. Deine Zeit in dieser ist vorüber. Du hast so hart für die Freiheit gekämpft. Bleib nicht zurück und mache dich selbst zur Sklavin der Vergangenheit."

Boudica nickte leicht, zum Zeichen, dass sie verstanden hatte, was Alex ihr damit sagen wollte. *Du aber solltest hierbleiben, Blonwen. Diese Welt und du, ihr passt gut zusammen. Und ich habe so ein Gefühl, deine Zeit in ihr ist noch nicht vorüber. Lebe wohl, Priesterin von Andraste.* Mit diesen Worten trat der Geist durch den noch immer offenen Spalt – das letzte Opfer der Schlacht in der Todesschlucht – und verschwand. Dann schimmerte die Luft einmal mehr, und der Durchgang schloss sich.

Alex jagte los, in die Richtung, die Boudica ihr gezeigt hatte.

Die magische Macht der Eiche hatte den Schmerz in ihrer Seite gedämpft und ihr Kraft verliehen, die sie eigentlich gar nicht mehr hatte; doch sofort nachdem der Kontakt abgebrochen war, kehrten sowohl der Schmerz als auch die Schwäche mit voller Wucht zurück. Alex versuchte, sich etwas Linderung zu verschaffen, indem sie die Hand auf die gebrochenen Rippen drückte, leider mit eher gegenteiligem Erfolg. Ihr Blickfeld verschwamm, und sie fühlte, dass ihr schlecht wurde.

„Hilf mir, Andraste!" Sie dachte, sie hätte laut geschrien, aber was aus ihrem Mund kam, war kaum mehr als ein ersticktes Flüstern.

Die Luft vor ihr flimmerte auf eine ihr mittlerweile bekannte Weise, und ein Geist erschien. *Hier entlang, Seelenruferin.*

Alex korrigierte die Laufrichtung ihres Pferdes, ohne darüber nachzudenken. Sie wusste nur, sie musste dem Geist folgen.

Dort hindurch, Priesterin. Ein weiterer Geist materialisierte sich einige Meter entfernt, dahinter noch einer, der ihr zurief: *Zu mir, Seelenruferin, dann geradeaus.*

Nur noch leidlich bei Bewusstsein, klammerte Alex sich an der Mähne ihres Pferdes fest und ließ sich von den Stimmen der Geister zur Begräbnisstätte ihrer Königin am Fuße des Bergrückens führen.

Caradocs erster Eindruck von der Zukunft war das entsetzlich grelle Licht wie von Tausenden Sonnen. Halb tot, sein ganzer Körper ein einziger blutiger, schmerzender Klumpen, krachte er auf den Boden des Raumes, den man, wie er von Alex wusste, ein Labor nannte, das Medaillon in der Faust und noch immer Blonwen anschreiend: „Nein!"

Es herrschte ein schrecklich lautes Durcheinander verschiedenster Geräusche um ihn herum, genauso unerträglich wie die extreme Helligkeit, und auf einmal kamen Frauen in seltsamen Gewändern zu ihm gerannt und sprachen ihn in einer Sprache an, die er nicht verstand.

Caradoc brüllte und schlug nach ihnen, obwohl es Frauen waren. Sein Schock saß viel zu tief, als dass er in diesem Moment in der Lage gewesen wäre, zu realisieren, wo er sich befand. In Blonwens Welt, der Zukunft.

Dann erhob sich eine Stimme aus dem Chaos und sagte in seiner eigenen Sprache zu ihm: „Beruhige dich, Krieger. Wir sind Blonwens Freunde und damit auch deine."

Verunsichert sah Caradoc sich in dem fremden Raum um, dann entdeckte er die kleine Frau mit den klugen grünen Augen. „Carswell?", krächzte er.

„Aye", sagte sie.

Mit einer Hand, die zitterte, als wäre er ein alter Greis, hielt er der Frau das Medaillon entgegen. „Nimm das und schick mich zu ihr zurück. Sie ist in Gefahr."

Carswell nickte, kam zu ihm und hockte sich neben ihm hin. Sie nahm das Medaillon, sah es kurz an, um dann erneut Caradoc zu betrachten.

„Blonwen will das zweite Stück holen, aber das kann sie nicht ohne meine Hilfe. Schick mich zurück! Sie könnte bereits tot sein!"

Die Berührung der Frau war sanft, als sie ihm eine Hand auf den Arm legte. „Krieger, wenn wir dich nicht heilen, fürchte ich, wirst du selbst sehr bald tot sein. Nun nenne mir deinen Namen."

„Wir haben keine Zeit hierfür. Los, schick mich endlich zurück!"

„Das werde ich, darauf hast du mein Wort. Aber nicht, bevor du ihr eine Hilfe sein kannst. Du weißt, dass du in der Zukunft bist, nicht wahr?"

„Ja, das weiß ich."

„Dann glaube mir einfach, wenn ich dir sage, wir haben die Zeit, die wir brauchen, um dich gesund zu machen."

Caradoc zögerte und schien sich unsicher zu sein, ob sie ihm wirklich die Wahrheit sagte.

„Blonwen hat dir von mir erzählt. Hat sie auch gesagt, dass sie mir vertraut?", fragte Carswell.

„Ja. Sie vertraut dir."

„Und darum bitte ich dich, dass du dasselbe tust."

„Mein Name lautet Caradoc. Blutsverwandter der Königin Boudica der Iceni."

„Ich danke dir für dein Vertrauen, Caradoc."

Eine andere Frau tauchte hinter Carswell auf. Sie hatte einen merkwürdigen Gegenstand in der Hand, dessen Spitze sie Caradoc zu seiner Überraschung in die Haut stach. Zu spät zog er den Arm weg, der plötzlich brannte wie Feuer.

„Es wird alles gut, sei unbesorgt. Du bist in Sicherheit …"

Und dann wurde es schwarz um ihn.

„Priesterin?“

„Ich … ich komme in einer Sekunde nach. Muss mich nur kurz ausruhen. Es ist alles …“ Alex saß vornübergebeugt in ihrem Sattel, die Arme rechts und links neben dem Körper baumelnd, das Gesicht an die Mähne des Pferdes gepresst. Das Tier war stehen geblieben, und sie wusste, sie sollte sich zusammenreißen und weiter den Geistern folgen. Aber ihr tat jeder einzelne Knochen weh, und wenn ihr Pferd auch nur noch einen Schritt machte, würde sie sich übergeben, darauf ging sie jede Wette ein. Sie brauchte nur ein bisschen Ruhe, ein paar Minuten …

„Priesterin, lass mich dir helfen.“

„Das tut ihr doch. Das habt ihr. Ich bin bloß …“ Alex kreischte vor Schreck, als der Geist sie berührte. Sie riss die Augen auf, um in das Gesicht eines der Krieger aus Boudicas engstem Kreis zu sehen, der zwar etwas verwirrt von ihrer Reaktion schien, aber äußerst lebendig war. „Neill?“, fragte sie, während sie versuchte, sich aufzurichten, und mit der Hand ihre schmerzende Seite hielt, obwohl das alles nur schlimmer machte.

„Aye, Priesterin Blonwen, ich bin es. Lass mich dir beim Absteigen helfen.“

Sie nickte und bemühte sich dann nach Leibeskräften, nicht ohnmächtig zu werden, als der kräftige Kelte sie vom Pferd hob. Die Füße wieder auf der Erde, halb an die Schulter des Tieres gelehnt, halb durch den Griff des Kriegers davor bewahrt umzufallen, schwankte Alex, als würde sich der Boden unter ihr drehen.

„Bringt Wasser für die Priesterin!“, rief Neill.

Sie fühlte, wie man ihr eine Feldflasche an den Mund hielt, und begann automatisch, in großen Schlucken daraus zu trinken, obwohl das Wasser abgestanden war und sich mit dem Geschmack ihres eigenen Blutes vermischte. Als sie genug hatte, drückte sie sich wieder mit dem Rücken an ihr Pferd und begann am ganzen Körper zu zittern. Sie zwang ihren Körper, sich zu beruhigen, und konzentrierte sich, so gut sie konnte, auf das Hier und Jetzt, doch immer wieder drängten sich Gedanken an Caradoc in ihren Geist. Der erste Kuss, als sie so wütend auf ihn geworden war ... ihr Bündnis ... ihre Liebesnacht. *Bitte, lass ihn am Leben und wieder gesund sein.*

„Wir haben dich erwartet, Priesterin. Wir wussten, du würdest kommen, um unsere Königin in die andere Welt hinüberzugeleiten."

„Die andere Welt ...", wiederholte Alex schwach. Sie konnte nur hoffen, dass Caradoc wohlbehalten in ihrer anderen Welt angekommen war und man dort für ihn sorgte und seine Wunden heilte.

Dann roch sie plötzlich Rauch, und ihr Verstand fing fieberhaft an zu arbeiten, trotz der Schmerzen und Erschöpfung. Sie hob den Kopf und blinzelte heftig, um ihre verschwommene Sicht zu verbessern. Ihr Pferd stand vor einer Anhöhe aus Sandstein, an der sich ein schmaler Fluss entlangschlängelte. Dahinter erhoben sich ein Tannenwald und endlos scheinende Berge. In der Nähe des Flusses war ein großer Holzhaufen aufgeschichtet, aus allem, was man auf die Schnelle hatte finden können – entwurzelte Baumstümpfe, Reisig, trockene dicke Äste. Darum herum war eine Art Gestell gebaut worden, und darauf lag die Leiche der toten Königin der Iceni, um ihren Hals noch immer das Zeichen ihrer Regentschaft.

Es hatten sich ungefähr ein Dutzend blutverschmierte und mehr oder minder verletzte Krieger ihres engsten Kreises versammelt. Zwei von ihnen hielten Nachbildungen des Halsreifes aus Zweigen in den Händen. Und alle sahen Alex erwartungsvoll an.

„Nein!", schrie sie, riss sich von Neill los und humpelte auf den Scheiterhaufen zu. „Ihr könnt den Halsreif nicht verbrennen! Ich brauche ... Ich muss ihn haben!"

„Priesterin!" Mit wenigen Schritten hatte Neill sie eingeholt und nahm sie beim Arm, um sie zu stützen. „Die Königin hat ihn nicht weitergegeben, bevor sie das Gift trank. Sie entließ uns aus ihren Diensten und gab uns den letzten Befehl, wir sollten uns hierher in Andrastes Tann flüchten und versuchen, uns von dort aus durchzuschlagen und frei zu bleiben, bis bessere Zeiten anbrechen. Ihr Torque muss mit ihr verbrannt werden."

„Nein!", wiederholte Alex energisch. „Sie würde wollen, dass ich ihn bekomme."

„Priesterin?" Neill klang ebenso schockiert, wie die anderen Krieger sie anstarrten. „Du gehörst nicht der königlichen Blutlinie an."

„Ich meine doch auch nicht für mich selbst." Sie kämpfte sich vorwärts und schleifte den großen Kelten praktisch hinter sich her. „Ich will nicht eure Königin werden. Ich brauche den Halsreif für Anasazi."

„Anasazi?", fragte Neill. „Aber Priesterin, Boudica kannte niemanden mit diesem Namen."

Alex schüttelte den Kopf, wodurch ihr augenblicklich schwindelig wurde. „Nein, natürlich nicht. Ich wollte sagen, für Andraste."

„Priesterin Blonwen, du bist verwundet und übel zugerichtet. Dein Verstand ist im Moment vernebelt. Boudicas Torque muss mit ihrem Körper verbrannt werden, weil sie ihn vor ihrem Tod nicht weitergegeben hat und keiner ihrer Erben noch am Leben ist." Er sprach in einem sanften, aber dennoch unmissverständlichen Tonfall. „Dies ist ebenfalls eine unserer Traditionen in Andrastes Sinne, wie du weißt."

„Aber ihre Töchter sind entkommen. Sie leben!"

„Am Ende war Boudica davon überzeugt, dass auch Una und Mirain tot seien, weil sie glaubte, niemand könne den Römern entrinnen. Wir müssen den letzten Willen unserer Königin erfüllen."

„Nein! Du verstehst nicht. Ich muss ihn haben!" Alex befreite sich erneut aus seinem Griff und fiel im nächsten Augenblick, unfähig, aus eigener Kraft zu stehen, in den Fluss. Auf Händen und Knien kämpfte sie sich voran. Es war ihr völlig egal, dass die scharfen Steine, über die sie robbte, ihr die Haut aufrissen.

Sie musste irgendwie an dieses Medaillon kommen, sie musste einfach!

„Entzündet das Feuer. Die Römer können nicht weit entfernt sein. Wir dürfen nicht zulassen, dass sie den Leib unserer Königin entweihen!" Neill schaute traurig zu Alex hinunter. „Der Kummer hat die Priesterin um den Verstand gebracht. Wir werden sie mit uns nehmen und sie beschützen, wie es der Wunsch Boudicas gewesen wäre."

Die Krieger hielten ihre brennenden Fackeln an den Holzhaufen, und Alex fing an zu schluchzen. Sie war so nah dran gewesen, und jetzt war alles verloren. Oder nicht? Hitzig blickte sie sich um und schätzte ab, wie weit der Tannenwald wohl entfernt sein mochte. Vielleicht könnte sie es bis dorthin schaffen, sich von einem der Bäume ein wenig Energie leihen – genug, um ihren Kopf klar zu bekommen und ihren Körper dazu zu bringen, ihr nur noch ein kleines bisschen länger zu gehorchen …

„Bitte, hilf mir … Andraste …" Sie schloss die Augen und betete mit aller Kraft, die sie noch aufbringen konnte. Dann fiel ihr ein, wie Caradoc den Gott des Wassers heraufbeschworen hatte. „Condatis, bitte … ich brauche Hilfe."

„Krieger Boudicas, wollt ihr mir den Halsreif des Herrschers der Iceni übergeben?"

Alex sah auf und glaubte im ersten Moment, sie hätte Halluzinationen. Doch er war es wirklich. Caradoc. Gesund und stark, als sei nichts geschehen, trat er aus dem Schatten der Bäume von Andrastes Tann.

„Das wollen wir, Caradoc!", schrien die Kelten wie aus einem Munde.

Er lief zu der bereits in Flammen stehenden Beisetzungsstätte der toten Königin, griff durch das Feuer nach dem Halsreif und zog ihn Boudica vom Hals. Ohne viel Federlesens zu machen, bog er ihn zurecht, sodass er ihm passte, und legte ihn an. Die Iceni verbeugten sich vor ihrem neuen Oberhaupt, doch er erwiderte die Geste nur kurz und rannte dann zu Alex. Er hob sie in seine Arme und drückte sie an sich. Während er den

Kriegern zurief, sie sollten sich zum Aufbruch bereit machen, trug er Alex in den Tannenwald. Nach einigen Metern legte er sie sanft auf dem moosbedeckten Grund eines der hohen alten Bäume ab. Sie blinzelte ihr Schwindelgefühl fort und versuchte, Caradoc ein Lächeln zu schenken, wobei sie wünschte, er hielte sie noch immer in den Armen – oder sie wäre stark genug, ihn zu sich hinunterzuziehen.

„Du bist nicht tot“, flüsterte sie.

„Nein, ich nicht. Aber du bist es beinahe.“ Er streckte die Hand aus, als wolle er ihr Gesicht berühren, zog sie aber sofort wieder zurück. „Ah, bei den Göttern! Sieh nur, was dieses Ungeheuer dir angetan hat.“

„Er ist tot“, sagte Alex, nicht ganz ohne Stolz.

„Gut.“ Caradoc nahm den Halsreif ab und kratzte mit dem Daumennagel an der Einfassung, in der das zweite Medaillonstück steckte, bis es herausfiel. Er nahm Alex' Hand, öffnete sie und legte es hinein, dann schloss er ihre Finger darum.

„Danke“, sagte sie. Warum er so einsilbig war, konnte sie sich nicht erklären, aber vielleicht bildete sie sich das auch nur ein. Sie hatte scheinbar wirklich eine Gehirnerschütterung, das Denken bereitete ihr jedenfalls momentan enorme Mühe.

„Dank nicht mir. Alles, was ich getan habe, war, es aus dem Feuer zu holen. Aber der ganze Rest ist allein dein Verdienst. Du hast Suetonius besiegt. Du hast mich hierhergeführt.“ Er streifte das NSS-Armband von seinem Handgelenk und legte es um das von Alex. „Und jetzt geh heim, in deine Welt.“

„Ich bringe es Carswell. Dann komme ich zurück. Wo finde ich dich?“

„Nein, Alex, es wird keine Rückkehr geben.“

Verwirrt sah sie ihn an. Er klang so kalt. „Natürlich gibt es die. Carswell kann mich zurückschicken, so, wie sie es bei dir getan hat.“

„Nein!“, sagte er scharf, dann atmete er tief durch, und als er weitersprach, war seine Stimme vollkommen emotionslos, als würde er jemandem, der sich verlaufen hatte, den Weg erklären. „Dies hier ist nicht deine Welt. Du gehörst nicht hierher. Schau dich doch an. Du bist so gut wie tot. Ich werde permanent auf der Flucht sein müssen – vielleicht viele Jahre lang oder gar Jahrzehnte. Du könntest nicht mithalten. Du würdest nicht überleben."

„Aber Carswell wird mich heilen, und wenn ich zurückkomme, bin ich wieder gesund."

„Es gibt keine Rückkehr für dich, Alex", wiederholte er.

„Warum nennst du mich ständig so?"

„Weil es dein echter Name ist. Vergib mir bitte. Ich wollte dich nicht verletzen. Ich hätte nicht zulassen dürfen, dass unsere Beziehung so eng wird. Du kannst nicht bei mir bleiben, du wärst mir nur im Weg, und das würde unser beider Leben gefährden. Nachdem ich dem Tod ins Auge gesehen habe, bin ich zu dem Schluss gekommen, dass ich leben will. Alexandra Patton, ich beende unser Bündnis. Lebe wohl."

Bevor Alex ihn aufhalten konnte, drückte Caradoc den Kristall in ihrem NSS-Armband.

Nachdem sie verschwunden war, vergrub er das Gesicht in den Händen und schluchzte hemmungslos.

30. KAPITEL

Alex lehnte sich gegen den schmalen Stamm des Nesselbaumes und versuchte, die Schönheit der untergehenden Sonne vor dem endlosen Himmel der Hochgrasprärie auf sich wirken zu lassen. Dabei spürte sie, wie ihr durch die Rinde des Baumes schwache Wellen der ihr inzwischen so vertrauten Wärme in die Haut drangen. Sie lächelte und tätschelte abwesend die dünne Borke, als wäre der kleine Baum ein manchmal etwas aufdringliches, aber geliebtes Haustier.

„Ich werde lernen, auch hier glücklich zu sein", sagte sie zu sich selbst und seufzte.

Ich denke, du solltest besser zu dem Druiden zurückgehen.

Alex verdrehte die Augen und machte sich nicht einmal die Mühe, den Geist anzusehen. „Hallo, Andred."

Sei gegrüßt, Alex. Das Lächeln auf ihren Lippen war Andreds Stimme deutlich anzuhören. *Nun, wie ich gerade sagte, meinst du nicht auch, dein Platz ist an seiner Seite, in seiner Welt?*

„Ich dachte, wir hätten uns darauf geeinigt, dass wir uns in diesem Punkt nicht einig sind."

Das hast du beschlossen. Ich habe mich nur für eine Weile zurückgezogen und dir einen Monat Zeit gegeben, dich zu beruhigen und wieder zur Vernunft zu kommen. Und jetzt versuche ich mein Glück noch einmal, dich von dem zu überzeugen, was du längst weißt.

„Vergiss es. Ich werde nicht mit dir darüber reden."

Aber du musst darüber reden, beharrte der Geist.

Alex drehte den Kopf und warf ihrem unerwünschten Besuch einen genervten Blick zu. Sie hätte es niemals zugegeben, aber in Wahrheit hatte sie Andred vermisst. „Ich dachte, du wärst ein für alle Mal verschwunden."

Oh, aber nicht doch. Ich werde so lange bei dir vorbeischauen, wie du hier bist.

„Nein, Andred, das ist nicht fair." Alex hatte niemals auch nur in Erwägung gezogen, dass sie der Grund dafür sein könnte, weshalb dieser merkwürdige Geist einfach nicht die Hochgrasprärie verlassen und weiterziehen wollte. „Du musst deiner Bestimmung folgen. Die andere Welt ist wirklich ein wundervoller Ort, es wird dir da gefallen. Es gibt nichts, wovor du dich fürchten müsstest."

Das weiß ich doch, Blonwen.

„Hatte ich dich nicht gebeten, mich nie mehr bei diesem Namen zu nennen?"

Es ist dein wahrer Name.

„Ist es nicht! Es ist ein Fantasiename für eine Frau, die nie existiert hat. Und hätte es sie doch gegeben, wäre sie schon seit Tausenden von Jahren mausetot. Wie sollte das also mein wahrer Name sein?"

Geh zu ihm zurück. Deine Seele wird keinen Frieden finden, solange du es nicht tust.

„Hör endlich mit diesem Quatsch auf ... von wegen Seelenverwandte und dem ganzen Mist. Ich glaube nicht daran, okay? Jedenfalls nicht mehr, seit mir mein angeblicher Seelenverwandter gesagt hat, ich soll verschwinden, ich würde ihm nur im Weg stehen."

Für eine intelligente Frau benimmst du dich in dieser Sache ziemlich unbesonnen.

Alex verschränkte die Arme vor der Brust. „Er will mich nicht! Und ich werde bestimmt nicht bei ihm angekrochen kommen, nur um mir eine zweite Abfuhr zu holen. Ich bin nicht blöd, Andred, ich bin schwach! Ich könnte es nicht ertragen, wenn er mich noch einmal wegstößt."

Alex, sagte der Geist sanft.

„Er heiratet, verdammt!", platzte sie heraus, wütend ihre Tränen wegblinzelnd. „Denkst du wirklich, ich hätte nicht versucht, mir einzureden, er hatte nur Angst um mich und wollte deshalb, dass ich gehe? Gleich nachdem ich wieder einigermaßen bei mir war, habe ich Carswell gebeten, genauere Nachforschungen über ihn und sein Leben anzustellen. Und wenig später hat sie mir einen dicken Aktenordner gegeben.

Jetzt rate mal, was da drin stand." Alex fing an, beinahe wörtlich zu zitieren: „Caradoc, Blutsverwandter der Königin Boudica, Druide und Krieger, überlebte das Massaker in der Todesschlucht, um nach Boudicas Tod ihren Platz als Herrscher der Kelten einzunehmen. Doch er führte ein für sein Volk sehr untypisches Leben. Historische Fakten belegen, dass er sieben Jahre in Rom verbrachte, als freier Mann. Seine Laufbahn wurde festgehalten, weil sie insofern interessant ist, als dass es ihm gestattet wurde, die Witwe eines römischen Edelmannes zu heiraten. Obwohl er sich weigerte, einen Vertrag mit den Römern zu schließen, willigte er zumindest in einen Waffenstillstand ein. Letztlich gelang es ihm, zu seinem Volk zurückzukehren. Allein ihm ist das Fortbestehen der königlichen britischen Blutlinie bis zum heutigen Tag zu verdanken." Alex wischte sich mit dem Ärmel über die Augen. Es kotzte sie an, dass sie deswegen immer noch weinen musste. „Was also soll ich deiner Meinung nach tun? Zurückgehen und seine Mätresse werden? Er hat mich einfach gegen eine Römerin ausgetauscht!" Sie betonte den letzten Satz, obwohl es ihr bei jedem Wort das Herz brach.

Hast du versucht, mehr über diese Frau in Erfahrung zu bringen?

„Nein. Glaubst du, es interessiert mich, wie sie so war? Bestimmt nicht."

Du darfst nicht länger erlauben, dass dein Schmerz dich blind macht. Denke mit deinem Verstand und nicht mit deinem gebrochenen Herzen.

„Er hatte Kinder mit ihr! Jetzt zufrieden?"

Andred seufzte. *Hättest du dich ein wenig mit ihr beschäftigt, wüsstest du, diese beiden Kinder waren Mädchen und viel zu alt, um ihre eigenen zu sein.*

„Schön, dann hat er eben Mirain und Una gerettet und mitgenommen." Irgendetwas Hartes in Alex begann sich zu lösen. „Gut, ich freue mich für sie, wenn es so ist. Ich mochte die beiden. Sehr sogar."

Diese Witwe muss die Mädchen auch sehr gemocht haben. In den historischen Berichten heißt es, sie hätte die zwei wie ihre eigenen Kinder geliebt. Sehr ungewöhnlich für eine Römerin, die Kinder der Frau aufzuziehen, die einen Feldzug gegen ihr Volk geführt hat.

„Vielleicht hat er ihr diesen Teil verheimlicht, um die beiden zu schützen."

Andred lachte spöttisch. *Du denkst doch nicht wirklich, Boudicas Töchter hätten sich als Kinder von irgendjemand anderem ausgegeben? Nein, diese Frau kannte ihre wahre Identität, das steht fest.*

Alex starrte den Geist an. „Willst du damit etwa andeuten, dass ich …" Sie verstummte, und ihr Puls fing an zu rasen. „Nein. Ich bin auf gar keinen Fall die Witwe eines römischen Edelmannes. Völlig ausgeschlossen."

Andred begegnete ihrem Blick. *Zeitreisen sind völlig ausgeschlossen. Ist es nicht so?*

„Du glaubst allen Ernstes, bei der Frau, die er heiratet, könnte es sich um mich handeln?" Alex hatte das Gefühl, ihr Herz würde ihr jeden Moment aus der Brust springen, so heftig schlug es.

Caradoc heiratet eine ominöse Witwe, die plötzlich in Rom auftaucht und großzügig mit Geld um sich wirft. Ihr Reichtum ermöglicht es ihr, die Regierung zu bestechen, damit es ihr erlaubt wird, einen keltischen Gefangenen adliger Herkunft zu ehelichen. Diese Frau muss in ihrer Zeit als äußerst absonderlich betrachtet worden sein. Solch ein Verhalten war nicht gerade an der Tagesordnung. Es scheint fast, sie wäre von irgendwoher – oder aus irgendeiner weit entfernten Zeit – vom Himmel gefallen. Andred machte eine Pause und sah Alex mit erhobenen Brauen an. *Stell dir selbst einmal diese Frage: Glaubst du, alles, was Caradoc dir gesagt hat, und alles, was deine Göttin dir gezeigt hat, seien nichts als Lügen gewesen?*

„Nein", gab Alex leise zu. „Nein, es waren keine Lügen."

Und warum bist du dann noch nicht zu ihm zurückgekehrt? Worauf wartest du noch?

„Ich … ich muss Carswell anrufen."

Der Geist nickte zustimmend. *Das ist eine ganz exzellente Idee.*

„Wer bist du?", fragte Alex skeptisch.

Andred lächelte und hob ihre rechte Hand, die Innenseite Alex zugewandt. Selbst in ihrer durchscheinenden Form war die Spirale, das exakte Spiegelbild des Zeichens in Alex' eigener Handfläche, klar zu erkennen. *Erkennst du mich denn noch immer nicht? Ich bin nur eine der Gestalten, in der sich deine Göttin den Ihren zeigt, Kind. Und ich habe viele Jahre über dich gewacht und deinen Weg begleitet. Deine Seele ist nun endlich geheilt. Meinst du nicht, es ist Zeit für uns beide, nach Hause zu gehen?*

Vor Glück schluchzend fiel Alex vor ihrer Göttin auf die Knie.

Sie konnten ihn in Ketten legen, gefangen halten und foltern, aber Caradoc würde sich niemals dem Willen der Römer beugen. Einen Vertrag mit ihnen zu schließen kam nicht infrage. Nicht nachdem sie seine Leute zu Tausenden brutal niedergemetzelt, das Eiland von Mona in Flammen gesteckt und seine Königin in den Selbstmord getrieben hatten. Zum Wohle seines Volkes würde er bis zu einem gewissen Punkt mit ihnen kooperieren. Ihnen im Schlaf nicht kaltblütig die Kehlen durchschneiden, obwohl er es sich oft ausmalte. Doch wenn er eine Dummheit beging, müssten Mirain und Una letztlich dafür büßen. Die Kinder waren die Versicherung der Römer, ihr Druckmittel, mit dem sie ihn davon abhalten konnten, seinem Leben ein Ende zu bereiten, nachdem er ihre Wachposten erledigt und so viele ihrer elenden Rasse in den Tod geschickt hatte wie möglich. Eine kluge Taktik, das musste er ihnen lassen. Sie machten den Kelten weis, der König der Iceni befände sich zwar in Rom, doch nur, weil dies eine Einigung erleichtere, die beide Seiten anstrebten. Sie zeigten ihn herum und ließen keinen Zweifel daran, dass er ausgezeichnet behandelt wurde. Auf diese Weise verhinderten sie eine weitere keltische Revolte.

Caradoc lächelte finster. Aber ihre Macht über ihn hatte dennoch seine Grenzen, auch wenn er sie in dem Glauben ließ, sie könnten ihn zu allem zwingen, was sie wollten. Diese neueste Erniedrigung, die sie sich für ihn ausgedacht hatten, ging zu weit. Seine Freiheit mochte er verloren haben, doch nicht seinen Stolz.

„Nun sei nicht so griesgrämig, Caradoc. Lächle. Dies ist dein neues Zuhause." Der römische Offizier blieb stehen, und Caradoc tat es ihm nach. Gleichgültig sah er über die einfachen Soldaten hinweg, die hinter vorgehaltener Hand Scherze machten, als würde er sie überhaupt nicht wahrnehmen.

Im Grunde tat er das auch nicht. Es waren immer dieselben anzüglichen Witze, die er nun schon seit einer Woche hörte, und es fiel ihm nicht schwer, sie zu ignorieren. Es schien, als drehten sich die Spekulationen hauptsächlich darum, ob die Witwe ihn eher als ihr brunftiges keltisches Wildschwein in einem Käfig halten oder wie einen kostbaren Zuchtbullen hegen und pflegen lassen würde.

Nachdem er reichlich Gelegenheit gehabt hatte, die Lasterhaftigkeit zu beobachten, die in Rom herrschte, war er sich ziemlich sicher, diese Frau habe wohl beides im Sinn.

Schließlich öffneten sich die großen, mit aufwendigen Schnitzereien verzierten Türen der Villa, und Caradoc wurde in eine opulent ausgestattete Eingangshalle geführt. Obwohl das Klirren seiner Ketten an den meeresblauen Wänden widerhallte, konnte er neben dem metallischen Geräusch noch etwas anderes hören: das Plätschern von Wasser. Als er eintrat und sich umsah, riss er überrascht die Augen auf. Überall gab es Brunnen. Selbst im Garten, zu dem er durch ein Fenster hinausschauen konnte, ergoss sich ein Wasserfall in einen wunderschön angelegten Teich.

„Wie in einem Badehaus, nur mit mehr Wasser", sagte einer der Soldaten zu seinen Kumpanen.

„Die Witwe hat wohl eine Schwäche dafür. Ein Steinmetz hat mir erzählt, sie sagte, sie wolle von Wasser umgeben sein, wohin sie auch gehe."

Bei diesem Anblick verspürte Caradoc einen Stich in der Brust. Konnte es sein, dass Condatis hier am Werk war? Er hatte den Eindruck, sein Gott habe sich von ihm abgewandt, als er seine Heimat verlassen hatte, um unter seinen Feinden zu leben. Obwohl er wusste, dass er, wenn er ehrlich zu sich selbst wäre, zugeben müsste, dass er derjenige war, der Condatis nicht mehr gerufen hatte. Nicht, seit er Blonwen fortgeschickt hatte.

Caradoc drehte sein Gesicht zu der Marmorwand in der Eingangshalle, sodass die Soldaten, die ihm auf Schritt und Tritt folgten, nicht sahen, was in ihm vorging. Er konnte seine Gefühle noch immer nicht verbergen, wenn er sich erlaubte, an Blonwen zu denken.

Carswell hatte ihn geheilt und ihn danach zurückgeschickt, direkt zu der Schäferhütte, wo Blonwen ihn treffen wollte. Doch er fand nur die Mädchen dort vor, die gerade erst angekommen waren, denn in seiner Welt lagen nur wenige Stunden zwischen seiner Reise in die Zukunft und seiner Rückkehr.

Anstatt in Panik zu geraten, weil Blonwens Abwesenheit möglicherweise hieß, dass ihr etwas zugestoßen sein könnte, hatte Caradoc Condatis gerufen und ihn gebeten, ihn zu seiner Liebe zu führen. Und sein Gott zeigte ihm, wo er Blonwen finden konnte. Sie lag mitten im Wasser und flehte Condatis selbst um Hilfe an.

Ihr Zustand, als er sie mehr tot als lebendig aus dem Fluss gehoben hatte, war der letzte Anstoß, den er gebraucht hatte, um das Richtige zu tun. Nachdem er erfahren hatte, wie Alex lebte, nämlich in Sicherheit und Wohlstand, durfte er nicht zulassen, dass sie freiwillig in seine Welt zurückkam – eine Welt voller Gewalt, Entbehrungen, Sklaverei und Tod.

Bei den Göttern, wie sehr er sie vermisste! Sie wegzuschicken – ihr so wehzutun – war, als hätte er sich ein Stück seiner eigenen Seele herausgeschnitten. Und von diesem Augenblick an fühlte er so gut wie nichts mehr, nur Leere. In seinem Herzen war nicht genügend Lebensmut übrig geblieben, um seinen Gott zu rufen. Hätte er Boudica nicht sein Wort darauf gegeben, für die Mädchen zu sorgen, wäre es nicht einmal mehr genug gewesen, ihn am Leben zu halten.

Und doch übte das Wasser in dieser Villa einen beruhigenden Einfluss auf seine geschundene Seele aus.

„Sie wird ihn jetzt empfangen", rief ein großer Mann mit dunkler Haut, der neben einer geöffneten Tür stand, die in einen dicht am Teich im Garten gelegenen Raum führte. Ein zweiter Mann, der dem ersten so ähnlich sah, dass man sie für Zwillinge hätte halten können, stand auf der anderen Seite der Tür. Beide waren schwer bewaffnet. Es waren offensichtlich Sklaven, persönliche Leibwachen, die römische Edelleute zu ihrem Schutz überall mit hinnahmen.

Caradoc bereitete sich innerlich auf die Begegnung mit dieser Frau vor. Er war ein Gefangener, ja, aber er würde sich nicht zu ihrem Spielzeug machen lassen. Er hatte seinen Lebensmut verloren, seine Liebe, seine Seele – doch seine Erinnerungen konnte ihm niemand wegnehmen. In seinen geheimen Gedanken bestand das Bündnis zwischen ihm und Blonwen weiter. Als Caradoc es aufgelöst hatte, hatte er absichtlich ausschließlich den Namen benutzt, den sie in der Zukunft trug. Blonwen aber würde für immer seine Frau bleiben, und er würde nichts und niemandem erlauben, diese Verbindung zu beschmutzen.

„Vorwärts, wir wollen deine neue Besitzerin doch nicht warten lassen!" Einer der Soldaten stieß Caradoc mit der stumpfen Seite seines Speeres in den Rücken.

Sobald sie die Tür erreicht hatten, trat einer der Leibwächter vor und stellte sich dem Soldaten in den Weg. „Nur der Kelte. Der Rest von euch kann gehen."

Sein Gegenüber lachte und zuckte mit den Schultern. „Auch gut. Wenn dieser Barbar ihr mit bloßen Händen die Kehle zerfetzt, wird uns niemand dafür verantwortlich machen können."

„Die Herrin dieses Hauses hat bereits alles veranlasst, eure Dienste werden hier nicht länger benötigt."

Noch immer lachend schlenderten die Soldaten durch die Eingangshalle und zur Tür hinaus, die sofort hinter ihnen geschlossen wurde. Als sie fort waren, fummelte der Leibwächter an einem großen Schlüsselbund, den er an der Taille trug, und beugte sich, als er gefunden hatte, was er suchte, zu Caradocs Händen und öffnete seine Fesseln.

Es war das erste Mal in all den Monaten seiner Gefangenschaft, dass er die Hände frei bewegen konnte.

Höflich sagte der Mann zu ihm: „Unsere Herrin bittet euch, einzutreten." Sein Zwilling machte ihm die Tür auf.

Ohne das Gewicht der bleischweren Handschellen mit den massiven Ketten fühlte Caradoc sich plötzlich so leicht, als würde er in den Raum schweben.

Im Inneren war es schummrig, die einzige Lichtquelle war der durch feine Leinenvorhänge an den raumhohen Fenstern hereinfallende Sonnenschein. Caradoc konnte die Umrisse einer weiblichen Gestalt erkennen. Sie hatte ihm den Rücken zugekehrt. Das Zimmer hatte gewaltige Ausmaße, größer als jedes, das er kannte, und der zentrale Einrichtungsgegenstand darin war ein breites Bett mit unzähligen dicken, glänzenden Kissen.

Caradoc atmete tief durch. Das Fehlen der Ketten und die leichte Brise, die den Duft von Wasser hineintrug, mochten seine Sinne besänftigt haben, doch all das würde nicht seinen Widerstand brechen.

„Edle Dame, ich danke Euch für die Freundlichkeit, die Ihr mir erwiesen habt, indem Ihr mir meine Fesseln abnehmen ließt. Doch ich möchte Euch dennoch darum bitten, dass wir dieses …" Er hielt inne und suchte nach dem passenden Wort. „… dieses Geschäft mit Ehrlichkeit verknüpfen. Mein Körper ist nicht zu verkaufen, ich habe ihn zusammen mit meiner Seele verschenkt, und dieser Schwur ist ungebrochen." Die Frau drehte sich noch immer nicht zu ihm um. „Ich werde Euch als Euer Sklave dienen, wenn Ihr es wünscht, aber das Bündnis, das ich eingegangen bin, ist für die Ewigkeit, und so wird es bleiben.“

Langsam drehte die Frau sich nun zu ihm um, und er konnte sehen, dass sie still geweint hatte. Ihr Gesicht war mit Tränen überströmt, trotzdem lächelte sie.

Ihr Gesicht!

„Dann wolltest du mich gar nicht wirklich fortschicken?“

Das Plätschern des Wassers aus den vielen Brunnen hallte in seinen Ohren, als er den Kopf schüttelte. „Als ich dich aus meinem Leben verbannt habe, verlor ich mich selbst.“

„Nun, ich habe dich wiedergefunden“, sagte sie leise.

Beide streckten gleichzeitig die Hände aus und fielen einander mit einem Freudenschrei in die Arme. Caradoc küsste sie, streichelte ihr Gesicht, wieder und wieder ihren Namen flüsternd, als müsse er sich davon überzeugen, dass dies kein Traum war.

„Ah, meine Liebste! Wie sehr du mir gefehlt hast!“ Er drückte sie fest an sich und hielt sie dann auf Armeslänge von sich, um sie von oben bis unten zu mustern. „Du bist geheilt? Carswell hat bei dir ihre Magie der Zukunft angewendet?“

Sie wischte ihre Tränen weg und lächelte ihn an. „Jetzt, wo ich endlich bei dir sein kann, ja, ich bin geheilt. Körperlich und seelisch.“

„Wirst du bleiben? Hier, bei mir?“ Caradoc sah sie an und wartete, den Atem angehalten, auf ihre Antwort.

Lächelnd zeigte Blonwen ihm ihre Handgelenke, an denen keinerlei Spur eines NSS-Armbandes zu finden war. „Ich bin hier, bei dir. Für immer.“

Als Caradoc sie abermals in die Arme schloss und ihre Lippen sich berührten, erschallte das glückliche Lachen der Göttin und mischte sich mit dem Prasseln des Regens, der draußen einsetzte. Das leise Trommeln der Tropfen auf den Blättern klang wie wunderbare Musik.

– ENDE –

Lesen Sie auch:

Kait Ballenger

Immortal Hunter

Aus dem Amerikanischen von Ira Panic

Im Buchhandel erhältlich

Band-Nr. 65105
9,99 € (D)
ISBN: 978-3-95649-105-4

David Aronowitz zückte seinen Dolch und balancierte ihn aus. Die gezackte silberne Klinge glänzte kurz im schwachen bernsteinfarbenen Licht einer in der Nähe stehenden Straßenlaterne, bevor David in den tiefen Schatten eintauchte und sich praktisch unsichtbar machte. Prüfend ließ er seinen Daumen an der Schneide der Waffen entlanggleiten. Sie war neu. Ohne Flecken. Völlig unbenutzt. Wenn es nach ihm ging, würde das nicht lange so bleiben.

Dieses dämonische Stück Dreck musste heute dran glauben.

Er schlich noch weiter in die Dunkelheit hinein, die Sinne bis zum Äußersten geschärft. Jedes noch so leise Geräusch nahm er wahr.

Die Sirenen des Strong Memorial Hospitals hallten durch die Nacht und mischten sich mit gelegentlichem Autohupen und den Schritten später Passanten. Die Luft war erfüllt vom klammen Geruch des braunen Matsches, in den sich der vermutlich letzte Schnee in diesem März verwandelt hatte.

David hatte nur noch ein paar Minuten Zeit, bis sein Zielobjekt hier auftauchen würde, und er durfte es nicht vermasseln.

Er wäre lieber bei Allsún geblieben. Es brachte ihn förmlich um, dass er seinen Platz neben ihrem Bett im Krankenhaus hatte verlassen müssen. Aber er hatte keine andere Wahl. Während seiner Abwesenheit würde Jace über Allsún wachen. David wusste, dass sie bei ihm sicher war.

Er legte eine Hand auf die Tasche seiner Bikerjacke, um die Beretta unter dem Leder zu spüren, und sein Mund verzog sich zu einem grimmigen Lächeln. Wenn er eine Schwäche hatte, dann für innovative Waffen, und heute Abend konnte er gleich zwei brandneue Spielzeuge ausprobieren: den Dolch und – sein persönlicher Favorit – die Kugeln, mit denen er seine Pistole gefüttert hatte.

Monatelang hatte er an den Dingern herumgetüftelt, und endlich war es ihm gelungen, eine Kugel herzustellen, die beim Einschlag explodierte und Weihwasser im Körper des Dämons verspritzte. David konnte es kaum erwarten, das Gesicht dieser Kreatur zu sehen, wenn er seine kleinen Schätzchen an ihm testete.

Sein offizieller Auftrag lautete, einen Dämon zu jagen, bei dem es sich vermutlich um einen Abyzu handelte. Vor zwei Wochen war ein kleines Mädchen getötet worden, und die Execution Underground hatte einen dieser kranken Irren im Visier. Jedes Mal, wenn David an den unfassbaren Kummer dachte, den die Eltern des Kindes erleiden mussten und der sie für den Rest ihres Lebens nicht mehr loslassen würde, durchfuhr ein dumpfer Schmerz sein Herz.

Doch dieser Baby mordende Mistkerl würde bitter für seine Tat bezahlen, dafür würde David sorgen, so viel stand fest. Aber nicht jetzt. Heute Nacht war er nicht hinter dem Abyzu her, er hatte andere Pläne. Dies hier war eine persönliche Angelegenheit.

Er veränderte seine Position hinter dem Müllcontainer. Bei der Bewegung tat sein verletztes Bein höllisch weh, was ihn einmal mehr daran erinnerte, wie furchtbar schief sein letzter größerer Job gelaufen war und was er durch sein Versagen angerichtet hatte. Er verdiente diesen Schmerz. Er war seine gerechte Strafe dafür, dass er Allsún im Stich gelassen hatte. So sehr hatte seine Exverlobte ihn gebraucht, während sie den mörderischen Launen eines kranken Sadisten ausgeliefert war, und er hatte nichts für sie tun können.

David schaute in die Richtung, in der das Krankenhaus lag, und dachte daran, wie sie ausgesehen hatte, als er sie dort vorhin allein lassen musste. Sie wirkte so friedlich, die Lider geschlossen, als würde sie schlafen. Allerdings wusste er es besser. Sie war gefangen gehalten und gefoltert worden, und er war hilflos gewesen und hatte ihr nicht helfen können. Zugegeben, die Umstände hatten sich seiner Kontrolle entzogen, und letztendlich *hatte* er sie ja gerettet, wie seine Teamkollegen nicht müde wurden, ihm zu sagen. Aber das änderte nichts an den schrecklichen Tatsachen. Sie hatte furchtbar gelitten. Sie litt immer noch.

Und das machte ihn wahnsinnig.

Er trat mit seinem angeschlagenen Bein gegen den Müllcontainer, damit es noch ein bisschen mehr wehtat. Als Sahnehäubchen auf dem Misthaufen hatte sich dann auch noch herausgestellt, dass der Arzt, der sich um Allsún kümmerte, während sie schutzlos im Koma lag, von einem Dämon besessen war.

Der Dämon-Arzt war kein Trottel. Er hielt sich in den umtriebigen Bereichen des Krankenhauses auf, sodass er ständig von Menschen umgeben war. David war fast verrückt geworden, während er auf den richtigen Moment wartete, um den Kerl auszuschalten. Er hatte den Widerling wochenlang belauert, und jetzt würde sich seine Geduld endlich auszahlen. Das Höllenwesen hatte gleich Schichtende. Jeden Augenblick konnte es durch diese finstere Gasse kommen.

David rührte sich nicht und lauschte. Schritte näherten sich seinem Versteck. Er zwang sich zu höchster Konzentration. Es war so weit. Eins, zwei, drei … *LeChajim – prost Mahlzeit, du Drecksack!*

Der Anfang der Gasse wurde noch vom Licht der Straßenlaterne erleuchtet. Er starrte wie gebannt dorthin. Sein Zielobjekt bog um die Ecke und ging auf ihn zu. David hielt die Luft an und hob seinen Dolch. Die Schritte hallten von den eng stehenden Mauern wider, der Wind pfiff durch die schmale Straße. Eine falsche Bewegung mit seinem verwundeten Bein, und es wäre um ihn geschehen.

Die Schritte des Dämons wurden lauter. David wartete auf den perfekten Moment. Er hatte genau einen Schuss, um die Höllenbrut zu bannen, bevor sie angriff oder, was wahrscheinlicher war, wegrannte wie ein jämmerlicher, feiger Hund. Und wenn es der Kreatur gelingen sollte, abzuhauen, hatte David mit seinem kaputten Bein keine Chance, sie einzuholen.

Er fokussierte alle Gedanken und Gefühle auf seinen Feind. Plötzlich blieb der Dämon beunruhigt stehen, mitten in der Bewegung, als könne er die Bedrohung wittern, die sich in den schwarzen Schatten verbarg. David erstarrte ebenfalls, nicht ein Muskel zuckte an seinem Körper. Er durfte das hier nicht vermasseln!

Vorsichtig lief der Dämon weiter. Der Lichtstrahl einer Straßenlaterne fiel kurz auf das Gesicht des Arztes. Oh, verflucht. Was für eine verfahrene Situation. David hatte keine Ahnung, wie lange der Mann schon besessen war und, was viel wichtiger war, ob er überhaupt noch irgendwo in dieser sterblichen Hülle existierte. Er schluckte seinen Frust herunter und ging nochmals die Einzelheiten seines Plans in Gedanken durch: Er wollte das Ding nicht töten, nur festnageln, ihm die erforderlichen Informationen entreißen und danach den Dämon aus dem Körper des Arztes vertreiben.

Sosehr David sich danach sehnte, dieser Höllenkreatur den Kopf abzureißen, allein dafür, dass sie Allsún auch nur angesehen hatte, brachte er es doch nicht über sich, ihr den Todesstoß zu versetzen. Jedenfalls nicht solange der Hauch einer Chance bestand, dass der eigentliche Besitzer des Körpers noch am Leben war.

Der Dämon ließ seinen Blick aufgeschreckt durch die Gasse wandern. Forschend spähte er ins Dunkel. Nach ein paar quälend langen Sekunden ging er weiter. David lächelte. *Perfekt.* Er ließ das Höllenwesen ein paar Schritte an sich vorbeilaufen, noch tiefer in den Schatten hinein. Dann verlagerte er sein Gewicht, um sich auf den entscheidenden Sprung vorzubereiten. Dabei streifte er mit der Hüfte die Ziegelmauer, an der er lehnte, was ein kaum wahrnehmbares Geräusch verursachte.

Scheiße.

Der Mistkerl blieb erneut stehen und drehte sich um.

Ohne weiter nachzudenken, stürzte David sich auf den Dämon. Sein Oberkörper prallte gegen den des schmächtigen Arztes, und der Schwung riss das Höllenwesen zu Boden. David presste die Klinge seines Dolchs an die Kehle der Kreatur. Der Dämon wand sich unter ihm, bekam einen Arm frei und schmetterte David seine Faust auf den Wangenknochen, so heftig, dass der Kopf des Jägers zurückgeschleudert wurde und schwarze

Flecken vor seinen Augen tanzten. Das Biest mochte sich ja einen menschlichen Körper zugelegt haben, aber es war noch immer übernatürlich stark und hatte einen teuflischen rechten Haken. Verdammt, das würde morgen früh richtig wehtun.

Die Höllenbrut nutzte die Gunst des Augenblicks, warf David ab und rappelte sich hoch. David, der immer noch nicht wieder klar sehen konnte, sprang auf und hieb mit dem Dolch durch die Luft, unmittelbar vor dem Kopf des Dämons, um ihn zurückzudrängen. Schließlich hatte er ihn, wo er ihn wollte: in der Ecke zwischen Müllcontainer und Mauer.

Der in die Enge getriebene Gegner lachte. „Glaubst du ernsthaft, dass deine Klinge mich verletzen kann?“ Er breitete einladend die Arme aus. „Nur zu, schneide ruhig Löcher in diesen netten Arzt, den ich gerade anhabe. *Mir* wirst du damit keinen bleibenden Schaden zufügen, Jäger.“

David starrte ihn finster an. Jetzt war er wirklich sauer. Wenn er etwas noch mehr hasste als Dämonen, dann waren es klugscheißende Dämonen. Wütend zog er die Klinge über das Gesicht der Bestie. Als das Silber die Haut aufriss, erfüllte ein lautes Fauchen die enge Gasse. Der Dämon presste eine Hand auf die brennende, dampfende Wunde. David warf ihn gegen die Mauer und drückte ihm die flache Klinge an den Hals.

Er grinste spöttisch. „Das ist ein geweihter Dolch, du Schwefelfresser.“ Er presste die Waffe noch fester gegen die Haut der Kreatur. „Und für dich heißt es immer noch ‚Exorzist‘.“

Der Dämon fluchte. David unterdrückte ein Lachen. Das Ding musste völlig vertrottelt sein. Er neigte ja nicht zum Prahlen, doch er hatte bei den Höllenwesen nun mal einen Ruf wie Donnerhall. Sein reizender Spielgefährte hier hätte also wissen müssen, dass er in Davids Jagdrevier landen würde, sobald er einen Fuß nach Rochester setzte.

Das Schlimmste, was einem Dämon passieren konnte, war ein Exorzist wie David. Denn er schickte die Dinger gnadenlos zurück in die Hölle, jedes verdammte Mal. Und jeder Dämon, den er je getroffen hatte, legte es verzweifelt darauf an, Satans

Absteige für immer hinter sich zu lassen. Es war nicht gerade einfach für sie, es überhaupt bis hierher zu schaffen, daher war es die Höchststrafe, wieder umkehren zu müssen.

Er drehte die Klinge ein bisschen und drückte etwas fester zu, sodass Blut floss. Wieder ertönte dieses Fauchen, und der Schnitt brannte und qualmte. Der Dämon wand sich zischend unter Davids Gewicht.

Als Erstes musste die persönliche Sache geklärt werden. „Was hast du an Allsúns Bett gemacht, du Freak?", stieß er knurrend hervor.

Ein leises Lächeln zuckte um die Lippen des Dämons. „Von wem sprichst du?", höhnte er.

David ballte seine freie Hand zur Faust und versetzte dem Mistkerl einen harten Hieb ins Gesicht. Ein deutliches Knacken deutete darauf hin, dass er dem Arzt die Nase gebrochen hatte. Der arme Kerl würde den Schmerz der Verletzungen ertragen müssen, die David ihm zufügte, vorausgesetzt, er lebte überhaupt noch. Doch das war auf jeden Fall besser als die Alternative. David schlug noch einmal hart zu.

Er brauchte Antworten, und zwar sofort. „Hör auf, mir dumm zu kommen, Prinzessin. Du weißt genau, wen ich meine."

Die Augen des Dämons wechselten ihre Farbe, von gewöhnlichem Menschen-Braun zu einem glühenden Blutrot. Das Wesen war jetzt so zornig, dass es einen Anflug seiner wahren Gestalt zeigte. „Du meinst das appetitliche Mädchen, das ich noch ausweiden werde, und zwar von innen?"

„Wenn du ihr auch nur ein Haar krümmst, häute ich dich bei lebendigem Leib und gieße so lange Weihwasser in deine offenen Wunden, bis von dir nichts mehr übrig ist als ein Stück qualmendes, stinkendes Fleisch", zischte David. Die Vorstellung, dass Allsún noch mehr Qualen erleiden könnte als bisher, jagte einen Strom weißglühender Wut durch seine Adern. Er hatte bereits einmal versäumt, sie zu beschützen. Das würde ihm nicht wieder passieren. Niemals.

Der Dämon grinste, während ihm das Blut über das Gesicht lief. „Und dabei würdest du billigend in Kauf nehmen, diesen bewundernswerten Doktor hier zu töten? Einen Mann, der zahlreiche Leben gerettet hat? Das glaubst du doch selbst nicht."

Wütend brüllte David auf. „Du unterschätzt, wie sehr ich euch Höllenbestien hasse." Er presste das Messer fester an die Kehle seines Gegners. Aus der brennenden Wunde stieg noch mehr Rauch auf.

„Sag mir, warum du in ihren Arzt gefahren bist, oder ich exorziere deinen lahmen Arsch noch in dieser Sekunde zurück in die Hölle."

Der Dämon schwieg.

„Das ist deine letzte Chance."

Die Kreatur grinste erneut. Blut rann aus der Nase des Doktors in seinen Mund und tauchte sein Lächeln in ein ekelhaftes Rot. Keine Antwort.

David biss die Zähne zusammen. Na gut. Wenn der Dämon unbedingt leiden wollte, dann würde er ihn leiden lassen. Er räusperte sich und fing an, das Exorzismusritual zu rezitieren. Die vertrauten hebräischen Worte kamen ihm leicht über die Lippen.

Die Adern unter der Haut des Dämons schwollen dunkel an, bis der Körper des Arztes von einem krampfadrigen Netz überzogen war. Seine Augen blitzten in einem noch feurigeren Rot, und er verfiel in unkontrollierte Zuckungen. David hörte nicht auf zu skandieren, nicht mal, um Luft zu holen.

Der Dämon stieß einen keuchenden Schrei aus. „Hör auf, es reicht", unterbrach er ihn. „Wenn du mich nicht exorzierst, sage ich dir alles, was du wissen willst."

David verstummte und wartete. Der kleine Mistkerl war schneller eingeknickt, als er gedacht hatte.

Der Dämon hustete Blut, und die blauen und roten Adern, die seinen gestohlenen Körper bedeckten, verblassten langsam.

„Sie ist die letzte Fee, die nicht nach Avalon gegangen ist. Ich bin gekommen, um sie zu töten, und das wäre mir auch gelungen, wenn du nicht ununterbrochen an ihrem Bett geklebt hättest."

Verdammt. Mit großer Mühe unterdrückte David die schrecklichen Flüche, die ihm auf der Zunge lagen. Als ob Allsún nicht schon genug durchmachen musste, während sie bewusstlos dalag und ihre Wunden heilten! Und jetzt hatte dieser Dämon auch noch ihr lange gehütetes Geheimnis aufgedeckt – ihre Halbfeen-Blutlinie. Oder, um ganz genau zu sein: ihre Elfen-Blutlinie. Als irdische Engel waren die Elfen die einzig wahren natürlichen Feinde der Dämonen. Und Allsún, die als eine der Letzten ihrer Art auf der Erde geblieben war, stellte eine Gefahr für sie dar. Seit der letzten großen Hetzjagd auf die Feen hielt sie sich versteckt.

David zwang sich um ihretwillen, ruhig zu bleiben. Er durfte den Dämon nicht spüren lassen, auf was für ein großes Ding er da gestoßen war. „Wer hat dich geschickt?", fragte er.

„In Touch" mit MIRA!
Das Verlagsprogramm elektronisch abrufbar
Interaktiv dabei sein: Buchbesprechungen, Gewinnspiele, Aktionen, Leseproben und vieles mehr.
Folgen Sie uns auf Twitter, Facebook, Instagram, Pinterest und google+
www.mira-taschenbuch.de
MIRA TASCHENBUCH

Eine Metropole, die sich Sterbliche und Geister teilen.
Ein Ort für die Männer der „After Moonrise-Agency".

Band-Nr. 65084
8,99 € (D)
ISBN: 978-3-86278-847-7
eBook: 978-3-95576-325-1
320 Seiten

P. C. Cast &
Gena Showalter
After Moonrise

P. C. Cast - Geteilte Seele:

Seine Gabe als Medium hat Kent Raef zu einem exzellenten Jäger von Gewaltverbrechern gemacht. Sein neuester Fall ist besonders bizarr: Lauren Wilcox' Zwillingsschwester wurde ermordet, kommuniziert aber durch Laurens Geist und Körper. Kent muss den Killer finden und die gequälte Seele befreien. Bald weiß er jedoch nicht mehr, welche Schwester ihn um Hilfe anfleht – und in welche er sich verliebt hat.

Gena Showalter – Die Botschaft:

Immer wenn der Mond scheint, zwingt etwas die junge Künstlerin Aurora, eine verstörende Folter-und-Mord-Szene zu malen. Eine Botschaft ihres Unterbewusstseins? Hilfesuchend wendet sie sich an ihren Nachbarn Levi Reid, der bei „After Moonrise" arbeitet. Er ist Experte für Verbrechen im Zwischenreich und will ihr helfen, Mörder und Opfer zu finden! Ihre Zusammenarbeit bringt sie jedoch überraschend nah zueinander – tödlich nah …

„Ein atemberaubendes Werk
der beiden Schreib-Königinnen!"

Publishers Weekly